ERICH SCHÜTZ

Erblast

LAST DER VERGANGENHEIT Vor 70 Jahren, gegen Kriegsende, wurde in Seeldorf ein junger Mann umgebracht. Jetzt sind die Knochen wieder aufgetaucht – und mit ihnen Fragen zur Vergangenheit. Im Tagebuch seiner Mutter findet Jakob Hinweise, der Tote könnte der Jude Levi Roth sein, den seine Mutter einst liebte und vor der Gestapo versteckt hatte. Doch hatte sie schließlich Otto Simon geheiratet, seinen Vater, einen Gestapo-Polizisten. Während sein Vater nach Kriegsende als vermisst galt, hört Jakob zum ersten Mal von Levi Roth. Er befragt alte Dorfbewohner. Dabei wird er von einer ehemaligen Nazigröße als »Judenbrut« beschimpft und von dessen Enkel in Nazimontur angegriffen. Jakob stellt daraufhin ungeahnte Familienerblinien fest und muss schon bald die eigene Identität infrage stellen. Ist er tatsächlich der Sohn von Gestapo-Polizist Otto Simon oder ist in Wahrheit Levi Roth sein leiblicher Vater? Und welches furchtbare Familiengeheimnis hat Jakobs Mutter zeit ihres Lebens panisch zu verbergen versucht?

Erich Schütz, Jahrgang 1956, ist freier Journalist, Buchautor und Autor verschiedener Fernsehdokumentationen und Reiseberichte, zudem Herausgeber mehrerer Restaurantführer. Aufgewachsen im Schwarzwald, lange in Berlin und Stuttgart zu Hause, erfüllte er sich vor über zwanzig Jahren seinen Traum und zog an den Bodensee. Die verführerische, spannende Grenzregion übt auf den Gourmet und Autor einen besonderen Reiz aus, der sich in seinen Büchern niederschlägt. Erich Schütz' Krimis und Kulturführer sind ein Muss für alle See- und Krimifreunde.

ERICH SCHÜTZ

Erblast

KRIMINALROMAN

GMEINER

Personen und Handlung sind frei erfunden.
Ähnlichkeiten mit lebenden oder toten Personen
sind rein zufällig und nicht beabsichtigt.

Im Ehnried 5, 88605 Meßkirch
Telefon 07575/2095-0
info@gmeiner-verlag.de

1. Auflage 2025

Lektorat: Claudia Senghaas, Kirchardt
Satz: Mirjam Hecht
Umschlaggestaltung: U.O.R.G. Lutz Eberle, Stuttgart
unter Verwendung der Fotos von: © Landesarchiv Baden-Württemberg Generallandesarchiv Karlsruhe 498-1 Nr. 4780 und https://ba.e-pics.ethz.ch/#detail-asset=c4b269f5-578f-4fd2-8967-beb1d9a3dc25«
Druck: CPI books GmbH, Leck
Printed in Germany
ISBN 978-3-8392-0872-4

Die Würde des Menschen ist unantastbar.
Sie zu achten und zu schützen ist Verpflichtung [...].

Grundgesetz Artikel 1. (1)

*

Was Du nicht willst, das man Dir tut,
das füg auch keinem anderen zu.

Immergültige Kinderweisheit der 1. Klasse

PERSONEN

Die Obergfells

Franz-Karl Obergfell (*1890 – †1956) und Ehefrau Theres Obergfell (*1898 – +1954)

Sohn Friedrich Obergfell (*1920 – †2010) und Tochter Verena (*1925 – †2012)

Jakob, Sohn von Verena (*1945), und Ernst – Sohn von Friedrich (*1949)

Luis (*1975) – Sohn von Ernst und Erika, und Luca (*1998) Enkel von Ernst und Erika

*

Die Simons

Paul Simon (*1888 – †1954)

Vier Söhne, Walter, Fritz, Otto und Alfred

Otto Simon (*1922 – vermisst)

Alfred Simon (*1930)

Alexander Simon, Sohn von Walter und Enkel von Alfred (*1990)

*

Bürgermeister- und Arztfamilie

Franz-Josef Haas, Bürgermeister (*1885 – †1956), und Schwester Wilhelmine Wolf (*1890 – †1955)

Sohn Adi Haas (*1943)

Doktor Nathan Wolf (*1898 – †1957)
Jakob Roth (*1920 – †1945)
Saarah Wolf (*1944)

*

Kronenwirt
Hubert Rieger (*1893 – †1970)
Sohn Artur (*1924)
Enkel Michael (*1964)

*

Die Bendzkos
Eltern kommen als Flüchtlinge 1945 nach Seeldorf
Katharina Bendzko (*1944)
Ihre Brüder Slado (*1940) und Igor (*1942)

*

Knecht Baptist (*1908 – †1952)

MAI 2010

»Jetzt macht keinen Aufstand wegen der paar Knochen.« Katharina Bendzko stand in ihren roten *Prada*-High Heels im schwarzen, glitschigen Schlamm, den die Arbeiter gerade aus dem ehemaligen Löschteich des Hofguts Obergfell gebaggert hatten, und gab energisch Befehl: »Los, Lorenzo, wirf den Bagger wieder an und weiter geht's, vàmonos!«

Lorenzo kannte diese hochgewachsene Frau, die er noch nie ohne ihre High Heels gesehen hatte. Groß gewachsen war sie eh, aber in den Stöckelschuhen und mit ihrer Hochfrisur wirkte sie noch größer, was sie sicher beabsichtigte. Ihre auf Kante gebügelten Bluejeans waren ausgewaschen, der helle Business-Blazer spannte sich leicht um ihre Hüften, ihre Lippen unter ihrer hellen Stupsnase leuchteten hellrot.

Lorenzo hatte längst erfahren, dass mit dieser Frau nicht gut Kirschen essen war, das hatte er während mehrerer Auseinandersetzungen mit ihr immer wieder zu spüren bekommen. Sie hatte den kurzen Draht zu seinem Chef. Wenn er mit dabei war, hielt sein Boss immer zu ihr und gab ihr bei jeder von ihrer aufgeblasenen Beanstandung recht.

Er selbst stand in seinen schwarzen, von dunkelbrauner schmieriger Erde verdreckten Gummistiefeln, im Blauen Anton im Schlamm auf dem Grund des ehemals zwei Meter tiefen Tümpels und hob ergeben seine Hände in die Höhe: »Isch verbote!« Als spanischer Gastarbeiter hatte er längst schwäbische Idiome angenommen. »De Bürgermeischter sagt, wir müssen auf Polizei warte.«

»Das heißt: auf *die* Polizei warten«, betonte Katharina Bendzko den von Lorenzo verschluckten Artikel laut und deutlich und echauffierte sich: »Ihr müsst gar nichts! Außer machen, was ich sage!« Dazu warf sie dem kleinen Spanier noch eine Frage in die Grube: »Wer hat denn den Bürgermeister überhaupt geholt? Wer zahlt euch denn? Der vielleicht?«

Die resolute Bauherrin stand unter Zeitdruck. Sie zählte mit ihren über 60 Jahren zu den erfolgreichen Immobilienmaklerinnen am Bodensee. Sie hatte die geplanten neuen Wohnungen schon verkauft, die sie hier auf dem Gelände des ehemaligen Bauernhofs der Obergfells errichten wollte, bevor das Fundament ausgehoben war.

So ging das Geschäft seit Jahren. Mit dem Erwerb des Grundstücks floss das Geld. In diesem Fall reichlich, denn was zählte, war alleine die Lage: Seeblick war das eine, aber Panoramablick unschlagbar, wie hier auf dem ehemaligen Bauernhof der Obergfells in Seeldorf, auf den Höhen des Linzgaus, über dem Bodensee.

Die zu Geld gekommenen Finanziers der Frankfurter Banken oder die Manager aus den Stuttgarter Industriebetrieben oder auch hochdekorierte Pensionisten der Politik aus Berlin oder Brüssel, sie alle reihten sich ein in den Kreis der vielen Kaufinteressenten auf den ausgewiesenen Neubauplätzen rund um den südlichen Alpensee an der Grenze zur Schweiz.

Früher pickten hier oben, auf dem Obergfellen-Hof, Hühner auf dem Misthaufen. Sie hatten sich um die heute begehrte Aussicht wohl wenig gekümmert. Doch was ahnten sie schon von dem mediterranen Flair auf deutschem

Grund, der heute die zu Wohlstand Gekommenen die Portemonnaies zücken ließ.

Der Blick ging über den See und die Alpen schier bis in das sonnige Italien, bei garantierter deutscher Gesundheitsfürsorge mit besten, hochqualifizierten Ärzten und exklusiven Privatkliniken um die Ecke. Sie stärkten das Sicherheitsgefühl der Wohlstandsrentner und boten Luxus-Seniorenresidenzen in der unmittelbaren Nachbarschaft.

»Panoramaweg« hieß über Nacht die Anschrift zu dem ehemaligen Bauernhof der Obergfells in Seeldorf. Den neuen Straßennamen hatte Katharina Bendzko im Rathaus durchgesetzt. »Kramergässle« hieß der Weg zuvor. Ein Sohn der Obergfells hatte nach dem Krieg im *Kramer-Werk* in Überlingen gearbeitet. Bald fuhr jeder Bauer in der Straße einen *Kramer*-Traktor.

»Schokoladengasse« nannten die Bewohner im Ort den Weg zuerst, als Katharina Bendzko als kleines Mädchen mit ihrer Familie nach dem Zweiten Weltkrieg als Flüchtling in dem Dorf in eine schnell erstellte hölzerne Baracke eingewiesen wurde.

Damals war der Weg noch ein unebener Feldweg. Nach jedem Regen stand in den Dreckpfützen das Wasser, die Erde wurde durch die groben Profile der Traktorreifen zu schokoladenbraunem Matsch aufgewühlt. Aber wer interessierte sich heute noch für den Dreck von damals?

»Unser Dorf soll schöner werden«, hatte Katharina Bendzko vor dem Gemeinderat plädiert, »wir müssen aber auch unsere Vorzüge zeitgemäß bezeichnen und die Vorteile unserer Gemeinde und die einmalige Lage benennen.«

Die Gemeinderäte hatten schnell verstanden und übersetzten Benennen mit Verkaufen. Das gefiel den Bauern und Handwerkern im Rat. Folgsam hoben sie ihre Hände und stimmten den neuen Straßennamen zu. Aus dem Zinken wurde der Säntisblick, aus dem Schulweg der Alpenblick und aus dem Kramergässle eben der Panoramaweg.

Mit den neuen Namensgebungen waren parallel die Grundstückspreise für die Wiesen und Äcker der Landwirte in wenigen Jahren geradezu explodiert. Die Quadratmeterpreise, die Katharina Bendzko ihnen als Maklerin bot, waren schneller gestiegen als jeder Hahn auf sein Huhn, lachten die Bauern selbstzufrieden und verkauften am liebsten, wie die Obergfells, die Äcker mit Haus und Hof.

»Los jetzt, Lorenzo, komm jetzt da hoch und füll das Loch mit dem Bauschutt auf und terminado!« Die Immobilienmaklerin wurde lauter und zeigte ihre Verärgerung deutlich. Sie kickte mit der Spitze ihres rechten Schuhs die paar Knochen, die die Arbeiter in dem Schlamm des Löschteichs gefunden und an den Grubenrand gelegt hatten, wieder zurück in die Grube vor Lorenzos Füße.

Lorenzo schlug entsetzt das Kreuzzeichen über seiner breiten Brust. Er war ein untersetzter Kanarier, etwas dicklich, hatte ein freundliches Gesicht und eigentlich auch ein ebenso freundliches Gemüt.

»Oh Santa Maria«, brummelte er und wagte entrüstet, Katharina Bendzko darauf hinzuweisen: »Das war ein Mensch!«

»Vielleicht«, antwortete sie schnippisch, »vielleicht auch ein Tier, auf jeden Fall *war*!« Das »war« hatte sie besonders laut betont und nochmals bestimmt: »Jetzt macht weiter. Morgen planieren wir die Fläche und dann heben wir endlich das Fundament aus!«

Genervt schaute sie zu den beiden anderen Arbeitern, die hilflos neben Lorenzo in der Grube standen. Aber was sollte sie an die beiden hinreden? Die verstanden sowieso kein Deutsch.

Ganz früher waren es Italiener oder Spanier wie Lorenzo. Dann kamen Polen, dann Rumänen und jetzt Albaner. Sie nervte es, dass diese Menschen von ihr Geld bekamen, aber kein Wort Deutsch konnten. Doch ohne diese Ausländer, das wusste sie auch, wurde auf den Baustellen längst kein Stein mehr auf den anderen gesetzt.

Lothar Glatz, der Maurer im Ort, hatte mit dem eingesetzten Bauboom sein eigenes Baugeschäft aufgemacht und mit den Gastarbeitern, so nannten man die ersten Hilfsarbeiter aus Italien und Spanien, alle Bauaufträge des Immobilienunternehmens Bendzko der Reihe nach hochgezogen.

»Mach rapido«, rief sie nochmals Lorenzo zu, »heute Abend ist das Loch cerrado, und morgen kommt die Planierraupe, esta claro!«

Energisch drehte sie ab. Als ob somit klar wäre, dass nun genau das geschehen würde, was sie eben angeordnet hatte. Sie stöckelte entschlossen und gekonnt in ihren High Heels selbstbewusst, ohne auf Hindernisse vor ihren Füßen zu achten, von der verdreckten Baustelle zu ihrem dunkelgrünen Porsche Cayenne, stieg ohne Rücksicht auf ihre Dreckklumpen an den Schuhen in den metallic glänzenden SUV und rauschte davon.

Lorenzo schaute der Immobilienmaklerin ratlos hinterher. Er hatte nun schon über zehn Jahre bei dem kleinen *Baugeschäft Glatz* in Seeldorf gearbeitet. Er war kein kleiner Hilfsarbeiter mehr, sondern der Polier, der den Auftrag von seinem Chef hatte, mit den beiden Kollegen den ehemaligen Feuerlöschteich auszupumpen und danach mit dem Bauschutt des alten Bauernhauses, der daneben lag, wieder aufzufüllen. Bis zur Mittagspause sollten sie fertig sein, und jetzt das.

Maldito, hätte er doch nur den Schlamm auf dem Grund des Teichs in Ruhe gelassen. Aber kaum hatten sie mit dem Abpumpen aufgehört, hatten sich auch schon diese Knochen gezeigt, und schon stand auch dieser Bürgermeister neben ihnen, warum auch immer.

Den Zeitplan konnte er eh nicht mehr einhalten, und die Bendzko war ihm jetzt egal. Diese verdammten Knochen lähmten ihn, es war beklemmend für ihn. Schließlich hatte er zu Hause auf Gomera unzählige Lämmer, Ziegen oder Hühner geschlachtet. Doch diese Knochen auf dem Grund des Tümpels waren anders, kräftiger und dicker, wenn auch zum Teil ausgefranst und langsam morsch. Sie mussten schon sehr lange in dem Tümpel gelegen haben, doch ihm war klar, es waren Menschenknochen.

Er stieg entschieden aus der Grube und wies seine beiden Arbeiter an, ihm die von der Chefin in den Schlamm des Tümpels gekickten Knochen wieder hochzugeben und in dem Schlick auf dem Grund vorsichtig nach weiteren zu suchen. Er selbst nahm die ausgebuddelten Knochen an sich und betrachtete sie zunächst unschlüssig.

Am Eingang zu dem Stall des ehemaligen Bauernhofs tropfte ein Wasserhahn in die alte Viehtränke. Lorenzo sah auf die verdreckten Knochen und dann zu dem Hahn, nahm schließlich die Knochen wieder in seine Hände und ging zu der ehemaligen Viehtränke. Er drehte den Wasserhahn auf und spülte die Knochen vom Schlamm frei. Seine beiden Kollegen brachten ihm weitere Knochen, die sie im Schlick gefunden hatten, und schauten ihm interessiert zu.

Lorenzo war als junger Mann ein traditioneller »Lucha-Canaria«-Kämpfer. Als kanarischer Ringkämpfer wurde er in Seeldorf sofort Mitglied des dortigen Ringerklubs. Mit seinem Gewicht schmiss ihn so schnell niemand um, doch leider hatte er weiche Knochen und schon bald viele Brüche erlebt. Dadurch hatte er den Knochenaufbau des Menschen kennengelernt und begann nun fachgerecht, auf dem Boden neben dem Brunnen mit den gesammelten Knochenteilen ein menschliches Skelett zu formen.

Als ihm einer seiner Kollegen einen Beckenknochen reichte, huschte ein kurzes Lächeln über seine dicken Wangen. Jetzt sah er das menschliche Skelett deutlich vor sich. Schnell begann er, das Knochen-Puzzle neu zu formen. Der Beckenknochen wurde zum zentralen Punkt, darunter – für ihn klar ersichtlich – legte er einen Oberschenkelknochen. Fast unversehrt war der Schädelknochen, einige Zähne steckten noch in dem Unterkiefer.

Andächtig standen die drei vor dem nun klar ersichtlichen ehemaligen Menschen. Lorenzo nahm den Hut ab und brummelte ein »Santa Maria, Madre de Dios«.

»Ja seid ihr denn total bescheuert!«, riss eine gellende Stimme Lorenzo aus seiner Andacht. »Finger weg, sofort!«

Erschrocken drehten die drei sich um. Sie hatten das Kommen der anderen nicht bemerkt. Hinter ihnen standen zwei Männer und eine Frau.

»Gehen Sie sofort weg! Lassen Sie die Finger von den Knochen! Was machen Sie denn da?«, herrschte die stattliche, etwas kräftige Frau die drei an.

Lorenzo schluckte trocken. Er ahnte, dass die drei von der Polizei sein mussten, und wusste nicht, was er sagen sollte. »Das ist ein Mensch«, stammelte er.

»Gut erkannt, und kein Spielzeug!«, klang ihre Stimme streng und durchdringend.

»Wir wollten nur schauen, ob …«, stockte Lorenzo hilflos.

»Ob was?«, giftete die Frau weiter, besann sich aber plötzlich und wechselte vom lautstarken Forte zu einem verständnisvollen Piano: »Gehen Sie jetzt weg von den Knochen. Ich bin Kommissarin Gerber, zeigen Sie uns, wo Sie die Knochen genau gefunden haben, und dann verschwinden Sie hier, Sie versauen uns alle Spuren!«

»Ich glaube nicht, dass wir da etwas versaut haben«, wollte Lorenzo sich nicht schon am Morgen von einer zweiten Frau unterbügeln lassen, »schließlich haben wir die Knochen erst ausgebuddelt, sonst wären sie jetzt noch da unten im Schlamm.«

»Und damit ist Ihr Job erledigt«, brauste die Kommissarin erneut auf, »oder können Sie mir sagen, wer der Tote war?«

Lorenzo schaute hilflos zu seinen beiden Kollegen. Doch die hatten nur erstarrt zugehört. Sie hatten nicht viel verstanden, aber ihr Polier schien dieser aufgebrachten Frau couragiert gegenüberzutreten. Doch nun schien auch er nicht mehr weiterzuwissen. Weshalb alle drei bedröppelt schwiegen.

»Na also, und jetzt zeigen Sie uns genau, wo und wie Sie die Knochen gefunden haben, und dann verschwinden Sie«, klang die Kommissarin schon wieder versöhnlicher und befahl, zu ihren beiden Kollegen gewandt: »Sperrt die Baustelle ab und ruft die Spurensicherung.«

»Glauben Sie, dass die da noch was finden und wir noch was ermitteln können?«, fragte der jüngste der Kriminalpolizisten. »Schon die Knochen scheinen doch uralt und fast verwest zu sein.«

»Mord verjährt nicht, und ob es das war, das werden wir herausbekommen«, herrschte sie ihren jungen Kollegen an, schnürte mit beiden Händen und flinken Fingern mit einem Gummi ihre grauen Haare am Hinterkopf zu einem Zopf zusammen und stellte klar: »Wir werden die Knochen nach Verletzungen untersuchen, den Schlamm nach eventuellen weiteren Spuren, vielleicht finden wir sogar noch das Mordwerkzeug, ich denke, die Spurensicherung wird hier ihre Freude haben, und wir wissen am Schluss, ob die Person nur in den Tümpel gefallen ist oder ob es Mord war.«

3. MAI 2015, SONNTAG

»Es war Mord!«

Jakob Simon sitzt in der Küche seiner Mutter und liest Zeitungsberichte von vor fünf Jahren, die er gerade in ihrer Kommode herausgekramt hatte. Er erinnert sich noch gut daran, als seine Mutter ihm am Telefon aufgeregt von dem Knochenfund in dem Feuerlöschteich ihrer Eltern im Obergfellenhof erzählt hatte. Er hatte sich schon damals sehr gewundert, warum sie wegen der Knochen mehr als nur aufgebracht war. Die Schlagzeile aber, die er erst jetzt liest, gibt ihr recht. Es war Mord!

Doch der Mord war lange her.

Seine Mutter hatte ihm schon damals, vor fünf Jahren, jede neue Erkenntnis über den Knochenfund und die Mordtheorie der Polizei brühwarm mitgeteilt, obwohl ihn die alten Knochen einen feuchten Kehricht scherten. Trotzdem hatte sie ihm dann das Ergebnis der Polizei, dass es Mord war, verschwiegen oder hatte er es einfach vergessen und nicht mehr nachgefragt, weil es ihn nicht interessiert hatte?

Seine Mutter, Verena Simon, war eine geborene Obergfell, auf dem Hof ihrer Eltern ist sie aufgewachsen, und als Jakob 1945 auf die Welt kam, hat auch er die ersten Lebensjahre auf dem Hof verbracht.

Sein Vater, Otto Simon, galt im Krieg als vermisst, doch er war ihm ehrlicherweise nie abgegangen. Denn bis er zehn Jahre alt war, war der Bauernhof seiner Großeltern sein Zuhause, und sein Opa, Franz-Karl Obergfell, war für ihn sein Vater.

Auf dem Feuerlöschteich hinter dem Bauernhaus hatte Jakob mit einem alten aufgepumpten Schlauch eines Traktorreifens Kapitän der Weltmeere gespielt. Dass er damals über einen Toten im Feuerteich gepaddelt ist, kam ihm nicht in den Sinn. Das Wasser war immer trüb, darin zu schwimmen war den Kindern verboten, der Tümpel schien unendlich tief. Doch das alles war lange her, deshalb wollte er das Theater, das seine Mutter um den Knochenfund vor Jahren gemacht hatte, auch nicht verstehen.

Langsam erinnert er sich, dass nach den ersten Ermittlungen der Polizei feststand, dass die Knochen erstens von einem Mann stammten, und zweitens, dass der Mann schon vor über 50 Jahren in dem Teich gelandet sein musste. Ob er aber erst in dem Teich ertrank oder schon tot in dem Teich entsorgt wurde, konnte nicht mehr festgestellt werden, da sich außer den fragilen Knochen keine Rückstände des menschlichen Körpers mehr finden ließen.

Für seine Mutter war der Fund in dem elterlichen Feuerlöschteich ein Skandal! Dabei war nicht einmal klar, wer der Tote ist noch wie er umkam. Jakob hatte versucht, sie zu beruhigen. Ein Familienmitglied war er auf jeden Fall nicht, denn nie hatte er von einem verschollenen Onkel gehört und man hatte auch nie jemanden gesucht.

»Vielleicht ist ein Fremder betrunken in den Tümpel gefallen«, hatte er seine Mutter zunächst beruhigen wollen. »Vermisst hat ihn jedenfalls niemand«, hatte er nonchalant festgestellt und ihr geraten, die Knochen zu vergessen. Doch seine Mutter ließ sich nicht beruhigen, immer wieder wollte sie mit ihm über den Knochenfund reden und haderte mit dem Toten bis zu ihrem Tod.

Er selbst hatte die Story um den Toten im Teich seiner Großeltern schnell verdrängt und längst vergessen. Erst jetzt, wo er die Wohnung seiner verstorbenen Mutter leer räumt, ist er auf die alten Zeitungsberichte gestoßen. Die Lokalzeitung musste fast täglich über den mysteriösen Fund berichtet haben. Seine Mutter hatte alle Artikel fein säuberlich und akkurat nach den Erscheinungen abgeheftet. Jakob fand sie in einer Schublade in der Kommode im Schlafzimmer. Zunächst steht in den Artikeln die Frage im Mittelpunkt: War es ein Unglück oder doch Mord?

Seine Mutter aber musste von Anfang an ein Verbrechen geahnt haben. »Schrecklich, wenn du wüsstest«, hört er sie heute noch jammern, wenn er an die Zeit des Fundes denkt, »warum konnte man diesen vermaledeiten Teich nicht einfach zuschütten und die alten Geschichten ruhen lassen?«

»Was für alte Geschichten?«, hatte er sie anfangs noch gefragt. Doch wann immer er nachbohrte und auf ihre Bedenken eingehen wollte, winkte sie ebenso schnell und entschieden wieder ab.

Seine Mutter ist vor drei Jahren, mit 90 Jahren, gestorben. Bis zu ihrem Tod telefonierten sie und er fast jeden Sonntagmorgen. Ein Ritual, das sie gemeinsam pflegten, seit er vor fast 50 Jahren, als junger Student, aus dem Kaff Seeldorf in die damals noch geteilte Stadt Berlin gezogen war.

Heute sitzt er wieder in diesem verwünschten Ort Seeldorf und fühlt sich in der Wohnung seiner Mutter allein gelassen. Es ist Sonntag, er sieht das alte grüne Telefon mit der Wählscheibe. In Stuttgart hatte er die sonntäglichen Telefonate mit seiner Mutter nach ihrem Tod kaum vermisst. Aber jetzt, hier in ihrer Wohnung, fehlt sie ihm plötzlich.

Hätte er doch mehr Zeit mit ihr verbringen sollen? Dann hätte er sie auch stärker bedrängen können, warum sie der anonyme Tote im Löschteich ihrer Eltern so beschäftigt hatte.

Er hat die alten Zeitungsartikel auf dem großen Küchentisch ausgebreitet vor sich liegen. Seine Mutter hatte die Vierzimmerwohnung auf das Dach der ehemaligen Milchzentrale und Lagerhalle der bäuerlichen Zentralgenossenschaft bauen lassen. Sie war die sogenannte Genossenschaftsrechnerin und hatte den Aufbau der Wohnung klug berechnet. Ihr Schulkamerad, Anton Glatz, der Vater des heutigen Bauunternehmers Lothar Glatz, hatte die Wohnung auf die große Lagerhalle aufgesetzt.

Das war Anfang der 1950er-Jahre, in der Zeit der großen Wohnküchen. Das Küchenfenster mit Veranda auf dem Dach der Halle bot einen Blick in den Obstgarten des Nachbarn und über den Bodensee bis zu den Alpen.

In seinen jungen Jahren war diese Aussicht für Jakob nichts Besonderes. Den weiten Blick hatte jeder Seeldorfer, doch dafür kann er sich nichts kaufen, dachte er damals.

Nun saß er an dem gezimmerten Küchentisch mit der langen Eckbank. Er bot ausreichend Platz für mindestens sechs Personen. Auch das große Küchenbuffet hatte der damalige Schreiner gebaut. Er hatte auch die hellbraunen Tannendielen verlegt, die mit der Zeit immer breitere Fugen aufgewiesen hatten. Seine Mutter hatte den Schmutz immer mit einem Messer aus den Fugen gekratzt, danach den Holzboden geschrubbt. Als Kind saß er dann auf dem Blocker, wenn sie das Bohnerwachs über die Dielen auf Hochglanz polierte.

Wo einst das alte Ausgussbecken stand, erstreckt sich jetzt eine moderne Küchenzeile mit Elektroherd und Kühlschrank. Auf der Anrichte steht noch die alte blaue Porzellanschüssel, in die seine Mutter immer das Obst gelegt hatte. Jetzt ist sie leer. Es hat alles seinen Platz, wie eh und je.

Nur seine Mutter fehlt.

Es ist der erste Tag allein in ihrem Haus. Es ist still wie noch nie. In Stuttgart hatte er gesagt, er fahre »nach Hause«. Aber nun fühlt er sich hier eher wie in der Fremde oder in einer Geschichtserzählung.

Jakob wohnte mit seiner Mutter immer allein in den vier Zimmern mitten im Ort mit Blick über das Dorf. Auf der Terrasse vor dem Küchenfenster sammeln sich plötzlich Regentropfen. Gerade schien noch die Sonne. Typisches Aprilwetter im Mai, denkt Jakob, dann winkt er ab. Alles Schnee von gestern. »Ich will wieder nach Hause«, sagt er sich und denkt an Stuttgart.

Eine Woche gibt er sich Zeit, dann will er die Wohnung leer geräumt und verkauft haben und sich schnellstmöglich wieder vom Acker machen.

In Seeldorf hat er nichts mehr verloren.

Der Hof seiner Großeltern ist abgerissen. Heute stehen Luxusapartments auf dem ehemaligen Grundstück. Das Grab seiner Mutter kann er vom hiesigen Friedhofsgärtner pflegen lassen, und nach dem Toten im ehemaligen Feuerlöschteich kräht kein Hahn mehr. Somit kann er das Kapitel Seeldorf abschließen.

Er muss die Wohnung aufräumen, will damit fertig werden, damit er wieder nach Hause fahren kann, zurück nach Stuttgart. Er packt die Zeitungsartikel vor sich zusammen, überfliegt noch manche Überschriften und sieht eine Schlagzeile, die ihm wohl bisher verborgen geblieben war: »Wurde der Tote an einem Stein versenkt?«

Verdammt, was heißt das jetzt? Neugierig liest er den

Artikel, der ihm gerade ins Auge gestochen ist. Die Staatsanwaltschaft hatte die Obduktionsergebnisse der Gerichtsmediziner bekanntgegeben und damit gleichzeitig den Mord bestätigt. Zwar blieb nach wie vor unklar, ob der Mann ertrank oder schon tot in den Tümpel geworfen wurde. Doch Spuren einer Eisenkette, die um einen Stein gebunden in dem Schlamm gefunden worden waren, fanden sich auch an einigen Knochen.

Seltsam, dass ihm davon seine Mutter nichts gesagt hatte. Sie hatte ihm die Ohren über den Knochenfund vollgejammert. Von einer Fremdeinwirkung hat sie doch wirklich nie etwas erzählt und auch nicht von dem Stein und der Kette. Das kann er doch nicht alles verdrängt haben? Sicher nicht. Im Gegenteil, noch hört er sie klagen: »Tote soll man ruhen lassen.« Und schon kurze Zeit später stimmte sie ihm zu: »Wen interessiert das noch, nach so langer Zeit?«

Das hätte ihn sicher interessiert, das musste seine Mutter auch gewusst haben. Die Frage ist jetzt nur, warum hatte sie plötzlich kein Interesse mehr an den neuen Erkenntnissen der Polizei?

Seltsam, denkt Jakob, dabei war doch erst dadurch erwiesen, dass tatsächlich auf dem Hof ihrer Eltern ein Verbrechen stattgefunden hatte. Jemand hatte einen jungen Mann umgebracht und im Teich seiner Großeltern, ob tot oder lebendig, entsorgt.

Ein Mord! Wenn auch vor vielen Jahren. Auf dem Hof ihrer Eltern beziehungsweise seiner Großeltern.

Warum nur hat sie, nach ihrer anfänglichen Aufregung über den Knochenfund, plötzlich kein Interesse mehr daran gezeigt und beschwichtigt: »Kann man nicht endlich die alten Geschichten ruhen lassen?« Doch verdammt, welche Geschichten?

Jetzt, wo geklärt war, dass es ein Mord war.

Steckt doch ein unaufgeklärtes Verbrechen hinter dem Toten, von dem seine Mutter wusste? Ein Verbrechen von vor über 50 Jahren?

Seine Mutter ist tot. Seine Großeltern liegen ebenfalls längst auf dem Friedhof, und auch der Bruder seiner Mutter wurde vor Kurzem beerdigt. Mit wem also könnte er über die Zeit von damals noch reden?

Es wird ihm klar, er zählt heute zu den Alten. Aber er weiß leider gleich gar nichts, was vielleicht auch schon vor seiner Kindheit in Seeldorf hätte passiert sein können. Dabei hatte er doch immer alles, was die Großen hinter vorgehaltener Hand im Ort redeten, mitbekommen. Aber nichts in seinen Erinnerungen hatte mit einem Toten im Löschteich seiner Großeltern zu tun.

Er schiebt den Stapel der Zeitungsberichte vor sich auf die Seite, das Gleiche will er auch mit seinen Gedanken über den Toten im Feuerlöschteich tun. Was jucken ihn denn die alten Storys von vorgestern. Er wird die ganze Sammlung seiner Mutter wegwerfen, er will die Geschichte vergessen. Was geht ihn das heute noch an? Seit nunmehr über 40 Jahren fühlt er sich in diesem Kaff Seeldorf eh nicht mehr zu Hause. Er ist hier, um die Zelte endgültig abzubrechen.

Er muss den Haushalt seiner Mutter auflösen, die Wohnung beziehungsweise das Haus verkaufen und dem Kaff für immer den Rücken kehren.

Im Nachhinein tut es ihm leid, dass er in den letzten Wochen vor ihrem Tod seiner Mutter nicht beigestanden ist. Aber er hatte endlich mal wieder einen größeren Auftrag. Er war für eine *ARD*-Dokumentation unterwegs gewesen, als sie vor drei Jahren nach einem plötzlichen Schlaganfall auch schon wenige Tage später starb.

Ihm war keine Zeit geblieben, schnell nach Seeldorf zu düsen. Er hatte in Sachsen gedreht. Dort war er schon Jahre zuvor, kurz nach der Wende, auf Neonazis gestoßen. In seiner neuen Dokumentation wollte er zeigen, wie die altbekannten Nazis sich in der vermeintlich bürgerlichen Partei, der *AfD*, sammelten.

Zur Gründung der *AfD* hatten ursprünglich ein paar Wirtschaftsliberale um den Hamburger Wirtschaftsprofessor Bernd Lucke gegen den Euro Stellung bezogen. Eine lautere, politische Forderung, die selbst namhafte Industriebosse unterstützten. Doch gegen den Euro hieß in der Partei bald gegen die EU und schon bald auch gegen Migranten und Flüchtlinge.

Jakob wollte am Beispiel verschiedener Neonazis, die er kannte, zeigen, wie sich die rechtsradikalen Jugendlichen in der *AfD* beziehungsweise in der *Jungen Alternative* sammelten.

In Thüringen trommelte Björn Höcke hemmungslos für ein neues »Tausendjähriges Reich«, und in Brandenburg gründete der Neonazi Andreas Kalbitz den rechtsextremen Verein *Zukunft Heimat*, der gegen Flüchtlinge mobilisierte und als Musterbeispiel der Vernetzung zwischen der *AfD* und rechtsextremen Organisationen galt.

Genau dies wollte Jakob vor drei Jahren dokumentieren. Er hatte alle Interviewtermine festgezurrt. Er konnte den Dreh nicht einfach abbrechen. Seine Mutter lag über Nacht ohne Bewusstsein im Krankenhaus. Was sollte er tun? Helfen hätte er eh nicht können, sie war gut betreut, also drehte er weiter.

Jakob war das erste Mal, schon gleich nach dem Mauerfall, als die DDR noch offiziell existierte, zu seiner eigenen Überraschung auf rechtsradikale Jugendliche im damals noch existierenden »Sozialistischen Arbeiter-und-Bauern-Staat« gestoßen. Er hatte gedacht, in den neuen Ostländern überzeugte Kommunisten anzutreffen, auf jeden Fall keine Neonazis. Doch er hatte sich getäuscht.

Er hatte in Cottbus nur ein paar O-Töne von Jugendlichen sammeln wollen, da streckten ihm unverhohlen vier junge Burschen stolz ihre Paradegürtel mit Koppelschloss der *Waffen SS*, die um ihre Kampfhosen geschnallt waren, in die Kamera: »Unsere Ehre heißt Treue«.

Die jungen Männer, gerade mal 20 Jahre alt, waren stolz, sich schon im DDR-Staat öffentlich zur Tradition der *NSDAP* bekannt zu haben. Der SED-Staat hatte sie verfolgt, aber lediglich wegen Rowdytums verurteilt. Nazis gab es in der DDR offiziell nicht!

Völkerfreundschaft war staatlich verordnet. Doch Ausländerhass hatte auch vor dem antifaschistischen Schutzwall nicht Halt gemacht.

Während der Recherchen wurde Jakob klar, dass das faschistische Erbe auf beiden Seiten der Mauer überlebt hatte. Im Westen grölten Hooligans in den Fußballstadien »Juden raus« und warfen den ersten schwarzen Fußballspielern in den Stadien mit nachgeahmten Affengeräuschen Bananen zu. In der DDR vermöbelten die Jung-Nazis ihre sozialistischen Gäste wie Vietnamesen, die in Sachsens Textilkombinaten arbeiteten, und nannten sie abfällig nur »Fidschis«.

Nach der friedlichen Revolution in der DDR, aber vor der amtlichen Vereinigung mit Westdeutschland, waren die Volkspolizisten in dem noch existierenden Staat DDR erst mal verunsichert. Die jungen Nazis nutzten die neue Freiheit und propagierten hemmungslos ihren wirren Traum eines »Großdeutschen Reichs«. Sie forderten allen Ernstes nach der Vereinigung Westdeutschlands mit Mitteldeutschland – so nannten sie die DDR – nun auch die Übernahme der ehemaligen »Ostgebiete«. »Schlesien, Pommern, bis zum Memelland ist Deutschland!«, skandierten sie.

Westdeutsche Neonazis erkannten das Potenzial im Osten. Der in Westdeutschland bekannte und verurteilte Neonazi Michael Kühnen wurde schnell ihr »Großdeutscher Führer«. Seine sexuellen Beziehungen zu Männern rechtfertigte er mit der liebevollen Hingabe an die Gemeinschaft des nationalen Volkes.

Jakob hatte sich von dem Vorhaben einer Grenzüberschreitung mitreißen lassen und war mit seinem Kamerateam und einer kleinen, verschworenen Gruppe um Michael Kühnen bei Nacht und Nebel über die »Neiße-Demarkationslinie« nördlich von Görlitz auf polnisches Gebiet eingedrungen. Im Gepäck hatten sie eine Reichskriegsflagge von 1939 und eine Hakenkreuzfahne. Kühnen hatte als ehemaliger Leutnant der Bundeswehr das Kommando. Er war wie immer in eine tadellose schwarze Kombination gekleidet, seine Jungs dagegen steckten in Kampfmonturen, mit Accessoires der Reichswehr oder gar mit *SS*-Auszeichnungen geschmückt.

Flugs hissten sie auf polnischem Grund ihre mitgebrachten Fahnen, entzündeten ein Feuer und sangen die verbotene Strophe der deutschen Nationalhymne »Von der Maas bis an die Memel«. Dann legte Kühnen los: »Wir werden zusammenführen, was zusammengehört!« Königsberg, Böhmen und Mähren waren seine Ziele, und dank der deutschnationalen Partei Österreichs wollte er selbst auch noch die »Ostmark« wieder »heim ins Reich« holen.

Jakob hatte zu Kühnen ein professionelles, äquivalentes Verhältnis aufgebaut. Seine Abenteuerlust hatte ihn gezwungen, sich Kühnen unterzuordnen, doch als er die Forderungen nach der Einverleibung Pommerns und Schlesiens und selbst Österreichs hörte, hatte er sich schon gefragt, wie er am schnellsten die unheimliche Szene verlassen konnte.

Zurück im Schneideraum, verwahrte er die Aufnahmen in einem Giftschrank. Er traute sich nicht, das Erlebte öffentlich zu zeigen. Deutsche Jugendliche hissen in Polen die Reichskriegsflagge, zeigen den Hitlergruß und grölen Naziparolen. Würden diese Bilder deutsche Politiker aufschrecken?

Oder würde er bei manchem Fernsehzuschauer damit das genaue Gegenteil erreichen?

Zu oft hatte er schon nach der Ausstrahlung rechtsradikaler O-Töne von Zuschauern Anrufe erhalten, die unbedingt die Kontaktdaten zu den Neonazi-Organisationen von ihm erfahren wollten, um sich ihnen anzuschließen. Kühnen hatte ihn und sein Team nicht ohne Hintergedanken mitgenommen.

Mit unter fünf Prozent Rechtsradikalen in der *NPD* hatte die Republik lange gut leben können. In seinem Heimatort Seeldorf hatte er die Altnazis in seiner Jugend noch grölen gehört. Nach fast jedem Fußballspiel sangen sie am Stammtisch *SA*-Lieder. Wer sie maßregeln wollte, hörte: Ein kleiner Hitler würde nicht schaden, schließlich sorgte er erst mal für Arbeit für alle. Und wenn alle arbeiten würden, bräuchte man auch keine Itaker im Ort, so wurden die ersten Gastarbeiter in Seeldorf begrüßt.

Sein Opa, Franz-Karl Obergfell, hatte ihn gewarnt und ihm alle im Ort genannt, die zur NS-Zeit »Hundertprozentige« waren. »Nur weil Hitler sich umgebracht hat, sind die Überlebenden nicht zu besseren Menschen geworden.«

Heute, 70 Jahre später, muss Jakob erfahren, wie das faschistische »Herrenmenschen«-Gedankengut in Deutschland wieder erwacht. Als er das erste Mal das Thema der vereinigten West- und Ost-Neonazis in seiner Redaktion vorschlug, schob man die rechten Sprüche und Nazi-Ausschreitungen in den Stadien nur ein paar verirrten Spinnern zu, die man aber nicht ernst nehmen wollte.

»Deutschland erwache!«, nannte er deshalb seine erste Dokumentation in der *ARD*. Seither hatten sich immer mehr rechtsradikale Organisationen zusammengefunden. Michael Kühnen war an seiner Aids-Erkrankung gestorben, aber seine Saat ging auf, und immer mehr rechtsradikale Kampfgruppen bildeten sich in allen Bundesländern. Die Anzahl der Anschläge auf Flüchtlingsheime hatte erschreckend zugenommen. Die Asyldebatte hatte sich verschärft, und die Flüchtlingshetze sorgte dafür, dass Asylsuchende schon auf der Fahrt zu den ihnen zugewiesenen Flüchtlingsheimen angegriffen wurden.

Deshalb hatte er vor drei Jahren in seiner Redaktion eine Fortsetzungs-Dokumentation zu der Zusammenrottung der rechtsradikalen Kräfte durchgesetzt. Er hatte endlich den Auftrag in der Tasche und war mit seinem Kamerateam wieder in Dresden, Cottbus und Görlitz. Seine Mutter war stolz auf ihn und seine Filme, die im Ersten Programm liefen. Sie hätte ihn sicher verstanden, dass er die Drehtermine einhalten musste. Danach wollte er sie sofort besuchen.

Aber da war sie schon tot.

Den Anruf wird er wohl nie vergessen. Er hatte gerade erst die Telefonnummer der Freundin seiner Mutter in seinem Handy gespeichert, nachdem sie ihn wegen des Schlaganfalls informiert hatte. Nun sah er die Nummer erneut auf seinem Display aufleuchten. Er stand gerade am Fenster seines Zimmers im *Hotel Obermühle* in Görlitz und blickte über die Neiße hinüber nach Zgorzelec in Polen. Glücklicherweise waren sie ohne Polizei oder Grenzkontrollen wieder über die Grenze zurück nach Deutschland gekommen. Noch wusste er nicht, wie er diese Grenzverletzung mit den Neonazis bei Nacht und Nebel einordnen sollte, da schreckte ihn der Anruf aus seinen Gedanken.

Er hatte schon das Schlimmste geahnt, nahm einfach wie in Trance das Gespräch an und legte nach kurzer Zeit wieder auf.

Er hatte seinen Drehplan fast geschafft, noch zwei Tage standen aus, und nächste Woche konnte er den Film schneiden. Aber verdammt! Jetzt musste er seine Mutter beerdigen.

»Hättest du nicht noch warten können, bis ich wieder zu Hause bin?«, fragte er seine Mutter gehetzt und war gleichzeitig froh, dass seine Gedanken niemand hören konnte.

Aber was hätte es gebracht, wenn er am Bodensee im Krankenhaus neben ihrem Bett gesessen hätte, hätte sie überhaupt mitbekommen, dass er da war?

Und wenn schon, zu ihrem 90. Geburtstag hatte sie sich selbst den Tod gewünscht. Und sie beide hatten sich längst ausgesprochen. Er jedenfalls hatte ihr alle seine Sünden gebeichtet und ihr für ihre liebevolle Fürsorge in seiner Kindheit gedankt. Sie schienen sich einig und trugen sich nichts nach. Er hoffte, sie möge in Frieden eingeschlafen sein.

Eine Träne kullerte über sein Gesicht. Aber dafür war jetzt keine Zeit. Er musste die Beerdigung bis zum Ende seiner Dreharbeiten verschieben. Anfang nächster Woche war er wieder zurück. Dann musste er mit dem Schnitt beginnen und konnte zwischendurch schnell einen halben Tag von Stuttgart nach Seeldorf rauschen.

Wie eine lästige Nebensächlichkeit schob er die Beerdigung seiner Mutter zwischen seine beruflichen Termine, ohne sich Zeit für seine Trauer zu nehmen. Aber so hatte sie ihn erzogen, sagte er sich. »Die Arbeit geht vor«, war immer ihre Devise.

Zur Beerdigung war er in seinem Saab 900 über die A81 von Stuttgart nach Seeldorf gebrettert. Mit dem Dorfpfarrer hatte er zuvor eine heftige Auseinandersetzung geführt. Natürlich hatte der Pope recht und seine Mutter hätte sich sicherlich eine ordentliche Beerdigung gewünscht, was für sie geheißen hätte mit einer Totenmesse, das hieß mit einer Eucharistiefeier. Doch auf den katholischen Kirchenzauber mit Wandlung und Kommunion wollte er verzichten.

Einen halben Tag hatte er für die Beerdigung eingeplant, dann musste er in den Schneideraum zurück und seine Doku fertigstellen.

Die Dokumentation war in den Programmzeitschriften schon groß angekündigt. Am Morgen hatte er noch mit seiner Cutterin die ersten Schnitte besprochen, dann musste er los.

Wohl bald zum letzten Mal, dachte er, dass er über diese Autobahn von Stuttgart an den Bodensee düste. Was wollte er in dem Kaff noch, wenn seine Mutter nicht mehr lebte?

Bei Überlingen verließ er die Bundesstraße und fuhr die Serpentinen hinauf in seinen alten Heimatort. Er hatte noch knapp zehn Minuten Zeit, als er den Kirchturm Seeldorfs zwischen den Höhen des Linzgaus sah.

Das alte Kirchlein galt als das Wahrzeichen des kleinen Bauernortes, um es herum wurden seit Jahrhunderten die

Toten beerdigt. Hätten sie aus ihrem Grab sehen können, hätten sie die heute so begehrte Aussicht über den Bodensee bis zum Tag der Auferstehung genießen können.

In seiner Jugend war der Gottesacker ausschließlich Katholen vorbehalten, andere Konfessionsangehörige gab es eh nicht im Ort. Vielleicht hätte der Kirchengemeinderat später bei manch einem zugezogenen Evangelen noch ein Auge zugedrückt. Aber seit immer mehr Neubürger in den Ort drängten, selbst konfessionslose, wurde beschlossen, auf dem Friedhof nur noch echte, das hieß im Ort geborene Seeldorfer neben ihrem Kirchlein zu beerdigen. Diplomatisch schoben die Gemeinderäte ihre Entscheidung auf die zunehmende Einwohnerzahl und auf die begrenzte Fläche des Dorffriedhofs.

Verena Simon aber war eine von ihnen. Von ihrer Geburt bis zu ihrem Tod hatte sie im Ort gelebt. Zu allem hin war sie jahrzehntelang die Ratsschreiberin, eine wahre Respektsperson! Für viele war sie nach 40 Jahren im Rathaus mächtiger und gewiefter als mancher Bürgermeister, der – wie die Einheimischen urteilten – unter ihr gedient hatte. Und sie hatte über 60 Jahre im Kirchenchor gesungen. Allein dafür war ihr ein Grab in der ersten Reihe des Friedhofs gesichert.

Um 14.30 Uhr war die Trauerfeier angesetzt. Punkt 14.30 Uhr parkte er seine Karre frech vor dem Eingang zu dem Dorffriedhof. Perfekt, dachte er, alle Trauergäste schienen schon in der Kirche zu sein, so hatte er sich die lästigen Begrüßungen seiner alten Freunde und Bekannten vor der Zeremonie erspart.

Er war zwar gespannt, wen er von der buckligen Verwandtschaft noch erkennen würde. Aber eigentlich interessierten ihn seine Verwandten einen feuchten Kehricht, er kannte sie eh nicht mehr. Der Bruder seiner Mutter war schon tot, und seine Cousins und Cousinen hatte er das letzte Mal beim 80. Geburtstag seiner Mutter, und das war vor genau zehn Jahren, gesehen.

Seine Mutter hatte danach auf größere Feiern verzichtet. Sie wollte das »dumme Geschwätz« des neuen Bürgermeisters nicht mehr ertragen, »und seinen schwäbischen Fusel kann er auch behalten«, hatte sie energisch geschimpft, als sie auf dem Etikett der von ihm mitgebrachten Weinflasche »Württemberger Trollinger« gelesen hatte.

Die Trauergemeinde war schon in der Friedhofskapelle versammelt. Jakob wusste, da half auch keine falsche Bescheidenheit, er musste jetzt durch den Kirchgang ganz nach vorn in die erste Reihe gehen. Links in den Bänken saßen die Frauen, rechts die Männer. Der Sarg stand vor dem Altar.

Jakob marschierte schnurstracks an den Reihen entlang Richtung Altar auf den aufgebahrten Sarg zu. Er wusste, alle Augen schauten ihm nach. Der Junge von Verena, tuschelten sie.

Im Dorftratsch hatte sich schnell herumgesprochen, dass er seine Mutter nicht einmal im Krankenhaus besucht hatte, um ihr in ihren letzten Stunden beizustehen. Sollte er jetzt, wie er es gelernt hatte, vor dem Altar und dem Sarg seiner Mutter kurz innehalten oder gar eine Kniebeuge hinlegen? Ein deutlicher Diener musste reichen. Dann drückte er sich in die erste Reihe in die rechte Bank.

Hier hatte er einige Gesichter der Männer seiner Sippe wiedererkannt. Die Köpfe der schwarz gekleideten Herren drehten sich wie auf Befehl zu ihm um. Er lächelte ihnen zu.

Der erste reichte ihm die Hand, begrüßte ihn und kondolierte hilflos. Da musste er nun durch, also schüttelte er jedem der Männer der Reihe nach die Hand und brummelte irgendwelche inhaltsleeren Sätze dazu.

Die ersten Klänge des Requiems von der Orgel auf der Empore der kleinen Kirche beendete das für Jakob unwürdige Schauspiel. Parallel erschien der Pfarrer mit zwei Ministranten am Altar.

Jakob erinnerte sich, dass er früher als Ministrant Beerdigungen liebte. Meist steckten ihnen die Hinterbliebenen nach der Feier ein Scheinchen zu. Daran wollte er nachher unbedingt noch denken.

Der Pfarrer wartete, bis der Organist das Requiem beendet hatte, und begrüßte dann die Trauergemeinde. In der Zeit konnte Jakob kurz in die Gesichter seiner vermeintlichen Verwandtschaft schauen. Er meinte, einen der Cousins zu erkennen. Doch sie waren ihm eigentlich alle so fremd, wie sicher auch er ihnen fremd geworden war.

Sie sahen in seinen Augen alle verdammt alt aus. Dabei wurde ihm klar, die Kinder seiner Onkels waren heute so alt wie er. Doch ihnen sah man ihr Alter an, dagegen fühlte er sich noch immer jung. Schließlich waren sie alle Opas und Omas und er noch immer Junggeselle.

Die Gesichter der Männer neben ihm schienen ihm von einem anstrengenden und arbeitsreichen Leben gezeichnet. Der Alte neben ihm hatte ohne Zweifel einen zu hohen Blutdruck, was aber seiner roten Knollennase nach eher auf einen zu hohen Alkoholkonsum schließen ließ. Der Bauch seines Banknachbarn ragte über die Kirchenbank hinaus.

Sie alle waren gestandene Männer und trugen graue oder schwarze Mäntel. Jakob roch Mottenkugeln. Vermutlich holten sie ihre schwarzen Anzüge nur zu Festtagen oder eben zu Beerdigungen aus dem Kleiderschrank.

Jakob hatte zu Hause noch kurz überlegt, ob er sich auch einen dunklen Anzug kaufen sollte. Doch für den einen Tag sparte er sich die Investition. Seine schwarze Lederjacke interpretierte er als Statement, dazu die obligatorische Jeans, heute in Schwarz. Das musste reichen, mehr Kompromiss hätte seine Mutter kaum erwartet.

Verstohlen blickte er zu seinen weiblichen Verwandten hinüber. Auch die Frauen hatten alle ihre schwarzen Mäntel und Kleider an. Sie alle lauschten andächtig den Worten des Pfarrers direkt vor ihnen.

Jakob glaubte, eine seiner Cousinen zu erkennen. Er erinnerte sich an eine junge, flotte und schlanke Frau mit unternehmungslustigen Augen, mit der er während einer der letzten Familienfeiern unbeschwert, vielleicht etwas zu heftig, geflirtet hatte. Freilich war auch sie älter geworden, aber jetzt sah er die einst blitzenden Augen tief liegend hinter dickeren Wangen versteckt. Ihr Mantel spannte um einen beachtlichen Bauch. Angestrengt schaute sie nach vorn.

An Hunger jedenfalls schienen alle seine Verwandten nicht zu leiden, diagnostizierte Jakob. Früher drehte er Filme über arme Rentner, die zum Sozialamt mussten, um ihr Leben bestreiten zu können. In Seeldorf könnte er wohl eher mit den Alten einen Film zu Diabetes Typ 2 drehen.

Endlich gab der Pfarrer den Bestattern ein Zeichen, den Sarg aus der Kirche zu tragen. Die Trauergesellschaft formierte sich. Jakob wurde in die erste Reihe geschoben und trottete langsam hinter dem Sarg und den Sargträgern her. Die alten Weiber begannen, einen Rosenkranz zu beten.

Jakob las entlang des Weges auf den Grabkreuzen die Namen einiger alten Bekannten aus seiner Jugend. Sie schienen ihm nun wie Zeugen aus einer anderen Zeit zu sein.

Bizarr, hatte er gedacht. Angesichts aller Toten des Ortes lebten auf dem Friedhof die alten Traditionen über Jahrhunderte weiter.

Während der Pfarrer den Sarg vor der Bestattung mit seinem Weihwasser bespritzte, hatte Jakob überlegt, wie er seine Dokumentation aufbauen wollte. Sollte er eine Collage erstellen, in der er die Neonazis mit Hitlergruß zeigte und die glatt gebügelten Fernsehgesichter der *AfD* dazwischenschnitt?

Als der Kirchenchor anfing, das Lied »Mögen Engel dich begleiten« anzustimmen, überlegte er, mit welcher Musik er seinen Film unterlegen sollte. Er musste diesen Nazi-Grölern akustische, distanzierende Kontrastpunkte setzen, am besten mit modernen, jazzigen Klängen.

An seine Mutter dachte er kaum. Ein paar Tränen standen hin und wieder in seinen Augen, wenn er auf den Sarg schaute, in dem er seine Mutter liegen wusste. Er hörte ihre Worte in seinem Ohr, die sie ihm bei seinem letzten Abschied mitgab, als hätte sie ihr Ende geahnt: »Du darfst nicht traurig sein«, hatte sie ihm aufgetragen, als sie über ihren baldigen, unausweichlichen Tod sprachen.

Er war es nun aber trotzdem.

Sie würde ihm fehlen. Das wöchentliche Gespräch, der Anker Seeldorf. Alles das war nun vorbei. Er sah seine Mutter mit den Augen seiner Kindheit als junge Frau vor sich. Sie war eine stattliche Dorfschönheit. Auch zu ihrem letzten Geburtstag hatte sie noch eine besondere Würde ausgestrahlt.

»Wir haben ihren Verlust schon vor 30 Jahren erfahren«, hörte er den Bürgermeister über die Pensionierung seiner Amtsleiterin reden. Es war noch immer der gleiche Dorfschultes, der ihr zu ihrem Geburtstag den schwäbischen Trollinger überreicht hatte. Ruhe in Frieden, dachte Jakob, ab heute musst du dich über keinen Amtsschwätzer mehr aufregen.

Die anschließend noch längere Trauerrede des Kirchenchor-Vorstands nutzte Jakob, um die Trauergäste genauer unter die Lupe zu nehmen. Er rätselte, welche der Seeldorfer er noch aus seiner Schul- und Jugendzeit erkannte. Dabei wurde ihm klar, warum er alle Klassentreffen mied. Was sollte er im Kreis dieser *Grauen Panther*. Die Schlankgebliebenen sahen krank oder ausgezehrt aus, die Dicken überfressen. Zu beiden Parteien zählte er sich nicht. Und so fühlte er sich auch nicht!

Plötzlich blieben seine Augen an einer Person in der hinteren Reihe hängen. Es gab ihm einen kleinen Stich ins Herz, den er aber nicht wahrhaben wollte. Katharina!

Zuerst war ihm zwischen all den Grauköpfen ihre blonde Hochsteckfrisur aufgefallen. Dann sah er ihr Gesicht, unverkennbar, ihre ebenmäßigen Gesichtszüge mit ihrer kecken Stupsnase. Ihre hellen Augen strahlten wie früher. Ihr blasses Gesicht zeigte kaum Falten. Zugegeben, ihre einst blonden Haare schienen nun eher weißblond.

Jakob streckte den Kopf, um mehr von ihr zu sehen. Schlank wie in ihren Jugendjahren war sie nicht mehr, aber ihr schwarzes, eng anliegendes Kleid unterstrich den Reiz ihrer runden Fettpölsterchen. Groß und stattlich stand sie in der hintersten Reihe. Immer noch sexy, dachte er, und begehrenswert.

Verdammt, gerade auf sie hätte er heute verzichten können. Trotzdem musste er immer wieder zu ihr hinsehen. Sie war einst seine große Jugendliebe.

Er bemerkte, dass auch sie ihn interessiert musterte.

Schnell zog er seinen Bauch ein und schaute rasch unsicher auf den Sarg. Dieser wurde in dem Moment von vier Totengräbern, die auf allen Seiten ihre Leinen hielten, langsam in das leere Loch abgelassen. Mama, ade, dachte er und spürte, wie erneut Tränen seine Augen füllten. Verdammt, haste mich doch noch zum Flennen gebracht.

Dafür war die Zeremonie aber endlich beendet. Er wusste, er musste noch stehen bleiben. Jeder der Trauergäste zog an der Trauerfamilie vorbei und jeder oder jede schüttelte ihm die Hand und sprach ihm sein Beileid aus.

Natürlich kam irgendwann auch Katharina. Sie griff seine Hand, schaute ihm ins Gesicht und sagte trocken: »Schade, dass für unser Wiedersehen erst deine Mutter sterben musste.«

Jakob hatte weiche Knie bekommen. Schnell entzog er ihr seine Hand. Nickte unbestimmt mit dem Kopf, bekam kein Wort aus seinem Mund heraus und wandte sich schnell dem nächsten Kondolierenden in der Reihe zu.

Endlich hatte der letzte der Besucher ihm die Hand geschüttelt. Jakob schaute sich nochmals kurz um, sah niemanden, dem er verpflichtet wäre, ihn noch zu grüßen. Die Trauergemeinde hatte kleine Grüppchen gebildet, in denen zum Teil lebhaft diskutiert wurde. Schnell nutzte er die Chance, um sich zu verdünnisieren. Zuerst aber ging er, für alle sichtbar, in die Sakristei der Kirche.

Der Pfaffe entwand sich gerade seinem schwarzen Messegewand, die beiden Ministranten halfen ihm dabei. »Das war auch mal mein Job«, stellte Jakob sich vor und drückte den beiden je einen 20-Euro-Schein in die Hände. »Sie haben ja meine Anschrift«, wandte er sich an den Pfarrer.

»Unser Dienst ist kostenfrei«, antwortete der Geistliche kühl, »schade, dass Sie auf eine Eucharistiefeier verzichtet haben.«

»Ich habe leider gerade kaum Zeit«, wandte sich Jakob zum Gehen, »ich muss zur Arbeit.«

»Wenn der Mammon ruft, wird die Liebe schnell vergessen«, hörte er den Pfaffen ihm noch nachrufen, doch er verdrückte sich schon Richtung Friedhofsausgang.

Eigentlich hätte es sich gehört, dass er die Trauergemeinde zu einem Leichenschmaus eingeladen hätte. Er hatte im Vorfeld auch daran gedacht, doch das Dorfgasthaus, die *Krone*, hatte vor Jahren schon das Restaurant geschlossen, und in ein anderes Dorf wollte er nicht ausweichen. Das hätte alles zu lange gedauert, und überhaupt, er wollte schließlich mit der Mischpoke nach dem Tod seiner Mutter nichts mehr zu tun haben.

Rund 15.000 Tote allein in Deutschland hat jährlich die Feinstaubbelastung durch den Autoverkehr zu verantworten. Jakob hatte schon genügend Filme über die jährlichen Krebstoten der mobilen Autowelt gedreht und sprach sich, für ihn logisch und konsequent, für eine Geschwindigkeitsbeschränkung auf deutschen Autobahnen aus. Trotzdem blieb auf der Heimfahrt nach Stuttgart sein rechter Fuß meist durchgedrückt auf dem Gaspedal. Die A81 bot nicht nur den Schweizer Rennfahrern freie Fahrt.

Ab dem Herrenberger Tunnel waren die 120 Stundenkilometer Gesetz. Jakob nahm den Fuß vom Gaspedal und drehte David Clayton-Thomas, dem Leadsänger von *Blood, Sweat & Tears*, den Ton ab. Die Beerdigung hatte er überstanden, nun fragte er sich nur noch, vor wem er so auffallend schnell geflüchtet war? Vor seiner Verwandtschaft oder vor Katharina? Er sah auf der Fahrt immer wieder Bilder von ihr vor sich, aus ihrer gemeinsamen Jugend und sie heute auf der Beerdigung.

Er musste sich eingestehen, dass er beim Anblick von Katharina eine seltsame Hilflosigkeit empfunden hatte. Aber was hätte er ihr auch sagen sollen? Dass er sie nie vergessen hatte? Dass er noch jahrelang nach ihrer Trennung von ihr geträumt hatte?

Er war als Jugendlicher unsterblich in sie verliebt gewesen, sie aber hatte ihn nach einigen Techteleien kühl abblitzen lassen und über Nacht einen anderen ihm vorgezogen.

Kalter Kaffee von vorgestern, schob er die Erinnerungen beiseite und drehte wieder *Blood, Sweat & Tears* auf.

Heute, drei Jahre später, sitzt er wieder in diesem vermaledeiten Flecken Seeldorf. Nach der Beerdigung seiner Mutter hatte er gedacht, dass er nie wieder in dieses Kaff zurückkehren würde. Eine ehemalige Freundin seiner Mutter hatte für die Wohnung einen Schlüssel und seit ihrem Tod sich um das leer stehende Haus gekümmert. Kehrwoche war Pflicht im Ort, da schützte selbst der Tod nicht davor. Persönliche Briefe, wobei es eigentlich nur amtliche Briefe waren, hatte sie ihm nachgeschickt.

Die Wohnung selbst wirkt ohne seine Mutter steril. Und doch sieht Jakob sie in jeder Ecke hantieren und mit ihm reden. Auch ihr Geruch wabert noch durch alle Räume.

Als Kind hätte er jedes der Häuser im Ort allein nach dessen Geruch identifizieren können. Der Stallgeruch war in jedem der Bauernhäuser identisch. Aber spätestens in der Küche und erst recht in der Stube bewies jedes Haus seine eigene Ausdünstung.

Mit dem Duft seiner Mutter in der Nase schieben sich in schneller Folge wieder viele Bilder seiner Kindheit und Jugend vor seine Augen. Seine Mutter strahlt ihn in seinen Erinnerungen immer fröhlich an, sie lacht und wird nie älter.

Werd jetzt bloß nicht schwach, Jakob, versucht er, den aufkommenden Sentimentalitäten auszuweichen. Aber es tut ihm heute unendlich leid, dass er sich für seine Mutter zu ihren Lebzeiten nicht mehr Zeit genommen hatte.

Meist hatte er seine Mutter gerade zweimal im Jahr besucht, zu ihrem Geburtstag und zu Weihnachten. Sie hatte ihm ihre Freude bei jedem Besuch gezeigt. Ihn aber nie gedrängt, sie öfter zu besuchen. Und er musste ja arbeiten, beruhigt er sich.

Nun ist er zurückgekommen in seinen Heimatort Seeldorf. Nur wenige Alte kennen ihn noch. Jakob Simon, der Junge vom Obergfellenhof. Sohn der ehemaligen Ratsschreiberin Verena Simon. Und des Vaters Otto Simon. Aber wer kannte den noch? Nicht einmal er, der Sohn! Was weiß er über ihn? Aber wer interessiert sich denn überhaupt noch dafür?

Wieder betrachtet er den Stapel Zeitungsausschnitte vor sich auf dem Tisch: Es war Mord! Jetzt sieht er wieder seine Mutter vor sich, alt und gebrechlich, wie sie vor fünf Jahren immer wieder von diesem ominösen Knochenfund zu erzählen anfing.

Jakob weiß nicht, wofür er sich mehr schämen soll: dafür, dass er ihre Unruhe und Befürchtungen nach dem Knochenfund nicht ernst nahm oder dass er sie überhaupt so wenig besucht hatte, oder dafür, dass er jetzt das von ihr hart angesparte Erbe einfach einsacken wird.

Er tigert unschlüssig durch die Wohnung. Zu viele alte Geschichten gehen ihm, seit er in Seeldorf angekommen ist, durch den Kopf. Doch warum will er sich jetzt, wo seine Mutter längst tot ist, damit noch belasten?

Im Bad schaut er in den Spiegel und streicht sich mit der rechten Hand über sein kurz geschorenes Haar. Die ausufernde Glatze über der Stirn hatte vor längerer Zeit zu einer *Vokuhila*-Frisur geführt. Eine kurze Liebe aber hatte ihm vor Jahren dann auch noch die langen Nackenhaare abgeschnitten, woraufhin er sich kurze Zeit später gleich auf einen Kurzhaarschnitt eingelassen hatte.

Zunächst hatten ihn die ausrasierten Hinterköpfe der Jungen an die *HJ*-Rasuren der Nazizeit erinnert. Doch mit dem Haarausfall auf seinem gesamten Schädel kam ihm der Kurzhaarschnitt gerade recht. Er hatte geglaubt, der Undercut ließe ihn jünger erscheinen. Doch jetzt sieht er in dem Neonlicht des alten *Alibert*-Badschranks seiner Mutter deutlich, wie sein Gesicht immer länger wird und seine Vorderplatte sich bald bis zur Kopfkrone ausweitet.

Er verzieht das Gesicht zu einer Grimasse. 70 gelebte Jahre hinterlassen auch bei einem Junggesellen ihre Spuren. »Vergiss es«, spricht er zu sich selbst, wendet sich ab, knipst schnell das Licht aus und geht aus dem Bad.

In der Schublade der Kommode seiner Mutter hat er außer den Zeitungsartikeln auch noch einen Brief an ihn gefunden. Der Brief lag auf einem quadratischen, fest eingebundenen und etwas abgegriffenen Buch, das Jakob an die Poesiealben der Mädchen in seiner Volksschulzeit erinnert. In Sütterlinschrift steht »Erlebnisbuch« auf dem Einschlag.

Doch bevor er sich an ihr Tagebuch wagt, liest er ihren Brief:

Ich habe Dich schon unter meinem Herzen getragen, als ich Otto Simon heiratete. Es ging damals, Ende 1944, alles sehr schnell. Otto Simon war bei der Gestapo in Singen, er hatte mir schon immer schöne Augen gemacht. Wir heirateten an einem nebligen Novembersonntag 1944, schon einen

Tag später war er verschwunden. Man sagte, er hätte sich zur Ostfront gemeldet, dabei war an einen Endsieg doch schon längst nicht mehr zu denken – und jetzt findet man die Knochen eines jungen Mannes, in Ottos Alter, im Teich hinter unserem Haus.

Jakob erinnert sich an die Porträtaufnahme in der Stube seiner Großeltern. Das ist dein Vater, hatten sie ihm gesagt, Otto Simon. Doch er hatte zu der Person mit dem ausrasierten Kurzhaarschnitt und dunkler, bis zum Hals zugeknöpfter Polizei-Uniform nie eine besondere Bindung empfunden. Erst jetzt wird ihm bewusst, dass auch seine Mutter ihm nie Geschichten von seinem Vater, Otto Simon, erzählt hatte. Keine Liebesgeschichte oder auch keinen Schwank, den sie gemeinsam erlebt hätten. Er hatte sich mit der kurzen Erklärung, dass sein Vater im Krieg verschollen ist, zufriedengegeben – und jetzt deutete seine Mutter an, sein Vater sei umgebracht worden?

Verzeih mir bitte, aber es waren schreckliche Zeiten, manches habe ich nur meinem Erlebnisbuch anvertraut, wenn Du erfahren willst, über was ich nie mit jemandem sprechen konnte, kannst Du es nach meinem Tod gerne lesen – vielleicht verstehst Du mich dann.

Ich habe Dich immer geliebt und ich habe alles immer nur für Dich getan.

Jakob ärgert sich. Je älter er wird, umso schneller schießen ihm Tränen in die Augen. Er hasst diese Altmännersentimentalität, doch das Bild seiner Mutter drängt sich vor seine Augen. Immer wenn er an sie denkt, sieht er sie in jungen Jahren mit ihren immer strahlenden Augen und immer einem Lachen in ihrem Gesicht. Wie er ihre letzten Zeilen liest, sieht er sie alt, zerbrechlich und zart.

Er steht ruckartig auf. Geht um den Küchentisch hinaus auf die Terrasse. Blickt in die Ferne, sieht aber durch einen Schleier seiner Tränen kaum etwas.

Entschlossen dreht er sich um. Geht in die Wohnung zurück und schnappt sich das Erlebnisbuch. Verdammt, was wusste er nicht über sich und seine Geburt?

Er war im Mai 1945 geboren, im November hatte seine Mutter seinen Vater, Otto Simon, geheiratet. Sechsmonatskinder hat es schon immer gegeben, aber was hatte seine Mutter vor ihm verheimlicht?

Und verdammt: Lag die Leiche seines Vaters über 60 Jahre lang in dem Feuerlöschteich seiner Großeltern?

Waren es seine Knochen, die die Bauarbeiter gefunden hatten?

Und wer hatte ihn umgebracht?

1944 NOVEMBER

»Lass es wegmachen«, hatte ihre Mutter, Theres Obergfell, ihrer Tochter Verena Obergfell geraten, »und der Levi muss auch weg! Der bringt uns alle noch ins KZ. Du scheinst dir gar nicht im Klaren zu sein, in welche Gefahr du uns alle bringst. Wir werden Haus und Hof verlieren und im Zuchthaus enden.«

Gleichzeitig hörte Verena die Dorfkinder am Rande des Ortes fröhlich toben und kreischen. Sie rutschten über eine dicke Eisfläche, die sich auf einem Bombenkrater, ein Stück unterhalb des kleinen Ortes Seeldorf, gebildet hatte.

Die Mädchen spielten in schwarzen, meist viel zu großen Gummistiefeln aus dem Kuhstall ihrer Eltern Eisprinzessin. Die Buben hatten ebenfalls die wasserdichten Gummistiefel der Väter an, manche hatten selbstgeschliffene Eisenkufen unter ihre Schuhe gebunden. Die deutsche Eishockey-Mannschaft war ihr Vorbild. In ihren Volksempfängern zu Hause hatten sie die Winterkampfspiele verfolgt, solange sie noch ausgetragen wurden. Jetzt hatten sie sich eigene Schläger aus Haselnussstöcken geformt, ein kleiner, flacher Stein diente ihnen als Puck.

Die feindlichen Geschwader der Alliierten waren an der Schweizer Grenze am Rhein und danach am Bodensee entlanggeflogen. Immer nördlich des Seeufers, da lagen das von ihnen verhasste Hitler-Deutschland und bei Friedrichshafen die großen Waffenfabriken. Das Ziel galt dem

Luftschiffbau Zeppelin, den *Maybach-Motorenwerken*, der Zahnradfabrik und den verhassten *Dornierwerken*.

Der kleine Ort Seeldorf, der Heimatort der Familie Obergfell, lag glücklicherweise abseits der Flugrouten im Hinterland des Bodensees auf den nördlichen Höhen des Linzgaus. Hierhin hatte sich bisher nur ein Flieger verirrt, der seine Bombe aber weit weg vom Ort fallen gelassen hatte. Damit hatte er zur Freude der Dorfjugend ihnen im Sommer ein erfrischendes Freibad und im Winter eine Eisarena geschaffen.

»Das hat alles bald ein Ende«, sagte Verena zuversichtlich, »das meint auch Vater, solange müssen wir nur durch- und vor allem zusammenhalten.«

»Du bist eine dumme Gans«, schalt die Mutter ihre Tochter, »der Jud muss aus dem Haus und am besten du gleich mit.«

Mit dem Jud meinte sie den jungen Levi Roth, den Sohn ihres ehemaligen Viehhändlers Jakob Roth aus Radolfzell. Er hatte sich der Deportation in die Vernichtungslager 1940 entzogen und suchte seither, um zu überleben, immer wieder nach neuen Verstecken. Vor Monaten hatte Verena ihm in ihrem Heuschober unter viel Heu einen Verschlag gebaut, in dem er hauste.

Der Obergfellenhof lag etwas abseits des Ortskerns, am östlichen Ende des Ortes. Der NS-Ortsgruppenführer Franz-Josef Haas wusste, dass die Obergfells keine Freunde Hitlers waren, aber solange sie sich still verhielten, ließ er die Familie Obergfell am Ortsrand in Ruhe.

»Du hast selbst Schuld«, gab die Mutter, Theres Obergfell, keine Ruhe, »das Dorf zerreißt sich das Maul über dich.«

Seit Verenas Schwangerschaft ruchbar wurde, interessierte im Ort die Klatschmäuler nur noch eine Frage: Wer ist der Vater?

Verena schwieg eisern. Ihrer Mutter war es klar, es kam für sie nur dieser Levi als Verführer ihrer Tochter infrage. Aber das durfte nicht sein! Auf keinen Fall! Schwanger ohne Vater war schon eine große Schande, aber schwanger von einem Juden, das war ein Verbrechen!

»Glaub mir, der Jud muss weg! Und das Kind auch. Aber schnell. Oder willst du, dass wir alle im KZ landen?«

Gerne hätte Verena einfach ihr Gesicht in die wärmenden Strahlen der Föhnsonne gehalten. Mutter und Tochter saßen auf einem Mäuerchen vor dem Haus und blickten über den wolkenlosen blauen Himmel. Unter ihnen glitzerte der Bodensee, am Firmament reflektierten die Schneekristalle der Schweizer Berge das Licht. Wie gern wäre sie jetzt dort drüben bei den Eidgenossen, dort hatten die Menschen sicherlich noch nie etwas von einer Blutschande gehört, dort könnte sie mit Levi und ihrem Kind glücklich sein.

Aber in Nazi-Deutschland galten andere Gesetze, doch wie sollte sie sich jetzt verhalten? Sie hatte sich mit Levi eingelassen, das war verboten, aber Abtreibung war doch auch eine Sünde?

Es war leider tatsächlich nicht mehr lange zu verheimlichen. Sie hatte eine schlanke, drahtige Figur, aber langsam wölbte sich ihr Bäuchlein. Mit weiten Schürzen versuchte sie es zu verbergen.

Verena stand jeden Morgen um 5 Uhr in der Frühe auf, schlüpfte in die immer gleiche dunkle Schürze, knotete ihr blondes Haar unter ein dunkles Kopftuch, nahm sich Zeit für ihr Morgengebet und ging dann in den Stall, um ihre vier Kühe zu melken.

Bevor sie danach mit den gefüllten Milchkannen ins Dorf ging, nahm sie einen Suppenteller, gab alte harte Brotkrumen hinein und schüttete kuhwarme Milch darüber. Sie war sich bewusst, ihre Brotsuppe war ein Luxusgericht, das längst nicht mehr in jeder Küche in Deutschland auf dem Tisch stand.

In den letzten Kriegsmonaten nicht hungern zu müssen, war der Vorteil der Bauernkinder. Dafür nahm Verena ihre tägliche Arbeit gerne an, wie sie gemacht werden musste. Dennoch war ihr das bis vor Kurzem noch fröhliche Wesen von einst abhandengekommen.

Wenn sie morgens oder abends die Milch in ihrem Leiterwagen durch den Ort zur Milchzentrale zog, lächelten und grüßten ihr die Bauersfrauen noch freundlich ins Gesicht, aber schon hinter ihrem Rücken hörte sie ihr böses Tuscheln.

Wenn sie die gefüllte Metallkanne vor der Milchzentrale aus dem Wagen hob, spannte sie die Armmuskeln, ging mit ihrem Körper ins Hohlkreuz, um die Kanne hochzuheben, dabei wurde ihr Bäuchlein verräterisch sichtbar. Sie spürte den Blick der Frauen auch aus der Ferne, die nach ihr schielten. Dass sie unverheiratet schwanger war, war nicht mehr zu verheimlichen.

Nächtelang hatte sie geweint, sie wusste sich nicht mehr zu helfen. Sie war tiefgläubig, streng katholisch erzogen und hatte doch gegen das Sechste Gebot verstoßen.

Sie legte ihre rechte Hand auf den Bauch, seit vier Monaten war die Regel ausgeblieben. Eine Abtreibung war für sie eine Todsünde. Sie fürchtete das Fegefeuer oder gar die Hölle.

Und sie liebte doch diesen Levi! Sie wollte sein Kind austragen! Wie lange mussten sie noch ihre Liebe verheimlichen, bis dieses verfluchte Nazi-Reich zu Ende war?

An das neue Leben, das in ihr reifte, wollte sie gar nicht denken. Sie sah sich schon mit dickem Bauch, verstoßen, vom Ort sowieso, aber auch von ihrer Familie. Ledig ein Kind zu bekommen war eine Schande, ein Kind von einem Juden aber ging einfach gar nicht, darauf stand tatsächlich Zuchthaus. Und was dann mit dem Kind passieren würde, wollte sie sich lieber auch nicht ausmalen.

Ebenso quälte sie Frage: Wo und wie konnte der Vater ihres Kindes, ihr Levi, überleben?

Sie hatte in ihrer Not dem Herrn Pfarrer ihre Schwangerschaft gebeichtet.

»Du willst mir ja nicht verraten, wer der Vater ist, aber es gibt böse Gerüchte, meine Tochter«, begann der Dorfpfarrer seine Lossprechung im Beichtstuhl und bot ihr eine perfide Lösung an: »Schau, du und Otto, ihr beide wart euch doch sowieso schon so gut wie versprochen, und ich weiß, er hat noch immer nur Augen für dich. Heirate ihn schnell, und ihr bekommt ein Christenkind. Das würde unserem Herrgott gefallen, und ich könnte dir damit alle deine Sünden erlassen.«

Jeder hatte sie früher auf den Dorffesten mit Otto Simon tanzen gesehen. Doch seit Otto Simon zunächst bei der Schutzpolizei in Überlingen und nun aber bei der *Gestapo* in Konstanz gelandet war, hatte sich der früher fröhliche Otto zu einem echten Nationalsozialisten verwandelt, den man im Ort nur noch in seiner Uniform sehen konnte. Und zu allem hin gab es im Dorf schon immer eine Rivalität zwischen den Simons und den Obergfells. Dabei ging es ursprünglich um Wasserrechte auf einigen Wiesen in der Hanglage. In Trockenzeiten versuchte jeder, dem anderen die Gräben umzuleiten, in denen das für die Viecher notwendige Regenwasser abfloss.

Mit der Machtübernahme der Nazis war der Krieg zwischen den beiden Familien amtlich. Als Franz-Karl Obergfell 1933 als Zentrumsmitglied den Gemeinderat auf Betreiben der *NSDAP* verlassen musste, ersetzten sie ihn ausgerechnet mit Paul Simon, dem Vater von Otto.

Paul Simon war stolz, einer der ersten *NSDAP*-Mitglieder gewesen zu sein, bevor die Partei für Neumitglieder eine Aufnahmesperre verhängt hatte, um dem Ansturm von Aufnahmeanträgen nach ihrer Machtergreifung am 30. Januar 1933 Herr zu werden.

Damit waren die Feindseligkeiten zwischen den Familien erneut aufgeflammt. Zuvor hatten die beiden Kinder – Verena Obergfell und Otto Simon – in jungen Jahren geglaubt, sie könnten die Streitereien der Familien überwinden.

Schon in der Volksschule hatte Otto einen Blick auf Verena geworfen und sie mit seiner Achtung gebietenden Statur gegen die Rüpeleien ihrer Mitschüler geschützt. Im Heimatverein sah man die beiden bald in der Linzgau-Tracht als ein Paar. Ihre gegenseitigen Sympathien waren das Ortsgespräch.

Aber die Zeiten hatten sich geändert. Otto war jetzt bei der *Gestapo*, und sie, Verena, jungfräulich schwanger, aber von wem nur? Mit wem hatte sich die kleine Obergfell nur eingelassen?

Verena war klar, es ging um das Leben des Kindes in ihr, aber auch um ihr eigenes und das der ganzen Familie, von Levi gar nicht zu reden.

Levi würden die Nazis, wenn die wahre Vaterschaft herauskam, umgehend erschießen, sobald sie ihn fassen würden.

In ihrer Not musste sie jetzt mit ihrem Vater reden, der, seit ihre Schwangerschaft sichtbar wurde, kein Wort mehr mit ihr gewechselt hatte.

Sein eisiges Schweigen verriet seine Hilflosigkeit. Jedem in der Familie war klar, dass sich Verena mit diesem Levi im Heuschober eingelassen hatte. Wie konnte der Kerl nur? Die ganze Familie hatte ihm einen kurzfristigen Schutz bieten wollen, doch nun hatte er sie zutiefst enttäuscht und alle in Gefahr gebracht.

Unausgesprochen war allen außer Verena klar: Der Jude muss weg!

Franz-Karl Obergfell und seine Frau Theres Obergfell ließen sich zu dieser Zeit im Ort wenig blicken. Franz-Karl Obergfell war als Nazi-Gegner bekannt. Er hatte seinen beiden Buben verboten, Mitglieder der *HJ* zu werden, und Verena durfte zu ihrem Leidwesen nicht zum *Bund Deutscher Mädels*. Das hatte sie weinend ihrem Lehrer erzählt, doch das wusste auch so jeder im Ort. Franz-Karl Obergfell war ein Zentrums-Mann geblieben, aber Seeldorfer unter sich, da wollte keiner dem sturen Quertreiber zu viele Scherereien bescheren.

Die Ortsgruppenleitung behielt ihn im Auge, aber solange er sich ruhig verhielt, ließ man ihn links liegen. Seit er nun auch noch den Tod seines jüngsten Sohnes Ernst zu beklagen hatte – er war mit 17 Jahren an der Ostfront gefallen –, ging ihm sowieso jeder lieber aus dem Weg.

In der Stube des Bauernhauses stand mitten auf dem Esstisch ein Porträt von ihrem Ernst in Uniform. Die Erfahrung aus dem Ersten Weltkrieg hatte gelehrt, dass von vielen jungen Männern, die in den Krieg gezogen waren, danach den Familien oft nur noch Porträtaufnahmen blieben. Deshalb ging es, bevor die Jungen an die Front mussten, zum Fotografen nach Überlingen. Manche Familien hängten die Bilder ihrer jungen Männer in Uniform mit

Stolz an die Wand, bevor sie später weinend einen Trauerflor um den Holzrahmen binden mussten.

Jung und zuversichtlich, wie zu Lebzeiten, schaute Ernst aus dem Bilderrahmen in die dunkle Stube. Er hatte bei dem Fotografen Lauterbach wie immer sein charmantes Lächeln aufgesetzt. Seine dunklen widerspenstigen Locken hatte er ordentlich frisiert. Der Kerl hatte zeitlebens bei allen Mädchen die besten Chancen und war zudem Torschützenkönig des örtlichen Fußballvereins.

Seit der Briefträger die Todesnachricht von der Front überbracht hatte, brannte vor dem Bild des jungen Gefreiten Ernst Obergfell eine Wachskerze. »Heute finde ich nun in diesem pausenlosen Kampf etwas Zeit, um mich der traurigen Aufgabe zu entledigen, Sie vom Heldentode Ihres Sohnes in Kenntnis zu setzen«, stand in der Mitteilung seines Kompanieführers.

Franz-Karl Obergfell hatte die Feldpost kaum gelesen, zerrissen, ging in den Stall und mistete wortlos das Schweinegehege aus. Er fegte jeden Winkel so sauber, als gehörte der Schweinestall zur Wohnung.

Seit der Todesnachricht seines Sohnes Ernst herrschte im Hause Obergfells »stille Messe«, so nannten sie selbst ihr hilfloses Schweigen nach familiären Auseinandersetzungen.

Es war November 1944, Franz-Karl Obergfell blieb meist auch nach der Stallarbeit bei seinen Kühen sitzen. Draußen wechselten Regengüsse und Schneeflocken bei um die null Grad. Das Wetter passte zum Untergang des Dritten Reiches. Wer noch an den Endsieg glaubte, musste an einen Sommer im Winter glauben.

Schon im Sommer war in Weißrussland die Heeresgruppe Mitte der Wehrmacht unter dem Ansturm der

Roten Armee zusammengebrochen. Drei Armeen mit 28 Divisionen waren vernichtet. Bis zu 400.000 deutsche Soldaten waren gefallen, unter ihnen auch sein Ernstle. Stumpfsinnig saß Franz-Karl Obergfell, an die Wand im Stall gelehnt, auf dem Melkschemel und stierte vor sich hin. Da stand Verena plötzlich vor ihm.

»Vater, ich muss mit dir reden«, begann sie nach zwei verlegenen Räuspern, die er offensichtlich nicht zur Kenntnis genommen hatte. »Vater«, setzte sie noch einmal lauter an, »der Pfarrer meint, ich solle Otto heiraten.«

Franz-Karl Obergfell stierte weiterhin stur vor sich hin, als hätte er seine Tochter wirklich nicht gehört.

»Otto Simon«, konkretisierte Verena, »dann wären wir auf der sicheren Seite.«

Ihr Vater hob langsam seinen Kopf und schaute mit glasigen Augen zu ihr hoch. Er schnaufte schwer. Seit Tagen hatte er sich nicht mehr rasiert. Seine grauen Bartstoppeln wuchsen ihm bis zu den eingefallenen Augenhöhlen hoch. Auf den buschigen Augenbrauen saß seine alte Schirmmütze, tief ins Gesicht gezogen. Er sah mitgenommen und alt aus.

Sie hielt ratlos seinem leeren Blick stand.

Plötzlich huschte ein leichtes Lächeln über seine müden Gesichtszüge. »Der Mackert sammelt seine Schäfchen«, konstatierte er, »vom Endsieg will der wohl langsam auch nichts mehr wissen.«

Herbert Mackert hieß der Dorfpfarrer. Lange hielt er sich unparteiisch, predigte von Menschlichkeit und Frieden, bis er mit Kriegsbeginn und den ersten militärischen Erfolgen doch plötzlich auch von der Kanzel an die deutsche Tugendhaftigkeit und an den deutschen Stolz seiner Schäfchen appellierte.

Franz-Karl Obergfell wollte schon nicht mehr seiner sonntäglichen Pflicht nachkommen und in die Kirche gehen, nur um des häuslichen Friedens willen gab er seiner Frau immer wieder nach. Doch seit den Niederlagen der Wehrmacht im Osten, und nun auch noch dem Erfolg der westlichen Alliierten, schien sich auch die Haltung des Pfarrers wieder zu wenden.

»Mädle, der Levi, egal wie lange es noch dauert, der Levi muss weg. Bring ihn fort! Der Kerl bringt uns in Teufels Küche.«

»Und ich?«, fragte Verena schluchzend, mit weinerlicher Stimme. »Wohin soll ich gehen?«

»Du dumme Gans, fang jetzt nicht an zu flennen, das hättest du dir früher überlegen sollen. Der Otto ist doch nicht dumm. Du bist nicht die Heilige Maria. Herrgottsack, wie konntest du nur.«

Verena schluchzte. Ihr Vater hatte, seit es in der Familie klar war, dass sie schwanger war, mit ihr kein Wort mehr gewechselt. Er hatte auch nicht danach gefragt, wer der Vater ist. Offensichtlich war ihm dies aber sowieso klar.

»Warum sollte der Otto dich jetzt noch heiraten? Lass bloß den *Gestapo*-Schergen fort. Himmel, der Levi muss erst aus dem Haus!«

Auch ihrem abgeklärten Vater ging offensichtlich langsam der Mut verloren. Judenfreunden drohte kurzer Prozess. Verloren schauten Vater und Tochter sich in die Augen. Hilflos stand Verena da, selbst ihr starker Vater war nun ratlos.

»Der Johannes ist jetzt auch gefallen«, stand plötzlich Friedrich hinter den beiden. Er hatte sich in den Stall geschlichen, er wollte das Geständnis seiner Schwester belauschen. Er war der ältere Bruder Verenas und war kriegsverwendungsuntauglich erklärt worden, nachdem ihm an der Ostfront ein Handgranatensplitter die linke Hand weggerissen hatte.

Verena schaute ihren Bruder feindselig an, er wollte schon lange Levi aus dem Heuschober haben. Ihr Vater dagegen schaute ihn Hilfe suchend an und fragte frei raus: »Was sagst du dazu? Der Mackert meint, Verena solle Otto heiraten, meinst du, der beißt an?«

»Verena, es tut mir leid, aber wir müssen jetzt den Stall ausmisten.«

»Rede nicht so«, fiel sie ihm ins Wort, »Levi ist ein Mensch! Der niemandem etwas zuleide getan hat. Da gibt es nichts auszumisten!«

»Beruhige dich jetzt, du hast genügend Unheil angerichtet. Ich gehe nicht wegen dir ins Zuchthaus. Ich rede mit Otto, und du sagst, der Johannes war's! Er war vor vier Monaten im Fronturlaub hier, er hat dich genötigt, du hast dich gewehrt, aber er war stärker. Über Levi kein Wort, nie und nirgends! Ihn bringen wir jetzt weg, jetzt sofort!« Gereizt und mit drohender Stimme setzte er hinzu: »Keine Widerrede! Levi kennt den Weg in die Schweiz. Er muss gehen, sofort! Verstanden?«

Friedrich war der Erstgeborne im Haus Obergfell. Damit war er, nach dem Vater, das Familienoberhaupt. Ihr Vater, der Patron, hatte ihn zurate gezogen, ihm hatte Verena zu gehorchen.

Punkt.

Friedrich selbst hatte anfangs ebenfalls mit den Nazis sympathisiert. Er war im Frankreichfeldzug mit dabei und erzählte später zu Hause begeistert von ihrem glorreichen Einmarsch in Paris.

Enthusiastisch zog er danach an die Ostfront. Polen war schon eingenommen. Russland sollte ebenso schnell überrannt werden. Es schien für den *Gröfaz*, den größten Feldherrn aller Zeiten, nach seinen Blitzsiegen keine Grenzen mehr zu geben. Der Ukraine-Feldzug war ebenso ein Erfolg. Hier erlitt die russische Armee ihre erste Niederlage gegen die deutsche Wehrmacht. Es war im September 1941. Bis zum Jahreswechsel sollte Moskau eingenommen sein.

Doch vor Weihnachten, 30 Kilometer vor Moskau, kam der deutsche Angriff zum Erliegen, und zwei schreckliche Kriegsjahre später kehrte Friedrich Obergfell, kriegsdienstuntauglich mit nur noch einer Hand, zurück nach Hause.

Kriegsversehrte Heimkehrer wurden zum alltäglichen Bild im kriegführenden Deutschland. Nach der Niederlage in Stalingrad kehrten immer noch mehr verletzte Soldaten mit wahren Hiobsbotschaften aus den besetzten Gebieten zurück. Vom *Gröfaz* sprachen schon bald nicht mehr viele.

In fast jeder Familie wurde der Tod eines gefallenen Sohns beklagt, wie bei den Obergfells ihr Ernst. Aus den Großstädten flohen in den letzten beiden Kriegsjahren die Menschen aus Angst vor Alliierten Bombern, die begonnen hatten, Deutschland in Schutt und Asche zu legen.

Franz-Karl Obergfell hörte täglich den Schweizer Radiosender Beromünster. Er fragte sich, wie lange die Nazis den Durchhalteparolen Görings noch glauben wollten. Von Seeldorf aus hatte er die Hunderte Jagdbomber sehen und hören können, wie sie in einer Nacht die nahe Stadt Friedrichshafen mit ihren Rüstungsfirmen völlig zerstörten und in Rauch aufgehen ließen.

Auch Friedrich hatte den Glauben an den Endsieg verloren und wohl bald selbst Otto Simon. Otto Simon war der Sohn Paul Simons, ein »150-Prozentiger«, wie sie im

Ort urteilten. Ebenso überzeugte Hitler-Anhänger waren zunächst seine vier Söhne.

Die beiden ältesten, Walter und Fritz, hatten sich schon 1938 freiwillig zum Polenfeldzug gemeldet, eroberten später über die Niederlande Frankreich und zogen schließlich, beseelt von ihren Erfolgen, begeistert an die Ostfront.

Die gesamte Familie Simon zählte von der ersten Stunde an zur Anhängerschaft Adolf Hitlers, zunächst auch Otto. Der Jüngste, Alfred, musste sich noch gedulden, scharrte aber schon lange mit den Füßen, durfte aber erst mit 14 Jahren in die *HJ* eintreten.

In Seeldorf kannte man nur die Männer der Familie Simon. »Wir sind das fünfblättrige Kleeblatt der Partei«, pflegte Paul Simon am Stammtisch in der *Krone* zu schwadronieren. Seine Ehefrau zählte nicht und hatte auch nichts zu sagen. Im Ort war sie kaum zu sehen.

Der drittälteste Sohn Otto war der Einzige, der in der Gemeinde um Anerkennung rang. Er war im Ringerverein und auch im Trachtenverein. Für seinen Vater war er trotzdem das Weichei der Familie, mit weibischen Eigenschaften. Vielleicht nur, weil er als Einziger hin und wieder in der Küche seiner Mutter half, wenn sie das Essen für die sechsköpfige Familie zubereiten musste. Doch er hatte einen ausgeprägten Gerechtigkeitssinn.

Otto Simon hatte mit Friedrich Obergfell die gleiche Schulbank in der Dorfschule gedrückt. Während Friedrich traditionell, als ältester Sohn des Obergfellenhofs, Landwirt werden wollte, ging Otto nach der Volksschule zur Polizei. Die Landwirtschaft der Simons sollte einer seiner beiden älteren Brüder übernehmen.

Zunächst war aus ihm ein uniformierter Streifenbeamter der Ordnungspolizei in Überlingen geworden, bis Reinhard Heydrich in Berlin aus der Ordnungspolizei mit der *Gestapo* und *SS* einen Überwachungs- und Verfolgungsapparat aufbaute.

Otto Simon hatte als Ordnungspolizist mit seinem Vater einige Grabenkämpfe geführt. Sein Vater gehörte zur Sturmabteilung der *SA*, die gerne Straßenschlachten anzettelten. Seinem Sohn aber gingen die gewalttätigen Übergriffe der *SA* meist zu weit. Als Hitler die *SA* entmachtet hatte, wollte Otto Simon gegen ein *SA*-Mitglied in Überlingen ermitteln. Sein Vater drohte ihm, ihn seinen *SA*-Mannen auszuliefern.

Otto Simon ließ sich nicht einschüchtern und machte bei seinem Postenführer Meldung, der aber wollte von einem Verfahren gegen *SA*-Mitglieder nichts hören und bot ihm gleichzeitig eine Beförderung zur *Gestapo* an. »Parteigenosse Simon, ich rate dir, die Beförderung anzunehmen. Du meldest dich morgen bei Gruppenführer Müller bei der *Gestapo* in Konstanz.«

Die *Gestapo* rekrutierte sich aus Polizeibeamten, die durch ihre Parteimitgliedschaft ihre Gefolgschaft dem Führer gegenüber versprachen und Disziplin ausstrahlten. Otto Simon verstand. Die Beförderung war ein Befehl. Er hatte ihn zu befolgen.

Mit Kriegsbeginn hatten sich die ehemaligen Klassenkameraden Friedrich Obergfell und Otto Simon aus den Augen verloren. Doch nachdem Friedrich kriegsuntauglich von der Front zurückgekommen war, hatten sie sich hin und wieder im Ringerverein Seeldorf getroffen. Friedrich hatte zwar seine linke Hand an der Ostfront verloren, dafür entwickelte er einen Ehrgeiz, mit der rechten Hand seine Gegner mit Schleudergriffen zu schultern.

Otto sprach Friedrich immer wieder Mut zu, dadurch festigte sich ihre Freundschaft. Ehrlich und offen konnte zwar in diesen Jahren kein Mensch mehr reden, schon gar nicht, wenn ihn Zweifel an Hitler und den Nationalsozialisten plagten. Spitzel hatten ihre Ohren überall. Jede Kritik galt als wehrkraftzersetzend und wurde geahndet. Doch das Vertrauen der beiden jungen Männer untereinander wuchs.

Otto Simon hatte sich den Beruf des Polizisten anders vorgestellt. Zunächst hatte er noch an Recht und Ordnung im neuen Dritten Reich geglaubt. Doch seit er bei der *Gestapo* in Konstanz seinen Dienst versehen musste, kamen ihm immer öfter Zweifel. In vertraulichen Gesprächen mit Friedrich verriet er ihm immer häufiger, wie der Hitler-Mythos in ihm verblasste.

Otto hatte ihm die Verhörmethoden, die sie im Keller der *Gestapo* in Konstanz anwendeten, geschildert. Er konnte die vorgeschriebenen Vorgehensweisen auswendig hersagen: »Um die Willenskraft des zu verhörenden Subjekts zu brechen, haben sich Prügel mit Gummiknüppeln als sehr wirksam erwiesen. Der darauffolgende Übergang zu Elektroschocks hat fast immer das gewünschte Ergebnis zur Folge, so haben sie uns gelehrt, wie wir Verdächtige zu einer Aussage zwingen sollen.«

Friedrich war zunächst nur mit Widerwillen zum Beichtvater seines alten Klassenkameraden geworden. Er wollte vieles, was bei der *Gestapo* geschah, gar nicht wissen. Doch Otto war ein viel zu anständiger und auch zu weicher Kerl. Er selbst verzweifelte schier an seinem Tun als Polizist bei der *Gestapo* und musste mit jemandem darüber reden.

Friedrichs oberstes Ziel war, seine Familie zu retten. Seiner Schwester wäre großes Unrecht geschehen, wenn sie sich für ihre Schwangerschaft hätte verantworten müssen. Wenn auch mit Skrupeln, aber Friedrich musste diese Chance nutzen.

Es war Donnerstag, Trainingstag der Ringer, für die wenigen, die noch im Ort und nicht an der Front waren. Otto war gekommen. Nach dem Training ging's »zum Nachschwitzen«, wie sie es nannten, in die *Krone*. Friedrich und Otto saßen etwas im Abseits ihrer kleinen Gruppe. Am Stammtisch stierten die wenigen Bauern, die sich noch ein kleines Bier leisten konnten, vor sich hin. Selbst die eingefleischten Nazis schwiegen, ihre Zuversicht für den Endsieg schien zu schmelzen.

»Lass uns eine Runde gehen«, hatte Friedrich vorgeschlagen.

Otto bezahlte die beiden Biere. »Wenigstens bekomme ich gutes Geld für meinen Job«, lächelte er süffisant.

Kaum hatte sie die dunkle Nacht verschluckt – sie gingen über einen Feldweg aus dem Ort –, brach es erneut aus Otto heraus: »Du glaubst nicht, was ich alles sehe«, begann er mit weinerlicher Stimme, »ich wollte Polizist werden und für Recht und Ordnung sorgen, aber was wir heute machen, kann nicht Recht sein. Ich sehe jede Nacht im Traum, wie unser Sturmbannführer den Verhafteten Fingernägel rausreißt und sie vor Schmerzen brüllen. Er prügelt sie windelweich und droht ihnen mit dem Tod. Es ist so schrecklich, dies alles mit ansehen zu müssen.«

»Sei still«, flüsterte Friedrich und legte seinen rechten Arm um Ottos Schultern, »sei still. Wenn dich jemand hört!«

Sein Freund begann leise zu weinen.

»Ich habe mich in das Grenzpolizeikommissariat nach Singen versetzen lassen«, erzählte er schließlich, nachdem er sich wieder gefangen hatte. »Wenn's geht, fahre ich mit dem Kübel über die Höri an der Schweizer Grenze entlang und hoffe, nie irgendeinen Verdächtigen zu sehen.«

Friedrich kam Ottos erneute Verzweiflung gerade recht. Er wusste, Otto war kein schlechter Kerl, doch niemand durfte sie hören. Vorsichtig tastete er sich zu seinem Anliegen vor: »Machen wir uns nichts vor, Otto. Bald wird es keine *Gestapo* oder *SS* mehr geben. Das ›Tausendjährige Reich‹ ist bald zu Ende. Aber was dann?«, fragte er in die Dunkelheit.

Otto schluchzte noch leicht, knirschte mit den Zähnen.

Friedrich ließ ihm Zeit, dann setzte er wieder an: »Die Alliierten sind nicht mehr aufzuhalten, sie werden die Täter zur Rechenschaft ziehen, am besten, du ziehst deine Uniform an dem Tag aus, an dem die Alliierten bei uns einmarschieren.«

»Und was dann?«, schluchzte Otto.

»Einer deiner beiden älteren Brüder wird euren Hof übernehmen, Walter ist der ältere«, stellte Friedrich geschickt die Weichen für sein Vorhaben, »ich, mit einer Hand, werde nicht unseren Hof schaffen.«

Friedrich hielt kurz inne. Von Otto kam keine Reaktion. Also setzte er nach: »Du wirst den Obergfellenhof übernehmen und zuvor Verena heiraten, am besten sofort.«

»Ich habe gehört, sie ist schwanger?«, fragte Otto mit belegter Stimme.

»Du weißt, ihr beiden seid schon immer einander versprochen«, begann Friedrich mit seiner zuvor wohlüberlegten Erklärung, »und du weißt auch, Verena ist tiefgläubig und eine zutiefst anständige Frau. Aber als Johannes vom Burehof, du kennst ihn, auf Fronturlaub hier war, hat der Stinkstiefel Verena beim Rübenernten abgepasst und sie, als sie auf dem Nachhauseweg war, genötigt. Das weiß niemand. Johannes ist, wie du sicher auch weißt, gefallen. Lass die Vergewaltigung unser Geheimnis bleiben. Du heiratest Verena, es soll euer Kind sein, und du erbst den Obergfellenhof.«

»Habt ihr euch mit dem Dorfpopen abgesprochen«, wehrte Otto zunächst entrüstet ab, »der hat auch schon versucht, mir eine Ehe mit Verena schmackhaft zu machen.«

»Sei nicht dumm, Otto, Verena ist ein patentes Mädel, das weißt du«, setzte Friedrich unbeirrt sein Werbegespräch fort, »sie war immer nur in dich verknallt, der Johannes hat sie bedrängt, sie hatte sich gewehrt, aber er war nun mal stärker. Jetzt ist er gefallen, niemand weiß von seiner Heldentat. Aber wir alle wissen, dass du und Verena doch schon immer einander versprochen wart. Ihr wärt ein tolles Paar, mit ihr kannst du glücklich werden.«

»Ich weiß nicht«, zierte sich Otto, doch Friedrich versprach ihm, gleichgültig wie der Krieg ausging, den Obergfellenhof. Als Erbhofbauer war Verena für ihn eine gute und lukrative Partie.

Der NS-Bürgermeister, Franz-Josef Haas, nahm die staatliche Trauung vor. Während Pfarrer Mackert schon zuvor während der kirchlichen Trauung gerne die Bezeichnung »Christenkind« immer wieder erwähnte, gratulierte nun ebenfalls der Bürgermeister schon im Voraus zu der deutschen Nachzucht und klopfte Otto Simon kameradschaftlich auf die Schultern: »Hoffen wir auf einen deutschen Mann!«

Es war nur eine kleine Hochzeitsgesellschaft. Von Otto Simons Seite waren nur seine Mutter und sein kleiner Bruder in der Kirche sowie anschließend im Rathaus mit dabei, sein Vater fehlte demonstrativ.

Von Verenas Familie waren Vater und Mutter und ihr Bruder Friedrich anwesend. Dafür kamen abends in das Gasthaus fast der halbe Ort, der Ringerverein und natürlich auch viele Kameraden der Geheimen Staatspolizei aus Konstanz und Singen.

Hubert Rieger, der Wirt und Koch, kratzte zusammen, was es zu dieser Zeit auf Bezugsscheine noch zu essen gab. Linsen waren gerade auf den Feldern geerntet worden, und Mehl für die Spätzle gab es auch noch, wenn auch alles begrenzt. Doch das Bier floss reichlich und auch der Schnaps.

Schon bald war es ein wüstes Saufen und Grölen. Verena wurde es schlecht. Ottos Kameraden lachten, sie rannte auf die Toilette und musste sich übergeben.

Ihre Mutter erkannte die Situation und führte Verena hinaus. Zu Otto sagte sie, sie bringe Verena nach Hause. Otto dachte wohl, zu ihm nach Hause, wo die Haustür, wie es sich für Hochzeitspaare gehörte, mit Tannenzweigen und Blumen geschmückt war. Doch Theres Obergfell nahm ihre schwangere Tochter mit zu sich nach Hause auf den Obergfellenhof.

»Otto, 's G'schäft isch g'macht, du kannst jetzt mit uns noch einen heben«, begann der Obergruppenführer von Konstanz mit der Frotzelei.

Ein weiterer *Gestapo*-Oberst in Uniform lallte: »Hasch dir einen Braten in die Röhre schieben lassen?« Die Männer grölten.

Otto schaute leicht betrunken und schielend in die Runde.

»Wirsch dann schon sehen, wenn's rauskommt, wenn er beschnitten isch, isch's en Jud!«

Augenblicklich verstummte das Grölen. Plötzlich war es absolut still in dem Gasthaus. Damit war öffentlich gesagt, was bisher nur hinter vorgehaltener Hand gemauschelt wurde. Jeder stierte nun nur noch auf Otto, wie er wohl reagierte?

Das Gesetz zum Schutze des deutschen Blutes und der deutschen Ehre, auch »Blutschutzgesetz« genannt, bestimmte: »Arisches Blut der Reichsdeutschen« durfte sich nicht mit »jüdischem Blut« vereinen. Bei Vergehen waren harte Strafen vorgesehen. Jahrelanges Zuchthaus für die »Reichsdeutschen« und die Todesstrafe für Juden. »Blutschande« war ein unverzeihliches Verbrechen.

Otto Simon stand auf. Seine Augen begannen zu flackern. Sie fanden keinen festen Halt. Langsam bewegte er sich Richtung Ausgang. Seine Kameraden wichen ihm aus. Niemand versuchte, ihn aufzuhalten. Aufrechten Ganges verließ er den Gastraum – danach hatte ihn im Ort niemand mehr gesehen.

NOCH SECHS TAGE – DER COUNTDOWN LÄUFT

Alexander Simon schnürt die weißen Schnürsenkel seiner schwarzen Springerstiefel. Die weiße Farbe der Strings soll die weiße Rasse symbolisieren und ihn in der Schlacht gegen die roten Antifaschisten, mit roten Schnürsenkeln, unterscheiden. Morgen soll es krachen, das hat ihm Jan vom *Kampfbund der Freien Sachsen* versprochen.

Jan kennt er von einer Schulung der *Jungen Alternative*. Sie sehen sich als die kämpfende Elite der *AfD*. »Wir sind die *SA* der *AfD*«, vergleicht Alexander Simon gerne die Kampfbünde mit der *SA* seines Urgroßvaters, Paul Simon. Dieser war in der *SA*-Reiterstaffel. Ohne *SA* wäre Adolf Hitler nie an die Macht gekommen. Der Wegbereiter der *NSDAP* war die *SA*, der Wegbereiter der *AfD* für das neue Deutschland sind die vereinten Kampfbünde, so sieht Alexander Simon seine Bestimmung.

Morgen ist Großkampftag in Chemnitz. Die Bullen checken nichts. Die *AfD* hat ganz offiziell die Demonstration angemeldet. In Chemnitz wurde ein Deutsch-Kubaner auf der Straße angegriffen, kurze Zeit später war er tot.

Für ihn und seine Kameraden ist die Sache klar: Araber haben einen Deutschen totgeschlagen. Das fordert Rache!

Die linke *Antifa* will sie, die Rechten, als Täter verleumden, weil das Opfer als Kubaner schon immer von Ausländern angepöbelt worden sei. Lügenpresse!, schiebt Alexander den Vorwurf zur Seite.

»Morgen werden sie was erleben!«, freut er sich auf seine Fahrt nach Chemnitz. Tausende aufrechte Deutsche werden dem Aufruf der *AfD* zur Demo folgen. Vorneweg werden ein paar der *AfD*-Funktionäre marschieren, aber dann kommen sie. Aus allen Bundesländern haben sich die Kameraden der Kampfgruppen gemeldet, das hat ihm Jan verraten. Es wird Gegendemonstranten der *Antifa* geben, und sie werden somit genug zu tun bekommen.

Soll er seine *Walther P38* einstecken? Vielleicht lieber nicht, wenn ihn die Polizei festnimmt und filzt. Dafür legt er das *Böker Applegate Fairbairn*, ein Einsatzmesser der Spezialeinheiten von Bundeswehr und der KSK, in seine abgeschabte *Adidas*-Sporttasche und einen Teleskopstock, den er unauffällig am Körper tragen kann, bis er ihn ausfahren wird.

Das Messer versteckt er in einer extra eingenähten Innentasche am Schenkel seiner Hose, den Teleskopstock tiefer, an der Wade. Auf beide kann er jederzeit zugreifen, ohne dass der Gegner seine Waffen zuvor sieht.

Den Teleskopstock lässt er mit einer schnellen Handbewegung noch mal ausfahren. Dann streicht er mit seinem rechten Zeigefinger vorsichtig über die spitzen Widerhaken, die er in das Metall eingekerbt hat, und über den festen Handgriff und spürt auch schon eine leichte Erregung.

Am liebsten nimmt er sich immer die *Antifa*-Schlampen vor. Bei jedem Angriff späht er eine von ihnen aus, fasst sie an, wo er will. Am liebsten gleich an den Brüsten. Zieht die Fotze brutal zu sich und schlägt mit seinem Stock zwischen ihre Beine und auf den Busen. Dank der Sturmmaske, die er bei jeder Demo trägt, wird ihn nie eine der Schlampen identifizieren können.

Gerne würde er die alte *SA*-Uniform seines Urgroßvaters mitnehmen, doch er beschränkt sich auf die Armbinde mit dem Hakenkreuz. Die kann er leicht überziehen und schnell wieder abnehmen und bleibt somit im Feld seiner Kameraden einer von vielen.

Er hat Bilder gesehen, vom *Kampfbund Freie Sachsen.* Sie tragen alle eine einheitliche Kampfkleidung. Demnach wird es zur Sache gehen. Doch er muss auf der Hut sein. Er darf sich nicht verletzen. Am Samstag ist ihr großer Tag in Salem. Auch deshalb fährt er heute Nacht die 600 Kilometer von Seeldorf nach Chemnitz. Jan hatte ihm versprochen, alles, was er für seine Rohrbomben benötigt, zu organisieren.

In sechs Tagen, am kommenden Samstag, werden sie in Salem eine Bombe hochgehen lassen, freut sich Alexander Simon. Wir müssen den Linzgau frei von Ausländern schaffen!

Als Erstes gilt es, ein geplantes Asylheim in Salem zu verhindern, mit der Rohrbombe, die er morgen bekommen wird.

4. MAI 2015, MONTAG

Jakob Simon liegt auf dem Bett in seinem Zimmer, in dem er zum letzten Mal vor über drei Jahren gelegen hatte, als seine Mutter noch lebte und er sie zu Weihnachten besucht hatte. Sie hatte sein Zimmer über all die Jahre nicht verändert, seit er vor fast 50 Jahren aus dem Ort mehr oder weniger geflüchtet war. Über die Jahre hatte das Zimmer für ihn fast schon einen musealen Charakter bekommen.

An der Wand hängt das von ihm als Pennäler aufgehängte Poster vom *American folk blues festival 1963* in Konstanz. Das war die Sensation! Willi Dixon und Muddy Waters waren an den Bodensee gekommen.

Jakob und seine Schulfreunde kannten die afro-amerikanischen Bluesmusiker dank dem US-Senders *AFN*, den jeder Rockmusikfan zu seiner Schulzeit auf seinem kleinen Transistorradio fest eingestellt hatte. »Negermusik«, schimpfte seine Mutter, wenn er *AFN* aufdrehte.

Jakob nimmt sein Handy und sucht in seiner *Apple*-Mediathek nach dem Titel »Rollin' Stone«. In Erinnerung schwelgend an die alten Zeiten, hört er noch ein paar weiteren alten Jazzgrößen zu.

Er nutzt jede Möglichkeit, die sich ihm bietet, um nicht nach diesem verwünschten Tagebuch seiner Mutter greifen zu müssen. »Erlebnisbuch« hatte sie es genannt. Seit er es in ihrer Kommode gefunden hat, liegt es auf dem Küchentisch.

Er hatte es nur grob durchgeblättert. Ihre alte Sütterlinhandschrift hatte ihn zunächst abgehalten, es sofort zu lesen. Nonsens, das war eine Ausrede. In Wahrheit hat er Angst vor einem dunklen Kapitel im Leben seiner Mutter. Doch er weiß auch, dass er das Geheimnis lüften muss, schließlich rankt es sich offensichtlich um seine Geburt!

Als seine Mutter noch lebte, hatte er sich nicht getraut, sie nach ihren intimsten Erlebnissen zu befragen, obwohl ihm klar war, dass sie trotz ihres gottesfürchtigen Lebens schon vor ihrer Hochzeit schwanger war.

Aber nun hatte sie ihm erklärt, dass dieser Otto Simon, sein Vater, ihr schon immer schöne Augen gemacht hatte. Aber warum eigentlich hatte sie dies in dem Brief an ihn so besonders betont, davon war er doch ausgegangen, schließlich hatte sie ihn geheiratet. Was war daran besonders, dass sie ihm das nochmals schreiben musste? Was wollte sie ihm damit sagen?

Er muss sich das »Erlebnisbuch« jetzt endlich vornehmen. Wobei es ihm vorkommt wie ein Einbruch in die intimsten Gefilde seiner toten Mutter. Doch ihre Andeutungen in ihrem Brief lassen ihm keine Ruhe.

Offensichtlich hatte sie vermutet, dass die in dem Teich ihrer Eltern gefundenen Knochen von seinem Vater, Otto Simon, stammen könnten. Aber, verdammt, wer soll seinen Vater umgebracht haben?

Hatte sein Tod etwa mit dem alten Streit zwischen den Simons und den Obergfells zu tun? Dass sich die beiden Familien nie grün waren, hatte er natürlich in seiner Jugend sehr wohl mitbekommen. Aber warum hatte dann seine Mutter diesen Simon geheiratet? Danach hatte er nie gefragt.

Zielgerichtet blättert er jetzt die Seiten zu der Zeit von vor seiner Geburt durch. Im November 1944 springt ihm der Name Otto häufiger in sein Blickfeld. Großes O, ein tt und kleines o – auch in Sütterlinschrift prägnant und kaum zu übersehen:

Otto, ich warte jeden Tag auf eine Nachricht von Dir. Jetzt sind wir verheiratet, und ich dachte, ich hätte einen Mann, und jetzt bin ich wieder allein und verzweifelt.

Über Levi haben wir nicht viel gesprochen, aber ich denke, Du weißt mehr, als ich Dir verraten habe. Trotzdem hast Du mich geheiratet, wofür ich Dir immer dankbar sein werde.

Aber wo bist Du jetzt? Warum höre ich nichts von Dir? Es ist alles so schrecklich, auch Dein Vater will mit mir nicht reden. Er hat mich aus Eurem Haus gejagt.

Auch mein Vater redet mit mir kein Wort mehr.

Ich fühle mich von Gott und der Welt verlassen.

Ich könnte den ganzen lieben langen Tag nur weinen.

Jakob wird es schwummrig, jetzt könnte auch er losheulen. Er fühlt sich in der leeren Wohnung seiner Mutter ihr so nah wie wohl nie zuvor, obwohl er noch immer nicht versteht, was sie ihm sagen will.

Was sollen ihre geheimnisvollen Andeutungen? Was wusste sein Vater nicht, oder doch? Und verdammt, wer ist nun plötzlich dieser Levi?

Ein kleiner Nebenbuhler?

Ebenso beschäftigt ihn die Frage, warum sein Vater offensichtlich tatsächlich über Nacht spurlos verschwunden war. Verschollen mag stimmen, wenn auch nicht auf dem Schlachtfeld des Zweiten Weltkrieges, wie ihm erzählt wurde, sondern vielleicht doch tatsächlich in Opas Löschweiher?

Aber wer sollte ihn umgebracht haben?

Das angegebene Alter würde passen. Jakob holt nochmals die Zeitungsausschnitte zu dem Mord in dem Feuerlöschteich hervor, die seine Mutter gesammelt hatte, und liest den von der Polizei veröffentlichten Obduktionsbericht. Demnach war der Tote sicher männlich und zum Todeszeitpunkt zwischen 20 und 30 Jahre alt.

Das alles passt. Die gefundenen Knochen könnten von seinem Vater sein.

Verdammt, was für Fragen tun sich nun plötzlich auf?

Er will Gewissheit.

Wenn sein Vater tatsächlich ermordet worden war, will er wissen: Wer ist der Mörder seines Vaters?

Und warum und wieso wurde er ermordet?

Und was hatte seine Mutter gewusst?

Wie können Erwachsene nur so lange schweigen und ein so schweres Verbrechen vergessen?

Sein Opa Franz-Karl war der uneingeschränkte Herrscher auf dem Obergfellenhof. Ohne ihn ging nichts, gar nichts. Was wusste er?

Jakob erinnert sich an den alten Familienstreit zwischen den Obergfells und den Simons. Darüber hatte das ganze Dorf gesprochen. Wenn er mit seinem Opa durch den Ort ging, grüßte ihn jeder, und er grüßte jeden zurück. Nur nicht die Simons. Selten lief ihnen einer von denen über den Weg, woraufhin sein Opa immer demonstrativ auf die Seite schaute.

Der Familienstreit hatte sich über Generationen gehalten, aber von Mord und Totschlag war nie die Rede. Und das will er jetzt auch nicht glauben, dass sein Opa seinen Vater ermordet hat. Und wenn, hat seine Mutter davon garantiert nichts gewusst, denn sonst hätte sie in ihrem Erlebnisbuch nicht Otto angefleht, sich zu melden.

Jakob hatte als kleiner Junge mal nachgefragt, welche Uniform sein Vater auf dem Bild in der Stube trug. Daraufhin herrschte kurzes betretenes Schweigen, worauf seine Mutter kurz erklärte: »Das ist eine ganz simple Polizeiuniform.« Dann hatte sie noch hinzugefügt: »Dein Vater war kein Nazi.« Und ihre Begründung: »Sonst hätte ich ihn ja nicht geheiratet.«

»Traurig, dass dein Vater vermutlich gefallen ist«, hatte sie ihm noch über den Kopf gestrichen und die Wachskerze, die sonst immer vor Onkel Ernsts Bild stand, nun vor das Bild von seinem Vater geschoben und angezündet.

Für ihn war die Geschichte mit seinem Vater abgehakt. Dieser Otto Simon hatte ihn nie wirklich interessiert. Er hatte sich von klein an als ein Obergfell gefühlt. Er sah viele vererbte Parallelen zwischen Opa Franz-Karl und sich. Als Kind war der Opa für ihn auch zugleich der Vater, und das hatte für ihn so bleiben sollen.

Mehrere Kinder in seiner Jugendzeit hatten den Vater im Krieg verloren, und er war mit seinem Opa Franz-Karl als Ersatz glücklich. Später, als er in Berlin und Stuttgart lebte, konnte ihm die ganze bucklige Verwandtschaft in Seeldorf sowieso gestohlen bleiben.

Doch jetzt hat sich das Blatt gewendet. Nach den ungewissen Andeutungen seiner Mutter will er jetzt mehr wissen. Was hatte sie seinem Vater von diesem Levi Roth nicht erzählt? Und warum dankte sie seinem Vater, dass er sie geheiratet hat?

Jakob ahnt, das Erlebnisbuch seiner Mutter offenbart ihm Erlebnisse, von denen er keine Ahnung hat. Er quält sich weiter durch ihre Sütterlinschrift, mit jeder Zeile, die er schafft, wird ihm bewusst, er weiß von seiner eigenen Geschichte wenig, von seinem Vater eigentlich gleich gar nichts. – Ist er der Tote im alten Löschteich seiner Großeltern oder nicht?

Es wird ihm klar, der Tote hat mit ihm zu tun. Des Rätsels Lösung, wer der Tote ist, ist auch seine Geschichte.

Die Polizei hatte nach einer kleinen Notiz in den Zeitungssammlungen seiner Mutter die Ermittlungen eingestellt. Doch wenn er nun tatsächlich der Sohn des Ermordeten im Teich seiner Großeltern wäre, dann muss er das wissen!

Dann muss er Licht in das dunkle Kapitel seiner Familie bringen, schließlich ist er näher an seiner eigenen Familiengeschichte, als jeder Polizist es hatte sein können.

Jakob erinnert sich noch an Paul Simon, er war der Vater von Otto Simon, also von seinem Vater. Diesen Paul Simon hatte er in seiner Jugend in Seeldorf als einen großen und stattlichen Mann kennengelernt. Er hatte einen langen, hageren Körper, graue kurz geschnittene Haare, ein längliches hageres Gesicht mit tiefen Falten und stolzierte – wenn er nicht auf seinem Schimmel ritt – immer in schwarzen hohen Reitstiefeln aufrecht durch den Ort. Sein rechtes Bein zwang ihn, steif ausgestreckt, zu humpeln. Dank der Verletzung aus dem Ersten Weltkrieg hatte er nicht in den Zweiten Weltkrieg gemusst. »Wichtig ist, andere mussten für ihn und seine Partei an die Front«, winkte Opa Franz-Karl immer unwirsch ab, wenn das Gespräch auf Paul Simon und seine Beinverletzung kam.

Jakob erinnert sich noch gut an den alten Simon und auch an seinen Sohn Alfred Simon, er war der jüngere Bruder seines Vaters, also sein Onkel. Doch Alfred Simon war eine Generation älter als er, mit ihm hatte er so wenig Kontakt wie mit Paul Simon, der ja auch ein Großvater von ihm war. Doch besucht hatte man sich nie. Die Simons waren kein Thema bei den Obergfells.

Aber nun ist es wohl an der Zeit, dass er den ersten Schritt wagen muss. Er muss, um mehr von seinem Vater zu erfahren, diesen Onkel Alfred besuchen und mit ihm sprechen. Noch lebt er, er ist einige Jahre jünger, als seine Mutter war. Vermutlich ist er bald der letzte Zeitzeuge und nur er kann ihm weiterhelfen. Ihn muss der Knochenfund doch ebenfalls aufgeschreckt haben, wenn seine Mutter mit ihrer Vermutung recht hatte, dass die Knochen seinem Bruder gehörten. Vielleicht weiß der alte Simon mehr über die dunkle Geschichte von damals?

Nun hält ihn nichts mehr zurück. Endlich weiß er, was er in diesem vermaledeiten Kaff zu tun hat, außer einen Käufer für die Wohnung beziehungsweise das Haus seiner Mutter zu finden. Er muss die Wahrheit über die Knochen im Teich seiner Großeltern erfahren.

Entschlossen zieht er seine dunkle Lederjacke über, schlüpft in seine Mokassins und geht hinunter auf die Dorfstraße, die sich mitten durch den kleinen Ort zieht. Unsicher schaut er sich um. Nichts ist mehr, wie es zu seiner Jugendzeit war. Die einst breite Durchfahrtsstraße ist mit Verkehrsinseln verengt, in denen nun im Mai Apfel- und Kirschbäume blühen.

Das stattliche Dorfgasthaus, die *Krone*, steht zwar noch an ihrem alten Platz dominierend mitten im Ort an der Durchgangsstraße, doch die Gaststätte scheint verwaist. Jakob erinnert sich noch an das Leben in dem Gasthaus, in dem er in seiner Jugend als Schüler sein Taschengeld verdient hatte. Nun wirkt der Ortsmittelpunkt wie tot. Der junge Wirt hat das Restaurant geschlossen. Wo einst die Speisekarte Gäste lockte, werden sie nun abgewiesen. Ein vergilbtes Papier klärt auf: »Wegen Personalmangel ist das Restaurant geschlossen, das Hotel ist über den Hintereingang zu erreichen.«

Wie dem Dorfgasthaus war es in den vergangenen Jahren auch vielen Bauernhöfen im Ort ergangen, wobei diese nach der Betriebsaufgabe meist schnell abgerissen oder dank einer romantischen Seele im zeitgemäßen Landhausstil mit moderner Architektur feudal saniert worden waren. Ihren ursprünglichen bäuerlichen Charakter durften sie dadurch behalten und zauberten mit neuem Design – wie verglasten Scheunentoren und aufgesetztem Fachwerk – eine märchenhafte Architektur der Schöner-Wohnen-Landhaus-Idylle.

Dagegen waren die abgerissenen Bauernhäuser schablonenhaften Einfamilienhäusern wie in einer *Lego*-Welt mit verglasten Veranden gewichen. In den Gärten lauerten die programmierten Rasenmäher und Rasensprenggeräte und meist die obligatorischen Hüpfburgen neben Doppelgaragen.

Jakob hatte die Veränderungen im Ort bei jedem Besuch bei seiner Mutter registriert. Das Heimweh ist in ihm Stück für Stück gestorben. Seine Erinnerungen an das intakte Dorfleben sind Geschichte, wie nun auch seine Mutter. Jetzt gilt es nur noch zu klären, wer der Tote in dem Löschteich seiner Großeltern war, und wenn es sein Vater war, wer ist dann der Mörder?

Wenn er dieses Rätsel gelöst hat, gibt es für ihn keinen Halt mehr. Zuvor aber muss er jetzt mit Alfred Simon klären, was dieser weiß. Wenn der Tote tatsächlich sein Vater ist, ist er die Recherche sich und seiner Mutter schuldig.

Das Bauernhaus der Simons steht am westlichen Ortseingang der Durchgangsstraße. Es wirkt wie ein Bollwerk gegen jede zeitgemäße Veränderung, die den Ort gewandelt hat. Es ist der einzige Bauernhof im Dorf, vor deren Stallungen sich noch ein großer Misthaufen auftürmt. Das dichte Unkraut darauf verrät allerdings, dass die Stallungen längst leer stehen, der Mist muss schon vor Jahren auf den Haufen geführt worden sein. Die Fenster zum Stall sind blind und mit getrocknetem Kuhmist verschmiert.

Davor steht noch immer ein steinerner Trog, in dem früher die Kühe getränkt wurden. In seiner Jugend standen, nach dem Einbau der Hauswasserleitungen, im Trog nur noch die großen Milchkannen, um sie ausgespült und umgedreht austropfen zu lassen.

Der hölzerne Jägerzaun um den Gemüsegarten vor dem Haus verfault und verfällt. Die Holzlatten lösen sich und hängen lose an den Querbalken.

Auch die Hausfassade ist heruntergekommen. Vor den Fenstern des Wohnhauses stehen Blumenkästen mit verdorrten Geranien. Die Fensterläden halten sich nur noch krumm in ihren verrosteten Angeln. Die Dachrinne ist stellenweise durchgerostet und abgebrochen.

Jakob will gerade über den Hof auf das Bauernhaus zugehen, da hält ihn eine Stimme auf.

»Das ist der nächste Schandfleck im Ort, der weg muss! Ein Makel in unserem schönen Dorf, hallo, Jakob!« Katharina Bendzko steht unvermittelt hinter ihm.

Erschrocken dreht er sich um. Auf diese Begegnung ist er nun gar nicht gefasst. Verunsichert schaut er seiner Jugendliebe auf Augenhöhe ins Gesicht. »Bist du groß geworden«, flüchtet er in die alte Floskel der Erwachsenen, wenn sie Kinder nach längerer Zeit wiedersehen, und lacht schnell, um ihr klarzumachen, das sollte ein Witz gewesen sein.

Er schaut an ihr hinunter. Sie ist gepflegt und elegant

gekleidet. Ihre Füße stecken in ihren obligatorischen roten High Heels. »Ach so«, schmunzelt er, »Stöckelschuhe.«

Katharina überhört seine Frotzelei. »Schön, dich zu sehen«, gesteht sie unberührt, »was willst du bei den Simons?«

»Lebt der Alte noch?«, fragt Jakob. »Ich glaube, er heißt Alfred und müsste fast so alt sein, wie meine Mutter war, als sie starb.«

»Was willst du denn von dem alten Querkopf?«, fragt sie neugierig. »Ich denke, er ist dement, jedenfalls nicht mehr ganz fit hier oben«, sagt sie und tippt mit dem rechten Zeigefinger an ihre Stirn. »Ich wollte ihn mal sprechen wegen des Hauses, ich hätte ihm genügend Geld für eine schöne Eigentumswohnung geboten, aber er wollte nicht, und sein Enkel, der Alex, hat mich einfach zur Tür hinausgestoßen.«

»Paul war der Urgroßvater, Alfred sein Sohn, sein Urenkel heißt jetzt Alex, und wie hieß Alfreds Sohn?«

»Alle mit A, wahrscheinlich Adolf«, lacht sie. »Alfred, der Opa, der ist vor Kurzem 85 Jahre alt geworden, seinen Sohn Albrecht, den triffst du aber nur betrunken an, und Alex, er wird mal den Hof erben, vielleicht vermacht er ihn der *AfD*, wenn wir ihn nicht zuvor abreißen.«

»Tolle Verwandtschaft«, rutscht Jakob heraus und hört dabei selbst, dass er gerade offen auf seine eigene Verwandtschaft anspielt.

»Komm mir jetzt nicht so«, bemerkt auch Katharina seinen Fauxpas, wischt ihn aber elegant zur Seite, »ich kenne eure Familiengeschichte, ich bin lange genug hier im Ort und im Gegensatz zu dir geblieben.«

»Interessant, was weißt du über die Familien Obergfells und die Simons?«

»Wenn du ein Obergfell wärst, was ich als Kind geglaubt habe, hätte ich den Obergfellenhof wohl dir abkaufen müssen und nicht Friedrich beziehungsweise Ernst, seinem Sohn«, bleibt Katharina vage und verrät nicht, was sie wirklich über den Zwist der beiden Familien weiß, und sagt auch kein Wort zu dem Toten in dem Löschteich, den letztendlich sie, beziehungsweise ihr Arbeiter Lorenzo, geborgen hatte.

Katharina hatte vor langer Zeit selbst auf dem Obergfellenhof gewohnt. Die Familie Bendzko hatte zu den zwölf Millionen deutschen Flüchtlingen gezählt, die nach dem Krieg aus dem Osten in den westdeutschen Zonen untergebracht werden mussten.

Fast jedem Bauernhaus in Seeldorf war eine Familie zugewiesen worden.

Jakob und Katharina waren Kinder. Sie gingen damals noch nicht zur Schule, aber gerne Hand in Hand über den Hof spazieren. Für Jakob war klar, dass er als Enkel der Obergfellenfamilie zu der besseren Hälfte in dem Haus gehörte. Opa Franz-Karl war der Chef, daran gab es keinen Zweifel! Und der Chef war sein Opa! Auf ihn hörten sie alle, selbst seine Mutter.

Den Bendzkos musste sein Opa manchmal sagen, was sie zu tun beziehungsweise zu unterlassen hatten. »Solange ihr unter meinem Dach wohnt, gelten meine Regeln!«, hatte der Opa immer wieder klargestellt. Wie die sechsköpfige Familie in den zwei kleinen Zimmern zurechtkam, interessierte ihn nicht und auch nicht Jakob. Er interessierte sich nur für Katharina.

Katharina hatte zwei große Brüder und eine kleine Schwester, die Brüder mochten Jakob nicht. Wann immer sie konnten, schlugen sie ihn in die Rippen oder auf den Kopf. Wenn es ihr Vater sah, schlug er sie. Wann immer sie zusammen auf dem Feld arbeiten mussten oder im Stall misten, schaute Jakob, dass er möglichst weit weg von den beiden Großen war. Wann immer es aber eine Möglichkeit gab, war er mit Katharina zusammen.

Auch wenn es seine Oma nicht gerne sah, er teilte mit Katharina alles. Bei ihnen standen täglich Kartoffeln auf dem Tisch, meist ließ er eine oder zwei in seiner Hosentasche verschwinden und gab sie Katharina, die sie immer mit Heißhunger verschlang. Wenn es seine Oma bemerkte, bekam er regelmäßig ein paar Ohrfeigen. Aber in den Augen seiner Mutter sah er immer ein wohlwollendes Lächeln, das er als ihr Einverständnis auslegte.

»Du wirst mal meine Frau«, hatte Jakob schon mit fünf Jahren im Heuschopf beim Doktorlespiel Katharina zugeflüstert. Dabei durfte er ihr immer ganz nah sein. Es durfte sie nur niemand dabei erwischen.

»Das geht doch gar nicht«, hatte Katharina in ihrem kindlichen Ernst geantwortet, »du bist ein Seeldorfer und ich ein Flüchtling.«

»Isch doch egal«, wischte er mit kindlicher Großzügigkeit ihre Bedenken beiseite, »ich bin de Jakob und du d' Katharina, und wenn wir groß sind, wohnen wir zusammen in einem Zimmer in unserem Haus.«

Damals war es auch dem kleinen Jakob noch nicht klar, dass er gar kein Obergfell war und keinen Anspruch auf den Bauernhof hatte und auch seine Mutter nicht. Bauernhöfe wurden zu dieser Zeit nur an männliche Nachkommen vererbt. Friedrich, der älteste Sohn, bekam ihn zugesprochen, da gab es gar keine Diskussion.

»Ich gratuliere dir! Wirklich, alle Achtung«, Jakob setzt zu einer leichten höfischen Verbeugung an, »ich sehe dich noch immer bei uns auf dem Hof und dann als Lehrmädchen im *Kaufhaus May* in Überlingen, und jetzt bist du die Immobilienkönigin vom Bodensee. Chapeau!«

»Schon gut«, winkt Katharina mit einer gnädigen Geste ab, »du wirst wissen, ich habe viel deiner Mutter zu verdanken. Übrigens kenne ich auch eure Familiengeschichte so gut, weil wir schließlich doch mal fast eine Familie waren.«

»Ja, fast«, grinst Jakob verlegen, »fast wärst du meine Frau geworden«, hört er sich sagen und bekommt gleichzeitig eine leichte Röte in sein Gesicht.

Katharina lacht laut auf, doch auch ihr Lachen klingt eher verlegen. »Jetzt bist du ja wieder hier«, sagt sie, und Jakob bildet sich ein, dabei einen kleinen Hoffnungsschimmer aus ihrer Feststellung zu hören, dass er länger bliebe, weshalb er sofort klarstellt: »Nicht mehr lange. Gut, dass wir uns gerade treffen. Ich möchte Mutters Haus und Wohnung verkaufen, das ist doch dein Job?«

»Deine Mutter war eine kluge Frau. Sie hat damals den Kauf ihrer Wohnung mitsamt der alten Milchzentrale und ZG-Halle geschickt eingefädelt, und du willst jetzt ihr Erbe versilbern?«

Jakob verspürt erneut eine leichte Rötung, will Katharina ihn jetzt als Erbschleicher denunzieren? Was weiß sie von dem damals nicht ganz sauberen Grundstückskauf seiner Mutter? Während er noch nach einer Antwort sucht, zeigt sie sich gut gelaunt, lacht erneut, nun nur noch viel lauter und schiebt nach: »Ich habe von deiner Mutter wirklich viel gelernt, sie hat sich hier in dem spießigen Ort als Frau durchgesetzt. Eine besonders kluge Frau. Ich habe ihr wirklich viel zu verdanken.«

»Ich weiß nicht … «, stammelt Jakob, er fühlt plötzlich

eine komplizenhafte Nähe zu der Frau vor ihm. Aber will er diese Nähe? Früher schon, aber heute?

Bevor er antworten kann, kommt sie ihm zuvor: »Ich werde mir die Wohnung und die Halle darunter mal anschauen, dann reden wir in Ruhe darüber.«

»Es wäre gut, wenn du diese Woche noch Zeit hättest, ich muss am Wochenende wieder in Stuttgart sein«, lügt er, ohne rot zu werden.

»Ich komme, versprochen«, winkt sie ihm, schon im Gehen, zu.

Jakob schaut ihr nach und erinnert sich an die kleine Katharina, als sie ihm damals ebenfalls den Rücken gekehrt den Obergfellenhof verlassen musste. Die Gemeinde hatte am Rande des Dorfes eine Baracke erstellt, wo sie die Flüchtlinge unterbringen konnte, die Einheimischen wollten ihre Häuser wieder für sich alleine haben und die »Hurenflüchtlinge« loswerden.

Jakob hatte den Bendzkos zugesehen, wie sie ein paar abgeschabte Koffer, zwei vollgestopfte Rucksäcke und einen Wäschekorb mit Klamotten auf die Ladefläche eines ihrer hölzernen Heuwagen stellten.

Onkel Friedrich hatte Liesel, die treueste Kuh aus dem Stall, vor dem Heuwagen angeschirrt und sie mit einem »Hü!« und einem Peitschenschlag in die Luft angetrieben, vom Hof zu traben. Katharina ging mit ihren Brüdern und Eltern hinterher.

Jakob blieb zurück, seine Augen füllten sich mit Tränen. »Du bischt doch ein Mann und kein Maidlefusseler«, hatte sein Opa gelacht und sich gefreut, dass die Bendzkos aus dem Haus waren.

Die Oma und seine Mutter hatten die beiden Zimmer der Bendzkos gründlich gereinigt, dann zog er mit seiner

Mutter in einen der Räume, dabei war er bisher nachts immer lieber zu seinem Opa ins Bett geschlüpft, während seine Mutter auf der Couch in der Stube schlief.

»Die Zeiten sind jetzt vorbei, jetzt haben wir endlich wieder Platz im eigenen Haus«, sagte seine Mutter erfreut, während er neben ihr sich in die dicken Federdecken kuschelte und an Katharina dachte.

Er hörte das Getrappel der Mäuse, die sich in den Zwischenwänden des alten Bauernhauses jagten. Er lauschte ihnen nach und meinte schon bald, sie an ihren Geschwindigkeiten und Laufgeräuschen unterscheiden zu können, wenn sie nur wenige Zentimeter an seinem Ohr vorbeihuschten. Doch dann dachte er auch schon wieder an Katharina.

Damals waren sie Kinder. Ein »Maidlefusseler« ist er bis heute geblieben, wenn er heute auch nicht mehr nach Mädchen, sondern eher nach gestandenen Frauen in seinem Alter Ausschau hält. Dabei bleibt es längst nur noch bei verstohlenen Blickkontakten mit vielversprechendem Lächeln, die aber immer uneingelöst nur in vagen Träumen enden.

Mit Katharina dagegen hatte er in seiner Jugend eine für ihn tiefgreifende Liaison. Vielleicht hatte er diese Jugendliebe damals viel zu ernst genommen, doch daran will er jetzt nicht denken.

Er muss zu dem Antrittsbesuch zu seinem Onkel, dem über 85-jährigen Alfred Simon. Dieser wurde 1945 als kleiner Bruder seines Vaters mit gerade mal 15 Jahren noch nicht in den Krieg eingezogen, hatte aber sicherlich die Hochzeit und das rätselhafte Verschwinden seines größeren Bruders mitbekommen.

Er blickt noch einmal Katharina hinterher. Sieht ihren wiegenden Gang. Staunt über ihre nach wie vor anmutige Figur. Dreht sich, bevor er ins Träumen gerät, ab und geht über den Hof auf das alte Bauernhaus zu.

Jakob nimmt mutig immer gleich zwei Stufen der alten Steintreppe auf einmal und klopft an die verwitterte Holztür. Nur kurz wartet er, klopft erneut und drückt auch schon mutig die alte eiserne Türklinke. Vorsichtig lässt er sie wieder los, sie sitzt nicht mehr fest in ihrer Verankerung, doch die Tür öffnet sich mit einem Knarren wie von Geisterhand. Drei Asseln flüchten ins Dunkel des Flurs. Jakob folgt ihnen.

Unter seinen Sohlen knarzen die alten Tannendielen. Es dauert einige Sekunden, bis seine Augen sich an die Dunkelheit gewöhnen. Der Gang ist ein schmaler Schlauch. Es ist düster, es riecht muffig und nach Kuhstall. Er lässt die Tür einen Spalt offen, um frische Luft hereinzulassen.

Jakob erinnert sich an den immer gleichen Zuschnitt in jedem Bauernhaus in Seeldorf. Die erste Tür rechts im Gang führt in den Stall, eine Treppe geht hoch in die Schlafkammern, geradeaus ist meist die Küche, linker Hand die Stube. Nur kurz klopft er an den Holzrahmen des Wohnzimmers der linken Tür und öffnet auch schon die Stubentür.

Statt mutig einzutreten, hält aber der Geruch in der Stube Jakob zunächst zurück. Er nimmt sich ein Herz und tritt ein. Er sieht an dem Tisch in der Mitte der Stube einen alten Mann sitzen. Dieser stiert in eine aufgeschlagene Zeitung vor sich und hält sich ein großes Stofftaschentuch vor seinen Mund. Viel von seinem Gesicht ist nicht zu sehen. Lange graue, strähnige und ungewaschene Haare hängen ihm ins Gesicht und über die Ohren. Er röchelt und atmet schwer, seine Hand, die das Stofftaschentuch auf den Mund drückt, zittert stark.

»Grüß Gott«, sagt Jakob laut, fast brüllt er.

Doch der alte Mann bewegt sich nicht.

Nun tritt Jakob näher an den Tisch und wiederholt sein »Grüß Gott« lauter und stellt sich in das Licht, das von den südlichen Fenstern auf die ausgebreitete Zeitung vor dem alten Mann fällt.

Jetzt erst schaut er auf. Räuspert sich, als würde er seine Bronchien freikratzen, legt das Stofftaschentuch vor sich auf den Tisch und nimmt ein anderes, um lautstark hineinzuschnäuzen.

Jakob geht davon aus, dass dies sein Onkel Alfred Simon sein muss: »Ich bin der Jakob Simon, Ihr Neffe«, fällt er deshalb gleich mit der Tür ins Haus, »Ihr Bruder Otto war mein Vater.«

Viel weiter kommt Jakob nicht, sich zu erklären. Kaum hat er seinen Namen gesagt, schon schießt Blut in die eben noch kraftlos wirkenden leeren Adern in dem blassen Gesicht des alten Mannes. Im Handumdrehen zeigen sich in dem Schädel von Alfred Simon alle Anzeichen eines gefährlich überhöhten Bluthochdrucks. Seine Augen sind weit aufgerissen, und jetzt auch sein Mund. »Du?«, brüllt er ungläubig, »du traust dich?«, und spuckt nebenbei in Jakobs Richtung. »Raus, du Teufelsbrut!«

Jakob geht einen Schritt zurück, um der feuchten Aussprache des alten Mannes auszuweichen.

Dieser greift mit beiden Händen an die Kanten des Tisches vor sich, um sich daran hochzuziehen und aufzustehen.

»Hey, jetzt bleiben Sie mal ruhig«, schreit Jakob gegen

ihn an, »ich will wissen, wo mein Vater verschollen ist oder was Sie über sein Verschwinden wissen?«

»Raus, habe ich gesagt«, ereifert sich Alfred Simon weiter, »du hast hier überhaupt nichts zu wissen, ich kenne euch, mach, dass du hier rauskommst!«

»Was soll das denn heißen: Ich kenne euch? Wir kennen uns überhaupt nicht, deshalb bin ich ja hier.«

Bevor Jakob weiterreden kann, ergreift ein heftiger Hustenanfall den alten Mann. Gerade hat er es geschafft aufrecht zu stehen, schon kann er sich kaum mehr auf den Beinen halten. Kraftlos sinkt er wieder auf seinen Stuhl zurück und greift zu einem seiner Tücher, die sich auf seinem Tisch wild zusammengeknüllt gesammelt haben. Mit zittrigen Händen reißt er es auf und spuckt seinen Auswurf hinein.

»Tut mir leid, aber Ihr Husten hört sich nicht gut an, waren Sie schon mal beim Arzt?«, versucht Jakob, die Chance zu nützen und die Wogen zu glätten.

»Beim Arzt?«, krächzt Alfred Simon. »Deshalb bekomme ich ja keine Luft mehr. Ihr bringt uns doch alle nur um mit euren Spritzen.«

Auf diese dumme Verschwörungs-Diskussion hat Jakob nun gleich gar keine Lust, also hakt er einfach noch mal nach, warum er hier ist: »Wissen Sie, ob Ihr Bruder Otto sich nach seiner Hochzeit wirklich an die Front gemeldet hatte, ist er wirklich verschollen?«

Alfred Simon tut, als würde er Jakob gar nicht mehr wahrnehmen. Kraftlos fällt er auf seinen Stuhl zurück, faltet sein Taschentuch zusammen und legt es wieder achtlos vor sich zu den anderen Taschentüchern auf den Tisch.

Leichter Ekel steigt in Jakob auf, doch er setzt trotzdem noch mal nach: »Was wissen Sie über den Tod Ihres großen Bruders Otto? Ist er verschollen, oder ist er der Tote, den man vor fünf Jahren im Löschteich der Obergfells geborgen hat?«

»Du Rotzlöffel«, sammelt der über 85-jährige Alfred Simon nochmals alle seine Kräfte, »egal, wer du bist, von mir aus der Sohn dieser Hexe Verena, aber ich bin sicher nicht dein Onkel und du bist kein Simon! Und jetzt raus mit dir, du Judenbrut!«

Jakob weiß nicht, dass seiner Mutter vor genau 70 Jahren ebenfalls der Einlass in das Haus der Simons verwehrt wurde, mit fast genau der gleichen Begründung. Wobei er die Beschimpfung »Judenbrut« erst mal überhört und sie einfach als rechtsradikale Beschimpfung abtut. Aber mit dem Rauswurf aus dem Elternhaus seines Vaters wird er sich nicht abfinden.

Unzufrieden zieht er ab. Er muss mehr über seinen Vater erfahren. War er bei der Polizei, der *Gestapo* oder gar der *SS*? Was hat er getan, dass man ihn umgebracht hat? Er will als Nächstes einfach jeden Seeldorfer im Ort besuchen, der heute über 85 Jahre alt ist. Sie sind die letzten Zeitzeugen. Eine aufwendige Recherche, weiß er. Aber das ist jetzt sein Job!

»Und dann komme ich wieder«, schwört er Richtung des Bauernhauses der Simons, »und dann reden wir Tacheles, du alter Sack!«

1944 DEZEMBER

Ein greller Pfiff ertönte. »Alfred, hierher!« Alfred Simon, der jüngere Bruder von Otto Simon, folgte und ließ Verena einfach stehen, nicht bevor er ihr noch einen tödlichen Blick zugeworfen hatte.

Es herrschten in diesem letzten Kriegswinter vor Weihnachten in ganz Deutschland bittere Minusgrade. Alfred Simon hatte gerade trotz der Kälte den frisch gefallenen Schnee ohne wärmende Jacke vom Hof geschippt. Er wollte sein neues braunes *HJ*-Hemd zeigen, das er eng am Kragen mit einem perfekten Lederknoten und schwarzem Halstuch zugeknöpft hatte. Gerade war er 14 Jahre alt geworden und damit endlich den Pimpfen des *Deutschen Jungvolks* entwachsen.

Verena interessierte sich wenig für die Karrieren der Hitler-Buben. Sie stand vor dem jungen Simon, weil er seit vier Wochen tatsächlich ihr Schwager war. Doch seit dem Hochzeitstag hatte sie von ihrem Ehemann Otto nichts mehr gehört oder gesehen. Jetzt suchte sie ihn, wollte wissen, wo er war. Deshalb hatte sie sich zu den Simons auf den Hof gewagt.

»Verschwinde hier!«, rief Ottos Vater, Paul Simon, ihr schon entgegen, bevor sie die Auffahrt zu dem Bauernhaus richtig betreten hatte. Er musste sie kommen sehen haben, hatte flugs das Stubenfenster aufgerissen und ihr lauthals gedroht, sie wegen Rassenschande ins Zuchthaus zu bringen. Dann hatte er das Fenster, aus dem er gebellt hatte, sofort wieder krachend zugeschlagen.

Verena wehte ein eisiger Wind ins Gesicht. Von der Nordsee bis zur Zugspitze lag Schnee. Es war ein strenger Winter. Auf ihrem Heimweg froren ihr schier ihre Tränen an den Wangen fest. Trotzig zog sie ihren Wollschal enger um den Kopf.

Die Bauern blieben bei diesem Sauwetter in ihren Häusern, hackten Holz in der Scheune oder mosteten ihre Äpfel und Birnen. Trotzdem hatte sich in Seeldorf der Dorfklatsch schnell von Haus zu Haus verbreitet. Man erzählte sich, Otto Simon habe nach einem Streit in der Hochzeitsnacht in der *Krone* sich schon am nächsten Tag zur Front gemeldet. Die *Gestapo*-Leitung Konstanz hatte seinem Antrag unverzüglich und unbürokratisch zugestimmt.

Verena war jetzt eine verheiratete Frau Simon, wusste aber nicht, wo ihr Mann war. Sie ahnte, dass Otto ihre Schwangerschaft hingenommen hätte. Aber mit dem sich langsam ausbreitenden Verdacht, dass er mit seiner Hochzeit ihr Verbrechen der Rassenschande schützen sollte, war er bei seinen Kameraden der *Gestapo* untendurch und auch nicht mehr tragbar. Es schien ihr einleuchtend, dass er sich als Offizier an die Front gemeldet hatte, doch warum schrieb er ihr nicht?

Sie weinte vor Zorn und Scham und stapfte missmutig durch den Schnee nach Hause. Nur mit einem heimlichen Seitenblick schielte sie im Vorübergehen zu dem Wohnhaus mit Walmdach. Es war das einzige reine Wohnhaus ohne Stallungen, für die Seelbacher eine städtische Villa.

Doktor Nathan Wolf hatte es mit seiner Frau Wilhelmine gebaut. Er war bis vor fünf Jahren noch ihr angesehener Dorfarzt, dann aber war er über Nacht verschwunden. Levi Roth hatte ihm zur Flucht verholfen.

Doktor Nathan Wolf war ein jüdischer Arzt. Er hatte Wilhelmine Haas in Radolfzell kennengelernt. Sie war die Hausangestellte seines Schwagers, des Viehhändlers Jakob Roth. Sie hatte Nathan Wolf nach ihrer Heirat nach Seeldorf gelockt. Ihr Bruder Franz-Josef Haas hatte ihnen das kleine Grundstück neben seinem großen Bauernhof vermacht, hier hatte Doktor Nathan Wolf das Haus gebaut und seine Praxis eröffnet. Ein eigener Arzt im Ort! Vor der Machtergreifung der Nationalsozialisten waren die Seeldorfer mächtig stolz auf ihren eigenen Herrn Doktor.

Verena hatte Levi Roth schon früher als den Sohn des Viehhändlers Jakob Roth aus Radolfzell kennengelernt. Jahrelang war Jakob Roth zu ihrem Vater gekommen und hatte ihm sein Schlachtvieh abgekauft. Irgendwann kam der junge Levi mit und plötzlich, ohne Ankündigung, kam er alleine und sagte, er würde den Handel nun weiterführen.

Sie hatte sich zunächst noch gewundert, wie dieser schmächtige junge Mann, gertenschlank, mit feinen Gesichtszügen und auffallend gepflegten Händen, die Rinder und Schweine aus den Ställen treiben würde.

Erst später erfuhr sie, dass Levi in Heidelberg Medizin studiert hatte, dann aber auf Grund der Rassengesetze von der Universität verwiesen worden war und deshalb seinem Vater, Jakob Roth, in seinem Betrieb als Tierhändler half.

Zur Übernahme war er gezwungen, nachdem man seinen Vater totgeschlagen vor den Stadttoren Radolfzells aufgefunden hatte. Erst als Verena dies erfahren hatte, war ihr klar geworden, was es hieß, in Deutschland Jude zu sein. Kurze Zeit später erließ das Reichssicherheitsamt die polizeiliche Verordnung zum Tragen des Judensterns.

Levi Roth trug diesen Stern nie. Ab dem Oktober 1940 lebte er nur noch im Untergrund in Verstecken bei

Freunden oder politisch Gleichgesinnten. Denn im Oktober 1940 hätte er sich zu einer Sammelstelle in Radolfzell melden sollen. In diesem Herbst wurden über 6.500 Juden aus Baden in das französische Internierungslager Gurs verschleppt. Statt sich bei dem befohlenen Versammlungsort einzufinden, war Levi von Radolfzell nach Seeldorf zu seinem Onkel Nathan Wolf geflüchtet. Auch er hätte sich am 22. Oktober bei der *Gestapo* zur Deportation melden müssen. Vollständig bekleidet und ein Proviant für mehrere Tage, war die Vorschrift. Doch die beiden hatten längst ihren Plan ausgeheckt und suchten einen Fluchtweg in die Schweiz.

»Ich konnte nicht meine letzten Verwandten im Stich lassen«, hatte Levi später Verena erklärt. Die Flucht mit seinem Onkel verlief auch zu unproblematisch. Levi kannte die unbedeutendsten, kleinsten Feldwege von Seeldorf nach Radolfzell. Er war sie oft mit seinem Vater und ihrem Viehwagen zu den entlegensten Bauernhöfen gefahren.

Levi Roth hatte später die Flucht mit seinem Onkel Verena haarklein beschrieben.

Der Himmel war wolkenverhangen, kein Stern war zu sehen. »Es ist unsere Nacht«, hatte er seinem Onkel Nathan zuversichtlich auf die Schulter geschlagen und war mit ihm und seinem Rucksack auf dem Buckel losgezogen. Seine Frau Wilhelmine hatte sich tapfer gehalten, ihre Abschiedstränen vergoss sie erst, als die beiden schon weg waren. Mit ihren beiden Söhnen hatten sie über den Abschied ihres Vaters zuvor kein Wort gesprochen.

Levi hatte sich für die ferneren Wege im Hinterland des Bodensees entschieden. Bis nach Radolfzell hätten sie es wohl kaum in einer Nacht geschafft. Sie wollten auf ihrem

Weg niemandem begegnen. Es war nicht die Zeit, in der man Fremden vertrauen konnte, als Jude schon gar nicht.

Aber Levi kannte hinter Stockach einen abgelegenen Bauernhof, dessen Bauer auf die Nazis schimpfte, seit seine beiden Söhne als Soldaten eingezogen worden waren. Ob er sie verraten würde, wusste er nicht, aber nicht weit von seinem Hof stand eine Winterscheune, in die schlüpften die beiden nach ihrer ersten Nachtwanderung. Sie mussten sich beeilen, die Dämmerung brach schon an.

Levi war zu erschöpft, er genoss schnell den Schlaf der Gerechten. Sein Onkel Nathan dagegen war zu aufgeregt, immer wieder schielte er durch die Spalten und Ritzen der Holzlatten auf den Weg, der von dem Bauernhof zu dem Schopf führte. Da sah er auch schon nach kurzer Zeit den Bauern mit einer Kuh vor einem Heuwagen gespannt direkt auf die Scheune zukommen. Aufgeregt weckte er Levi.

Der schaute ebenfalls durch eine Holzritze nach draußen, gab Nathan ein Zeichen, ihm zu folgen, kletterte schnell im Fachwerk der Scheune ganz nach oben. Hier versteckten sie sich hinter ein paar letzten Resten des Sommerheus und spähten nach unten, wie der Bauer mit seinem Gespann in den Schopf einfuhr.

»Levi!«, hörten sie da den Bauern unvermittelt rufen. »Levi, Sohn Jakobs, ich hab dich doch gesehen.«

Ängstlich schaute Nathan zu Levi, doch der überlegte nicht lange, stand auf und hangelte sich an dem Fachwerk der Scheune nach unten.

»Grüß dich, Horgenbauer, warst schon früh heute Morgen wach?«, blieb Levi nach außen gelassen.

»Wie könnt ich schlafen, wenn die Viecher im Stall die ganze Nacht keine Ruhe geben. Meine Liesel verreckt bald, sie ist trächtig, aber das Kalb will nicht raus«, jammerte der Bauer los, ohne Levi zu fragen, warum er überhaupt bei ihm in die Scheune eingebrochen war. »Du bist doch Doktor, oder? Du könntest doch der Liesel helfen, oder?«

»Doktor bin ich nicht ganz geworden, lieber Horgenbauer, für Juden war in meiner Uni kein Platz mehr«, streifte Levi nur kurz das neue Gesetz zum Ausschluss jüdischer Studenten an deutschen Hochschulen, »aber wenn du uns eh schon gesehen hast, ich kann dich beruhigen, ich habe einen echten Doktor bei mir.« Vertrauensvoll schaute Levi nach oben in die Scheune und rief: »Onkel Nathan, komm runter, der Horgenbauer braucht dich.«

»Ihr braucht keine Angst zu haben, ich habe nichts gegen Juden«, verriet der Bauer. Ihm war sicher klar, dass er gegen die neuen Judengesetze verstieß und selbst in Haft käme, würde man bei ihm die beiden Juden auffinden.

»Ihr helft mir, ich helfe euch«, beruhigte er sie und zeigte auf die Plane, die auf seinem Heuwagen lag. »Legt euch da drunter, sicher ist sicher, man weiß nie, wer da draußen rumschleicht. Ich bringe euch zu mir in den Stall, da könnt ihr dann auch im Heu schlafen, bis ihr heute Abend weiterwollt, oder?«

»Keine Angst, Horgenbauer«, schmunzelte Levi, »hasch uns bald wieder los.« Dabei half er seinem Onkel Nathan auf den Holzwagen, zog die Plane über ihn und legte sich auf die Pritsche daneben. »Auf, lass uns nach deiner Patientin schauen«, zwinkerte er zuversichtlich dem Bauern zu.

Doktor Nathan Wolf war es gewohnt, auch als Humanmediziner von den Bauern als Veterinärmediziner gerufen zu werden, wenn eines ihrer Tiere ärztliche Hilfe brauchte. Die Kuh vom Horgenbauer litt an einem rückwärtsliegenden Kalb in ihr. »Schnell, bevor die Nabelschnur reißt«, hatte der Arzt sofort erkannt.

Statt des Kopfes ragten aus der Kuh Klauensohlen heraus, die auch noch darauf hinwiesen, dass das Kalb nicht nur falsch herum, sondern auch noch auf dem Rücken in der Kuh festklemmte. Hemdsärmelig machten sich die drei ans Werk, banden um die Klauen ein Seil und zogen das Kalb mit vereinten Kräften aus der Kuh.

Danach servierte die Frau des Horgenbauern den beiden Geburtshelfern ein ordentliches Vesper und ließ sie bis in die Abendstunden im Heuschober schlafen.

»Jetzt hatten wir Glück gehabt«, hakte Doktor Nathan Wolf die erste Nacht auf der Flucht bei dem Horgenbauer ab, »aber wo finden wir heute Nacht Unterschlupf?«

»Keine Sorge, in Radolfzell weiß ich, wo wir hingehen«, beruhigte Levi seinen Onkel.

In Radolfzell kannte er einen kleinen Buchhändler in der Altstadt, mit dem er als Schüler oft über Gott und die Welt diskutiert hatte. »Das ist ein Kantjünger, der glaubt nicht an die Nazis, der glaubt an seinen gesunden Menschenverstand«, urteilte Levi zuversichtlich und hoffte, recht zu behalten.

Levi hatte dem Buchhändler gegenüber in vielen Diskussionen darauf bestanden, dass seine Moral und sein Glaube an Gerechtigkeit auf die Religion seiner Eltern gegründet sei. Während der Buchhändler darauf bestand, dass ein vorurteilsfreier moralischer Kompass auf Vernunft gegründet sein müsse. Der Mensch bräuchte Vernunft und Hirn, um das Wahre, Schöne, Gute zu erkennen und danach zu streben.

Dann hatte er ihm das Buch *Kritik der reinen Vernunft* von Kant in die Hand gedrückt, das Levi noch längst nicht durchgearbeitet hatte, aber leider – wie alle anderen Bücher auch – zurücklassen musste.

Levi führte sie im Dunkeln über kleine Feldwege an Ortschaften vorbei in einem weiten Halbkreis um den Überlinger See und den Bodanrück Richtung Radolfzell.

Es war seine Heimatstadt, aber hier musste er besonders achtsam vorgehen. In Radolfzell waren verschiedene *SS*-Einheiten stationiert, die die Deportation seiner Verwandten vorgenommen hatten.

Levi hatte gesehen, wie sie die Synagoge in Wangen geplündert und zerstört und viele Juden in den darauffolgenden Tagen verschleppt hatten. Jede Nacht kontrollierten sie in Kolonnen das Grenzgebiet.

»Wir müssen südlich in die Altstadt gelangen, im Norden ist die neue *SS*-Kaserne«, wusste er und stieß seinen Onkel in die Rippen. »Gehe jetzt aufrecht und selbstbewusst, und wenn uns tatsächlich jemand um diese Zeit schon begegnet, grüße ihn mit ›Heil Hitler‹, auch wenn's dir schwerfällt.«

Levi führte seinen Onkel frech durch das Obertor in die Altstadt. Die Münsteruhr schlug Punkt 4 Uhr. Die Straßen waren wie ausgestorben, die Stadt wegen der ständigen Fliegerangriffe verdunkelt.

»Jetzt rechts«, flüsterte Levi und drückte seinen Onkel in eine kleine Seitengasse. »Buchhandlung Frey« stand auf einem der Schaufenster, das mit einem Klebeband notdürftig zusammengehalten wurde. »Onkel Ernst hatte wohl schon Besuch bekommen«, kommentierte Levi die Spuren des eingeschlagenen Schaufensters. Die Auslage schien leer, im Inneren war es stockdunkel.

Levi schob seinen Onkel in die dunkle Nische des Eingangs, legte den rechten Zeigefinger auf den Mund, womit er ihm Zeichen gab, ruhig zu warten, und verschwand.

Levi ging einen Straßenzug weiter, hielt sich in den engen Gassen dreimal links und stand auch schon im Hinterhof der Buchhandlung an deren Rückseite. Er wusste, dass der Buchhändler Ernst Frey, seit seine Frau gestorben war, meist im hinteren Teil seiner Buchhandlung schlief. Leise wollte er an das Fenster klopfen, da gab der Rahmen aber auch schon nach, und das Fenster stand offen. Jetzt hörte er den Buchhändler Frey kräftig husten und dann wieder schnarchen. Was sollte er tun? Frech stieg er leise ein.

Levi konnte in seiner Situation nicht anders handeln. Er musste auf das Entgegenkommen des alten Mannes hoffen, sachte wollte er ihn wecken, doch da hatte der Buchhändler schon seine Augen geöffnet. »Levi«, lächelte er, »ich habe viel an dich gedacht. Ich hoffte, dass du der *SS* entwischt bist.«

»Ich habe meinen Onkel noch dabei«, erklärte Levi ohne Umschweife, »wir wollen morgen in die Schweiz übersetzen, können wir uns heute tagsüber bei dir verstecken?«

»Wo ist dein Onkel?«, fragte der Buchhändler leise, stand auf und schloss hustend das Fenster. »Das Haus ist hellhörig, wir müssen leise sein.«

»Wieder Glück gehabt«, bedankte sich Nathan Wolf am Abend bei seinem Gastgeber, »wenn der Spuk hier ein Ende hat, besuche ich Sie, Ihr Husten gefällt mir gar nicht, ich würde Sie gerne mal abhören.«

»Wenn ich dann noch lebe«, winkte der Buchhändler ab und zeigte seinen unverdrossenen Humor: »Die Lebenszeiterwartung sinkt in diesen Tagen gerade rapide.«

Ein Trupp der *SA* hatte seine Buchhandlung besucht, das Schaufenster eingeschlagen und alle Bücher, die sie selbst nicht kannten und die demnach auch nicht ihre Ideologie vertraten, vor seiner Haustür verbrannt. Er stand als stadtbekannter Kommunist unter der Beobachtung der *SA*-Leute vor Ort und auch der *Gestapo*.

Deshalb mussten Nathan Wolf und Levi Roth in der Nacht seine Buchhandlung getrennt verlassen. Glücklicherweise kannte sich auch Nathan Wolf in Radolfzell aus seiner eigenen Jugendzeit noch aus, sodass er sich alleine bis zur Aachmündung Richtung Höri durchschlagen konnte.

»Das schaffen wir dann leicht bis gegen 3 Uhr«, gab Levi vor, »in Hemmenhofen weiß ich, wo der Dix sein Ruderboot liegen hat.«

Levi hatte den Maler Otto Dix in Hemmenhofen öfters besucht. Einmal waren sie gemeinsam auf den See hinausgerudert. Schon nach wenigen Schlägen aber wendete Dix und zeigte zu einem deutschen Zollboot. Sie waren genau in der Mitte des Sees. Ein Kilometer bis Hemmenhofen und ein Kilometer bis Steckborn am Schweizer Ufer. Die deutschen Zöllner hatten sie beobachtet, gerade am Untersee hatten sie ihre Wachen verstärkt, nachdem hier immer wieder Juden die Flucht geglückt war.

Auch in der dritten Nacht der Flucht der beiden blieb der Himmel wolkenverhangen. Levi fühlte sich schon auf der sicheren Seite und wollte Wanderlieder anstimmen. Sie ließen das Horn der Höri links liegen und marschierten am Hang des Schiener Bergs im Dunkeln bis nach Hemmenhofen. Selten sahen sie das Licht einer Patrouille, und wenn, dann warfen sie sich in den Straßengraben und gingen erst danach weiter.

Dix hatte sein Boot nicht im Hafen, sondern unterhalb seines Wohnhauses vertäut. Es lag achtlos am Rande des Schilfs, halb auf einer Wiese. Kein Mensch war zu sehen, es herrschte bis auf den Schrei einzelner Vögel absolute Stille.

Vereint schoben Nathan und Levi das Boot in den See, sprangen hinein, und Levi ruderte langsam und leise los. Erst als er weiter vom Ufer weg war, legte er sich in die

Riemen und war unbehelligt schon nach einer knappen halben Stunde am rettenden Schweizer Ufer.

»Steig aus«, sagte Levi zu seinem Onkel.

»Lass uns doch erst anlegen«, antwortete er.

»Wir legen nicht an«, überraschte Levi ohne lange Erklärung seinen Onkel, »du hast eine Familie, deine zwei Jungs brauchen dich, steig aus!« Er drehte den Kahn, ließ ihn seitwärts an das Ufer treiben und bestimmte erneut: »Steig jetzt aus, los! Ich rudere zurück, die Luft ist rein. Ich habe keinen Grenzer gesehen, ich denke, wir haben eine ungefährliche Passage gefunden, und ich werde noch einigen unserer Freunde helfen können.«

Nathan Wolf überlegte nicht lange, er wusste, er hätte den jungen Levi eh nicht umstimmen können. Also kletterte er aus dem Kahn, stand mit beiden Füßen im Wasser, hob den Rucksack über seinen Kopf und watete los, bläute aber zuvor Levi nochmals die Adresse seiner Freunde in Schaffhausen ein: »Wen immer du rausschaffen kannst, gib ihm die Adresse, er soll direkt zu uns nach Schaffhausen in die Truebgütlistraße kommen, ohne zuvor einem Grenzer in die Arme zu laufen. Die Schweizer sind auf uns Juden auch nicht besser zu sprechen als die Nazis.«

Auch Levi hatte schon von deutschen Flüchtlingen gehört, die an der Grenze zur Schweiz von Schweizer Zollbeamten abgewiesen worden waren. Doch er konzentrierte sich jetzt auf die Dunkelheit über dem See. Der deutsche Zoll patrouillierte ohne Positionslichter. Sie konnten mit ihren modernen Radargeräten auf ihren Booten auch in der Nacht jede kleinste Erhöhung auf der Wasseroberfläche erkennen.

Mit kräftigen Schlägen ruderte er eilig zurück und schaffte unentdeckt die Überfahrt. In Hemmenhofen legte er den Kahn wieder an den gleichen Platz an, wo er ihn vorgefunden hatte.

Am liebsten hätte er jetzt Otto Dix besucht. Er sah in der Dunkelheit undeutlich sein neu gebautes Haus am Hang über dem See. Aber er traute sich nicht, zu ihm zu gehen. Sicherlich hätte Dix ihm jederzeit Unterschlupf gewährt, doch Otto Dix stand selbst im Visier der *Gestapo*. Seine künstlerischen Werke, die als »entartete Kunst« eingestuft worden waren, galten als »gemalte Wehrsabotage«. Vorübergehend war Dix schon inhaftiert und hatte sich deshalb in die innere Emigration auf die Höri am Bodensee zurückgezogen.

Es war bekannt, dass die *Gestapo* in Singen einen zusätzlichen Außenposten des Kommissariats Konstanz eröffnet hatte, deshalb musste Levi sich äußerst vorsichtig durch seine alte Heimatstadt Radolfzell bewegen. Viele alte Schulfreunde kannten ihn, aber auch die Freunde seines Vaters, der als Viehhändler im gesamten Kreis ein bekannter Geschäftsmann war, hätten ihn jederzeit erkannt und gewusst, dass er Jude war und somit nichts mehr in Freiheit zu suchen hatte.

Levi selbst war es lange Zeit kaum bewusst, dass er Jude war. Er hatte nie einen Gebetsriemen angelegt und war auch nie in der Synagoge gewesen. Auch sein Vater lebte eher konfessionslos und war, als die Judenhetze losging, lange Zeit furchtlos, war er doch als deutscher Offizier im Ersten Weltkrieg mit einer Tapferkeitsmedaille 1. Klasse ausgezeichnet worden.

Wer ihn während der Novemberpogrome 1938 totgeschlagen hatte, würde sich wohl kaum mehr aufklären lassen. Daran hatte die Polizei auch gar kein Interesse. Levi aber hatte miterleben müssen, wie sofort nach dem Deportationsbefehl aller Juden ihr jahrelanger Knecht Alois das

Wohnhaus mitsamt dem Viehhandel seiner Eltern übernommen hatte. Ihm hatte er Rache geschworen. Nun sollte es so weit sein.

Er lief im Dauerlauf von Hemmenhofen zurück nach Radolfzell. Er musste erneut zu Ernst Frey, weiter würde er es in der Nacht nicht mehr schaffen, und einen mutigeren Mann als diesen alten Buchhändler, der ihm Unterschlupf gewährte, kannte er nicht.

Er rannte im Dunkeln über die Felder der Höri zurück nach Radolfzell, während in seinem Kopf der Racheplan an dem Mörder seines Vaters reifte. In Radolfzell schlich er über den Hinterhof wieder zum Fenster der Buchhandlung. Ernst Frey hatte sein Fenster demonstrativ offen stehen lassen. Kaum stand Levi im Hinterzimmer der Buchhandlung, krächzte der alte Buchhändler: »Wusste ich doch, dass du wiederkommst.«

»Tut mir leid, aber ich müsste heute Nacht noch etwas hier in Radolfzell erledigen, bevor ich verschwinde«, entschuldigte er sein erneutes Eindringen durch das Fenster.

»Ich weiß, du bist vorsichtig genug, du kannst dich jederzeit bei mir verstecken«, beruhigte der alte Buchhändler seinen ehemaligen jugendlichen Kunden, »ich habe mein Leben gelebt. Mir tut es um jeden leid, der von eurer Familie von hier fortgebracht wurde.« Dann stockte er kurz und sprach doch seinen schrecklichen Verdacht noch aus. »Keiner wird mehr zurückkommen, man wird sie alle umbringen.«

Zu viele deutsche Soldaten hatten in ihren kurzen Fronturlauben von den Gräueltaten in den besetzten Gebieten des Ostens und in den KZs berichtet. Levi wollte diese Geschichten alle nicht hören und wusste doch, dass alles, was sie schilderten, wahr war, und wusste deshalb auch, was er zu tun hatte. Er wollte noch einigen Flüchtenden über die Grenze verhelfen, aber zunächst wollte er seinen Racheplan ausführen und ein besonderes Geschenk in Sicherheit bringen. Er bat den Buchhändler, ihm für seine Flucht am Abend ein großes Stück Wurst, Streichhölzer und eine Flasche Brennspiritus mitzubringen.

»Willste dich mal wieder satt essen?«, schmunzelte der Buchhändler.

»Nicht ich«, ließ Levi sein Vorhaben im Dunkeln, lachte und versicherte: »Und den Spiritus werde ich auch nicht trinken.«

Tagsüber hielt Ernst Frey seinen Buchladen geöffnet. Sein Sortiment war arg ausgedünnt. Karl Marx, Lisa Tetzner, Bertolt Brecht, Sigmund Freud und Erich Kästner waren längst verboten, stattdessen bot die ehemals linke Buchhandlung nun *Der liebe Augustin* oder heitere Romane von Heinrich Spoerl an und Karl Mays *Der Schatz im Silbersee* sowie Romane von Ludwig Ganghofer.

»Auch *Mein Kampf* musste ich aufnehmen«, gestand Ernst Frey und verriet Levi Roth, dass er vergangene Nacht nicht der erste Flüchtling war, dem er Unterkunft gewährte. Bisher schleuste er mit einer kleinen Gruppe linker Widerstandskämpfer Flüchtlinge über den Schiener Berg an die Grenze nach Schaffhausen, doch seit das Grenzpolizeikommissariat in Singen verstärkt worden war, wurde dieser Weg immer gefährlicher. »Vielleicht hast du uns nun einen neuen Weg gezeigt, den wir in Zukunft nutzen können, um die armen Seelen über die Grenze zu bringen.«

»Du kannst mit mir rechnen«, versprach Levi.

Ernst Frey musste nicht weiterreden, schon hatte Levi ihm seine Hilfe für weitere Unternehmungen angeboten. »Ich habe so wenig wie du zu verlieren, eigentlich existiere ich schon gar nicht mehr. Meine Eltern, meine Geschwister – ich denke, niemand von ihnen lebt heute noch. Mit welchem Recht lebe ich noch?«

»Das sind die falschen Schlussfolgerungen«, wischte Ernst Frey die trüben Gedanken des jungen Levi vom Tisch, »die Nazis werden diesen Krieg nicht gewinnen, sie werden für diese unmenschliche Politik zur Rechenschaft gezogen, und wir sorgen bis dahin für ein bisschen Menschlichkeit.«

Für Levi gehörte zu dieser Menschlichkeit auch Gerechtigkeit, und für ein klein bisschen davon wollte er heute Nacht sorgen.

Es war schon nach 23 Uhr, als er mit einem Ring Wurst, einer Schachtel Streichhölzer und einer Flasche Brennspiritus bewaffnet loszog. Für ihn selbst war klar, sollte ihn jemand auf der Straße erkennen, würde er sofort verhaftet und ohne Gerichtsverhandlung in ein KZ abgeschoben, was den sicheren Tod bedeutete.

Der Buchhändler hatte ihm seinen Spiritus und die Wurst in eine schwarze Eisenbahnertasche mit Umhängegurt gepackt und ihm eine Schildmütze der Reichsbahn aufgesetzt. »Das macht was her«, hatte er gelacht, und Levi war mit der alten abgeschabten Ledertasche in der Hand und der Dienstmütze auf dem Kopf in den dunklen Gassen Radolfzells verschwunden.

Er konnte sich glücklicherweise wieder südlich der Stadt, weit weg von den neuen *SS*-Kasernen, auf dunklen Wegen Richtung Markelfingen halten. Hier war die Viehhandlung seiner Eltern gewesen. Das Gehöft lag im Dunkeln. Er schlich sich von hinten an das Wohnhaus. Alois musste schon zu Bett gegangen sein, es brannte kein Licht.

Vorsichtig tastete er sich zur Vorderseite, da begann schon Hasso im Zwinger zu knurren. Schnell griff Levi zu seiner Wurst, steckte sie durch den Zaun und versuchte, den Hund mit leisen Worten zu beruhigen. Er kannte seinen Hasso, und dieser hatte auch Levi schnell erkannt. Levi öffnete furchtlos den Zwinger und ging hinein. Leise wimmernd drückte Hasso sich an Levis Beine und verschlang nebenbei gierig die Wurst.

Levi hielt kurz inne. Es blieb still. Im Wohnhaus rührte sich niemand. Leise ging er im Zwinger hinter die Hundehütte und schob sie zur Seite. Hasso war ein türkischer Hirtenhund, ein stattliches Tier. Levis Vater hatte ihm eine große Hundehütte gezimmert, die sich nur schwer bewegen ließ. Doch Levi hatte sie gerade erst zur Seite geschoben und vor seiner Flucht aus Radolfzell ein Bild von Otto Dix, dick in ein Leinentuch eingehüllt, genau unter der Hundehütte vergraben. Hier lag es sicher, solange Hasso lebte.

Das Bild war auf einer Holzplatte gemalt, etwas unhandlich, aber für Levi von großem Wert. Er grub es aus, hielt es mit beiden Händen fest, ließ die Zwingertür offen, sodass Hasso entweichen konnte, und bewegte sich wieder vorsichtig Richtung Wohnhaus. Kurz blieb er stehen, lauschte, stellte das Bild ab, schlich zu den Stallungen, raffte so viel Heu wie möglich zusammen und legte es vor die Haustür des Wohnhauses.

Immer noch tat sich nichts. Das sollte sich nun schnell ändern. Er nahm die Flasche mit dem Brennspiritus, schüttete den ganzen Liter an die hölzerne Haustür, zündete das Heu davor an und rannte los.

Aus der Ferne drehte er sich noch einmal um. Er sah das Feuer lodern, doch freuen konnte er sich nicht. Er hatte sein eigenes Zuhause angezündet, das es aber nun mal nicht mehr gab. Seine Familie hatte es aufgebaut, wer weiß, wo sie waren? Dass sie ebenso verbrannt waren, wie eben ihre alte Heimat brannte, das wollte er nicht glauben und wusste doch, dass es so war.

Das Herz tat ihm weh. Er musste schnell weg. Jetzt half, mit dem Bild unter dem Arm und der Eisenbahnertasche umgehangen, nur noch laufen. Am besten weit weg, zunächst nach Seeldorf zu Tante Wilhelmine, um ihr von der geglückten Flucht ihres Mannes zu erzählen.

Später hatte Levi Verena stolz verraten, wie er den kleinen Fluchthelferring von Seeldorf aus mit Ernst Frey weiterbetrieben hatte, bis nun im Sommer 1944. Die *SS* hatte im Morgengrauen die Villa der Familie Wolf in Seeldorf umstellt. Levi wollte sich gerade von einer seiner Fluchthelferaktionen zurückschleichen, da sah er die schwarzen Mercedes-Limousinen und zwei Mannschaftswagen der Waffen-*SS* vor dem Haus der Familie Wolf stehen. Schnell drehte er ab.

Verena Obergfell war an diesem Morgen, wie jeden Tag, um 5 Uhr in der Früh aufgestanden, in die immer gleiche dunkle Schürze geschlüpft. Sie knotete ihr Haar, nahm sich Zeit für ihr Morgengebet und begrüßte den Tag zur Morgendämmerung mit ihrem stolzen Hahn. Kaum hatte sie das kleine Hühnertürchen hochgezogen, schlüpfte der hochmütige Hahn zuerst aus dem Stall und eilte auf den Misthaufen. Von dort rief er mit einem lauten Krähen seinen Hühnerharem zusammen. Verena genoss jeden Morgen das gleiche Schauspiel. Doch was sah sie heute?

Ein Mannsbild huschte hinter dem Stall in die Scheune. Sie war sich sicher, ihn erkannt zu haben, und ging ihm furchtlos nach. Sie hatte in der jüngsten Zeit, seit ihr die Judenverfolgung deutlich geworden war, öfter an den jungen Levi Roth denken müssen, und da war er!

Mutig ging sie ihm nach. Öffnete das schwere Scheunentor, da stand er vor ihr. Er zeigte keinerlei Angst, trat ihr furchtlos gegenüber und grinste frech: »Guten Morgen, schönes Fräulein.«

»Was machen Sie hier?«, platzte es aus Verena heraus.»Warum verstecken Sie sich hier?«

»Warum wohl«, blieb Levi unaufgeregt, »schon was von euren KZs gehört?«

»Und wie kommen Sie hierher?«, fragte sie naiv.

»Ich kann mich nun mal nicht in Luft auflösen, muss mich aber verstecken«, blieb er gelassen, ging an ihr vorbei und schloss das Tor. »Im Ort stehen die *Gestapo* und die *SS*, wenn Sie die rufen, haben Sie Ihre deutsche Bürgerpflicht erfüllt, und ich lande im KZ.«

Verena wankte nur kurz. Sie wusste, der Mann vor ihr war kein Verbrecher. Er hatte nichts verbrochen, hing vielleicht dem falschen Glauben an, aber im Ort gab es ja auch eine evangelische Familie, und Doktor Wolf war ja schließlich auch ein herzensguter Mensch, obwohl er Jude war. Überdies hatte sie das Gebot der Nächstenliebe verinnerlicht, und das galt für alle Menschen.

»Was ist nun?«, drängte Levi. »Wollen Sie mich verraten, oder kann ich hierbleiben bis heute Nacht?«

»Verstecken Sie sich oben in der Tenne«, entschied Verena kurz entschlossen, »ich muss die Kühe melken und kümmere mich später um Sie.«

Damit hatte sie entschieden und stand fortan mit ihrer Familie mit einem Fuß im Gefängnis. Das war jedem arischen Deutschen klar!

Verena hatte vor Levi die entscheidungsfreudige Bauerstochter gespielt, was hätte sie auch anderes tun können.

Jetzt melkte sie unkonzentriert die vier Kühe. Die Tiere bemerkten ihre Unruhe und hielten kaum still. Verena versuchte, ihre Gedanken zu ordnen und nebenbei mit Daumen und Zeigefinger die Milch sanft aus den Zitzen der Kühe zu streifen. »Wegen vier Kühen brauchen wir keine Melkmaschine«, hatte ihr Vater entschieden, »dafür haben wir euch Frauen.«

Morgens und abends war es schon längst Verenas Aufgabe, die Kühe zu melken, darüber machte sie sich keine Gedanken. Wenn sie die deutschen Flüchtlingskinder aus den ausgebombten Großstädten sah, wie sie ärmlich durch ihren Ort streiften und um Lebensmittel bettelten, dann wusste sie, wie glücklich sie in ihrem Stall sein konnte, mit ihren vier Kühen, die ihnen täglich Milch gaben. Da konnte sie auch leicht einen Krug für Levi abzwacken, aber was sollte sie ihrer Mutter oder erst recht ihrem Vater sagen?

Unsicher schüttete sie die Milch aus ihrer Melkkanne durch einen großen Filter in die Milchkanne, mit der sie die Milch gleich zur Sammelstelle bringen würde.

Ihr Vater hatte sich schon an das Ausmisten des Stalls gemacht, sie hatten sich nur – wie immer – mit einem kurzen »Morgen« gegrüßt.

Friedrich war schon früh mit der Sense losgezogen. »Morgens mit dem nassen Tau haut's«, war die Regel. Obwohl er seine linke Hand verloren hatte, band er den oberen Teil der Sense an seinen restlichen Armstumpf und führte mit der rechten Hand das scharfe Blatt durch das hohe Gras.

»Kommsch gleich wieder«, hatte ihre Mutter ihr noch nachgerufen, »wir müssen die Erdäpfel stupfen.«

Wohin hätte sie auch sollen? Ihr Kopf war voller Zweifel. Mit der Milchkanne in der Handkarre zog sie los. Schon vom Ortrand aus sah sie das Aufgebot der *Gestapo* und der *SS* vor dem Haus der Wolfs. Da musste sie jetzt vorbei. Mutig ging sie weiter. Ein paar schwarz Uniformierte standen auf der Straße vor ihren Einsatzautos.

»Heil Hitler«, sagte sie laut. Dieser längst überall gültige deutsche Gruß war ihr nur widerwillig über die Lippen gekommen. Ihre plötzlich aufkeimende Angst hatte sie dazu verleitet. Als könnten die Polizisten ihr ihr Vergehen ansehen. Schnell setzte sie noch ein freundliches Lächeln auf.

»Aufsitzen!«, schrie einer der Männer, und die rumstehenden Uniformierten verteilten sich in ihre vier Autos. Ohne Rücksicht auf sie mit ihrem Leiterwagen auf der Straße preschten sie an ihr vorbei.

Gott sei Dank, dachte Verena, wie soll das nur weitergehen? Ohne weiter nach links oder rechts zu schauen, erledigt sie ihre Milchabgabe in der Milchzentrale. Hier wurde genau Buch geführt, wie viel Milch jeder Bauernhof täglich abgab. Natürliche Schwankungen wurden akzeptiert, vermutliche Unterschlagungen sofort angezeigt.

Zu Hause druckste Verena zunächst noch etwas herum. Schließlich ging sie zu ihrem Vater. Er saß unter einem Apfelbaum auf dem Dengelstein und dengelte für Friedrich die Sense. Sie vergewisserte sich, dass sie alleine waren. Sie stand vor ihm, schaute ihn fragend an, bis er sagte: »Spuck's aus.«

»Wir haben einen Gast«, begann sie unsicher, »ich weiß nicht, aber ich konnte ihn doch nicht der *SS* ausliefern.«

Ihr Vater schaute sie fragend an. »Was heißt das? Was willst du mir sagen?«

»Levi, der Sohn unseres Viehhändlers, ist immer noch hier.«

»Hier? Was heißt hier?«, wurde Franz-Karl ungewollt laut.

»Er hatte sich wohl bisher bei Wilhelmine versteckt, aber heute Morgen hat die *SS* ihr Haus durchsucht, da ist er plötzlich vor mir … vor der Scheune gestanden«, gestand sie stockend, »was hätte ich denn tun sollen?«

Ihr Vater nahm den Hammer und schlug erneut auf das Sensenblatt vor ihm ein. Drei, vier Schläge, dann schaute er sie an: »Und jetzt?«, fragte er unsicher. »Wenn sie ihn bei uns finden, sind wir alle dran.«

»Ich habe ihn im Heuschober hinter dem Schweinestall versteckt«, war Verena froh, ihr Geheimnis mit ihrem Vater geteilt zu haben, »ich weiß auch nicht.«

»Ich weiß auch nicht, ich weiß auch nicht«, wiederholte er ebenso ratlos. »Wie hatte er es geschafft, sich so lange zu verstecken? Wie lange will er jetzt bei uns bleiben?«

Ratlos türmten sich die Fragen in Franz-Karls Kopf: Wie lange wird sich dieser Hitler noch halten? Wann hat das alles mal ein Ende?

Ungewollt hatten die Obergfells über Nacht einen Gast in ihrer Scheune. Theres Obergfell wollte, als sie sah, wie Verena Levi ein Vesper in die Scheune gebracht hatte und Verena ihr gestand, dass sie den jungen Levi Roth in der Scheune versteckt halte, dass er schnellstmöglich wieder verschwinde. Ihr Mann aber appellierte an ihre christliche Nächstenliebe. »Wo vier Leute satt werden, werden wir auch einen fünften durchbringen«, bestimmte er, und alle hofften, irgendwann müsse dieses »Tausendjährige Reich« doch mal am Ende sein. Der Schweizer Radiosender alleine schürte ihre Hoffnung.

Hinter dem Kuhstall hatten die Obergfells einen Schweinestall errichtet, dahinter war die Scheune. Dazwischen lag ein kleiner Hohlraum, den Verena mit Heu auslegte und für Levi Roth herrichtete. Hier musste der Mann jeden Tag still verharren. Erst spätabends kam täglich Verena zu ihm und brachte ihm etwas zu essen und zu trinken.

Für sie war es eine menschliche Pflicht, die die Bibel durch das Gebot der Nächstenliebe ihr vorschrieb. Dass sie dabei das sechste Gebot gebrochen hatte, verriet ihr anwachsendes Bäuchlein, bis sie gestehen musste, dass sie schwanger war.

Jetzt musste dieser Jude schnellstmöglich aus dem Haus. Verena musste sich dem Entschluss der Familie beugen. Die Hochzeit mit Otto Simon war ihre Rettung. In ihr Erlebnisbuch hatte die verheiratete Verena Simon hoffnungsvoll geschrieben:

> *»Lieber Levi, ich weiß, nach diesem Krieg werden wir uns wiedersehen und uns zu unserer Liebe bekennen können.«*

NOCH FÜNF TAGE

Jan gibt den Befehl, dann legen sie los. Sie sind acht bis zehn Mann, kommen wie zufällig zusammen, sehen ein paar Linke. Ziehen ihre Sturmmasken vor das Gesicht. Kreisen die Linken ein. Ziehen ihre Teleskopstöcke heraus. Zwei der Gruppe halten eventuelle Passanten fern. 30 Sekunden Angriff. Zuschlagen auf alle Körperteile, die sich bieten, kräftig und erbarmungslos. »Abzug«, ruft Jan, und weg sind sie. Zurück lassen sie Verletzte mit zerbrochenen Knochen, Platzwunden und Pfefferspray in den Augen.

Zeugen gibt es keine.

Das war ein Erlebnis nach Alexander Simons Geschmack. Endlich konnte er mal wieder etwas tun gegen das linke Gesindel, das von der bürgerlichen Lügenpresse immer nur verhätschelt wurde, während sie, die aufrechten Deutschen, immer nur als die bösen Neonazis dargestellt wurden.

Die Demonstration in Chemnitz gegen die arabischen Messerstecher ist für ihn Vorbild. So muss es auch bald zu Hause ablaufen. Die *AfD* meldet die Demo ordentlich an. Angeführt von Björn Höcke, Andreas Kalbitz und weiteren Vertretern des *AfD*-»Flügels«, zog die Demo, bürgerlich »Trauermarsch« genannt, durch die Stadt. Die *AfD*-Funktionäre trugen Schwarz, es gab zunächst keine rechten Plakate, nur Deutschlandfahnen. Ein *AfD*-Funktionär hatte vorneweg durch das Megafon aufgerufen zur Bürgerpflicht, »die todbringende Messermigration zu stoppen«.

Die Bilder zeigten abends im Fernsehen eine bewegende Trauergemeinde, wie Höcke und Kalbitz in ihren schwarzen Anzügen mit ernster Miene unter einem Heer von Deutschlandfahnen stehen, dahinter die zweite und dritte Garde von *Pegida* und *AfD*. Erst weiter hinten sieht man sie, wie sie provokant den Hitlergruß zeigen, danach die Reporter und Kamerateams angreifen.

Er weiß, das wird den *AfD*-Funktionären weniger gefallen haben. Doch so geht die Zusammenarbeit. Es ist alles viel radikaler, als was die *NPD* jemals formuliert hat. Es war heute eine Machtdemonstration. Öffentlich haben sie den Schulterschluss zwischen *AfD*, *Pegida* und ihren *Kampfbünden* demonstriert. Sie bekannten sich frei nach Michael Kühnen dazu, für die Wiederzulassung der *NSDAP* und für das Vierte Großdeutsche Reich einzutreten.

»Wir definieren uns als politische Soldaten, die im Kampf für Deutschland an der vordersten Front stehen. Wir wollen radikal sein und den Nationalsozialismus revitalisieren«, so hatte Jan es in seiner Kameradschaft erklärt.

Alexander Simon hatte alle Sätze des Kameradschaftsführers der Sachsen in sich aufgesogen. So will er auch bei dem nächsten Treffen mit seinen Kameraden in Seeldorf vor ihnen auftreten. Die Demo in Salem gegen das geplante Asylheim muss bis zum Beginn einen friedlichen Charakter zeigen. Aber dann, denkt er, und schielt auf seine alte *Adidas*-Tasche. Darin liegt sein überzeugendstes Argument. Jan hatte, wie versprochen, alle Zutaten nicht nur für eine, sondern gleich für zwei Rohrbomben geliefert.

Alexander Simon fühlt sich gestärkt in seiner Bestimmung, als »neue *SA*« in den Reihen des *Kampfbunds Deutscher Nationalsozialisten* im Linzgau seinen Mann zu stehen. Seit heute fühlt er sich gerüstet.

Es ist schon spät in der Nacht, bis er in Seeldorf ankommt. Er fühlt sich stark wie schon lange nicht mehr. Jetzt noch ein geiler Fick, denkt er und fährt zu Jamila.

Schon wenn er an sie denkt, muss er seine sexuelle Erregung zügeln. Ja, sie war eine »Negerin«, aber ihre dunklen krausen Haare und ihre schwarze Haut! Er musste sich konzentrieren, um die paar Kilometer zu ihr noch ordentlich zurückzulegen.

Jamila ist aus dem Kriegsland Sudan geflüchtet. Katharina Bendzko hatte ihr in der alten Baracke in Seeldorf eine kleine Wohnung besorgt. Sie putzt bei dem Immobilienunternehmen die Wohnungen. Er hatte ihr ihre Bude etwas hergerichtet. Katharina hatte ihn dafür bezahlt, aber er ließ sich seither auch von Jamila bezahlen. – Großzügig wie er ist, in »Naturalien«, sie braucht ja ihr Geld.

Er fährt bis zum Ende des Panoramawegs. Stellt sein Auto im Dunkeln hinter einem Busch ab. Seine sexuelle Erregung steigt an, sein Glied regt sich in seiner Hose. Er klingelt an der Haustür, muss kurz warten, dann hört er den Türöffner. Schnell drückt er die Tür auf, nimmt die paar Stufen zu ihrer Wohnung, reißt die angelehnte Wohnungstür auf und sieht sie in ihrem Nachthemd verschlafen im Flur vor sich stehen.

Sie trägt ein einfaches, rötliches langes Hemd. Er sieht ihre weißen Augen in ihrem schwarzen Gesicht. Sie öffnet ihren Mund, zeigt ihre weißen Zähne, und er steht schon vor ihr und reißt ihr ihr Nachthemd vom Körper. Er will sie ficken, sonst nichts. Hier und jetzt!

Er löst seinen Gürtel, holt sein Glied heraus, wirft sie im Flur auf den Teppich, dringt in sie ein und kommt schon nach wenigen harten Stößen.

Jamila schiebt ihn von ihrem Körper. Steht auf, steht nackt vor ihm.

Er liegt auf dem Boden, grinst zufrieden. Steht auf, schließt seinen Hosenladen, greift in die hintere Tasche seiner Hose, zieht seinen Geldbeutel heraus und drückt ihr einen Schein in die Hand. »Für ein neues Nachthemd«, sagt er kalt und verschwindet.

Dass er eine Schwarze fickt, dürfen seine Kameraden nicht erfahren. Wobei – er fickt sie ja nur. Die Mutter seiner Kinder wird sie nie werden. Remigration fordert die *AfD*. Dann muss sie halt weg. Aber bis dahin zeigt er ihr, was ein deutscher Mann ist.

5. MAI 2015, DIENSTAG

Jakob Simon versteht die Welt nicht mehr. Hätte er doch nur dieses verdammte Erlebnisbuch nicht in seine Hände bekommen. Immer wieder legt er es zur Seite, will es nicht weiterlesen, will jetzt endlich einschlafen, kann aber nicht, macht das Licht wieder an und liest dann doch weiter.

Anfangs hatte er sich noch gewehrt, in die intimsten Geheimnisse seiner Mutter einzudringen, doch mit jeder Seite wächst die Neugierde. Hätte er doch nur nie begonnen, dieses vermaledeite Buch zu lesen, am besten, er hätte es gar nicht gefunden, dann hätte er jetzt seine Ruhe.

Hätte, hätte – Fahrradkette. Mit jeder Seite wächst die Neugierde. Die Sütterlinschrift wurde seine neue Lektüre. Er muss jetzt weiterlesen, er will jetzt immer mehr wissen, alles!

Wie gefesselt liest er weiter:

> *»Lieber Levi, der Heuschober war unser Himmel, viel zu früh durchleben wir jetzt die Hölle. Ich weiß nicht, wo Du bist, hast Du die Flucht geschafft? Mein Bruder verrät mir nichts, und von Otto höre ich auch nichts mehr, ich weiß auch nicht, wo er ist. Lieber Levi, Du fehlst mir, Deine Zärtlichkeit, Deine lieben Worte und Dein Optimismus. Ich befürchte das Schlimmste und hoffe doch.«*

Levi – Otto – Levi – verdammt, was hatte seine Mutter für ein Liebesleben geführt? Und überhaupt, wer ist dieser

Levi?, fragt sich Jakob, seit er über diesen Namen gestolpert ist. Er hat noch nie von ihm gehört. Der Name Levi und dass er flüchten musste, lässt Jakob vermuten, dass der Mann ein Jude war. Doch Juden gab es in ihrer Familie nicht, im ganzen Ort nicht, außer ihrem Dorfarzt, Doktor Wolf. Auch er war in der Nazizeit geflüchtet, erinnert sich Jakob, aber danach wieder zurückgekommen.

Über Doktor Nathan Wolfs Konfession redete in seiner Jugend im Ort niemand, höchstens hinter vorgehaltener Hand. Die Bürger waren glücklich, in ihrem kleinen abgelegenen Dorf wieder ihren eigenen Arzt zu haben. Zu allem hin engagierte er sich in ihrem Heimat- und Brauchtumsverein. Dass er Jude war, so schien es Jakob, hatte man einfach kollektiv vergessen.

Viele Bürger im Ort hatten sich in der Zeit, als Doktor Wolf verschwunden war, bei seiner Frau Wilhelmine medizinischen Rat eingeholt. Schließlich war sie zuvor jahrelang die Arzthelferin, und jeder nannte sie seit ihrer Heirat mit dem Herrn Doktor »Frau Doktor«. Niemand, der zu ihr kam, fragte nach, wo ihr Mann war. Jeder wusste, er musste, um sein Leben zu retten, fliehen. Mehr wollte man nicht wissen.

Ihre beiden Jungs hatten es zu der Zeit als »Halbjuden« in der Schule nicht leicht. »Ihr stinkt nach Judensäuen«, mussten sie sich anhören und alleine in einer extra Schulbank sitzen. Doch ihr Großvater war der NS-Bürgermeister und ihre Mutter nun die anerkannte Frau Doktor, die die Praxis einfach weiterführte. Wer wollte ihr da noch Böses? Ihre medizinische Kenntnis schützte ihre Kinder vor der Deportation als »Mischlinge ersten Grades«.

Jakob erinnert sich an Doktor Wolf nur zu gut. Erst heute aber fragt er sich, wie der Arzt, nach seiner Flucht zurück in Seeldorf, wieder zum Hausarzt für alle Seeldorfer werden konnte. Wie konnte er die Altnazis, die seine ganze Familie und Sippe umgebracht hatten, danach wieder behandeln, als wäre nichts gewesen? Ihnen ihre Schmerzen lindern und versuchen, ihnen ihr Leben zu verlängern?

Jakob hatte in seiner Schulzeit nicht nachgefragt, aber er hatte immer gefühlt, dass da zwischen seiner Mutter und der Familie Wolf eine besondere Beziehung bestanden haben muss.

Wilhelmine Wolf hatte seine Mutter überredet, ihn nach Überlingen in die Oberschule zu schicken. Das war damals außergewöhnlich. Er, Jakob, ein Bub eines gefallenen Soldaten und Enkel eines Dorfbauern.

Außer dem Sohn des Lehrers oder Arztes ging zur damaligen Zeit kein Schüler aus den Bauernorten in die Oberschule in die Stadt. Doch er wurde nun täglich im schicken Mercedes von der »Frau Doktor« mit Saarah nach Überlingen kutschiert.

Saarah war als Säugling aus einem KZ gerettet worden, die Familie Wolf hatte sie adoptiert. An ihre beiden Söhne erinnert er sich kaum noch, sie waren schon bald zusammen nach Paris gezogen, dort hatten sie studiert, während Saarah die ersten vier Schulklassen in einer Privatschule in der Nähe von München untergebracht war.

Nach den obligatorischen vier Volksschuljahren sollte sie auf das Gymnasium, und die Wolfs wollten der kleinen Saarah ein Zuhause bieten. Deshalb kam sie mit zehn Jahren nach Seeldorf. Sie war ein schmächtiges Kind, dünn wie eine Bohnenstange, mit blassem, hagerem Gesicht und dünnen Haaren, die sie immer streng zu zwei Zöpfen geflochten als Haarkranz trug.

Da sie in Jakobs Augen kein vernünftiges Deutsch sprach, dachte er, er sollte ihr Beschützer sein, deshalb sollte er mit ihr in die Oberschule nach Überlingen. Jakob wurde nicht gefragt. Seine Mutter hatte sich mit Saarahs Mutter geeinigt, und er hatte zu folgen. Jakob wäre lieber auf der Volksschule und im Ort geblieben, alleine wegen Katharina.

Trotzdem war er natürlich gleichzeitig auch stolz, ein Oberschüler zu sein und in die Sexta zu gehen. Jeden Morgen stand er pünktlich vor dem Haus bei Doktor Wolf. Im Winter hatte er schon die Scheiben an dem noblen Mercedes frei gekratzt, bis Frau Doktor Wilhelmine Wolf mit ihrer Tochter Saarah kam. Dann nahm er hinten in dem Wagen Platz, Frau Doktor und Saarah vorne. Gemeinsam fuhren sie jeden Wochentag nach Überlingen und auch zusammen nach der Schule wieder zurück nach Seeldorf.

Er freute sich immer, wenn Frau Doktor nachmittags später kam und er mit Saarah in Überlingen noch quatschen konnte. Dann saßen sie im Winter in der Schule auf einem Heizkörper, schauten aus dem Fenster und warteten gemeinsam, bis der schwarze Mercedes mit ihrer Mutter vorfuhr. Im Sommer saßen sie auf der Kaimauer am Überlinger Mantelhafen. Sie redeten über Gott und die Welt.

Saarah war im September 1944 in einer jüdischen Familie geboren. Ihre Eltern wurden im gleichen Jahr im Vernichtungslager Sobibor ermordet. Alle ihre Verwandte fielen dem Völkermord der Nationalsozialisten zum Opfer. Sie überlebte unter ungeklärten Zufällen die Deportationen in den Konzentrationslagern in Bergen-Belsen und Theresienstadt. Fast verhungert, kurz vor ihrem Tod, wurde Theresienstadt befreit und damit Saarah gerettet.

Im Mai 1945 standen auf dem Gebiet des Deutschen Reichs Millionen ehemalige KZ-Häftlinge und Zwangsarbeiter schutzlos auf der Straße. Die einen hatten kein Zuhause mehr, die anderen, wie Saarah, nicht einmal mehr Verwandte. Für sie hatten die Alliierten sogenannte Lager für »Displaced Persons« gegründet. Überlebende des Konzentrationslagers Theresienstadt hatten das Baby Saarah mitgenommen und landeten mit ihr in einem Lager bei München, in dem zuvor 3.000 Zwangsarbeiter für die *IG Farben* untergebracht waren.

Für die Kinder ohne Eltern wurden bald eigene Aufnahmestationen gegründet. Im badischen Schwarzach befand sich das *Internationale Kinderzentrum Aglasterhausen*. Hier versah der Seeldorfer Arzt Nathan Wolf jedes Wochenende einen freiwilligen Dienst und stieß dabei auf die kleine Saarah.

»Er hat mich erst richtig befreit«, schilderte Saarah ihr Leben, nachdem sie zu Jakob nach längerer Zeit Vertrauen gefasst hatte, »gemeinsam haben Tante Wilhelmine und Onkel Nathan mich adoptiert, jetzt sind sie für mich meine Eltern.«

Jakob war nach den meisten Gesprächen mit Saarah aufgewühlt. Sie schilderte ihm erbarmungslos die Vernichtung der Juden, das Leben in den Konzentrationslagern und auch das Leben in den neuen Lagern für Displaced Persons.

»Was heißt denn schon bitte ›Displaced Persons‹? Wir sind keine versetzten oder deplatzierten Personen. Wir sind Menschen! Uns hatte man alles geraubt, jede familiäre Bindung, jede Art von Heimat, jede Art von Liebe, einfach alles!«

Jakob wusste meist nicht, was er auf ihre Vorwürfe antworten sollte. Er kannte die Ausflüchte der Alten, wie sie bei Familienbesuchen ausgetauscht wurden. Jeder von ihnen fühlte sich da selbst als Opfer.

Sein Großvater, der einen Sohn im Krieg verloren hatte. Onkel Friedrich, der seine linke Hand auf dem Schlachtfeld eingebüßt hatte. Oder noch schlimmer der Michelebur, der von seinem Unglück gar nicht reden konnte, weil ihm das halbe Hirn aus dem Kopf geschossen worden war.

Auch die Erklärung von Onkel Friedrich hatte er nicht vergessen: Die Juden hatten doch selbst Schuld, sie waren alle viel zu reich und hatten Berlin, unsere Reichsstadt, dominiert und regiert.

Wenn Jakob vorsichtig die Argumente der Alten anbringen wollte, fuhr ihm Saarah meist so resolut über den Mund, dass er sich nicht mehr getraute dagegenzuhalten. »Glaubst du, ihr habt die Millionen Juden ermordet, weil es unter ihnen ein paar Millionäre gab?«, lachte Saarah ihn aus. »Wir Juden waren schon immer nur Flüchtlinge, die meisten haben sich in den Berufen der Schneider oder Sattler und Händler herumgeschlagen. Wären sie so reich gewesen, wie du meinst, hätten sie doch mit ihrem Geld Hitler verhindern können, wie die Reichen mit ihrem Geld Hitler an die Macht verhalfen und heute, nach dem Krieg, noch reicher sind.«

Dann zählte sie die Reichen, die im Krieg noch reicher geworden waren, auf. Sie nannte, wie auswendig gelernt, die Familien Quandt, Oetker, Flick, Krupp und Opel. Leicht nannte sie ihm weitere Familien und fügte zynisch hinzu: »Oder dein heiliger Ort Seeldorf: Heute fahrt ihr seine Traktoren, im Krieg habt ihr in seinen Porsche-Panzern fremde Länder überfallen, oder frag doch Claude Dornier in Friedrichshafen, wie er zu seinem heutigen Reichtum gekommen ist.«

»Was hat denn unser Seeldorf damit zu tun?«, hatte sich Jakob echauffiert. »In Seeldorf ist durch den Krieg kein Bauer reicher geworden, und meinem Onkel Friedrich fehlt nicht nur die linke Hand, sondern auch die Möglichkeit, als Landwirt zu arbeiten, und Onkel Ernst liegt irgendwo im Osten begraben, und wo mein Vater verschollen ist, weiß gleich gar niemand.«

»Ich rede nicht von eurem Scheißkrieg, das hättest du wohl gerne, damit ihr euch auch als Opfer stilisieren könnt. Aber nein! Ich rede von euren millionenfachen Morden an uns Juden! Aber nein, sagst du, daran sind deine lieben Seeldorfer nicht schuld!«, lachte Saarah fast schon gehässig. »Aber arbeiteten nicht auch von euch die Bauern nebenbei bei der Reichsbahn und haben die nicht die Deportationen in den Viehwaggons gesehen? Wurden nicht auch hier die Menschen an den Bahnhöfen in Konstanz, Radolfzell und Friedrichshafen in die Waggons getrieben? Und hat sich denn kein Seeldorfer gewundert, wohin ihr Arzt über Nacht verschwinden musste und all die anderen Juden in Überlingen oder Salem? Alle haben doch sicherlich getuschelt, mit Verwandten und Freunden. Gut, deine Onkel waren an der Ostfront. Aber was haben sie denn in ihren Fronturlaubstagen über die massenweisen Judenmorde, die sie gesehen oder selbst mitgemacht haben, erzählt?«

Jakob hatte sich damals von Saarah politisieren lassen. »Aufstacheln«, hatte sein Opa Franz-Karl geurteilt, und Tante Gretel im Kindergarten hatte ihn schon früh geschult: »Die Juden haben unseren lieben Heiland an das Kreuz geschlagen.«

»Ich werde hier nicht bleiben«, hatte Saarah ihm damals schon prophezeit. »Deutschland ist das Land der Mörder, ihr habt meine ganze Mischpoke umgebracht. Ich gehe, sobald ich kann, nach Palästina, das ist die Heimat von uns Juden. Ich will nicht neben den Mördern meiner Eltern leben, ich werde hier nicht bleiben!«

»Fühlst du dich heute nicht sicher in Deutschland?«, hatte Jakob zu fragen gewagt.

»Was heißt schon sicher? Ich gehöre seit meiner Geburt einem Volk an, das Brunnen vergiftet, die weltweiten Finanzströme kontrolliert, die Weltherrschaft anstrebt und überhaupt nur Böses will. Wie und wo kann man sich da sicher fühlen? Es ist egal, wo man Jude ist, wir sind immer und überall die Bösen. Ich bin nur hier, weil ich hier geboren wurde, aber ich muss hier ja nicht mit Angst mein weiteres Leben verbringen.«

Heute könnte er nicht mehr so unbedarft auf ihre Ängste reagieren und widersprechen. Gerade hatte es in Wuppertal einen Anschlag auf die Synagoge gegeben, in Berlin wurde ein Jude mit einer Kippa grundlos zusammengeschlagen und in Dachau das Eingangstor des ehemaligen KZs geschändet. Vor jeder Synagoge mussten Polizeibeamte für den Schutz der Juden sorgen. Längst hatte man sich an dieses Bild in Europa gewöhnt, als sei es normal.

Jakob wälzt sich in seinem Bett hin und her. Er hat schlecht geschlafen und geträumt. Er drückt sein Gesicht in das Kissen, als wollte er sich verstecken. Er denkt an Saarah, mit ihr hatte er, bis er die Unterprima wiederholen musste, viel diskutiert. Keine war damals schon so klug wie sie. Sie hatte ihm die Bücher gezeigt, die er unbedingt lesen musste, von Kafka und Nietzsche und Heinrich Mann. *Der Untertan*, in dem sie die deutsche Geisteshaltung, der Grund allen Übels, trefflich dargestellt fand.

An Schlaf ist jetzt nicht mehr zu denken, ärgert er sich über die Windungen seines Gehirns, das ihm gerade, seit er in Seeldorf ist, alle Schleusen seiner eigenen Geschichte zu öffnen scheint. Er will aufspringen, neue Gedanken finden, schnell ein paar Liegestütze vor dem Bett machen, da spürt er seine müden Knochen. Trotzdem, er will fit bleiben. Gerade mit zunehmendem Alter muss er sich immer wieder neu motivieren. Früher hatte er locker 50 Liegestütze gemacht, heute gerade mal die Hälfte, dafür zwingt er sich zu 50 Kniebeugen und ein paar Klappmessern.

Als er vor 20 Jahren angefangen hatte, über die rechte Szene zu berichten, wurde er schon damals von den ersten Neonazis angegangen. Zuerst hatten sie sich provokativ vor der Kamera mit Kühnens abgewandeltem Hitlergruß aufgebläht. Den Arm zum Hitlergruß ausgestreckt, die rechte Hand aber zum Victory-Zeichen geformt. Danach warfen sie ihm vor, sie als Neonazis abzustempeln. Alles Fakenews, sie seien nur aufrechte Deutsche.

Von wichtigtuerischen O-Ton-Gebern wurden die rechten Jugendlichen zu einer aggressiven Masse. Schon bald drohten sie ihm Gewalt an und hatten nach einer Veranstaltung zur Sonnwendfeier, bei der er drehte, ihm die Reifen seines Autos durchgestochen.

Plötzlich zählte jeder aufrechte Journalist zur »Lügenpresse«, und er meldete sich sicherheitshalber bei einem Selbstverteidigungskurs an. Seither ist er Mitglied im *Karateklub Stuttgart* und hat sich ein eigenes Trainingsprogramm aufgelegt, dazu zählen seine täglichen Kraftübungen.

Anschließend geht er verschwitzt ins Bad. Den Blick in den *Alibert*-Spiegel will er sich nicht schon wieder antun. Er weiß, wie ein 70-Jähriger mit Halbglatze aussieht.

Also tingelt er durch die Wohnung, während er die Zähne putzt. In seinem Zimmer sieht er die Büste von Karl Marx in seinem alten Bücherregal stehen. Bin ich deshalb damals Sozialist geworden, weil ich glaubte, der Sozialismus würde den Hass der Menschen überwinden?, überlegt er kurz, denkt schon wieder an Saarah, die ihn in einen Kibbuz locken wollte, und geht duschen.

Dank seiner wenigen kurzen Haare gibt es nichts mehr zu föhnen. Er steigt in seine ausgewaschenen Jeans und in die ausgelatschten Mokassins und nimmt ein frisches T-Shirt aus seinem Koffer. Dabei gibt es für ihn nichts zu überlegen, er hat nur weiße, seit ein rotes T-Shirt in einem Waschgang die weißen Shirts rosa gefärbt hatte. Weiße T-Shirts, weiße Unterhosen, weiße Socken, alles in einem wöchentlichen Waschgang, da kann nichts mehr schiefgehen.

In der Küche schiebt er eine Laugenbrezel in den Backofen, brüht einen Bohnenkaffee auf, lädt die Zeitung auf sein Handy, die er während des Frühstücks lesen will. Doch seine Gedanken sind schon wieder bei Saarah und diesem Levi.

Der Kerl lässt ihm einfach keine Ruhe. Er muss zu den Wolfs, obwohl er weiß, dass natürlich weder der Herr Doktor noch seine Frau noch leben. Trotzdem schnappt er sich seine Lederjacke und geht los.

Es zieht ihn förmlich zu der ehemaligen Praxis von Doktor Wolf. Wo einst die bescheidene Vorstadtvilla mit Walmdach und Erker stand, steht heute ein Fertighaus aus dem Legobaukasten. Quadratisch, praktisch, günstig. Zierrasen und Steingarten. Die Rollläden sind alle heruntergelassen. Bewohnt werden die Ferienhäuser am See meist nur am Wochenende oder nur einmal im Jahr, wenn überhaupt.

Als risikolose Kapitalanlage sind Häuser und Grundstücke rund um den See heute selbst bei Saudis und Chinesen beliebt. Im internationalen Vergleich zur Côte d'Azur oder gar Miami verspricht hier jedes Kaufangebot eines Grundstücks ein Schnäppchen. Doch warum das alte Doktorhäuschen diesem Legohäuschen weichen musste? Ein Beweis mehr, dass viel Geld und guter Geschmack leider nicht immer zusammenführen.

Jakob wendet sich ab und geht Richtung des Anwesens, in dem der alte Bürgermeister residiert hatte. Er war wohl schon seit Kaiserzeiten der reichste Bauer im Ort. Mit der Kirche und der *Krone* bilden die drei Besitztümer noch immer den Ortsmittelpunkt, wenn auch heute ohne eigenen Pfarrer, ohne Stammtisch und auch ohne Amtsstube. Für Jakob ohne das Leben, das einst sein Heimatdorf ausgezeichnet hat.

Die Durchgangsstraße trennt das Ensemble. Die Kirche und die *Krone* sind auf der einen Seite der Straße die deutlich größeren und höheren Gebäude. Doch das Wohnhaus des ehemaligen Großbauern und Dorfschultes besticht nach wie vor mit seiner herrschaftlichen Eleganz aus der Renaissance-Zeit.

Zur Straße hin steht das stattliche Wohnhaus, in dem in Jakobs Jugend seine Mutter gearbeitet hat. Der Bürgermeister hatte zur NS-Zeit in sein Wohnhaus die Amtsstube einbauen lassen. Hier begann die Karriere seiner Mutter als Ratsschreiberin.

Von der ehemaligen Ratsstube ist heute von außen nichts mehr zu sehen. Auch von dem landwirtschaftlichen Betrieb hinter dem herrschaftlichen Wohnhaus steht heute kein Schuppen mehr. Einzelne Erinnerungsstücke thronen dafür jetzt direkt neben der Durchgangsstraße wie museale Schaustücke.

Geranien wachsen in einem Trog, der auf Knochensteinen drapiert ist. Auch in ein altes Holzfass wurden Geranien gerade bepflanzt. Der ganze Hof ist mit sogenannten Knochensteinen gepflastert.

Auf das große Dach des Wohnhauses wurde ein Glaserker aufgesetzt, wohl um auch aus der zweiten Reihe aus der Höhe, über die *Krone* hinweg, bis zu dem See zu sehen.

In einen Teil des großen Wohnhauses wurden neben der Haustür zwei Garagen eingebaut. Jakob kann seine Neugierde nicht zügeln. Er geht zu den Garagen, um einen Blick durch die kleinen Rautenfenster, die in die Tore eingelassen sind, zu werfen. Ein achtungsergebener Pfiff entweicht ihm. Ein dunkelgrüner Jaguar XJ aus den 1970er Jahren steht darin.

»Mach's wie de Adi«, hört er seine Mutter sagen, »geh aufs Amt und werde Beamter.« Die Karre gehört sicherlich ihm. Jakob erinnert sich an Adi, den Sohn des Bürgermeisters. Er war nur wenig älter als er selbst. 1943 wurde er als Adolf Haas getauft, nach Adolf Hitlers Selbstmord hieß er Adi, so mussten sie ihn danach alle rufen.

Adi Haas hatte im Landratsamt in Friedrichshafen verschiedene Stellen besetzt. Er war Beamter. »A 13«!, hatte ihm seine Mutter immer vorgeschwärmt. »Dann wärst du versorgt«, wusste sie. Heute neidet er ihm ohne Zweifel seine Pension, aber sicher nicht sein Leben in der vorgegebenen Beamtenhierarchie, vielleicht aber den Jaguar?

Jakob geht zur Haustür, und schon öffnet sie sich. »Schön, dass du mich besuchst«, freut sich Adi offensichtlich, »ich habe dich schon herumschleichen sehen, komm herein.«

Adi Haas führt ihn aus dem Flur direkt in den ersten Raum des Wohnhauses, und Jakob denkt, er steht in einem Museum. Er geht über dunkle Eichendielen in das Zimmer, in der Mitte steht ein alter schwarzer Schreibtisch aus edlem Ebenholz, auf dem tatsächlich noch ein altes schwarzes Telefon mit Wählscheibe und Hörer auf der Gabel steht.

»Erinnerst du dich daran?«, fragt Adi Haas stolz. »Ich habe über all die Jahre alles gelassen, wie es mein Vater eingerichtet hatte, das war mal das Rathaus von Seeldorf.«

Selbst das Tintenfass und der Füllfederhalter stehen noch auf dem Schreibtisch sowie die alte schwarze Schreibtischleuchte, die es heute wieder als »Vintage Loft« zu kaufen gibt, und ein großer, schwerer Aschenbecher.

»Ich erinnere mich vor allem noch an den Zigarrenrauch, der damals immer in dem Raum stand«, fällt Jakob ein. »Ich glaube, ich habe deinen Vater nie ohne Zigarre gesehen.«

Adi lacht, dabei zeigt er sein offensichtlich neues, strahlendes Gebiss. Ihm selbst sieht man sein gutes Leben an, sollte er die strengen Gesichtszüge seines Vaters vererbt bekommen haben, so waren sie dank seiner aufgeschwemmten Fettpölsterchen gut getarnt. Immerhin sieht er mit seinen dicken Wangen und runder Knollennase freundlicher aus als sein alter Herr, denkt Jakob. Den Alt-Bürgermeister hatte er immer nur mit strenger Miene gesehen.

»Hier, Lehmann-Zigarren aus Lahr«, zieht Adi Haas ein Holzkistchen aus der Schreibtischschublade, »die Marke meines Vaters.«

Jakob nimmt eine heraus, will daran riechen, merkt schnell, dass sie strohtrocken sind. »Du rauchst wohl nicht«, bleibt er beim vertrauten Seeldorfer Du, »die jedenfalls sind ausgetrocknet.«

»Nur Zigaretten«, lächelt Adi und hält Jakob ein Zigarettenetui unter die Nase.

»Danke, nicht mehr«, lehnt Jakob ab und kommt zum Grund seines Besuchs. »Die Wilhelmine Wolf war doch deine Tante, hast du noch Kontakt zu ihren Söhnen oder gar zu Saarah?«

»Wie kommst du denn darauf?«, wundert sich Adi Haas. »Meine Tante ist schon lange tot und ihre Söhne vermutlich auch, und Saarah ist schon lange weg.«

»Und Levi Wolf?«, tut Jakob ahnungslos.

»Wer ist Levi Wolf?«, scheint Adi wohl ebenfalls tatsächlich mit dem Namen nichts anfangen zu können. Wobei Jakob den Nachnamen aus dem Blauen gefischt hatte, wer weiß, wie dieser Levi wirklich hieß?

Jakob überlegt kurz, dann spuckt er aus, was er gerade erfahren hatte. »Meine Mutter hatte auf jeden Fall ein gutes Verhältnis zu einem Juden mit dem Namen Levi, der ihr, bevor er flüchtete, wohl sehr viel bedeutete.« Mehr will er zunächst nicht verraten und von einer Liebschaft schon gar nicht reden. Erst mal heißt es abwarten, was Adi vielleicht doch noch einfällt.

Dieser aber druckst nur rum. »Von einem Levi Wolf weiß ich nichts«, kommt ihm mühsam über die Lippen. »Ich denke, von den Wolfs hat leider – so traurig dies ist – niemand das Dritte Reich überlebt, außer Onkel Nathan, aber das weißt du ja selbst, deine Mutter war ja wohl mit Tante Wilhelmine befreundet.«

Jakob lässt sich ein bisschen mehr in seine Karten schauen und verrät ihm den wahren Grund seiner Recherchen: »Wer, denkst du, war der Tote im Teich meiner Großeltern?«

»Wie kommst du denn jetzt darauf, was hat denn der Tote in dem Löschteich mit den Wolfs oder deinem Levi zu tun?«

»Was weiß ich«, gibt sich Jakob ratlos, »aber wer war denn der Tote in dem Teich?«

Adi zündet sich eine Zigarette mit einem goldenen Feuerzeug an. Deutet Jakob an, auf einem Stuhl neben einem kleinen Besprechungstisch in der Ecke des ehemaligen Ratszimmers Platz zu nehmen, und holt sich aus einem Nebenraum einen kleinen Aschenbecher.

Jakob legt nach: »Der Tote in dem Teich hatte meine Mutter aufgewühlt. In ihrem Leben gibt es zwei Menschen, von denen jede Spur fehlt: ihr Mann, mein Vater Otto Simon, und eben dieser Levi.«

Adi nimmt einen tiefen Zug aus seiner Zigarette, dass der Tabak hell aufglüht.

Jakob wartet ab.

Adi bläst den Rauch weit aus, schaut Jakob an, lächelt überlegen und gibt ein Stück seines Wissens preis: »Du weißt gar nichts, oder besser gesagt: Du wolltest bisher wohl nichts wissen?«

Jakob beißt sich auf die Zunge, nickt ergeben und schweigt einfach. Ein probates Mittel, Interviewpartner zum Reden zu bringen.

»Ich weiß ja auch nichts Genaues, aber man erzählte sich halt ...«, bricht Adi schon schnell das Schweigen, stockt dann doch kurz, aber nur, um neu anzusetzen: »Dieser Levi hieß auf jeden Fall nicht Wolf, sondern Roth, denn er war der Sohn des Viehhändlers Roth aus Radolfzell, wo ja auch unser Arzt, Nathan Wolf, herkam. Böse Zungen aber hielten den Verdacht am Köcheln, deine Mutter hätte mit diesem jungen Viehjuden ein Techtelmechtel gehabt.«

So kann man das wohl nennen, denkt Jakob, aber viel weiter ist er nun auch noch nicht in seinen Recherchen. Er nickt bedächtig und wartet weiter schweigend ab, was Adi noch ausspuckt. Immerhin weiß er nun schon mal den vollen Namen von diesem Levi. Nicht Levi Wolf, sondern wohl Levi Roth!

Adi Haas merkt, er hat mit Jakob einen neugierigen Zuhörer vor sich, der noch mehr wissen möchte, also legt er ein weiteres Häppchen nach: »Dieser Levi Roth musste fliehen, wie alle Juden, wenn sie nicht vergast werden wollten, damit war der Weg frei für deinen Vater, Otto Simon, der wohl schon lange ein Auge auf deine Mutter geworfen hatte.«

So geben die Aufzeichnungen meiner Mutter einen Sinn, denkt Jakob, zeigt sich gegenüber Adi aber weiterhin ratlos: »Und jetzt? Mein Vater ist verschollen und Levi Wolf oder Roth geflüchtet, aber wer ist denn der Tote im Teich meiner Großeltern?«

»Du willst es nicht verstehen«, drückt Adi seine halb aufgerauchte Zigarette in dem kleinen Aschenbecher aus, steht ruckartig auf, läuft zum Schreibtisch, kehrt wieder um, kommt zurück, bleibt vor Jakob stehen und wird deutlich: »Otto Simon war bei der *Gestapo*. Levi Roth war Jude.« Adi schaut Jakob tief in die Augen. »Also keine Freunde, klar?«

»Du meinst …?«, ist Jakob verunsichert.

»Warum, meinst du, heißt du Jakob?«, zieht Adi plötzlich eine für Jakob überraschende Frage aus seinem Ärmel.

»Und warum, glaubst du, heißt du Adi?«, geht Jakob sofort zum Gegenangriff über, merkt aber gleichzeitig, dass er damit den Redefluss Adis stoppen würde, und schiebt deshalb versöhnlich schnell nach: »Adi klingt jedenfalls besser als Billiger-Jakob. Aber sag, was hat mein Name damit zu tun?«

Adi will sein Wissen offensichtlich loswerden, er lenkt mit einem überheblichen Lächeln ein: »Deine Mutter war im Ort sehr beliebt. Vielleicht auch aus schlechtem Gewissen ließ man nach dem Krieg die alten Geschichten ruhen. Nichts Genaues weiß man deshalb, aber deine Mutter galt zunächst wohl als Judenflittchen, was der alte Simon immer wieder ausposaunte. Also, weder seinem Vater, Paul Simon, noch seinem Sohn, Otto Simon, einem *Gestapo*-Mann, kann das gefallen haben. Um es klar zu sagen: Ein Verhältnis zu der NS-Zeit mit einem Juden war schlicht unmöglich, es war verboten, und beide wären in das KZ gekommen. Aber sie wurde weder angezeigt noch konnte man ihr zu der Zeit etwas nachweisen – weil dieser Otto Simon sie geheiratet hatte und sich damit zu deiner Zeugung bekannte.«

»Nonsens«, entfährt es Jakob. »Otto Simon hat sie geheiratet und ist mein Vater!«, bleibt er stur. »Und der alte Simon hetzte gegen meine Mutter, weil er einen alten Streit mit den Obergfells führte.«

»Wenn du mehr erfahren willst, solltest du nicht an deinen alten Gewissheiten festhalten. Jedenfalls war deine Mutter mit der Heirat von Otto Simon aus dem Schneider, das ist Fakt!« Adi schaut Jakob überlegen ins Gesicht und spinnt eine für Jakob fiese Lösung: »Vielleicht war ihr nach der Eheschließung dieser Otto Simon lästig. Ein Alibi für ihre Schwangerschaft hatte sie ja nun. Otto hatte seine Schuldigkeit getan, Otto konnte gehen.«

Jakob will aufspringen, seine Mutter eine Mörderin?

Doch Adi zeigt ihm wieder sein freundliches Lächeln: »Bleib ganz ruhig, du weißt doch, man muss alle Möglichkeiten in Betracht ziehen. Wenn dein Onkel Friedrich noch leben würde, könntest du den fragen, aber der ist vor fünf Jahren gestorben. Wobei«, Adi Haas scheint nun an der Rolle des Welterklärers Seeldorfs Gefallen zu finden, »deine Mutter und Friedrich waren ihr Leben lang zerstritten. Man sah sie nie zusammen. In den Vereinen, in denen deine Mutter war, war Friedrich nicht, und sie in keinem Verein, in dem Friedrich war.« Ein zynisches Lächeln umspielt plötzlich seine Mundwinkel. »Aber zur Beerdigung Friedrichs stand Verena in der ersten Reihe am Grab. Seltsam, oder?«

»Warum?«, ist Jakob irritiert.

»Finde das heraus«, grinst Adi hämisch, »und du erfährst, wer dein Vater ist und wer der Tote in eurem Löschteich war.«

JANUAR 1945

Die Motoren der sich nähernden Fahrzeuge wurden immer lauter. Es war noch verdammt früh am Morgen und eiskalt. Verena war gerade aufgestanden und hatte das Feuer im Küchenherd entfacht. Sie hatte ein Stück Papier in die Öffnung geschoben, dünne Holzschindeln daraufgelegt und darauf ein paar Tannenscheite. Die Fahrzeuge wurden lauter und blieben schließlich im Hof vor ihrem Bauernhaus stehen. Sie hörte Befehle brüllen, schielte zum Fenster hinaus und sah mehrere Männer unter einem Planenaufbau eines Lastwagens herunterspringen.

Es war bei der *Gestapo* üblich, in den frühen Morgenstunden an die Tür zu klopfen, die müden Bewohner beiseite zu drängen und ihre Wohnung auf den Kopf zu stellen. Was sollte sie jetzt tun?

Sie nahm ein Zündholz, zündete das Feuer in dem Herd an, begann einen Topf mit Wasser zu füllen und ließ ihn volllaufen.

Einen Augenblick später riss ein Offizier mit Schirmmütze die Küchentür auf, sie sah das silberne *SS*-Abzeichen am Kragenspiegel blitzen sowie den kleinen Totenkopf auf der Offiziersmütze.

Noch immer hielt sie ihren Topf unter den Wasserstrahl, längst lief er über. Im Flur und in den Zimmern über ihr hörte sie die Stiefel des Durchsuchungstrupps hart auftreten. Ihr wurde es übel, und doch war sie gefasst.

»Guck an. Hübsch, hübsch«, strich der Offizier mit dem

Handrücken über Verenas blasse Wangen, »von dir hat sich Otto also den Kopf verdrehen lassen.«

Verena wich verängstigt zurück. Drehte das Wasser ab und stellte den Topf auf den Herd.

»Bei dem Juden hast du hingehalten, oder was?«, wurde der *SS*-Mann grob.

Verena bekam kein Wort über ihre Lippen. Sie zitterte vor Angst.

»Wir werden ihn finden, und dann wehe«, drohte der Offizier böse, »bei uns hat noch jeder sein Liedchen gesungen.«

In diesem Augenblick betrat ein weiterer Offizier die Küche. »Im Wohnhaus sind wir durch«, machte er stramm Meldung, »wir nehmen uns nun den Stall und die Scheune vor, das Anwesen ist umstellt.«

Verena ist zum ersten Mal froh, dass ihre Familie Levi zur weiteren Flucht animiert hatte. Er ist längst in der Schweiz, hoffte sie und erinnerte sich an seinen letzten Ausflug nach Radolfzell. Dort hatte er erlebt, wie sie den Buchhändler Ernst Frey als »Judenschlepper« in den Morgenstunden verhaftet aus seinem Haus gezerrt hatten, nachdem er drei Frauen aus Berlin über die Grenze nach Schaffhausen helfen wollte.

Trotz der aufkeimenden Angst huschte ihr ein kurzes Lächeln über ihr blasses Gesicht. Sie wusste, die Männer in ihren furchteinflößenden schwarzen Ledermänteln und Uniformen kamen zu spät.

Sie fasste mit ihren nassen Händen an die kleine Wölbung ihres Bauchs, sie und ihr Kind waren dank der Hochzeit mit Otto Simon gerettet. Er war ihr amtlich angetrauter Mann und somit auch der Vater ihres Kindes! – Nichts anderes konnten sie ihr beweisen, und Levi war längst über alle Berge.

Sie hat noch Levis aufmunternde Worte in ihren Ohren: Wer die bösen Zeiten nicht überdauern kann, kann die guten nicht erleben. – Darauf hoffte sie.

Seit der Nacht, in der die *Gestapo* das Haus der Familie Wolf gestürmt hatte, hatte Levi gerätselt, wie sie ihm auf die Schliche gekommen waren. Hatte ein Seeldorfer Wind davon bekommen, dass er bei der Familie Wolf untergeschlüpft war, und hatte dieser ihn verraten? Oder hatte ihn in Radolfzell jemand gesehen?

Er war zwar immer äußerst vorsichtig gewesen und hatte die Flüchtlinge immer erst bei völliger Dunkelheit, weit nach Mitternacht, in der Buchhandlung Frey abgeholt, um sie dann zu dem Boot von Otto Dix zu bringen. Der Buchhändler war zu einer wichtigen, ersten Anlaufstation der »Transportkolonne Otto« geworden, wie sich die kommunistische Flüchtlingshelfergruppe in Singen nannte.

Als Industriestadt hatte Singen eine starke Kommunistische Partei gehabt, bevor diese verboten worden war. Die meisten Kommunisten Singens saßen längst in sogenannter Schutzhaft in KZs. »Das Marxistentreffen auf dem Heuberg« titelte der NS-Kurier höhnisch. In kurzer Zeit hatten die *SA* und *SS* fast 2.000 Menschen aus der Region auf den Heuberg geschafft. Dazu brauchte es längst keine Gerichtsverhandlungen mehr. Wer sich für einen Rechtsstaat aussprach, war Kommunist oder zählte sonst zu einem anderen fragwürdigen politischen Gesindel und wurde auf das Hochplateau der Schwäbischen Alb gebracht.

Rosa Thälmann zählte schon alleine durch ihre Heirat mit Ernst Thälmann, dem Vorsitzenden der KPD, zu den Reichsfeinden. Sie hatte in Singen Freunde besucht, die ihr zur Flucht verhelfen sollten. Sie wurde schon kurz nach ihrer Ankunft in der Hohentwielstadt festgenommen.

Nach ihrer Verhaftung hatten die Genossen die Fluchtrouten immer wieder geändert. Die wenigen, die nach einer ersten Inhaftierung in der Schutzhaft wieder zu Hause waren, wurden von der *Gestapo* streng beobachtet. Die Überwachung der Bevölkerung fing schon mit dem Blockwart an.

Die Fluchthelfergruppe Singen hatte anfangs noch zum Teil Grenzpassierscheine besorgen können, später konnte sie sich aber nur noch um einen kurzfristigen Unterschlupf für die Flüchtlinge kümmern und begleitete sie dann bei Nacht und Nebel schnellstens über den Ramsen in die Schweiz.

Da kam ihnen Ernst Frey in Radolfzell gerade recht. Dank der *SS*-Kaserne schien Radolfzell fest in der Hand der Nationalsozialisten, und die »Transportkolonne Otto« wähnte sich hier im Untergrund etwas unbeobachteter.

Durch ihren Genossen in Radolfzell erkannten sie die Chance, den Fluchtweg über den See zu nutzen. Mit Levi Roth und Otto Dix' Ruderboot hatten sie in den letzten Wochen Erfolg und konnten einige Juden, politisch Verfolgte und Widerstandskämpfer über den See in Sicherheit bringen.

Der Erfolg blieb allerdings nicht lange geheim. Das NS-Regime hatte auf der Schweizer Seite genügend Zuträger, Spione und Fröntler.

Die Fröntler sahen sich als Schweizer Bürger dem Deutschen Nationalsozialismus verpflichtet, kämpften gegen eine »Verjudung« der Schweiz und setzten sich für eine totale Grenzsperre ein. Ob Juden, Kommunisten oder andere »Abartige«, die Aufnahme von Flüchtlingen aus Deutschland war für sie unerträglich.

Vielleicht wusste es Ernst Frey, doch Levi hatte keine Ahnung, dass er auf einer seiner letzten Touren einen von der *SS* verfolgten bekannten KPD-Funktionär aus Mannheim über den Untersee gerudert hatte.

In Steckborn hatte Levi kurz angelegt und den Mann an Land gehen lassen, Tage später wurde seine Aufnahme im Kanton Thurgau öffentlich diskutiert. Es gab auf der Schweizer Seite die amtliche Anweisung des Eidgenössischen Polizei- und Justiz-Departements, Flüchtlinge aus dem Deutschen Reich zurückzuweisen, Kommunisten erst recht!

Auf deutscher Seite riskierten die Fluchthelfer ihr Leben. Für die solidarische Hilfe für Menschen in Not gab es unter den Nazis den Straftatbestand »Feindbegünstigung«. Ihnen und den »Judenschleppern« drohte lebenslanges Zuchthaus, wenn nicht gar die Todesstrafe.

Levi kannte keine Furcht. Er wusste um das Schicksal seiner Familie und ihm war klar, dass auch ihm, wenn er von der *Gestapo* aufgegriffen wurde, die letzte Stunde geschlagen hatte.

Doch er musste Ernst Frey warnen, ihm war klar, dass die *Gestapo*, nachdem sie ihm auf die Spur gekommen war, auch den Buchhändler in Radolfzell im Visier haben musste. Sicher ermittelte sie unter Hochdruck, wie dieser Mannheimer Kommunist in die Schweiz gelangt war.

Levi konnte nicht anders. Er musste sich auf den Weg von Seeldorf nach Radolfzell aufmachen, um den alten Mann zu warnen. Am besten, er würde nun ihn über den See in Sicherheit rudern. Dazu wollte er ihn überreden.

Zwei Frauen waren angekündigt, doch dann standen plötzlich drei Frauen in der kleinen Buchhandlung in der Radolfzeller Altstadt. Den zwei jüngeren Damen sah man an, dass sie aus Berlin sein mussten. Die größere hatte einen der modernen Bubikopfhaarschnitte der *Goldenen 20er-Jahre*, die bei den Nationalsozialisten verpönt waren. Ihre Gesichtszüge waren hart, ihre Haut blass, ihre flachen Brüste waren unter einer luftigen Bluse kaum zu erahnen.

Dagegen zeigte die andere der jungen Frauen ihre weiblichen Formen in einem schicken Kleid. Sie trug ihre halblangen Haare lockig wie einst Marlene Dietrich, bevor sie in die USA emigrierte. Sie musste auch schon über 30 Jahre alt sein, hatte aber noch immer ein mädchenhaftes, engelsgleiches Gesicht, wenn auch ihre blauen Augen mehr Trauer trugen, als dass sie strahlten.

Hätte Ernst Frey vor der Machtergreifung Hitlers Berlin besucht, hätte er die beiden jungen Frauen vielleicht in einem der damals berüchtigten Kabaretts am Nollendorfplatz erlebt. Sie traten bis 1935 gemeinsam in verschiedenen Shows der lesbischen Subkultur als »Katz und Maus« auf und wussten die Gäste mit der Frage: »Wer ist der Mann, wer die Frau?« mit viel Humor hinters Licht zu führen.

1935 wurde die lesbische Subkultur, das heißt die Vereinigungen und Lokale der Schwulen, die in Großstädten wie Berlin während der Weimarer Republik blühten, geschlossen. Homosexualität, auch die weibliche, verstieß ab 1933 gegen das »gesunde Volksempfinden« oder galt als »entartet«. Die beiden Frauen wurden denunziert und waren bald ins Visier der *Gestapo* geraten.

Die beiden hatten in Friedrichshain zusammengewohnt und wurden 1940 von einer Nachbarin angezeigt, weil diese »verdächtige Geräusche sexueller Natur« gehört haben wollte. Das hatte die Nachbarin dem Blockwart gemeldet, und der hatte die Anzeige an die *Gestapo* weitergeleitet.

Die beiden Frauen wurden sofort in der »Homo-Kartei« registriert und gezwungen, getrennte Wohnungen zu beziehen. Man drohte ihnen mit dem KZ Ravensbrück im Norden von Berlin.

Ernst Frey kannte ihre Geschichte nicht und auch nicht ihre Namen. Wie immer beschränkte sich die »Transportkolonne Otto« nur auf die wichtigsten Informationen, die ihre Helfer wissen mussten.

Ein kleiner Junge war mit dem Fahrrad in die Buchhandlung gekommen und hatte Ernst Frey ein Rezeptbuch zurückgebracht, das seine Oma in der Buchhandlung zur Ansicht ausgeliehen hatte. Frey hatte dem Jungen ein neues Kochbuch mitgegeben für weitere anstehende Informationen, die sich die Widerstandsgruppe auf diesem Weg zuspielte.

Er selbst wusste, was er zu tun hatte, und schlug das Rezept des Berliner Pfannkuchens auf. Eigentlich war es das Rezept eines Krapfens, aber das interessierte den Buchhändler nicht. Deutlich war statt für vier Personen für zwei Personen da gestanden, und aus acht Eiern wurden zwei. Auch die 300 Gramm Butter und die zehn Löffel Zucker wusste Frey zu deuten und hatte sich auf den Besuch am 30.10. für die beiden Frauen eingerichtet. Nachts um 2 Uhr, las er aus dem Rezept und wusste so, wann er sie auf den Weg zum Ortsausgang an die Aach losschicken musste.

Doch jetzt standen da plötzlich drei Frauen vor ihm, und die eine nannte hemmungslos das Losungswort, das sie nur, wenn sie alleine in der Buchhandlung stand, nennen sollte.

»Hier ist ja der liebe Augustin«, sagte die mit ihrem Bubikopf und griff zu dem Buch, das einsam in einem der fast leeren Regale stand. Die zweite, jüngere Frau lächelte

Ernst Frey freundlich an und fragte: »Hat der Lebenskünstler denn zum Ende der Geschichte Glück?«

Damit hatten sie ihm trotz der Tatsache, dass sie nicht allein waren, verraten, dass sie das Losungswort kannten und die von ihm erwarteten Hilfesuchenden waren.

Die Frage nach dem lieben Augustin mit der Nachfrage nach dem Glück des Protagonisten war das Schlüsselwort. Doch die dritte Frau war nicht angekündigt und irritierte den alten Buchhändler, weshalb er verunsichert fragte: »Gehören Sie zusammen?«

»Ja, wir drei kommen aus Berlin«, antwortete der Bubikopf bestimmt, »uns wurde gemeinsam der liebe Augustin empfohlen.«

Ernst Frey stieß einen Seufzer aus, ließ Luft ab und die drei Frauen kurz stehen. Er ging an ihnen vorbei zu dem seit dem Anschlag der örtlichen *SA* notdürftig geflickten Schaufenster. Er schielte nach draußen auf die Gasse, ging dann wieder an den drei Damen vorbei und trat vor seine Ladentür. Hier schaute er sich in alle Richtungen um. Die Gasse wirkte wie ausgestorben. Er sah niemanden auf der Straße, drehte um und ging beruhigt wieder in seinen Laden.

»Das ist Hermine«, ergriff der Bubikopf wieder das Wort und hakte sich bei der älteren Dame unter, »wir haben es geschafft von Berlin bis hierher und werden sie hier auf keinen Fall alleine der *Gestapo* überlassen.«

»Haben Sie mit den Herren der *Gestapo* schon Bekanntschaft gemacht?«, fragte Ernst Frey unsicher.

»Warum, glauben Sie, sind wir hier?«

Ernst Frey legte seinen Zeigefinger auf seine Lippen und bedeutete den dreien, leise zu reden. Er drehte sich um und öffnete die Hintertür seines Ladengeschäftes. Er ließ die

Tür offen stehen, ging zu dem Fenster in dem Raum, das er schloss, und winkte sie dann zu sich in den Lagerraum.

»Suchen Sie sich eine Sitzgelegenheit, wenn Sie sich ausruhen wollen oder gar schlafen können, müssen Sie mit dem Boden vorliebnehmen«, flüsterte er, »aber bitte unterhalten Sie sich nur ganz leise, das Haus ist hellhörig, und wir werden erst heute Nacht, um 1.30 Uhr, uns weiter auf den Weg machen können.«

Ganz wohl war es dem Buchhändler mit den drei Frauen nicht. Es war kurz vor 18 Uhr. Nach 1 Uhr sollten die beiden angekündigten Frauen sich auf ihren Fluchtweg zur Aach am Rande Radolfzells machen. Von dort ging es um 2 Uhr mit einem weiteren Fluchthelfer weiter auf den Ramsen, von wo sie durch den Zaun in die Freiheit fliehen sollten. Doch wussten die weiteren Helfer von einer dritten Frau oder brachte er sie mit ihr in Schwierigkeiten?

Trotzdem lächelte Ernst Frey die ältere Dame freundlich an, fragte aber scharf: »Ich werde Sie an einen mir unbekannten Mann übergeben, aber weiß denn dieser, dass Sie zu dritt sind?«

»Wo zwei den Weg finden, werden es auch drei schaffen!«, übernahm der Bubikopf sofort wieder die Gesprächsführung. »Hermine hat sich bisher wacker geschlagen. Sie wurde auf der Fahrt von Berlin hierher dreimal kontrolliert, wir haben es gemeinsam bis hierher geschafft, und die letzten paar Kilometer schaffen wir nun auch noch zusammen.«

»Na, bis hierher gab es auch noch keine gesicherte Staatsgrenze«, gab sich der alte Buchhändler geschlagen. Der energische Auftritt der beiden jungen Damen machte ihm aber klar, sie würden sich nicht einsichtig zeigen, und wo sollte er mit der alten Dame auch hin? Er hoffte nur, dass es für den weiteren Weg zur Schweizer Grenze kein Problem für die Genossen wurde, wenn sie plötzlich drei statt nur zwei Frauen weiterzuschleusen hatten.

Ernst Frey ging wieder in sein Ladengeschäft, schloss die Tür hinter sich und räumte sinnlos die letzten Bücher, die ihm zum Verkauf nach der Bücherverbrennung vor seinem Laden übrig geblieben waren, aus dem einen Regal in das andere.

Wie jeden Werktag schloss er um 18.30 Uhr seine Buchhandlung. Kunden ließen sich kaum noch bei ihm blicken. Er ließ das Rollo des Schaufensters hinunter und ging zu den drei Frauen in das Hinterzimmer.

Die drei lagen erschöpft auf dem Boden zwischen den Regalen. Der alte Buchhändler stieg über die Frau in der ersten Reihe, direkt am Eingang, hinweg, da öffnete sie aber auch schon ihre Augen und sah ihn hilflos an.

»Wollen Sie einen Tee?«, fragte er fürsorglich, goss Wasser in einen Topf, gab den Tauchsieder hinein und schloss ihn in der Steckdose hinter dem Vorhang am Fenster an.

Der Bubikopf stand auf. Sie überragte den Buchhändler um mindestens einen Kopf. Sie zeigt ihm in ihrer Situation eine verblüffende Selbstsicherheit. »Wir danken Ihnen und wissen, welche Gefahren Sie auf sich nehmen«, sprach sie zum ersten Mal in einem leisen, milderen Ton, »aber wir haben keine Wahl.« Dann schaute sie ihm fest in die Augen und fragte kühl: »Von Ravensbrück haben Sie sicher schon gehört, aber auch schon von *Lebensborn*?«

Ernst Frey schüttelte langsam seinen alten Kopf, ob er damit ihre Frage verneinte oder einfach sein Unverständnis für die Situation und die dunklen Tage ausdrücken wollte, erkannte die junge Frau wohl nicht. Sie schaute ihm zu, wie er einen Teebeutel in eine Tasse gab, heißes Wasser darübergoß, kurze Zeit darauf den Beutel gleich wieder herausnahm und ihn in die zweite Tasse gab, in die er nun ebenfalls heißes Wasser goss.

»Ich heiße Lola. Meine Freundin Karin und ich arbeiteten in einem Berliner Kabarett, wir hatten eine gemeinsame Schau, auch Nazis waren unter unseren Gästen. Doch gerade die haben dann unser Kabarett geschlossen und standen plötzlich in Uniform in unserer gemeinsamen Wohnung. Einer war auf Karin scharf und zwang sie, eine eigene Wohnung zu nehmen, in der er sie vergewaltigte.«

Lola biss sich auf die Unterlippe, schaute zu dem Buchhändler, der sie schweigend ansah, und blickte dann zu ihrer Freundin, die vor ihnen auf dem Boden schlief. Ihr liebevoller Blick zu ihr verriet dem Buchhändler, dass die beiden wohl ein liebendes Paar waren. »Was wollten Sie mir über *Lebensborn* erzählen?«, fragte er.

Sie lachte gehässig auf. »Homosexuelle Männer enden im KZ. Aber lesbische Frauen, die einen arischen Stammbaum vorweisen wie Karin, sind vielleicht entartet, wie die Nazis meinen, können aber dank starker deutscher Männer geheilt werden und der arischen Fortpflanzung dienen. Schauen Sie sich Karin an: blaue Augen, blondes Haar, große Statur, nordischer Geist – das Blutschutzgesetz zum Schutz und Erhalt des deutschen Blutes, so definieren die Nazis germanische Arier. Und: Wer Arier ist, muss zur Förderung des reinrassigen Geburtenwachstums beitragen.«

»Ich sollte in ein Lebensbornheim und dort mein Kind auf die Welt bringen«, mischte sich plötzlich Karin, die wach geworden war, in das Gespräch ein, »*Lebensborn* oder Ravensbrück, deshalb sind wir hier.«

»Karin wurde zum Freiwild für die *Gestapo*, es blieb nicht bei einer Vergewaltigung«, verriet Lola, »nun ist sie schwanger.«

»Wollen Sie auch einen Tee?«, fragte Ernst Frey die nun aufgewachte Karin. Er sah sie an, sie wirkte mitgenommen und verriet doch mit jedem Blick, was für eine schöne Frau mit strahlenden Augen sie gewesen sein musste.

Er spürte die Verletzungen, die der jungen Frau angetan worden waren. Er blickte in ihre Augen und sah, wie sie sich mit Tränen füllten. Er hatte genug gehört. Er hatte noch nie an seiner Hilfe für die mit verbrecherischen Todesurteilen bedrohten Menschen gezweifelt und wusste doch, welcher Gefahr er sich mit der Beherbergung der drei Frauen selbst aussetzte.

Lange blickte er hilflos in die traurigen Augen dieser jungen Frau. Warum nur verfolgten die Nazis solche Menschen, fragte er sich. Aber er wusste auch so längst, was er zu tun hatte.

Doch Lola war es wohl zum Plaudern zumute, oder sie musste endlich mal ihr Herz ausschütten und fand in dem Buchhändler einen verständnisvollen Zuhörer.

»Wir waren beide verzweifelt. Karin drohten sie mit Ravensbrück, mir ebenfalls. Mich hatten sie als arbeitslosen Künstler in die Berliner Verkehrsbetriebe verpflichtet. Schon nach den ersten Tagen ermittelte die *Gestapo* unter dem Vorwand sexueller Beziehungen zu Kolleginnen, dass ich eine Gefährdung des Betriebes und eine Verletzung der Dienstpflicht darstellte. Der Vorwurf gipfelte in der Anklage der Staatsgefährdung, deshalb mussten wir aus Berlin beide weg, leider. Jetzt sind wir in Deutschland nirgends mehr sicher. Wir haben nicht mehr die Zeit, auf die Alliierten zu warten, wenn sie auch Berlin schon längst bombardieren.«

»Sie machen Fortschritte, an der Ostfront wie in Frankreich«, flüsterte Frey und schaute zu seiner dritten Besucherin, die Lola schon als Hermine vorgestellt hatte, »aber diese Nazis sind wirklich unbelehrbar zäh.«

»Ich bin das dritte Rad am Zweirad«, hatte nun auch Hermine Mut gefasst, von sich zu erzählen, und versuchte, vom Boden aufzustehen. Lola stand von ihrem Stuhl auf und stellte sich vor sie hin, ergriff ihre beiden Hände und zog sie mit Leichtigkeit hoch. »Rede keinen Quatsch, du bist unsere Stütze, ohne dich wären wir gar nicht hier.«

Hermine winkte ab und lächelte. »Nur weil ich eine alte Kommunistin bin und den Genossen Thälmann und seine Frau Rosa kenne.« Zu Ernst Frey gewandt, sagte sie: »Jetzt wissen Sie, wie wir zu Otto kamen und zum *Lieben Augustin* beziehungsweise zu Ihnen fanden.«

Hermine saß schon 1933, sofort nach der Machtergreifung Hitlers, als Kommunistin ohne richterliche Kontrolle und Verurteilung in Schutzhaft.

Im Gegensatz zu den beiden jungen Frauen war sie eher ärmlich gekleidet. Sie war untersetzt und dicklich, trug ihr langes Haar zu einem Zopf um den Kopf gewunden, verhüllte ihre stattliche Figur unter einem dicken Mantel und hatte bisher eher ängstlich gewirkt.

»Hermine hatte bei uns im Kabarett am Nolli als Putzfrau gearbeitet, aber wir haben sie als schrullige Berlinerin in unser Programm aufgenommen. Erst vor Kurzem trafen wir uns wieder und haben dann von ihrem Fluchtplan gehört«, klärte Lola den Buchhändler auf, »also wir sind eher die Beigabe und das Zweirad am Einrad Hermines.«

Kaum hatte Verena, wie jeden Abend, sich von Levi verabschiedet, schlich er sich aus der Scheune. Er hatte ihr von seinem Vorhaben kein Wort verraten, sie hätte ihn sicher nicht gehen lassen. Doch er wusste, dass er mit einem strengen Lauf es vor dem Tagesgrauen zum Horgenbauerhof schaffen würde.

Er hatte sich zuvor die Zugschaffnertasche und die Reichsbahnschirmmütze geschnappt, die ihm der Buchhändler nach der Flucht seines Onkels geliehen hatte. Die Schirmmütze verlieh ihm ein amtliches Aussehen, seit er sie bekommen hatte, trug er sie immer zur Tarnung, wenn er sich auf seine Fluchthelfertour machte.

Er hielt sich dabei fern jeder Siedlung oder jedes Bauernhofes und lief schnurstracks bis zu der Scheune, wo er schon mit seinem Onkel bei dessen Flucht Unterschlupf gefunden hatte.

Es war noch dunkel, als er bei dem Schopf ankam. Er versuchte, den Riegel der Scheunentür zu öffnen, da stand plötzlich der Horgenbauer neben ihm und flüsterte ihm unwirsch zu: »Hau ab, Levi, deine Zeit ist rum! Die *Gestapo* war schon hier, verschwinde hier, sie fahren Tag und Nacht Patrouille auch über die kleinsten Feld- und Waldwege.«

Die *Gestapo* hatte auf die Meldungen aus der Schweiz reagiert. Der Schweizer Zoll hatte in jüngster Zeit eine steigende Anzahl illegaler Grenzübertritte aus Deutschland gemeldet. Daraufhin verstärkte der deutsche Zoll seine Grenzsicherung im Hegau.

Aus dem Grenzpolizeiposten in Singen wurde ein Grenzpolizeikommissariat mit immer mehr Personal. Die verstärkten Grenztruppen kontrollierten jetzt sämtliche Zufahrtstraßen, Bahnhöfe und auch Nebensträßchen in unregelmäßigen Abständen rund um die Uhr. Die Anstrengungen zur Grenzsicherung waren offensichtlich und sollten auch von weiteren Fluchtversuchen abschrecken.

»Bleib ganz ruhig, Horgenbauer«, versuchte Levi, den ängstlichen Landwirt zu beruhigen, »du gehst wieder in dein Wohnhaus und deinem Tagesgeschäft nach, den Schopf vergisst du heute, und wenn es dunkel wird, bin ich auch schon wieder weg.«

»Du bist auf der Stelle weg«, fuhr ihm der Bauer unwirsch über den Mund, »warum die *Gestapo* bei mir war, weiß ich nicht, aber ich habe keine Lust auf einen weiteren Besuch, hau ab!«

Levi öffnete seine Eisenbahnertasche, nahm die Dienstmütze heraus und setzt sie auf. »Zu Befehl, Oberbauer!«, salutierte er mit einem zynischen Lächeln, drehte sich um und verschwand Richtung des kleinen Wäldchens, das zwischen dem Horgenbauerhof und Radolfzell lag.

Levi überlegte, ob er sich bis zum Abend im Wald verstecken sollte oder ob er sich, einfach als Eisenbahner nach der Nachtschicht getarnt, sofort weiter nach Radolfzell wagen sollte. Seit seine gesamte Familie nicht mehr lebte und die *Gestapo* ihn nun auch in Seeldorf ausfindig gemacht hatte, hatte sich ein gewisser Fatalismus in ihm breitgemacht. Was war das noch in dem Heuschober der Obergfells für ein Leben?

Mutig lief er weiter. Bis zur Öffnung des Buchladens müsste er es bis nach Radolfzell geschafft haben. Er steckte die Eisenbahnermütze wieder in die Tasche und legte den Mantel darüber. Klemmte die Tasche mit dem Mantel unter seinen Arm und rannte, so schnell er konnte.

Ab Stahringen änderte er seinen Laufschritt. Er ging auf die Schienen der Eisenbahn und lief, wie ein echter Eisenbahner, immer Richtung Radolfzell weiter. Er musste nur den richtigen Schritt von Schwelle zu Schwelle finden, um nicht über die Schottersteine zu stolpern. Noch war es dunkel, kein Mensch war unterwegs. Wenn ein Zug kommen würde, würde er ihn schon von Weitem hören.

Mit den ersten Häusern von Radolfzell verlangsamte er seine Schritte. Er war zwar verschwitzt, doch noch war es kühl am Morgen, und ein Nieselregen hatte eingesetzt. Typisches Novemberwetter, freute er sich. Zog den Mantel über und stellte den Kragen hoch, dazu zog er seine Dienstmütze tief ins Gesicht.

Noch schien Radolfzell zu schlafen. Ein paar klapprige Lieferfahrzeuge und zwei Fuhrgespanne waren unterwegs. Es war noch nicht hell, ihre Scheinwerfer waren abgedunkelt, nur durch schmale Schlitze schien ihr Licht.

Die wenigen Menschen auf der Straße, denen Levi begegnete, hatten es eilig, dem Nieselregen zu entkommen. Es durfte ihm nur keiner seiner alten Schulkameraden über den Weg laufen. Wobei er sich beruhigte, die gleichaltrigen ehemaligen jüdischen Kameraden waren alle in KZs verbracht und die anderen gleichaltrigen ehemaligen Kameraden standen auf den Schlachtfeldern der Großdeutschen Reichswehr oder waren schon gefallen.

Levi bemühte sich, nicht zu schnell zu gehen, doch er wollte möglichst schnell in die Buchhandlung Frey, um dort erst mal in Sicherheit zu sein. Gerade wollte er in die Gasse zu der Buchhandlung einbiegen, da drückte er sich schnell in den nächsten Hauseingang. Hatte er richtig gesehen? Die zwei schwarzen Mercedes-Limousinen waren zu auffällig, und hinter ihnen stand ein Mannschaftswagen der *Gestapo*, ein Bild, wie er es vor dem Haus der Familie Wolf in Seeldorf schon gesehen hatte. Aber nun einfach umdrehen durfte er auch nicht, das wäre zu auffällig gewesen.

Was sollte er tun?

Plötzlich erwachten in ihm doch wieder die Überlebensgeister. Er sah Verena vor sich, er wollte wieder zu ihr! Aber verdammt, wohin sollte er sich jetzt wenden?

Da sah er zwei zivile *Gestapo*-Beamte in ihren typischen schwarzen Mäntel aus der Ladentür der Buchhandlung treten, hinter ihnen zwei uniformierte Kollegen, die in ihrer Mitte ziemlich brutal den kleinen Buchhändler mitschleiften und in den Mannschaftswagen stießen.

Levi blieb fast das Herz stehen. In diesem Augenblick war ihm klar, dass er Ernst Frey zum letzten Mal gesehen hatte. Wie gerne wäre er zu ihm gerannt und hätte ihn in den Arm genommen oder zumindest ihm einige aufmunternde Worte mitgegeben. Doch das wäre auch sein Ende gewesen.

»Heil Hitler«, hörte er hinter sich.

Langsam und ängstlich drehte er sich um. Er stand einer Frau im Weg, die offensichtlich in das Haus wollte, in dessen Eingang er stand.

»Heil Hitler«, antwortete er schnell und stotterte: »Ich suche den Herrn Peter«, fiel ihm gerade noch der Name seines alten Lateinlehrers ein.

»Hier wohnt kein Herr Peter«, antwortete die Frau freundlich, »das wüsste ich, ich wohne seit 40 Jahren hier.«

»Er hat im Zug sein Portemonnaie liegen lassen«, log Levi, »ich dachte, er wohnt hier, aber ich frage vielleicht am besten auf dem Rathaus nach.«

»Tun Sie das«, riet ihm die Bewohnerin, »das ist ja sehr freundlich von Ihnen.«

»Heil Hitler«, beendete Levi den kurzen Plausch und machte sich schnell aus dem Staub.

Zielgerichtet ging er wieder zu den Bahngleisen und schritt nun, wie ein Kontrolleur der Bahngleise, die Schwellen wieder ab. Jetzt aus Radolfzell hinaus. Sicher fühlte er sich erst, als er die Kirchturmuhr des Radolfzeller Münsters nur noch aus der Ferne hörte.

Am nächsten Abend, zurück in Seeldorf, im sicheren Versteck im Obergfellenhof, musste er erst mal eine Standpauke von Verena über sich ergehen lassen. Levi war aus seinem Heulager aufgesprungen und tigerte in der Tenne wie in einer Gefängniszelle hin und her. Dass Ernst Frey nicht wegen der Flucht des KPD-Funktionärs aus Mannheim mit ihm aufgeflogen war, beruhigte ihn kaum. Von den drei Frauen, die in dem Bericht erwähnt wurden, den ihm Verena vorgelegt hate, wusste er nichts.

Nach der Zeitungsmeldung hatten die drei »Volksfeinde« die Staatsgrenze auf dem Ramsen mit der Hilfe zweier »Emigrantenschmuggler« überwinden wollen. Die Fluchthelfer hatten mit einem Drahtschneider an der Grenze nach Schaffhausen den Stacheldrahtzaun durchtrennt und angehoben. Drei Frauen sollten schnell durchschlüpfen, doch eine der drei hatte sich mit ihrem Rock in dem Stacheldraht verheddert, kam nicht weiter, und schon schlugen die Hunde der Wachposten an, und die Grenzer standen mit Gewehren im Anschlag vor den drei Frauen und ihren zwei Fluchthelfern.

Die beiden Frauen, die schon auf Schweizer Gebiet waren, wurden von den Schweizer Zollbeamten zurücküberstellt. Die zwei Fluchthelfer und die drei Frauen wurden streng verhört, bis sie ihren Fluchtweg genau geschildert hatten. Irgendeiner der fünf hatte dem Verhör und den Foltermethoden der *Gestapo* nicht standgehalten, und so war auch Ernst Frey in die Fänge der *Gestapo* geraten.

Verena wusste in diesen Tagen nicht mehr, was sie glauben, auf was sie hoffen durfte. Wie lange sollte dieser Albtraum noch dauern?, fragte sie sich. Friedrichshafen lag längst in Schutt und Asche, die Ostfront war zusammengebrochen, die Alliierten nahmen in der Westfront schon das Elsass ein, und doch versprach Goebbels weiterhin den Endsieg, und jetzt polterte die *SS* durch ihr Haus.

Da schlug erneut mit einem lauten Krach die Küchentür wieder auf. Plötzlich standen gleich drei uniformierte *SS*-Angehörige vor ihr und brüllten im Chor: »Heil Hitler!«

Verena erschrak, musste sich erst wieder aus ihrer Gedankenwelt finden, riss ihre Augen auf und brachte kein Wort hervor.

»Na, Frau Simon, wie wäre es mit einer anständigen deutschen Begrüßung?«, blaffte sie einer der drei an.

Leise kam ihr ein »Heil Hitler« über die Lippen.

»Das sollten wir noch ein bisschen üben«, lachte der *SS*-Offizier gehässig, »hier kommt unser Obersturmbannführer, begrüßen Sie ihn jetzt, aber bitte mit dem Stolz einer deutschen Frau!«

»Heil Hitler«, brüllte der Einsatzleiter.

»Heil Hitler«, antwortete Verena jetzt etwas lauter.

»Nur weil Sie mit einem unserer Kameraden verheiratet sind, sollten Sie sich nicht zu sicher fühlen«, begann der Obersturmbannführer sein Verhör, »wir nehmen Sie mit nach Singen, da sitzen Sie, bis Sie uns ein Lied vorsingen und verraten, wer der tatsächliche Vater Ihres Kindes ist.«

»Was soll sie Ihnen vorsingen?«, stand unvermittelt ihr Vater, Franz-Karl Obergfell, in der Küche. Er wollte sich offensichtlich von den jungen Uniformträgern nicht einschüchtern lassen. Frech fragte er: »Können Sie uns verraten, wo der Vater des Kindes ist, Ihr Kamerad Otto Simon?«

»Wer unser Kamerad ist, bestimmen wir, Herr Obergfell«, brüllte der Obersturmbannführer Franz-Karl Obergfell an, gab aber gleichzeitig unvermittelt den Befehl zur

Abfahrt und drohte, bevor er die Küche verließ, in Richtung Verena: »Wir kommen wieder.«

Bei aller Sehnsucht war Verena heute zum ersten Mal richtig froh, dass Levi schon vor Wochen spurlos sein Versteck verlassen hatte. Ihr Vater und ihr Bruder hatten recht gehabt, wenn ihr auch der Abschied von ihrem geliebten Levi fast das Herz gesprengt hatte.

Sie klammerte sich an seine Worte: »Wer sich aber zum Wurm macht, kann nachher nicht klagen, dass er mit Füßen getreten wird.«

NOCH VIER TAGE

Alexander Simon arbeitet als gelernter Maurer bei dem *Bauunternehmen Lothar Glatz* in Seelbach. Doch diese Woche hat er sich komplett frei genommen. Es steht vieles an. Manchmal kommt er sich vor wie Doktor Jekyll und Mister Hyde. Er organisiert die lokale Öffentlichkeitsarbeit der *AfD* und führt gleichzeitig den *Kampfbund Linzgau*. Einmal muss er sich öffentlich ganz bieder-bürgerlich und konservativ geben, das andere Mal kann er im Kreis seiner Kameraden des *Kampfbundes* seiner rechtsradikalen Überzeugung freien Lauf lassen.

Vor ihm liegen die Flugblätter und Plakate, die zu der Demonstration am kommenden Samstag in Salem gegen das geplante Asylheim aufrufen sollen. Die Demo hat er als *AfD*-Funktionär beim Amt für Öffentliche Ordnung korrekt angemeldet, nur als Partei bekommt er eine Genehmigung für eine Demonstration, hat er erfahren. Neben den Plakaten liegen die Zutaten für seine zwei Rohrbomben, die er während der Demo hochgehen lassen will.

Im nahen Pfullendorf hat er einen Soldaten der *KSK* kennengelernt. Er will ihm diese Woche noch zwei digitale Zeitzünder zukommen lassen. So könnte, während er spricht und somit Hunderte Zeugen hat, gleichzeitig die Bombe in dem Gebäude des geplanten Asylheims hochgehen. Nur mit Blabla ist das Asylheim nicht zu verhindern. Wenn mit der Sprengung eine tragende Wand des Asylheims zerstört ist, haben sie eine weitere Flüchtlingswelle im Linzgau verhindert. Der erste Schritt zur ausländerfreien Heimat!

Es ist immer eine Gratwanderung. »Das Pack erschießen oder zurück nach Afrika prügeln«, so deutlich darf er bei der Kundgebung am Samstag nicht werden, wie er es gerade einem *AfD*-Kameraden auf der Demo in Chemnitz gesagt hat. Er muss immer abwägen. Spricht er offiziell für die *AfD* oder vor seinen Kameraden im *Kampfbund.* »Wir wollen keine Vergewaltiger, Messerstecher, Terroristen und Schmarotzer in unserem Land«, so weit getraut er sich aber auch als *AfD*-ler zu gehen, das haben sie geschafft. Das Bild der arabischen Messerstecher haben sie in den Köpfen der Bürger platziert.

»Die politische Korrektheit gehört auf den Müllhaufen der Geschichte«, hatte die Frau Doktor der *AfD* geschrieben, wie recht sie hat! Aber er muss sich an die Demonstrationsstrategie halten, wie er sie gerade in Chemnitz erfahren hat.

Mittlerweile findet jede Woche irgendwo eine Demo statt. Die Leute haben Lust, auf die Straße zu gehen. Aber ihnen fehlt oftmals die organisatorische und juristische Kenntnis. Dafür kann sich Alexander Simon immer an die Landesgeschäftsstelle der *AfD* in Stuttgart wenden.

»Ich bin kein großer Freund der Partei«, hatte er vor Kurzem seinen Kameraden gestanden, »aber wir müssen die Bürger zusammen mit unseren Kameraden auf die Straße bringen. Das ist in der gegenwärtigen Lage die einzige Möglichkeit, die Aufmerksamkeit der Lügenpresse und somit des Volkes zu gewinnen.«

Die Strategie ist einfach: Frau Doktor wirkt nach außen freundlich und moderat. Sie ist ein bisschen nette Frau von nebenan ohne Image der rechten Schmuddelkinder. Sie ist das Feigenblatt und deckt die Arbeit der Kameradschaften an der Basis. Die Partei muss nach außen die bürgerliche Fassade erhalten, Stück für Stück muss die Normalisierung rechten Gedankenguts in der Bevölkerung Wurzeln schlagen.

Für Alexander Simon ist der Weg klar. Als *AfD*-Funktionär ist er gut vernetzt und bundesweit organisiert, außerdem ist die Partei Anlaufpunkt für die noch verunsicherten Bürger. Wer sich weiter radikalisieren will, dem bietet er dann einen Besuch in seinem Hauptquartier in Seeldorf an.

Hinter dem Bauernhaus seiner Familie hat er ein altes Brotbackhäuschen zu seinem »Führerhauptquartier« umgebaut. Die Hakenkreuzfahne wie auch die alte schwarz-rot-weiße Reichsflagge hängen an einer Wand, an der anderen Hitler und der *SA*-Führer Röhm.

Alexander Simon sieht seinen *Kampfbund Seeldorf* als »neue *SA*« in den Reihen der Kampfbünde in den anderen Bundesländern. In ihrem Obstgarten zeigen sie sich gerne mit Uniformen und Fahnen. Hier haben sie auch schon die Sonnenwende gefeiert, mit Sturmmasken, Fackeln, Trommeln um ein großes Feuer.

So muss es früher bei der Hitlerjugend gewesen sein, erzählt ihm immer sein Opa, Alfred Simon, der das Dritte Reich in seiner Jugend erlebt hat und die Zeit als die schönste seines Lebens schildert. Er hatte ihm, als er 14 Jahre alt wurde, seine alte *HJ*-Uniform geschenkt, aber heute trägt er lieber die *SA*-Uniform seines Urgroßvaters Paul Simon. In seiner Tradition sieht er sich, wenn er am Wochenende die beiden Rohrbomben hochgehen lässt.

Wenn sein Urgroßvater das noch erlebt hätte, dass er, Alexander Simon, sein verloren geglaubtes Reich wieder auferstehen lässt.

In vier Tagen kracht's!

6. MAI 2015, MITTWOCH

Jakob Simon ist fassungslos. Sein Leben steht Kopf. Sein Leben lang ist er Jakob Simon, Vater: Otto Simon. 70 Jahre lang, ohne Zweifel.

Und jetzt?

Bisher war er immer der Sohn von Otto Simon aus Seeldorf. Vermisst seit 1945. Viel mehr hatte er zwar auch nie von ihm erfahren, aber es interessierte ihn auch kaum. Schließlich fühlte er sich als ein Obergfell. Wenn er als Kind im Ort gefragt wurde: Wem gehörst du? Sagte er, dem Franz-Karl Obergfell, und allen war alles klar.

Er hatte bisher immer nur Charakterzüge der Obergfells an sich gesehen. Als Kind fühlte er sich als der Erbe des Großvaters Franz-Karl Obergfell, genetisch auf jeden Fall. Plötzlich aber ist es vorbei mit dieser Gewissheit.

Verdammt, jetzt ist sein Vater weder ein Simon noch ein Obergfell – aber wer ist denn dann nun sein wirklicher Vater?

Ist er Jakob, nun der Sohn eines verfolgten Juden des Dritten Reichs? Der Sohn dieses ihm unbekannten Levi Roth? Und wer soll das denn sein? Was war das für ein Mensch? Ein Jude? Okay. Aber wie sah er wohl aus?

Jakob steht auf, geht ins Bad und schaut sich verunsichert im Spiegel des alten *Alibert* an. Er sieht sich in der Halbtotalen, tritt näher heran. Sein Kopf wird größer und die Glatze länger. Hat er sie von diesem Levi Roth vererbt bekommen? Seine Nase? Oder seine Augen?

Dumme Fragen, wischt er sie weg. Aber eine alte Frage taucht erneut auf: Warum heißt er Jakob und nicht Franz-Karl wie sein Opa – oder eben Otto wie sein bisher vermeintlicher Vater? So hießen viele seiner Schulkameraden im Ort. Viele hatten den gleichen Vornamen wie ihre Väter oder Großväter.

Aber Jakob! Adi hate ihn gestern wieder mit seinem Vornamen konfrontiert, aber er hat sich dummerweise gleich angegriffen gefühlt und ist nicht darauf eingegangen.

Als »billiger Jakob« wurde er früher oft gehänselt, aber diese Erinnerungen sind nun ebenso unsinnig wie seine Frage, was er von diesem Levi Roth wohl vererbt bekommen hat.

Der Brief seiner Mutter an ihn liegt noch immer vor ihm, und darin schreibt sie so klar und deutlich, wie sie nie in ihrem Leben geredet hatte.

Immer wieder liest er ihr Geständnis:

Lieber Jakob, ich hätte es Dir längst sagen sollen, doch zuerst war es zu früh, dann war es zu spät, aber ich will, dass Du es weißt: Otto Simon ist nicht Dein Vater. Es war damals eine schreckliche Zeit, meine Liebe aber gehörte immer nur Levi Roth. Er ist Dein Vater!
Tut mir leid, ich hätte es Dir längst sagen sollen, aber ich konnte nicht, warum auch immer. Zuerst wollte ich Dich schützen, dann vielleicht mich, denn ich weiß nicht, wo Levi geblieben ist. Ich habe immer auf ihn gewartet, sicher ist er längst tot.
Ich habe Dich immer geliebt, mein Sohn,
Deine Mama

Jakob ist, seit er diese Zeilen gelesen hat, völlig aus dem Häuschen. Was heißt das jetzt? Er ist der Sohn eines Juden! Das steht ja nun wohl definitiv fest! Aber – na und, fragt er sich, was sagt das schon? Ändert sich dadurch für ihn irgendwas?

Quatsch, denkt er, aber er muss es wissen. Er will es wissen!

Alles!

Zunächst: Was war der Auslöser, dass seine Mutter ihm jetzt, nach 70 Jahren, dieses Geständnis unterbreitet? Warum jetzt noch, wo sie doch immer die alten Geschichten ruhen lassen wollte?

Da kommt ihm eine Ahnung: Hat ihr spätes Geständnis mit dem Knochenfund im Feuerlöschteich ihrer Eltern zu tun?

Er wird das Gefühl nicht los, dass der Tote im Teich seiner Großeltern ihm doch noch mehr verraten kann. Dafür muss er klären, was Adi ihm gestern gesteckt hatte. Was war zwischen seiner Mutter und seinem Onkel Friedrich gestanden?

Ihre gegenseitige Ablehnung hatte er als Kind schon gespürt, als er noch mit den Großeltern, seiner Mutter und auch mit Onkel Friedrich im Obergfellenhof unter einem Dach wohnte. Sie waren eine Familie, aber seine Mutter ging Onkel Friedrich immer aus dem Weg, und auch er ihr.

Adi hatte ihm den Weg gewiesen. Er muss zu diesem Ernst Obergfell gehen, dem Sohn seines Onkels Friedrich. Vielleicht weiß er, warum seine Mutter mit seinem Vater bis zu seinem Tod kein Wort sprach, dann aber auf seiner Beerdigung ihm offenbar verziehen hatte und in der ersten Reihe trauernd an seinem Grab stand.

Vielleicht liegt hier der Schlüssel zu dem Geheimnis des Toten in dem Feuerlöschteich? Kann sein Cousin Ernst ihm helfen, das Rätsel zu lösen?

Und verdammt, warum hatte Adi ihm seinen Vornamen vorgehalten? Jakob, okay, ein alter biblischer Name, aber seine Mutter war nun mal streng gläubig. Trotzdem klappt er sein Laptop auf und liest bei *Wikipedia*: Der männliche Vorname Jakob stammt aus dem Hebräischen und kann abgeleitet von »Ja'akow« mit »Gott wird schützen« oder »Gott beschütze« übersetzt werden.

Er erinnert sich daran, dass schon sein alter Dorfschullehrer, ein alter Nazi, in der ersten Klasse der Volksschule seinen Vornamen ihm vorgehalten hatte und etwas von jüdischer Brut faselte.

Aber er hatte das dumme Geschwätz des Herrn Wochele, so hieß der Lehrer, nicht weiter ernst genommen, wie auch manches Getuschel, das er hin und wieder am Rande mitbekam, wenn die Großen im Ort über ihn sprachen.

Jakob hatte sich, bis er in die Schule ging, noch nie einen Gedanken über seinen Namen gemacht, so wenig wie um die Frage, warum seine Mutter Verena keinen Mann hatte. Sie war nach den Kriegsjahren nicht die einzige alleinerziehende Mutter. Zu viele Väter waren im Krieg geblieben, gefallen oder vermisst.

Er war jedenfalls ein Obergfell, wenn er auch Simon hieß! Er war hier geboren, kannte jeden Winkel im Ort, und sein Opa war ein ehrbarer Mann, er saß sogar im Gemeinderat! Das alles machte ihn stolz, mehr wollte er früher nicht wissen.

Ein Bild von Onkel Ernst hing in der Stube. Alle sagten, er sähe ihm ähnlich. Manchmal, wenn er mit seinem Opa alleine im Stall war, fuhr der Opa ihm über den Kopf und nannte ihn Ernstle. Wenn er groß war, wollte er auch mal solch eine Uniform tragen wie Onkel Ernst auf dem Bild. Alle sagten, Onkel Ernst sei als Held gefallen.

Zunächst hatte er sich gewundert, was das hieß, dass er gefallen sei. Er selbst fiel doch auch ab und zu hin.

»Dummes G'schwätz«, hatte Opa Franz-Karl ihn aufgeklärt, »er ist gestorben für dumme Großkopfete, die gerne Krieg führen, das nennen die Herren dann gefallen, weil Soldaten nicht sterben und nicht morden.«

So ganz hatte er nicht verstanden, was der Opa damals da geredet hatte, aber es war für ihn auf jeden Fall klar, dass er nun nicht gefallen sein möchte, auch nicht in einer schicken Uniform. Wer will schon fallen und dann tot sein, fragte er sich und zog seinen Schulranzen an den Rückenriemen etwas enger an seinen Körper.

Im Ranzen steckten eine schwarze Schiefertafel in einem Holzrahmen, ein bleistiftlanger Griffel in einem hölzernen Griffelkasten und ein weißes sauberes Tüchlein, mit dem er seine ersten Schreibübungen auf der Tafel immer wieder wegwischen konnte. Er fühlte sich bestens gerüstet für das Leben der Großen und freute sich auf die Schule.

Schon vor dem Krieg hatte die kleine Gemeinde Seeldorf ein Schulhaus mit zwei Klassenzimmern im Erdgeschoss gebaut, zusätzlich mit einer Lehrerwohnung im Obergeschoss. Dort wohnte der neue Lehrer, nachdem es den alten Lehrer, bei dem Jakobs Mutter noch zur Schule ging, nicht mehr gab. Die Franzosen hätten ihn erschossen, hatte der Opa ihm erzählt. Aber das verstand er auch nicht, wie man einen Herrn Lehrer erschießen konnte.

Der neue Lehrer, Franz Wochele, war vom Ausbilder in der Wehrmacht im Schnellkurs zum Volksschullehrer geworden. Er empfing die sieben Abc-Schützen des Ortes vor dem Schulgebäude. Zunächst ließ er sie der Größe nach antreten: rechts die vier Jungen, links die drei Mädchen. Im Gleichschritt ging es in das Klassenzimmer.

»Wie heißt du?«, fragte der Lehrer jeden einzelnen der neuen Schüler. Zuvor hatte er ihnen im strengen Befehlston beigebracht, wie jeder, bevor er antwortete, aufzustehen und aus der Bank zu treten hatte. Dann mussten sie alle brav ihren Vor- und Nachnamen sagen.

Der Lehrer Franz Wochele versuchte, jedes Kind mit seinen Nachfragen einzuordnen. »Wem gehörst du?«, war meist die erste Frage.

»Ich heiße Jakob Simon«, hatte Jakob geantwortet, und wie eben gelernt, auch noch »Herr Lehrer« angefügt, dann wollte er sich wieder setzen.

»Und wer ist dein Vater?«, stand der Lehrer aber auch schon vor ihm.

»Franz-Karl Obergfell«, sagte Jakob wie aus der Pistole geschossen.

Klatsch! Schon hatte der Junge die erste Ohrfeige eingefangen. »Warum lügst du mich an?«, herrschte ihn der Lehrer an. »Warum heißt du dann nicht Franz oder Karl und Obergfell? Sondern kommst mir mit solch einem jüdischen Vornamen daher?«

Jakob sah die roten Haare aus den Nasenlöchern des Lehrers wuchern und spürte seine feuchte Aussprache in seinem Gesicht. Er wischte sich mit dem rechten Handrücken die Spucke des Lehrers weg und kassierte auch schon die zweite Ohrfeige. »Du weißt, warum!«, stellte Lehrer Wochele klar und befahl ihm: »Setz dich!«

Jakob unterdrückte die Tränen und schwor in seinem kleinen Kinderhirn ewige Rache an diesem Lehrer.

Gleichzeitig fragte er sich zum ersten Mal in seinem Leben: Warum nur war sein Großvater nicht sein richtiger Vater, und wo war eigentlich sein richtiger Vater? Und warum hieß er Jakob und nicht Franz-Karl?

Er hatte schon damals ein Geheimnis geahnt, das die Großen schweigend teilten, das er jetzt, 60 Jahre später, endlich lüften musste.

Jakob schiebt den Brief seiner Mutter zur Seite. Er tigert barfuß durch die Wohnung. Das T-Shirt hängt aus seinen Jeans, er streicht sich immer wieder mit der rechten Hand ratlos durch seine wenigen kurzen Haare. Er geht von der Küche in das Wohnzimmer.

Durch das Wohnzimmerfenster, früher die Stube genannt, sieht er die vier Hauptgebäude im Ortskern. Die Wohnung seiner Mutter sitzt wie ein Adlerhorst auf dem ehemaligen landwirtschaftlichen Genossenschaftsgebäude. Als seine Mutter die Wohnung auf die *ZG*-Halle baute, hatte Seeldorf keine 500 Einwohner.

Die Halle mit Milchzentrale steht zentral mitten im Ort neben der ehemaligen Dorfgaststätte *Krone*, gegenüber dem Bauernhaus der Familie Haas, in dem bis Ende der 1950er-Jahre auch noch das Rathausbüro untergebracht war. Selbst seine alte Volksschule, in der heute das Rathaus untergebracht ist, sieht Jakob von dem Wohnzimmerfenster aus.

In der ehemaligen Volksschule, in der zu Jakobs Zeiten in zwei Klassenzimmern alle acht Klassen gleichzeitig von nur einem Lehrer unterrichtet wurden, hatte Jakob die ersten vier Schuljahre verbracht.

Er drückt seine Nase an der Scheibe platt und denkt an die ersten vier Volksschuljahre bei diesem Lehrer Wochele.

Bald schon war ihm damals klar, dass die Franzosen wohl vergessen hatten, diesen Lehrer ebenfalls zu erschießen. Er war einer von denen, die sein Opa immer die »150-Prozentigen« genannt hatte.

Dabei ging er zunächst voller Vorfreude und Erwartungen in die Schule, alleine weil er dort jeden Tag seine Katharina traf. Sie saß nicht weit weg von ihm in der ersten Reihe. In der zweiten, dritten und vierten Reihe saßen in der Jahrgangsfolge die Schüler der oberen Klassen.

Der Lehrer hatte Jakob in die erste Reihe gesetzt. Das war ihm gerade recht. Auf gleicher Höhe in der äußeren linken Schulbank saß Katharina. Sie hatte Wochele während der Vorstellung fast übersehen und bei ihr mit keiner Frage nachgehakt. »Jaja, aus der Baracke«, hatte er nur kurz angebunden abgewunken, dann durfte sie sich wieder setzen.

»Ihr malt jetzt schön Sauschwänzle in einer Reihe auf eure Tafel«, hatte der Lehrer angeordnet und auf die große Tafel an der Stirnseite des Klassenzimmers selbst Schweinekringel an Schweinekringel gekritzelt.

»Nehmt eure Griffel in die rechte Hand und malt die Kringel schön gleichmäßig in die erste Zeile eurer Tafel«, ordnete der Lehrer an.

»Mit der rechten Hand!«, brüllte er unvermittelt und stürzte zu Katharina. Wütend riss er ihr den Griffel aus ihrer linken Hand und hielt ihn ihr vor ihre Nase: »Fass!«, befahl er wie zu einem Hund. »Fass mit der rechten Hand! Die rechte Hand ist unsere Schreibhand, die linke liegt ruhig neben der Tafel auf der Bank, links beachten wir nicht!«

Katharina war plötzlich noch blasser geworden, als sie sowieso schon immer war, nickte verängstigt und griff folgsam mit ihrer rechten Hand nach dem Griffel in der Hand des Lehrers.

Dieser aber zog seine Hand mit dem Griffel darin vor ihrem Gesicht wieder weg und setzte streng nach: »Schreibt man links in Polen? Oder wo kommst du her, Fräulein Bendzkowa, oder wie heißt du noch mal?«

»Katharina Bendzko«, antwortete sie verunsichert und leise.

»Aufstehen, habe ich gesagt!«, schrie der Lehrer die Schülerin an. »Wer dem Lehrer antwortet, steht aufrecht und gerade!«

Schnell sprang das Mädchen auf, schlug sich dabei noch die Kniescheibe an die enge Schulbank, ließ sich aber nichts anmerken und stand auch schon kerzengerade neben der Schulbank vor dem Lehrer.

»Jetzt kannste reden«, brummelte er versöhnlicher.

»Ich heiße Katharina Bendzko, Herr Lehrer«, gab das junge Mädchen wie befohlen brav von sich, »und wohne in Seeldorf in der Baracke.«

»Dann setz dich jetzt wieder hin! Nimm den Griffel in die rechte Hand und male mit der rechten Hand die Kringel«, ordnete Wochele in einem überraschend ruhigen und friedlichen Ton an, setzte aber schnell mit wieder strenger Lautstärke hinzu: »Wer links schreibt, denkt links! – Deshalb schreiben wir in Deutschland rechts!«

Jakob spürte, wie sich in ihm eine Angst, zugleich aber auch eine grenzenlose Ablehnung gegenüber diesem Lehrer Wochele aufbaute. Wegen ihm konnte er so laut schreien, wie er wollte, aber bitte nicht Katharina schlagen! Das hatte er schon zu oft in seinem jungen Leben mit ansehen müssen.

Lange hatte Katharina bei ihnen gewohnt. Ihr Vater war mit seinen fünf Kindern nicht zimperlich umgesprungen.

Schläge gehörten für ihn zur alltäglichen Erziehung seiner Brut. Zwar hatte auch Jakob hin und wieder von seinem Opa Prügel bezogen, das machte ihm aber weiter nichts aus, schließlich war er ein Indianer. »Indianer kennen keinen Schmerz!«, hatte ihn Onkel Friedrich gelehrt.

Seit dem ersten Schultag trug Katharina jeden Tag immer das gleiche gestrickte dunkle Kleid. Es reichte ihr vom Hals bis weit über ihre Knie, darunter trug sie Wollstrümpfe und von ihren Brüdern ausgelatschte braune Schuhe. Ihren rötlichen Lockenkopf hatte sie zu strengen Zöpfen geflochten und wie einen Kranz um ihren Kopf gewunden. Darüber trug sie immer ein Kopftuch, das sie aber in der Schule ablegte. Ihr Gesicht war ebenmäßig und blass. Um ihre kleine Stupsnase verteilten sich unzählige Sommersprossen.

So ähnlich musste in Jakobs Fantasie auch Nscho-tschi ausgesehen haben, Winnetous Schwester, in die sich sein großes Vorbild Old Firehand verliebt hatte.

Jakob versuchte jeden Morgen, Katharina abzupassen, um sie, wenn sie von der Baracke den Weg in den Ort ging, bis zur Schule begleiten zu können. Sie hatte ihm erzählt, dass sie die Baracke nicht mehr verlassen dürfe und ihr Vater ihr verboten hätte, ihn zu treffen.

»Mir egal!«, hatte Jakob bestimmt geantwortet. »Mein Opa will auch nicht, dass ich zu euch in die Baracke komme«, gestand er ihr. »Ich verstehe nur nicht, warum.«

»Weil wir nicht sind wie ihr und vielleicht auch bald wieder wegmüssen«, hatte Katharina geantwortet und Jakob lauernd von der Seite beobachtet.

Sie sah, wie sein Gesicht ernst wurde, und sie spürte, wie er mit den Tränen kämpfte. »Macht doch nichts«, lachte sie mit kindlicher Unbeschwertheit, »du hast doch gesagt, du heiratest mich ja sowieso. Na also!«

Das war für Jakob tatsächlich so sicher wie das Amen in der Kirche. Seit Katharinas Vater in Überlingen in einem Betrieb arbeitete, konnte sie manchmal ihren Geschwistern ausbüxen. Dann rannte sie in einen Schafstall, der weit weg vom Ort am Waldrand stand. Meist wartete Jakob darin schon auf sie, und sie konnten ungehindert dank ihrem Lieblingsspiel »Doktorle« immer aufs Neue ihre Körper kennenlernen.

»Wo tut's uns denn weh?«, fragte Jakob sie, wie Onkel Doktor Wolf ihn fragte, wenn er zum Arzt musste.

»Im Bauch«, antwortete sie meist, und er legte ihr seine Hand unter ihre wollene Jacke auf ihren nackten Bauch.

Jetzt schaute er ihr zu, wie sie große und kleine Ms und Ws auf die Schiefertafel vor ihr auf der Schulbank malte. Sie biss auf ihre Zunge und führte angestrengt den Griffel, wie vom Lehrer befohlen, mit der rechten Hand! Es waren einfache halbrunde Kringel, mit denen die Erstklässler das Führen der spitzen Griffel über die Tafel lernen mussten, meist mit einem einhergehenden lauten Kratzen und spitzem Quietschen der Griffel.

»Ruhe!«, schrie der Lehrer Wochele und schlug mit seinem Stock auf den Tisch, an dem Jakob saß. Er erschrak und zuckte zurück.

»Und du? Wo schaust du hin?«, brüllte Wochele ihn an, zog ihn an den kurz geschnittenen Härchen über dem rechten Ohr nach oben. Kaum stand er, gab er ihm mit der linken Hand auf die linke Wange noch eine Backpfeife, dass es knallte. »Was hast du im Kopf? Schaust du zu den Mädchen rüber? Wo denkst du, wo du hier bist?«

»Maidlefusseler«, stichelte von der hinteren Bank der Viertklässler Josef Stengele.

»Seppele, komm du vor«, zeigte der Dorfschullehrer seine Autorität.

Josef Stengele kam nach vorn, stellte sich vor den Lehrer.

»Nimm die Brille ab«, bestimmte der schroff.

Josef trug als Einziger in der Klasse eine Sehhilfe. Brav nahm er sie ab und blieb stramm stehen. Offensichtlich wusste er, was gleich geschehen würde.

Wochele zog mit der linken Hand den Ärmel seiner Jacke des rechten Armes zurück und – Pitsch, Patsch – hatte er ihm zwei Backpfeifen verabreicht.

»Brille auf und ab auf deinen Platz!«, befahl Wochele, wandte sich an alle Schüler vor sich und ermahnte sie: »So geht es hier jedem, der nicht die Klappe hält, wenn er nicht gefragt ist. Verstanden?«

»Jawohl, Herr Lehrer Wochele«, schallte es aus den Reihen der Zweit-, Dritt- und Viertklässler im Chor. Damit waren Jakob und seine erste Schulklasse schnell in den Alltag des Schulbetriebs der Seeldorfer Volksschule eingeführt, und bei Jakob reifte eine Wut, die ihn träumen ließ, dass er, wie einst die Franzosen den Lehrer Fischer, den Lehrer Wochele eines Tages erschießen würde.

Seit Anfang der Woche, seit Jakob in Seeldorf ist, flackern alte, längst verschollen geglaubte Erinnerungen in seinen Gehirnwindungen immer wieder auf. Verdammt lange her, denkt er, und träumt doch, kaum dass er im Bett liegt, von seinen Großeltern, dem Leben als Bub im Ort und vor allem immer wieder von Katharina, die er doch eigentlich längst aus seinen Erinnerungen verbannt hatte.

»Ich muss jetzt klären, wer der Tote im Tümpel meiner Großeltern war«, gibt er sich vor, »dann kann ich abhauen und dieses Kaff mit seinen unseligen Geschichten für immer verlassen!«

Er sieht vor sich Adis zynisches Lächeln, der ihm riet

herauszufinden, warum seine Mutter mit ihrem Bruder Friedrich lebenslang zerstritten war, aber die beiden sich noch kurz vor seinem Tod offensichtlich versöhnt hatten. »Finde den Grund heraus«, hatte Adi hämisch gegrinst, »und du erfährst, wer wirklich dein Vater ist und wer der Tote im Tümpel deiner Großeltern war.«

Verdammt, wer wirklich sein Vater war, das wusste er jetzt auch. Aber woher hatte dieser Adi es gewusst? Weiß es der ganze Ort, nur er nicht?

Adi hatte ihm geraten, mit dem Sohn Friedrichs, Ernst Obergfell, zu reden. Das wird er jetzt tun müssen. Entschlossen steckt er sein T-Shirt in seine Jeans, das ihm bisher aus der Hose hing. Außer seinen Mokassins hat er eh keine anderen Schuhe dabei, und welche Jacke er anziehen will, muss er auch nicht lange überlegen. Er muss jetzt zu diesem Ernst, seinem Cousin.

Panoramaweg, hatte Adi ihm noch verraten, schmuckes Haus im Alpenstil. »Wenn in der Einfahrt sein dunkelgrüner SUV Range Rover steht, ist er da«, hört er ihn noch sagen.

Jakob geht aus seiner Haustür und steht an der Hauptstraße des Ortes. Das geschlossene Gasthaus *Krone* lässt er rechts liegen, geht zielstrebig Richtung östlichem Ortsausgang und dann rechts in das Neubaugebiet des Panoramawegs.

Jakob erinnert sich an den alten Feldweg mit den vielen Wasserpfützen, der zum Bauernhof seiner Großeltern führte und an dessen Ende die Gemeinde die Holzbaracke für die Flüchtlinge gebaut hatte. Heute geht er mit seinen glänzenden Slippern über ein neu angelegtes Sträßchen mit Kanalisation und Gehsteig.

Von einem landwirtschaftlichen Betrieb ist in der ganzen Straße nichts mehr zu sehen. Sein Onkel Friedrich hatte schon bald nach der Übernahme des Bauernhofs nur noch als Nebenerwerbslandwirt den Hof betrieben. Durch seine Kriegsverletzung konnte er die schweren Arbeiten als Bauer kaum erledigen. Im *Kramerwerk* im nahen Überlingen hatte er sein Auskommen gefunden.

Jakob erinnert sich, wie er als kleiner Junge noch mit den eingespannten Kühen, Herta und Liesel, aufs Feld zog. Stolz wie ein Rodeo-Reiter zügelte er die Kühe mit gerade mal zehn Jahren durch den Ort. Mit der Peitsche knallte er wie die *Überlinger Hänsele* an Fasnacht mit ihren Karpatschen.

Eines Tages aber knatterte Onkel Friedrich mit seinem grünen Traktor K 22, die Bezeichnung verriet stolz die PS-Zahl, und noch wichtiger: mit einer unabhängigen Getriebezapfwelle, auf den Hof. Damit blieben die Kühe im Stall und schon bald fuhr jeder Seeldorfer Bauer einen *Kramer* Traktor mit Schwedenrechen und Ladewagen.

Das Schokoladengässle wurde geteert und hieß dank Friedrich Obergfell schon bald nur noch Kramergässle. Heute müsste der Weg SUV-Gässle heißen, denkt Jakob, als er den blank gefegten Panoramaweg entlanggeht. In der Einfahrt jedes Hauses steht einer der großen Geländewagen, ob Chayenne oder AMG. Dazu, vermutlich für die sportliche Ehefrau, eine auffallende Porschedichte 911er.

Rechts entlang des Weges mit weiter, freier Sicht über den See stehen die noblen Neubauten. Ein unfertiger Rohbau füllt die letzte Baulücke. Mit einem großen Werbeschild reklamiert ein Professor Doktor Architekt seine Planungskunst.

Jakob geht achtlos an dem Schild »Betreten der Baustelle verboten« vorbei. Eine federnde Diele überbrückt das aufgegrabene Fundament und führt in den Rohbau.

Die großen Räume sind noch unverputzt, zum Süden hin sind alle geöffnet.

Jakob geht durch die Räume, groß wie Säle, und steht auf der Terrasse. Er blickt entlang der Häuserfront und sieht aneinander aufgereiht eine Gleichheit an Glasfronten. In Serie gebaut, ein Beleg kreativer Architekturkunst der Neuzeit: vorne gegen Süden die Glasfront, hinten zum Norden das Klo.

Jakob geht zurück auf den Weg Richtung seiner Heimat der Kindheit, wo der Bauernhof seiner Großeltern stand. *Bendzko-Immobilen* verrät hier noch immer das Werbeschild. 15 Luxus-Wohnungen bietet seine ehemalige Jugendliebe zum Verkauf an. Zwischen 60 und 120 Quadratmeter alle mit unverbauter Panoramasicht.

»Verkauft« enttäuschen mehrere Kleber über den Abbildungen der edel ausgestatteten Wohnungen in den oberen Etagen. Man darf die »Verkauft«-Schilder als Warnung verstehen. Wer heute nicht schnell zuschlägt, kommt morgen zu spät.

Gegenüber der neuen Wohnanlage stehen auf der rechten, nördlichen Seite des Panoramawegs die offensichtlich günstigeren Häuser. Hier verkaufte erkennbar kein Professor Architekt seine teure Kunst. Stattdessen reihen sich die Fließbandhäuser der gestampften Wüstenrotbaukästen im Legosystem aneinander. Jedes Haus wie aus einer Retorte im Fertigbaustil mit schmalem grünem Handtuchstreifen und Ziersträuchern rundherum.

Jakob steht direkt vor einem Neubau im Alpenstil, mit hellem Strukturputz und dunklem Holz verkleidet. In der Einfahrt parkt der dunkelgrüne Range Rover, den Adi ihm angekündigt hatte.

Er geht zu der Gartentür. Ein Bewässerungssystem

spritzt schluckweise Wasser an die Rosen, die rund um Torbogen gewunden sind.

Ein Münsterländer Jagdhund prescht kläffend heran. Schon öffnet sich die Haustür, und ein gellender Pfiff ertönt. »Hierher!«, ruft der Hausherr, zeigt mit strengem Zeigefinger neben sich. Der Hund gehorcht sofort, und der Mann ruft über die Entfernung zum Gartentor: »Wer sind Sie, was wollen Sie?«

»Vielleicht sollten wir uns erst mal begrüßen«, will Jakob die steife Brise, wie er empfindet, aus den Segeln seines Cousins nehmen, »ich bin dein Vetter, und du der Ernst, oder? Wir kennen uns noch aus unseren Kindertagen von da drüben«, zeigt Jakob über die Straßenseite zu dem Neubaublock, »wo jetzt die Luxuswohnungen stehen.«

Selbst auf die Entfernung kann Jakob im Gesicht seines Cousins erkennen, dass er auf seinen Besuch keinen gesteigerten Wert legt. Trotzdem sieht er, wie der Hausherr seine rechte Hand kurz hinter dem Türrahmen verschwinden lässt, und schon summt der Gartentoröffner.

Jakob drückt die Tür auf und geht auf Ernst Obergfell zu, streckt ihm seine rechte Hand entgegen und stellt sich vor: »Ich bin der Jakob, der Sohn von Verena.«

Ernst Obergfell ist ein korpulenter Mann, aber der Kerl hat noch volles Haar, wenn auch gefärbt, registriert Jakob sofort. Ein dunkelgrüner Janker spannt sich um seinen wohlgenährten Bauch, breite Hosenträger halten seine braune Kniebundlederhose über den Hüften, darunter trägt er dunkelgrüne wollene Kniestrümpfe und Wildleder-Hausschuhe.

Jakob erinnert sich an die Wohlstandsbäuche seiner Verwandten, die er schon bei der Beerdigung seiner Mutter bestaunt hatte. Dass der Sohn seines Onkels Friedrich heute ebenfalls schon über 60 ist, wundert ihn nicht mehr. Er weiß sich längst auf den Spuren der Seeldorfer Altenheimbewohner.

»Vielleicht kennst du mich noch, wir haben ein paar Jahre mal zusammen bei Opa Franz-Karl auf dem Obergfellenhof gewohnt.« Jakob muss den Mann erst mal für sich gewinnen, also setzt er auf gemeinsame Erinnerungen. »Du warst noch ein kleiner Steppke, da bin ich mit meiner Mutter in unsere neue Wohnung über der Milchzentrale umgezogen. Wir haben uns ja bei der Beerdigung meiner Mutter kurz gesehen.«

»Kurz«, quittiert Ernst Obergfell mürrisch Jakobs damaligen wirklich sehr kurzen und sicher auch unfreundlich wirkenden Auftritt.

»Ja, ich war nicht gut drauf, das tut mir heute leid, aber jetzt bin ich ja hier und würde dir gerne ein paar Fragen stellen.«

»Wer ist denn da?«, hört Jakob aus dem Haus eine Frauenstimme.

»Der Junge von der Verena«, knurrt Ernst Obergfell mehr als dass er antwortet in den dunklen Flur.

»Danke«, lacht Jakob, »der *Junge* ist gut!«

»Dann komm halt rein«, gibt sich der Hausherr geschlagen und schickt den Hund wieder vor das Haus.

Jakob betritt einen dunklen, mit großen braunen Fliesen ausgelegten Raum. Erschrickt kurz, bis er erkennt, die Wildsau, die unvermittelt vor ihm steht, ist ausgestopft. An den Wänden rundum hängen Hirschgeweihe und alte Flinten.

Ernst Obergfell öffnet die Wohnzimmertür, ein Lichtstrahl fällt in den dunklen Flur. Jakob folgt dem Hausherrn und findet sich in dem nächsten museal überfüllten Raum.

Barocke Möbel mischen sich mit englischem Landhausstil und teuren Accessoires von *Schöner Wohnen*. Auf dem Sims des offenen Kamins stehen Bilder mit Ernst Obergfell und verschiedenen Jagdkameraden. Jakob erkennt den Baden-Württembergischen Landwirtschaftsminister in Jägerkluft und einige Adelsgesichter und Industrielle der Region.

»Nimm Platz, ich mach euch einen Kaffee«, steht die Frau seines Cousins plötzlich hinter ihnen. »Ich bin Erika«, streckt sie Jakob ihre Hand entgegen, »das ist sehr schön, dass du uns besuchst und wir uns mal kennenlernen.« Mit einer großzügigen Geste weist sie die beiden Männer zu einem barocken Bistrotischchen, das an dem großen Panoramafenster mit Blick in den Garten steht.

Erika Obergfell zeigt sich als eine bodenständige Hausfrau. Dem bayerischen Folklorestil ihres Mannes hat sie sich jedenfalls nicht angepasst. Vielleicht liegt das aber auch nur an ihrer derzeitigen Arbeit. Eine weite weiße Schürze hat sie um ihren dicken Bauch gebunden, den roten Flecken nach zu urteilen muss sie gerade einer blutigen Arbeit nachgegangen sein.

»Entschuldige, ich habe gerade in der Küche gearbeitet«, erklärt sie auch sofort, auf ihre Blutflecken deutend, »mein Mann war heute Morgen auf der Jagd. Er schießt, ich habe die Arbeit«, lacht sie.

Sie schnappt einen der Stühle vor dem Bistrotisch und schiebt ihn Jakob unter den Hintern. »Wir sind schließlich verwandt, oder nicht?«, strahlt sie Jakob überaus freundlich an. »Ich war mit deiner Mutter im Kirchenchor, wir haben uns regelmäßig getroffen, ich mochte sie sehr.«

»Das freut mich, deshalb bin ich eigentlich hier«, nimmt Jakob den Ball dankbar an und setzt sich. Er will sich zwar nicht lange bei den beiden aufhalten, aber er will wissen, was seine Mutter und den Vater von Ernst Obergfell getrennt hatte und warum sie sich schließlich doch versöhnt hatten. Deshalb fragt er unumwunden: »Das ist ja schön, dass Sie meine Mutter mochten, Ihr Schwiegervater mochte sie wohl weniger?«

»Ach, wenn du nur wegen den alten Geschichten gekommen bist, dann lass mal stecken«, mischt sich jetzt ihr Mann wieder ein, »das ist alles Schnee von gestern, dazu gibt es nichts zu sagen.«

»Deshalb bin ich aber hier«, gibt sich Jakob trotzig, »wir müssen ja nicht über den jahrelangen Streit reden, der die beiden trennte, sondern über die überraschende Versöhnung, warum meine Mutter schließlich doch bei der Beerdigung deines Vaters in der ersten Reihe an seinem Grab stand.«

»Weil sie eine großartige Frau war«, lässt sich Erika nicht so einfach aus dem Gespräch drängen, »und man einem Sterbenden seinen letzten Willen erfüllen sollte.«

»Und der war?«, setzt Jakob sofort nach.

»Geh jetzt!«, befiehlt Ernst Obergfell unfreundlich und baut sich vor Jakob in seiner stattlichen Größe auf, mit der rechten Hand weist er gebieterisch zur Tür.

»Nicht bevor du mir meine Fragen beantwortet hast«, bleibt Jakob stur, steht auf und stellt sich ebenso breitbeinig vor ihn hin. Ihm ist klar, er darf sich hier nicht abweisen lassen, er muss in seiner Recherche endlich einen Schritt weiterkommen.

»Shit is in every family«, zeigt Ernst unbeirrt weiter zur Tür.

Jakob spürt, er ist auf dem richtigen Weg. Dieser Mann verheimlicht ihm vermutlich die Lösung seiner Fragen. So einfach lässt er sich nicht abspeisen. Stur bleibt er vor seinem Cousin stehen.

Die beiden Männer stehen sich nicht nur körperlich, sondern spürbar auch feindlich gegenüber. Ernst weist ihm weiterhin mit der rechten Hand den Weg zur Tür. Jakob gibt unbeirrt den Coolen und schaut Ernst Obergfell ungerührt in die Augen.

»Raus jetzt!«, wird Ernst Obergfell schließlich laut, stemmt seine Hände in die Hüften, holt tief Luft, als würde er gleich handgreiflich werden wollen.

Sekunden vergehen.

»Ernst, lass«, schiebt seine Ehefrau ihre ein Meter 60 zwischen die beiden großen Männer. »Er hat ein Recht darauf zu erfahren, was dein Vater und Verena sich zu sagen hatten«, schubst sie ihren Ehemann zur Seite und fordert Jakob auf: »Komm mit!«

Ohne auf eine Reaktion der beiden Männer zu warten, geht sie aus dem Wohnzimmer in den Flur, öffnet den Knoten ihrer Schürze und wirft sie in die Küche, dann zieht sie sich eine Jacke über und sagt, an Jakob gerichtet: »Komm jetzt, wir gehen auf den Friedhof zu Friedrich und Verena.«

Jakob kann sich ein leichtes Siegerlächeln nicht verkneifen. »Auf Wiedersehen, lieber Cousin«, ruft er Ernst Obergfell über die Schulter noch zu und dackelt dann schnell seiner neuen Kampfgefährtin hinterher.

Erika Obergfell beachtet den auf sie zueilenden Jagdhund kaum, sie öffnet die Gartentür, wartet, bis Jakob ihr folgt, und marschiert mit flottem Schritt weiter Richtung Ortsmitte.

Sie hat kurze Beine, macht aber schnelle Schritte. Ihre Hände stecken in den Manteltaschen, über ihren hochgesteckten Haardutt hat sie ein Kopftuch gebunden. Sie dreht ihren dicken Kopf mit auffallend roten Wangen zu Jakob und treibt ihn an: »Komm schon, ich muss wieder in die Küche, bevor mir der Ernst nur Sauerei macht.«

»Was hat er denn heute Nacht erlegt?«, fragt Jakob.

»Was schon«, winkt sie ab, »ein Reh, unsere Tiefkühltruhen sind voll davon, und selbst die Rehleber will niemand mehr, und ich habe schon vor lauter Leber und Innereien die Gicht bekommen.«

Nur kurz bleibt sie stehen, schaut zu Jakob, treibt ihn mit einer Handbewegung an, ihr schneller zu folgen. »Aber ich denke, dich interessiert nicht der Jagderfolg meines Mannes, sondern was mein Schwiegervater vor seinem Tod Verena gestanden hat.«

»Brennend«, stimmt ihr Jakob zu, »aber dein Mann will wohl nichts davon wissen.«

»Ach, 's Ernstle«, wird ihre Stimme weicher, »du musst ihn verstehen. Der Friedrich war ein strenger Vater, und Ernst hat seine Erwartungen nie erfüllt. Er hat den Bauernhof nicht weiterbetrieben, er war bei der Polizei, kam aber nie vom Streifendienst weg. Mit seinen Vorgesetzten kam er nie klar. Nachtschichten und Mobbing, wie man heute sagt. Als dann die Bendzko mit den Millionen gewunken hat, hat er den Dienst quittiert und hat seither nur Angst, alle wollen ihm sein Geld wegnehmen, und jetzt kommst du.«

»Und ich?«, will ihr Jakob mit einem Lachen sein Desinteresse an einem Erbstreit signalisieren.

»Weißt du, außer den Bauernhof hat die Bendzko uns auch weitere Grundstücke abgekauft. Das Haus neben uns haben wir für Friedrich gebaut, seit seinem Tod wohnt darin unser Sohn, Luis, mit unserem Enkel Luca. Hätten wir die Grundstücke nicht auch noch verkaufen können, hätten wir uns die beiden Häuser auch nicht leisten können und Ernst hätte bis zu seiner Pensionierung Dienst schieben müssen, das wäre schrecklich für ihn gewesen. Deine Mutter hat mal, aber eher im Spaß, gesagt, dass auch ihr eines der Grundstücke zustehen würde. Aber da ist Ernst fast ausgerastet, da versteht er keinen Spaß.«

»Lass gut sein«, will Jakob das leidige Erbthema beenden, »Friedrich war der erstgeborene Sohn und hatte den Bauernhof mitsamt den Feldern geerbt, so war das damals! Meine Mutter hat sich ein eigenes Zuhause aufgebaut. Mich interessiert nur, warum die beiden zerstritten waren und ein Leben lang kein Wort mehr miteinander geredet hatten, bis zu dem Tod deines Schwiegervaters.«

»Das erzähle ich dir gleich, aber du musst Ernst verstehen«, versucht Erika, ihren Mann weiter zu verteidigen, »du hast ja keine Kinder, aber wir haben den Luis und den Luca als Enkel und die wohnen jetzt, nach Opa Friedrichs Tod, in unserem zweiten Haus.«

»Verrückt«, rechnet Jakob die Generationsfolgen kurz nach. »Logisch«, quittiert er seine Erkenntnis, »ihr habt heute alle Enkel, ich wäre ja auch schon Opa, wenn ich Kinder gehabt hätte, wirklich verrückt«, wird ihm in diesem Augenblick klar, dass er in der Familie Obergfell gerade drei Generationen auf der Spur ist. »Und ich bin der älteste Sack von euch.«

»Siehst dafür noch ganz gut aus«, mustert Erika ihn mit freundlichem Blick, »und sei mal froh, dass du keine Kinder hast. Kinder sind Sorgen, unser Sohn Luis ist geschieden, und unser Enkel Luca hat gerade seine Lehre abgebrochen, was mal aus dem wird, weiß auch keiner.«

»Was hat er denn gelernt? Und was macht er jetzt?«, fragt Jakob, wirklich interessiert, nach.

»Landschaftsgärtner hat er gelernt«, winkt sie ab, »aber

dann hat ihm sein Kreuz immer wehgetan, und er hat einfach von heute auf morgen aufgehört. ›Ich mach mir für die kapitalistischen Schwabenärsche doch nicht mein Kreuz kaputt‹, hat er gesagt. So hat er früher nie geredet, das ist erst, seit er jeden Abend nur noch in dieser *Scheuer* sitzt.«

»In welcher Scheune?«, fragt Jakob erstaunt nach.

Sie lacht: »Kannst du kein Deutsch mehr? Scheune? Das heißt bei uns *Scheuer* und ist ein Wirtshaus, aber ich glaube, das ist keine Gaststätte für dich. Der Wirt ist ein schräger Vogel und will *AfD*-Stadtrat in Pfullendorf werden, was unser Luca da den ganzen Abend bei dem sucht, weiß ich auch nicht.«

Ein leichter Nieselregen setzt ein. Jakob legt seine rechte Hand auf Erikas Rücken und schubst sie sanft an weiterzugehen. Diese *Scheuer* interessiert ihn einen feuchten Kehricht, er will endlich mehr über seine Mutter und ihren Bruder erfahren.

Erika schnürt den Gürtel ihres Mantels enger, Jakob stellt den Kragen seiner Lederjacke hoch, und sie gehen weiter. Vor der Friedhofstür will Erika wieder stehen bleiben. Jakob fürchtet, sie will ihre Familienodyssee weiter ausbreiten. Er öffnet ungeduldig das Tor und drängt in den Friedhof.

»Wann warst du das letzte Mal hier?«, fragt sie ihn unvermittelt.

»Ich?«, sucht Jakob nach einer unverfänglichen Antwort. »Ich halte nicht viel von Friedhöfen und Totenkult«, gesteht er ehrlich.

»Du solltest dir manchmal die Zeit nehmen, um hier mit deiner Mutter zu reden.« Sie steht andächtig vor dem Grab, auf dessen Stein nur ihr Name »Verena Simon« steht, »1922 – 2012«. »Sie war eine wirklich starke Frau. Ihr Geist bleibt uns im Ort hoffentlich noch lange erhalten. Glaub mir, sie hat vielen Frauen im Ort Mut gemacht, ihren eigenen Weg zu gehen.«

»Auch ich habe ihr viel zu verdanken, aber gerade deshalb stehen wir ja hier. Ich habe erst jetzt erfahren, dass dieser Otto Simon gar nicht mein Vater ist. Vermutlich müsste auf dem Grabstein stehen: ›Verena Roth‹. Was weißt du darüber?«

»Ach, Jakob, das ist doch alles schon so lange her«, dreht sich Erika vom Grab weg und geht in Richtung des Grabes ihres Schwiegervaters. Sie selbst ist ebenfalls in Seeldorf großgeworden. Sie war die Tochter eines Kleinbauern, der nach dem Krieg als Nebenerwerbslandwirt bei *Dornier* in Immenstaad arbeitete. Sie kam 1952 auf die Welt und lernte nach acht Jahren Volksschule Hauswirtschafterin. Danach half sie in der Küche im Dorfgasthaus *Krone* aus, bis zu ihrer Heirat mit Ernst Obergfell.

»Ich war ja noch ein Kind, als deine Mutter im Rathaus anfing zu arbeiten. Es hielten sich aber damals noch immer die dummen Gerüchte und das lose Geschwätz. Vor allem der Vater Otto Simons, Paul Simon, hatte immer damit angefangen und gegen Verena gehetzt. Aber nach seinem Tod verstummten alle Vorwürfe im Ort, und auch ich habe mich nicht mehr darum gekümmert, bis mit diesem vermaledeiten Knochenfund die Diskussion wieder auflebte.«

»Welche Diskussion?«, gibt sich Jakob ahnungslos.

»Das weißt du doch«, will Erika ausweichen, um nun doch nicht das heiße Eisen des Familienzwists anzufassen.

Doch Jakob lässt sie nicht vom Haken: »Jetzt weich du nicht auch noch aus. Das Gerede im Ort. Jeder weiß wohl, dass ich der Sohn eines Juden bin, nur ich wusste es nicht. Und jetzt noch der Streit meiner Mutter mit ihrem Bruder. Verdammt, sag mir jetzt einfach, was zwischen den beiden war.«

»Ach, Jakob, Streit gibt es doch in fast jeder Familie. ’s war halt so, was sollten wir machen? Erst als es dann mit Friedrich zu Ende ging, bat er mich, ich wäre doch mit Verena befreundet, ich solle sie überreden, zu ihm zu kommen.«

»Und meine Mutter?«

»›Ein Leben lang habe ich darauf gewartet‹, sagte sie. Ich habe sie noch nie so aufgewühlt gesehen. Ich habe in ihrer Küche mit ihr geredet, doch sie stand sofort auf und sagte nur: ›Lass uns gehen!‹«

Jakob schaut Erika an. Er ist zu gespannt, was sie ihm gleich bereit ist zu erzählen. Verdammt, was war das für ein Geheimnis der beiden?

»Da liegt er nun«, zeigt Erika auf das Doppelgrab, in dem Friedrich Obergfell mit seiner Frau Marianne begraben liegt.

»Erzähl weiter«, drängt er ungeduldig.

»Ich werde die Szene nie vergessen. Ich weiß nicht, nach wie vielen Jahren die beiden sich zum ersten Mal wieder Auge in Auge sahen. Friedrich war kaum mehr Kraft geblieben, aber er versuchte, sich auf seinem Krankenbett aufzurichten. ›Vrenle‹, hat er sie begrüßt und sie hatte ›Friedle‹ zu ihm gesagt. Glaub mir, wie die beiden fast 90-Jährigen sich ihre zittrigen Hände gaben und sich festhielten, wie sie es vielleicht in ihrer Kindheit öfters getan hatten – es war herzzerreißend.«

»Ja«, spürt Jakob seine Ungeduld. Er hat jetzt keine Zeit für diese viel zu späte Gefühlsduselei der beiden Alten. Er ist es gewohnt, die O-Töne auf den Punkt zu bringen, unruhig treibt er sie an weiterzuerzählen: »Was haben sie jetzt genau gesagt?«

»Du weißt doch schon, dass der Otto Simon nicht dein Vater ist. Aber er war trotz *Gestapo* ein guter Kerl, er war kein grobschlächtiger Nazianhänger. Er hatte deine Mutter geheiratet, weil er sie liebte! Wer weiß, was sonst mit ihr passiert wäre.« Erika schaut ratlos auf das Grab ihres Schwiegervaters, offensichtlich weiß sie nicht, wie sie die ganze Geschichte Jakob erzählen soll.

»Jetzt sag halt, was Friedrich ihr gesagt hat«, drängt Jakob unerbittlich.

»Der Friedrich hat mich hinausgeschickt, ich musste die beiden allein lassen. Aber ich bin dann mit deiner Mutter zu ihr nach Hause gegangen. Sie war aufgewühlt, dankbar für die Aussprache mit ihrem Bruder und doch weiterhin ratlos. Denn Friedrich hatte wohl zugegeben, dass Otto deinen Vater Levi Roth über die Grenze bringen wollte, aber er war nicht dabei. Otto war mit dem Levi Roth allein. Otto hatte geplant, mit dem Gestapokübel, mit dem er öfter Patrouille fuhr, Levi einfach mitzunehmen und kurz vor dem Grenzübergang laufen zu lassen.«

»Nicht ungefährlich«, staunt Jakob und zweifelt, »warum soll ein *Gestapo*-Mann, der Otto war, diesem Juden zur Flucht über die Grenze helfen?«

»Levi Roth war der Sohn des Viehhändlers Roth, den jeder im Gäu kannte, auch die Simons. Otto Simon war ein Freund von Friedrich. Friedrich hatte die Hochzeit zwischen ihm und Verena eingefädelt. Er hatte Otto den Obergfellenhof versprochen, wenn er Verena heiratet. Ihre Schwangerschaft schob er einem Seeldorfer in die Schuhe, der im Fronturlaub Verena bedrängt hatte, aber nun gefallen war.«

»Und Otto hat der Heirat wegen des Hofs zugestimmt?«

»Er muss trotz *Gestapo* kein schlechter Kerl gewesen

sein«, wiederholt sie, »und er war wohl schon immer in Verena verliebt.«

Jakob wiegt zweifelnd seinen Kopf, will seine Skepsis Erika aber nicht zeigen, zaubert schnell ein aufmunterndes Lächeln in sein Gesicht und fragt interessiert weiter: »Und? Hat Otto den Levi über die Grenze geschafft?«

»Es muss damals alles sehr schnell gegangen sein, die Hochzeit deiner Mutter war das eine. Otto hatte zugestimmt, das Aufgebot war schnell gestellt, und dann erst verriet Friedrich Otto, dass er weiß, wo der junge Viehhändler Levi Roth sich versteckt, und ob er helfen würde, ihn über die Grenze zu bringen.«

Erika schaut wieder auf das Grab und wollte ein paar Maiglöckchen, die im Regen ihre Köpfe hängen ließen, aufrichten.

»Jetzt lass dir nicht jeden Satz aus der Nase ziehen«, kann sich Jakob kaum zurückhalten, lächelt seine Zeugin aber schnell wieder verbindlich an und bittet sie weiterzuerzählen.

Erika ist kurz irritiert, öffnet den Mund, dann schließt sie ihn wieder. Sie scheint nach den richtigen Worten zu suchen und nimmt dann erneut Anlauf: »Dass das Dritte Reich nicht mehr lange halten würde, war wohl auch Otto im November 1944 klar. Vielleicht wollte er vorbauen. Du weißt, schon im Mai 1945 schützte ein geretteter Jude auch *Gestapo*-Beamte vor einer Anklage. Vielleicht wollte er aber auch nur sein schlechtes Gewissen beruhigen. Jedenfalls versprach er, Friedrich zu helfen. Friedrich meinte, vor der Hochzeit hätte Otto von der Liaison zwischen Levi und deiner Mutter nichts gewusst, er wollte die Gerüchte, die ihm sein Vater vorhielt, einfach nicht glauben. Ich denke, er liebte eben deine Mutter wirklich.«

»Mach's jetzt nicht so spannend«, kann Jakob kaum an sich halten.

»Die Hochzeit fand statt, deine Mutter dachte wohl, Levi sei schon lange über alle Berge. Doch Otto hatte alle seine Kameraden der *Gestapo* und des Zolls zur Hochzeitsfeier eingeladen. Es muss fürchterlich gesoffen worden sein. Friedrich sollte bei der Gesellschaft bleiben und weiter bechern, während Otto dann in der Nacht diesen Levi über die unbewachte Grenze schaffen sollte. So war es abgemacht.«

»Und wie war es wirklich?«, kann Jakob seine Spannung kaum zügeln.

»Lass uns in die Kirche gehen«, schlägt Erika vor, »der Nieselregen wird immer stärker.« Ein frühlingshafter Landregen setzt ein.

»Okay«, stimmt Jakob zu, zieht sich seine Lederjacke über den Kopf, geht mit Erika zu der Kirche, fordert sie im Gehen aber schon ungeduldig auf weiterzuerzählen.

»Während der Hochzeitsfeier in der *Krone* muss es zu einem Eklat gekommen sein. Ein Kamerad Ottos hat ihm, wohl betrunken, den Verdacht unter die Nase gerieben, dass Verena sich vielleicht der Blutschande schuldig gemacht hätte, so hieß das Verbrechen, mit einem Juden sexuellen Verkehr zu haben. Er solle, wenn es ein Junge sei, schauen, ob er nicht beschnitten ist.«

»Bin ich nicht«, murmelte Jakob leise, wollte aber Erika auf keinen Fall unterbrechen.

»Tja, da soll Otto entschlossen aufgesprungen sein und die Hochzeitsgesellschaft verlassen haben. Friedrich erzählte, dass er in der *Krone* geblieben sei, um darauf zu achten, dass niemand Otto folgte. Er ging nämlich davon aus, dass Otto, wie besprochen, Levi aus seinem Versteck holen werde, um ihn in den frühen Morgenstunden, wenn seine *Gestapo*-Kameraden noch ihre Räusche ausschliefen, über die Grenze in die Schweiz zu schaffen.«

»Was heißt das jetzt genau?«, ist Jakob ratlos.

»Levi war am nächsten Tag verschwunden, aber auch Otto. Von beiden fehlt seit dieser Nacht jede Spur. Paul Simon, der Vater von Otto, wollte die Ehe annullieren, was aber ohne Otto nicht ging. Otto soll sich, nach Paul Simons Aussage, freiwillig an die Ostfront gemeldet haben, was aber auch nie bewiesen wurde.«

»Und was war jetzt der Grund des Streits zwischen meiner Mutter und ihrem Bruder?«, fühlt sich Jakob so klug wie zuvor.

»Verena hatte Friedrich jeden Tag gelöchert, wo Levi ist, aber Friedrich konnte ihr nicht helfen, er wusste doch selbst nicht, was in der Nacht zwischen den beiden geschehen war. Er warf ihr vor, sie sei selbst schuld und hätte sich niemals mit einem Juden einlassen dürfen, worauf sie ihn einen Nazi nannte und er ihr eine Backpfeife gab. Die gegenseitigen Schuldvorwürfe führten schließlich dazu, dass Verena das Elternhaus beziehungsweise ihren Bruder verließ und die beiden kein Wort mehr miteinander redeten.«

»Bis kurz vor Friedrichs Tod«, stellt Jakob resigniert fest, »aber was wollte er denn dann noch von meiner Mutter?«

»Mensch, Junge«, schubst sie Jakob freundschaftlich, »man merkt, dass du keine Geschwister hast. Die beiden haben ihre Jugend gemeinsam verbracht und die Nazizeit gemeinsam überstanden, da will man sich nicht im Streit ins Jenseits verabschieden. Dazu dieser vermaledeite Knochenfund vor fünf Jahren, er brachte die Erinnerungen erst wieder zutage. Friedrich war sicher, die Knochen gehören

Otto oder Levi. Entweder hat Otto Levi oder Levi Otto umgebracht, eifersüchtig waren sie sicher beide.«

»Als wenn Otto nicht gewusst hätte, dass meine Mutter von Levi schwanger war?«, zweifelt Jakob.

»Wohl nicht, er hatte wohl Friedrich geglaubt. Aber als dann einer seiner Kameraden ihm den Verdacht auf den Kopf zugesagt hatte, dämmerte ihm vielleicht die Wahrheit. Und was er und Levi Roth dann miteinander gesprochen haben, bevor sie sich auf die Flucht machen wollten, weiß niemand«, rätselt Erika, »deine Mutter jedenfalls wollte nach dem Gespräch mit Friedrich nichts weiter mehr wissen. ›Lass sie ruhen‹, hatte sie gesagt, ›beide!‹. Überlege mal, wie alt sie war, und sie war müde. Sie hatte sich mit dem Verlust der beiden Männer längst arrangiert und wollte sie und die Geschichte ruhen lassen.«

Das muss die Zeit gewesen sein, als seine Mutter mit ihm nicht mehr weiter über die Knochen im Tümpel ihrer Eltern reden wollte. Von heute auf morgen. Nach dem Gespräch mit ihrem Bruder war ihr wohl endgültig klar, dass einer ihrer beiden Männer der Ermordete und einer der Mörder war. Das alles muss ihr näher gegangen sein, als er es in seinem Stuttgart mitbekommen hatte. Und als sie nicht mehr weiter über den Toten im Feuerlöschteich sprach, war es ihm nur recht.

In der Kirche ist es mucksmäuschenstill. Draußen prasselt der Regen an die Kirchenfenster. Erika greift zu einer der Kerzen im Opferstock, zündet sie an. »Für Verena und Friedrich.«

»Für Levi und Otto«, sagt Jakob und wirft zwei Euro in den Opferstock.

»Jetzt bin ich so klug wie zuvor«, stellt er nach dem Gespräch nüchtern fest.

»Das glaube ich nicht«, schaut Erika Jakob forschend an. »Du weißt jetzt: Die Knochen sind das Erbe von Levi Roth oder von Otto Simon, das muss doch nun zu klären sein.«

»Stimmt«, grübelt Jakob und hat auch schon einen Plan. Er muss noch einmal zu diesem alten Querkopf Alfred Simon.

FEBRUAR 1945

Wie lange kann sich dieser Hitler noch halten?, fragte man sich im Hause Obergfell. Gerade verbreitete Göring erneute Erfolgsmeldungen der Reichswehr. Die Operation »Wacht am Rhein« mit Generalfeldmarschall Walter Model hatte in der Ardennenoffensive die Amerikaner offensichtlich erfolgreich zurückgedrängt, wie Göring großspurig behauptete. Doch gleichzeitig hörte Franz-Karl Obergfell täglich die Erfolgsmeldungen der Alliierten im Schweizer Radio. Im Osten rückte demnach die Rote Armee immer weiter in den Westen vor, Dresden hatten englische Bomber völlig zerstört. Wer wollte in diesen Tagen den Nazis noch glauben?

In der Stube des Bauernhofs flackerte jeden Abend eine Kerze vor dem Bild ihres gefallenen Sohnes Ernst. Die Mutter, Theres, betete täglich den Rosenkranz. Verena saß schweigend neben ihr und strickte ein Jäckchen für ihr zu erwartendes Kind. Manchmal stimmte sie in das Gebet ihrer Mutter mit ein. Die Frauen wirkten dabei wie hospitalisiert. Wenn sie sich nicht in die Arbeit flüchten konnten, beteten sie ihre immer gleiche Leier.

Es war ein harter Winter, die Felder waren gefroren. Wenn die Männer, Franz-Karl und Friedrich, ihre Arbeit im Stall getan hatten, setzten sie sich abends zu den beiden Frauen der Familie in die warme Stube.

»Lang kann's nicht mehr gehen«, versuchte Friedrich, Optimismus zu verbreiten, »von wegen ›Wacht am Rhein‹, alles leere Durchhalteparolen, die Amis hält niemand mehr auf, die paar Wochen halten wir jetzt noch durch.«

»Und Levi?«, fragte Verena. »Wo hält der durch? Sag doch endlich mal, was du weißt, wo er ist?«, flehte sie Friedrich an. Er muss es wissen, dachte sie. Er hatte seine Flucht mit Otto eingefädelt und ihn zuletzt gesehen.

»Halt den Mund«, fällt ihr ihr Bruder harsch ins Wort, »wegen dir war die *Gestapo* schon mal hier, willst du, dass die noch mal unser Haus auf den Kopf stellen? Sei froh, dass wir den Kerl aus dem Haus haben, sonst wärst du jetzt ganz woanders. Halt einfach die Klappe und warte ab.«

»Gegrüßet seist du Maria voller Gnade …« Theres Obergfell betete ihren Rosenkranz unbeirrt weiter, als hätte sie den Disput ihrer Kinder gar nicht gehört. Sie ließ die Rosenkranzperlen der Reihe nach durch ihre Finger gleiten und betete monoton Psalm nach Psalm.

Das Ticken der Wanduhr gab dazu einen gleichmäßigen Rhythmus.

Zwei Katzen hatten sich neben dem warmen Kachelofen eingerollt. Verena saß neben ihnen. Am Tisch der Stube saß ihr Bruder und blätterte mit seiner einen Hand die Bauernzeitung durch.

Der Vater, Karl-Friedrich, kam in die Stube, verscheuchte die Katzen von ihrem warmen Platz auf der Kuscht, setzte sich selbst an die wärmenden Kacheln, sagte kein Wort und stierte schweigend vor sich hin.

Die Wanduhr schlug 20 Uhr. »Mach schnell de Radio a, dann höret mir, wie lang des noch geht und wo de Ami steht«, unterbricht er das Schweigen.

Friedrich ging ans Fenster, schob die Vorhänge zur Seite, schielte hinaus ins Dunkle, ging zu dem alten Radio, das auf der Kommode stand, schaltete es ein, wartete, bis das magische Auge grün leuchtete, dann kurbelte er am Sendesuchrad, bis es den verbotenen Schweizer Radiosender Beromünster empfing.

Franz-Karl Obergfell war schon immer ein politisch interessierter Mensch. Kaum gab es in der Weimarer Republik Reichssendungen mit den neusten Nachrichten aus Berlin, hatten die Obergfells ein Radio in ihrer Stube stehen. Mit dem Volksempfänger der Nazis war der Empfang von »Feindsendern« schwierig.

»Hier spricht Radio Beromünster«, damit wurde es in der Obergfellenstube ganz ruhig. Die Befreiung von den Nazis wurde ihnen schon in Bälde in Aussicht gestellt.

»Hoffentlich bald«, klagte Verena, wünschte »Gute Nacht«, küsste ihre Mutter auf die Stirn, strich ihrem Vater zärtlich über den Kopf, Friedrich beachtete sie mit keinem Blick und ging aus der warmen Stube. Zum Schein ging sie laut hörbar in ihre Kammer. Sie hatte in der Nacht noch etwas zu erledigen. Das war aber ihr Geheimnis, ihres und Levis.

An dem Abend, als sie sich trennen mussten, hatte er ihr ein Geschenk zur Aufbewahrung gegeben. Als die *Gestapo* im Haus war, hatte sie schon befürchtet, dass die *SS* ihr Versteck finden könnte. Aber der Schweinestall war ihnen wohl zu schmutzig. Trotzdem wollte sie das Geschenk jetzt aus dem Haus bringen. Als den sichersten Platz hatte sie sich für die Kirche entschieden. Hinter dem Marienaltar standen einige Kirchenbilder, dazu wollte sie das Geschenk jetzt unauffällig stellen.

Fast ein ganzes Jahr hatte Verena im Heuschober ihrer Eltern in Seeldorf Levi versteckt. Nach der Verhaftung Ernst Freys in Radolfzell aber war die Gefahr gewachsen, dass die *SS* und *Gestapo* die Spur nach Seeldorf in den Obergfellenhof aufnehmen konnten. Den Foltermethoden der *Gestapo* konnten Menschen kaum standhalten, das war kein Geheimnis. Die *Gestapo* gab öffentlich mit ihren Foltermethoden an, damit wollten sie auch die Bürger einschüchtern und disziplinieren.

Levi dachte an den schmächtigen Buchhändler, fürchtete um dessen Leben und auch, dass er den unmenschlichen Foltermethoden nicht gewachsen war. Somit war klar, dass er nun von dem Obergfellenhof verschwinden musste. Dazu kamen nun Verenas Schwangerschaft und der Druck, den ihr Bruder Friedrich auf ihn ausübte.

Levi schwebte, seit er sich der Deportation entzogen hatte, in ständiger Lebensgefahr. »Wer auch nur einem Menschen das Leben gerettet hat, wird belohnt werden, als hätte er die ganze Welt gerettet«, dankte er oft mit der alten jüdischen Weisheit Verena.

Er hatte immer auf alle ihre Befürchtungen eine Antwort. Sie bat ihn, mehr zu essen, Kräfte zu sammeln und selbst zu fliehen. »Ein Dünner überlebt zehn Fette«, schob er ihre Bedenken leichtfertig zur Seite.

Wenn Levi seine alten Weisheiten zitierte, lachten nicht nur die Falten um seinen Mund, auch seine Augen. Verena konnte nicht anders, in diesen Mann hatte sie sich verlieben müssen. Er war der Verfolgte und hatte ihr doch selbst so viel Kraft gegeben.

Verena erinnerte sich an Ottos Erzählungen von seinen *Gestapo*-Verhörmethoden in Singen. Er hatte ihr klargemacht, wer von der *Gestapo* verhört wird, gesteht alles. Deshalb hatte sie auch ihrem Bruder Friedrich zugestimmt, dass Levi schnellstmöglich in die Schweiz flüchten sollte.

Ihr Vater, Franz-Karl, wie auch ihre Mutter und Friedrich hatten Verena anfangs stillschweigend unterstützt, Levi ein Versteck zu gewähren. Auch sie wollten diesen jungen Mann nicht einfach in den sicheren Tod schicken. Doch die Gefahr der eigenen Entdeckung war gewachsen, und die tägliche Furcht, selbst in ein KZ gebracht zu werden, hatte sie mit der Zeit zermürbt.

Doch dann stand Friedrich plötzlich im Heuschober vor Verena und Levi und hatte ihnen kompromisslos klargemacht: Levi muss weg!

»Willst du in das Zuchthaus? Wie willst du deine Schwangerschaft erklären?«, herrschte er sie an. »Und du? Du wirst gefoltert und erschossen, das weißt du doch selbst, also hau jetzt endlich ab!«, befahl er Levi.

Bisher hatte Verena ihren Levi immer nur als Helden gesehen, doch nun wurde auch er immer blasser. »Ich kann Verena mit unserem Kind nicht hierlassen«, sagte er fast weinerlich, »dann nehme ich sie mit!«

»Einen Scheiß nimmst du mit«, herrschte Friedrich ihn an, »die Zollmannschaften und Grenzsicherungen sind erneut verschärft worden, das weiß ich von einem *Gestapo*-Mann. Aber dieser hat mir versprochen, dir über die Grenze zu helfen, dann bist du in Sicherheit, und er wird Verena heiraten, nur so können wir sie schützen.«

Es gab noch einen heftigen Wortwechsel, doch Friedrich ließ sich von seinem Plan nicht mehr abbringen. »Otto hat mir geschildert, wie die *Gestapo* ihre Verhöre führt. Sollten die dich erwischen, würdest du kaum die Wahrheit für dich behalten können«, blieb Friedrich stur, »ich habe keine Lust, wegen dir in ein Zuchthaus oder ein KZ zu wandern, du verschwindest jetzt und zwar genau so, wie wir es dir sagen!«

Verena konnte sich nicht zurückhalten, sie warf sich Levi an den Hals. Doch Friedrich nahm darauf keine Rücksicht. Er herrschte sie an: »Du dumme Kuh, willst du in das Zuchthaus? Dein Kind wird dir dann sowieso weggenommen.«

Friedrich drehte sich um, um zu gehen, trat aber noch einmal mit erhobenem Zeigefinger auf die beiden zu und stellte klar: »Du wirst Otto heiraten, und du machst dich mit ihm auf den Weg zur Schweizer Grenze«, hatte er nochmals in Levis Richtung klargestellt.

Verena wollte nicht glauben, was ihr Bruder da hinter ihrem Rücken ausgeheckt hatte. Ihre Knie wurden weich wie Butter, sie konnte sich nur noch an Levi festhalten, sonst wäre sie zusammengesunken.

Ihre Schwangerschaft war längst nicht mehr zu verbergen, aber dazu gab es nun auch keinen Grund mehr. Sie war verheiratet und dazu auch noch mit einem *Gestapo*-Beamten! Nach außen durfte sie sich nichts anmerken lassen, doch in ihr selbst fand sie keine Ruhe. Sie weinte jede Nacht in ihr Kissen, was ist nur aus ihr geworden?

Sie hatte Otto schamlos angelogen, sie hatte Johannes, der irgendwo auf einem Schlachtfeld im Osten tot lag, ihre Vergewaltigung unterstellt. Sie hatte Ottos weiches Herz und seine Liebe ausgenutzt und sich an beiden Männern versündigt. Wie konnte ihr das der Herrgott jemals verzeihen?

Sie konnte es nicht einmal beichten, hatte doch ihr Pfarrer selbst ihre Hochzeit mit eingefädelt. Mit seinem ewigen Geschwätz des Christenkindes ist ihr seine verlogene Motivation, nur ihr helfen zu wollen, auch bald klar geworden.

Ehrlich alleine war und blieb nur ihre Liebe zu Levi. Wenn sie an ihn dachte, überkam sie die Sehnsucht. Sie spürte seine Zärtlichkeit, seine Hände auf ihrem Körper, seine weichen Lippen und seine süße Zunge in ihrem Mund. »Süß wie Erdbeereis«, hatte er sie angelächelt und einfach geküsst.

Sie wollte sich zunächst wehren, doch tat sie es kaum. Sie hatte schon ihren Mund geöffnet, bevor seine Lippen die ihren berührten. Sie gab sich ihm einfach hin. Er war zu liebevoll und so zärtlich. Sie hatte alles vergessen, das sechste Gebot oder das menschenverachtende Gesetz der Blutschande. Liebe kennt keine Konfessionen, hatte er später gelacht. Wie recht er hat, hatte sie erfahren.

Schon nach der ersten Nacht, als sie sich morgens, bevor ihre Eltern aufgestanden waren, in ihr Zimmer geschlichen hatte, wusste sie, sie wird ihn in der folgenden Nacht wieder in seinem Versteck besuchen. Sie musste immer an ihn denken. Damals, wie er Tag und Nacht alleine im Heuschober kauerte, und heute erst recht, wo sie nicht mehr weiß, wo er ist.

Friedrich verriet ihr einfach nicht, wie die Flucht verlaufen war. Irgendetwas muss schiefgelaufen sein, denn warum ist auch Otto weg?

Friedrich sprach mit ihr seit ihrer Hochzeit kein Wort mehr. Sie hatte ihn gleich am Tag danach besorgt gefragt, ob Ottos Plan aufgegangen sei und Levi in der Schweiz wäre. Er hatte behauptet, er wisse selbst nicht, was geschehen war.

Er war in der Krone bei der Hochzeitsgesellschaft geblieben, keiner seiner *Gestapo*-Kameraden sei Otto gefolgt, als er überstürzt sein eigenes Hochzeitsfest verlassen hatte.

Abgemacht war, dass er in dieser Nacht, während seine Kameraden ihre Räusche ausschliefen, Levi über die

Grenze bringen sollte. »Sicher hat er Levi abgeholt, sonst wäre er ja noch da«, hatte Friedrich sie zunächst beruhigen wollen. Doch Ottos Verschwinden konnte auch er nicht erklären, bis sein Vater, Paul Simon, behauptete, Otto hätte sich zum Endkampf an die Ostfront gemeldet.

Das hatte ihr auf ihre Nachfrage auch das Reichswehramt bestätigt, seither fand sie keine Ruhe mehr. Wie konnte er nur? Wo war er nur? Aber vor allem: Wo war Levi?

Ihr Bauernhaus war hellhörig, in der Stube hörte man jeden Schritt in den Zimmern darüber. Verena ging laut hörbar über die knarrenden Holzdielen in ihre Kammer, schloss die Tür und stampfte deutlich hörbar zu ihrem Bett. Dort zog sie die Schuhe aus und schlich auf dicken Wollsocken zurück in den Gang und von dort in die Tenne. Von hier gelangte sie in den Stall, schlüpfte in ihre Stiefel und ging leise, um die Tiere nicht zu beunruhigen, zum Schweinestall.

Vier Ferkel vom letzten Wurf und die Muttersau lagen in einer Ecke des Stalls, der hinter dem Kuhstall angebaut war. Ohne Hektik, um die Ferkel nicht aufzuschrecken, kletterte sie über den Futtertrog und das Gatter in die Absperrung.

Die Ferkel lagen fast unter den Zitzen der Muttersau und regten sich kaum. Verena redete beruhigend auf die Tiere ein und ging zur Rückwand des Stalls. Breite Täfernbretter waren an die Außenwand angeschraubt. Verena hatte einen Schraubenzieher in der Hand und löste die Schrauben, danach konnte sie die Täfern leicht lösen und dahinter ein Bild, das 60 mal 80 Zentimeter groß war, entnehmen.

Verena kannte die Winterlandschaft darauf, Levi hatte es ihr kurz gezeigt und stolz von seinem Freund Otto

Dix geschwärmt. Sie hatte jetzt aber keine Zeit, sich das Bild nochmals anzusehen. Sie stellte es außerhalb des Gatters und schraubte die Bretter wieder an ihre alte Stelle. Mit Schweinemist in der Hand überschmierte sie die frei gekratzten Schrauben. Sodass auch ihrem Vater nicht auffallen konnte, dass jemand die Schrauben gelöst hatte.

Über den Kuhstall ging sie, mit dem Bild unter dem Arm, zur Einfahrt in die Tenne. Es war stockdunkel, aber hier kannte sie jede Diele und jede Ecke. Sie schlüpfte aus dem Scheunentor ins Freie. Sie durfte nur nicht über den Hof gehen oder gar auf die Straße, niemand durfte sie sehen, schon gar nicht mit dem Bild.

Als die *SS* sie vor Tagen besucht und ihr Haus auf den Kopf gestellt hatte, hatte sie Blut und Wasser geschwitzt. Doch die Polizisten hatten in ihren dunklen Uniformen und polierten Stiefeln zwar die Stallungen und den Heuschober durchsucht, aber um den Schweinestall wohl einen Bogen gemacht.

Sie trug das Bild in Erinnerung an Levi in ihren Händen. Er hatte es ihr am Abend, als sie sich von ihm verabschieden musste, überreicht. Er hatte eine Unmenge an Heu von der Tenne in den Futtergang geschmissen und grub das Bild aus. Sie waren alleine im Heuschober gestanden, und er drückte ihr das Bild in ihre Hände: »Verstecke es, Otto Dix ist ein großer Künstler, heute sind seine Werke verboten, aber nach dem Krieg werden sie an Wert gewinnen«, hatte er ihr prophezeit. »Es wird uns, wenn wir uns wiedersehen, im warmen Palästina an den kalten Winter in Deutschland erinnern und an meine Verwandten.«

Wenn sie an seine Worte dachte, traten ihr Tränen in die Augen. Wenn, wenn, wenn wir uns wiedersehen, aber wann ist das Wenn?, fragte sie sich.

Die Winterlandschaft war auf Holz gemalt, das Gemälde war deshalb nicht leicht. »Hier liegen meine Großeltern begraben«, hatte Levi ihr ein paar verwitterte Grabsteine auf dem Bild gezeigt.

Otto Dix hatte den jüdischen Friedhof bei Randegg im verschneiten Hegau mit Öl auf Holz gemalt. Die Grabsteine schienen unter der Schneedecke zu verfallen. »Früher war ich mit meinen Eltern auf dem Friedhof, heute sind sie vermutlich selbst alle längst tot«, hatte Levi gestammelt, so traurig hatte sie ihn noch nie erlebt.

Aus den wenigen Utensilien, die er im Heu versteckt hatte, angelte er einen Bleistift und schrieb auf die Rückseite des Bildes: »Für Rebecca oder Jakob, auf dass ihre Großeltern nie vergessen werden – Levi Roth, 1944.«

Zu ihr sagte er fast feierlich: »Liebe Verena, ich wünsche mir, dass du unserem Kind in Erinnerung an meine Eltern, ob Mädchen oder Junge, ihre Namen, Rebecca oder Jakob, gibst, mögen meine Eltern in unseren Kindern weiterleben.«

Zum ersten Mal hatte Verena Tränen in seinen Augen gesehen. Er war ihr Held, wie er über all die Jahre das Leid seiner Familie ertragen konnte, blieb ihr ein Rätsel. Sie klammerte sich an seine letzten Worte und seine Zuversicht, das Bild möge ihnen nach dieser schrecklichen Zeit in Palästina ein neues Leben ermöglichen.

Jetzt schlich sie mit der Winterlandschaft des Hegaus unter dem Arm um das Haus ihrer Eltern, ließ sich an der Stützmauer in den Obstbaumgarten hinunterfallen und suchte sich einen Weg im Dunkeln und im Schutz der Bäume, unterhalb des Ortes, bis zur Friedhofsmauer der Dorfkirche. Sie schob das Bild über die Mauer und stemmte sich hinterher.

Es war eine leicht bewölkte, aber kalte Nacht. Der Mond war hell genug, sodass Verena gut erkennen konnte, wohin sie trat. Die Tage davor ließ die Sonne tagsüber den Schnee am Südhang Seeldorfs wegschmelzen, sodass sie keine Fußspuren hinterließ.

Eilig schlich sie zum Sakristeifenster der Kirche, hier hinterlegten auf dem Sims die Putzfrauen immer den Kirchentürschlüssel.

Für Verena gab es vor den Nazihäschern keinen sichereren Platz für ihr Bild als in der Kirche. Sie nahm den Schlüssel, mit zwei Umdrehungen hatte sie das Schloss geöffnet und stand in dem Gotteshaus. Es war stockdunkel, nur das ewige Licht leuchtete links neben dem Altar.

Sie wusste, wo sie das Bild unterbringen wollte. Schon als Kind half sie ihrer Mutter beim Kirchenputz. Der Marienaltar war links vor dem Hochaltar in eine Nische eingebaut. Dahinter war Platz für einige Kirchenbilder, die hier an der Wand standen. Dahinter stellte Verena die Winterlandschaft von Otto Dix, es könnte gut zum Weihnachtskrippenbild passen, dachte sie. Niemandem wird es auffallen, war sie sich sicher.

Levi hatte ihr aufgetragen, das Bild gut zu verstecken, sie hoffte, es mit ihm bald wieder holen zu können. Sie hatte das Bild nicht gewollt, sie wollte ihn. Ihre Augen hatten sich mit Tränen gefüllt. Er küsste sie ihr weg. Nahm sie noch einmal in den Arm, drückte sie fest an sich. Sie wäre am liebsten immer in seinen Armen geblieben, doch er schob sie zur Seite. Legte noch einmal seine flache rechte Hand auf ihre kleine Wölbung über ihrem Bauch. Flüsterte: »Achte auf euch beide, bis ich euch wiedersehe.«

Levi war wie immer voller Optimismus. Über sechs Jahre hatte er sich vor den Nazihäschern versteckt gehalten. »Jetzt gehe ich noch sechs Monate in die Schweiz, dann hat der Spuk hier ein Ende, du wirst sehen, und wir gehen zusammen nach Palästina,« hatte er ihr vor seinem Abschied versprochen.

Was auch Levi mit seinem Palästina immer hatte, war ihr egal, sie wird ihm folgen, wo immer sie ihre Liebe in Sicherheit leben können. In diesem Deutschland wollte sie selbst mit Levi nicht mehr länger bleiben.

NOCH DREI TAGE

»Der Syrer, der zu uns kommt, der hat noch sein Syrien. Der Afghane, der zu uns kommt, der hat noch sein Afghanistan. Und der Senegalese, der zu uns kommt, der hat noch seinen Senegal. Wenn wir unser Deutschland verloren haben, haben wir keine Heimat mehr!«

Alexander Simon hat auf der Demo in Chemnitz Björn Höcke gehört. Vor ihm sitzen nun acht seiner Mitglieder des *Kampfbundes Linzgau.* Sie treffen sich drei Tage vor der Demo in Salem in seinem »Führerhauptquartier«, um die Demo und vor allem die geplanten Bombenanschläge zu besprechen.

»Im 21. Jahrhundert trifft der lebensbejahende afrikanische Ausbreitungstyp auf den selbstverneinenden europäischen Platzhaltertyp«, brüllt Alexander Simon im aggressiven Duktus Adolf Hitlers. »Ich will, dass Deutschland nicht nur eine tausendjährige Vergangenheit hat. Ich will, dass Deutschland auch eine tausendjährige Zukunft hat«, zitiert er sein großes Vorbild Höcke.

»Sieg Heil!«, rufen seine acht Kameraden vor ihm wie aus einem Mund. Jeder von ihnen wird am Ende des Treffens genügend Flugblätter und Plakate erhalten, die sie verteilen und aufhängen sollen. »Wir brauchen Flugblätter, die Lügenpresse wird über unsere Veranstaltung berichten, aber wir wissen auch, wie sie jede Zeile besserwisserisch kritisieren werden. Was die Schmierfinken und Verräter schreiben werden, wird uns in keinem guten Licht dastehen lassen, also müssen wir gegensteuern. Mit den Flugblättern können wir unsere Version der Geschichte erzählen, wie sie ist! Darum geht es. Öffentlichkeit werden wir auf jeden Fall bekommen, dafür werden wir sorgen.« Und mit einem zynischen Lächeln ergänzt er: »Mit unseren beiden Rohrbomben ganz sicher.«

Alexander Simon gibt Befehle wie ein Offizier einer Armee. Er verteilt die Aufgaben an seine Männer. Sie sind alle im jugendlichen Alter. Sie wirken nicht wie die Hardcore-Nazis, mit denen Alexander Simon gerade in Chemnitz demonstriert hat, wenn auch einige Tätowierungen von ihnen ihre rechte Gesinnung verraten, wie auch das T-Shirt, auf dem »White Race Defender« steht, das Luca sich übergestreift hat.

Luca Obergfell ist neu in der Runde, aber für Alexander Simon in seiner *Kameradschaft* gut zu gebrauchen. Der Kerl ist klug und mit der neuen digitalen Technik vertraut. Manche in seiner Gruppe kommen eher, um zu saufen, und wissen wohl auch sonst nicht, wohin mit sich. Aber dieser Luca ist etwas heller im Kopf, ihm trägt er jetzt die Installation der Fernzündung seiner beiden Rohrbomben auf.

»Morgen bekommen wir funkelnagelneue digitale Zeitzünder, die können wir auf die Sekunde genau einstellen, wann wir sie hochgehen lassen wollen«, sagt Alexander an Luca gewandt, »wir sehen uns morgen Abend in der Scheuer, da bekommen wir die beiden Zünder, es wäre gut, wenn du auch da wärst, dann kannst du dir alles erklären lassen.«

»Du kannst dich auf mich verlassen, ich bin dabei!«, salutiert Luca, vor Alexander aufrecht stehend wie ein Soldat.

Alexander selbst will bei seinem Arbeitskollegen Lorenzo, im *Bauunternehmen Glatz*, sich den schweren

Akkubetonbohrer ausleihen. »Ich habe mir den Bau des Asylheims angesehen, ich werde die Stelle markieren, an der das Loch gebohrt und die Bombe installiert werden muss, damit sie einen Weiterbau erst mal einstellen müssen.«

Auch für diese Aufgabe melden sich zwei der Kameraden, von denen einer ebenfalls bei *Glatz* angestellt ist und mit dem Betonbohrer auch schon gearbeitet hat.

»Wir müssen beide Bomben zur gleichen Zeit hochgehen lassen, zum Ende der Kundgebung«, stellt Alexander klar. »Wir müssen unsere Forderungen stellen. Wenn ich zum Ende hin sage: Mein Dank gilt allen, die heute gekommen sind, und allen aufrechten Deutschen!, dann beginnt ihr zu klatschen, und du, Luca, zündest die beiden Bomben gleichzeitig«, zeigt Alexander mit stolzem Strahlen im Gesicht seine sichtbare Vorfreude.

Und wieder stimmt die Gruppe in ein gemeinsames »Sieg Heil« ein. Alexander stellt einen Kasten Bier auf den Tisch, sie stoßen auf ihr Vorhaben an und grölen schließlich die alten Nazi-Lieder, die sie von ihren Großvätern gehört haben: »Die Fahne hoch, die Reihen fest geschlossen – *SA* marschiert mit ruhig festem Schritt.«

7. MAI 2015, DONNERSTAG

Jakob hat schlecht geschlafen. Es ist gerade kurz nach 6 Uhr, und er ist schon wach. Die Wolken vom Vortag haben sich verzogen, die ersten Sonnenstrahlen des Tages scheinen in sein Zimmer. Als Jugendlicher mochte er es nicht, wenn die Sonne in sein Bett schien, heute streckt er süchtig seine Nase in die ersten Strahlen. Endlich scheint sich der Mai von seiner Sonnenseite zu zeigen.

Ein neuer Tag, ein neues Glück, hofft er und überlegt, welche unsägliche Episode seiner Jugend er in der vergangenen Nacht wieder geträumt hatte. »Die Fahne hoch, die Reihen fest geschlossen ...«, dieses *SA*-Lied hat er noch im Kopf, er kennt es noch aus seiner Jugend. In seinem Traum sind sie ihm alle wieder erschienen. Unter den alten Männern am Stammtisch in der *Krone* dieser Paul Simon, der nach jedem Ringerfest als Erster die Nazi-Lieder anstimmte. Die meisten Alten grölten verschmitzt lachend mit.

Jakob war in der Ringerjugendmannschaft. Nach ihren Siegen spendeten ihnen die Alten meist einen Stiefel mit zwei Litern Bier. Die Kunst war, durch gleichmäßiges Drehen des Stiefelglases während des Trinkens den Unterdruck in der Stiefelspitze zu vermeiden. Wer diesen Moment verpasste, dem schoss das Bier aus dem Glas ins Gesicht. Während sie mit noch keinen 15 Jahren übten, den Stiefel wie die Alten zu leeren, sangen die alten Männer auch schon wieder ihre Lieder.

Mit zwölf oder 13 Jahren hatte er schon kapiert, dass diese alten Nazi-Lieder verboten waren. Sein Großvater war allergisch gegen diese Lieder. Doch heute muss er zugeben, als Jugendlicher hegte er eine gewisse Sympathie für die Alten, wenn sie gegen Verbote verstießen.

Damals wusste er aber auch noch nicht, wer Horst Wessel war. Als Kampflied der *SA* wurde »Die Fahne hoch« zur Nationalhymne der Nationalsozialisten. Während seiner Dreharbeiten bei den Neonazis hatte er es immer wieder hören müssen.

Dass ihm heute, zu Hause in Seeldorf, diese alten Lieder im Traum wieder erscheinen, sagt ihm, er muss dieses Kaff schnellstmöglich verlassen. Faktenorientierte, gewissenhafte Recherche ist sein Job. Doch seit er in der Wohnung seiner Mutter ist, wühlt er in seiner eigenen persönlichen Geschichte. Er weiß nicht mehr, wer er selbst ist, noch wer sein Vater war. Die Erinnerungen in Seeldorf entwickeln sich für ihn zu einem geschichtsträchtigen Horrorkabinett, er muss hier weg!

Dass seine Mutter nie mit ihm über seinen wahren Vater geredet hatte, nimmt er ihr im Nachhinein krumm. Er hätte zu gerne von ihr erfahren, was für ein Typ sein Vater war. Was hatte er von ihm geerbt? Nach all seinen neuen Erkenntnissen wird ihm nun selbst seine eigene Mutter zu einer Fremden. Wie konnte sie nur ihn ein Leben lang so belügen?

Er steht auf und tigert unruhig durch die Wohnung. Immer wieder zieht es ihn in das Schlafzimmer seiner Mutter. Früher war es für ihn tabu, er hatte darin nichts zu suchen. Doch seit er in der Kommode ihr Tagebuch gefunden hat, hebt er alle ihre sorgfältig zusammengefalteten und zusammengelegten Klamotten, auch Unterhosen und Büstenhalter, hoch und dreht sie um, um zu schauen, ob da nicht noch mehr Heimlichkeiten versteckt liegen.

Früher hatte er ihr Schlafzimmer nie beachtet. Als würde er zum ersten Mal ihr Doppelbett sehen, fragt er sich heute, warum seine Mutter überhaupt, als alleinerziehende Frau, ein Ehebett mit zwei Nachttischchen gekauft hatte. Wie lange hatte sie wohl auf die Rückkehr von diesem Levi gehofft?

Jakob ist klar, dass er ein Räumungsunternehmen in das Schlafzimmer seiner Mutter lassen muss, wer sonst will diese alte spießbürgerliche Schlafzimmergarnitur der 1950er-Jahre übernehmen, von der alten Unterwäsche ganz zu schweigen. Aber er will auf gar keinen Fall, dass intimste Gegenstände seiner Mutter in falsche Hände geraten.

Sorgfältig sucht er alles ab. Hebt die Matratzen in die Höhe, öffnet die beiden Nachttischchen und schiebt sie zur Seite, durchwühlt den hohen Kleiderschrank und staunt, wie viele Klamotten seine Mutter aufbewahrt hatte. Heute würde man sie wohl eine Prepperin nennen, schmunzelt er bei dem Gedanken, was sie ihm antworten würde, wenn er ihr diese Vorhaltung machen würde.

Warum auch immer er einen Stuhl geholt hatte und auf den Kleiderschrank geschaut hatte, wusste er schon nicht mehr, als er das Bild in der Hand hielt. Verdammt, was war das denn? Eine verschneite Winterlandschaft mit einem Friedhof und zugeschneiten Gräbern im Vordergrund? Er liest die Signatur des Bildes: Otto Dix, 1936.

Er kann es kaum fassen, seine Mutter hatte einen echten Dix daheim. Aber warum versteckt? Warum weiß er davon nichts? Warum hat sie es ihm nie gezeigt? Und wie kam sie denn zu diesem wertvollen Gemälde?

Er hatte in seinen Anfängen beim Südwestrundfunk über Otto Dix einen Film gedreht. Dix hatte am Bodensee Zuflucht gefunden, nachdem die Nazis seine Werke als entartet gebrandmarkt hatten. Er hatte auf der Höri gewohnt, das alles war bekannt. Aber wie kam ein Bild von Otto Dix zu seiner Mutter nach Seeldorf?

Jakob betrachtet die Winterlandschaft. Die alten verfallenen Grabsteine rühren ihn. Sie stehen vergessen und verlassen unter einer Schneedecke verweht. Er dreht das Bild und liest auf der Rückseite: »Für Rebecca oder Jakob, auf dass ihre Großeltern nie vergessen werden – Levi Roth, 1944.«

Jakob wird es schwindlig. Er setzt sich auf die Kante des Betts seiner Mutter. Verdammt, diese Zeilen hat sein Vater geschrieben, an ihn! An Jakob!

Deshalb hat ihm seine Mutter diesen Namen gegeben. Den Namen seines Großvaters väterlicherseits. So wie er es sich als Schüler, als ihn dieser Wochele nach seinem Namen gefragt hatte, gewünscht hat. Nicht Franz-Karl, wie er damals lieber geheißen hätte, sondern Jakob. Jetzt weiß er, warum!

Doch er weiß nun wirklich nicht mehr, wohin mit sich und all seinen neuen Erfahrungen und Gedanken. Schnell legt er das Bild zurück auf den Schrank seiner Mutter, als könnte er seine Entdeckung rückgängig machen.

Unschlüssig schleicht er zurück durch die Wohnung, steht wieder in der Küche, geht auf die Terrasse, holt tief Luft. Verdammt, Levi Roth, mein Vater, wo bist du?

Er muss jetzt wissen, ob Levi Roth oder dieser Otto Simon der Tote in dem Tümpel seiner Großeltern war. Wie er das herausbekommen wird, ist ihm seit gestern schon klar: Er benötigt eine DNA von diesem Alfred Simon. Mit seiner eigenen DNA, der Roths, wie er nun weiß, will er diese beiden der Polizei übergeben. Danach dürfte klar sein, ob Levi Roth oder Otto Simon der Tote war und somit, ob Levi Roth Otto Simon oder Otto Simon Levi Roth umgebracht hat.

Es ist noch immer früh am Morgen, dieser verdammte Traum hatte ihn geweckt. Jakob startet sein Morgenprogramm: Liegestütze, Kniebeugen, Klappmesser, an der Teppichstange auf der Terrasse macht er seine Klimmzüge und sieht in den Obstbaumgarten, der sich an der Rückseite der ehemaligen Milchzentrale anschließt. Alte Birnenbäume stehen in ihrer vollen Blüte. Sie sind über 100 Jahre alt. Ihre Blüten schimmern in herrlichen rotweißen Farben. Das Gras darunter ist kräftig grün, die ersten Löwenzahnblumen blühen sonnengelb.

Gleichzeitig sieht er die Rückwand des Gehöfts der Simons. Da glaubte er bis vor Kurzem noch, da wohnten seine Verwandten, die Familie seines Vaters. Doch jetzt weiß er, dort liegt der Schlüssel des Geheimnisses von Otto Simon und Levi Roth.

Er hat keine Ruhe mehr. Er bricht sein Sportprogramm ab, macht sich schnell einen Kaffee, schiebt eine tiefgefrorene Laugenbrezel in den Backofen, schlägt ein Spiegelei in eine Pfanne und überfliegt während seines Frühstücks die Zeitungen auf seinem iPad.

Wirklich Ruhe, die Tagesnachrichten zu lesen, hat er nicht. Es ist Mittwoch, wenn er am Wochenende zurück nach Stuttgart will, muss er bis dahin wissen, wer der Tote im Tümpel seiner Großeltern war, deshalb muss er jetzt los!

Er steht auf. Seine Kaffeetasse und den benutzten Teller

stellt er kurz unter den Wasserhahn in das Spülbecken und schon hat er seine Lederjacke übergezogen und zieht los.

Im Ort herrscht noch eine Stille, wie er sie von früher nicht kennt. Die Landwirte sind ausgestorben, Traktoren gibt es keine mehr. Die Neubürger sind Frührentner und schlafen lange. Einen Bäcker im Ort gibt es nicht mehr und auch keinen Lebensmittelladen. Aufbackbrötchen und Fertigmüsli stehen in den Hochglanzküchen in den Neubauten auf den Frühstückstischen.

Aber Jakob wäre auch kaum auf die Idee gekommen, diesem Alfred Simon frische Brötchen mitzubringen. Entschlossen marschiert er los, an der alten Linde vor der *Krone* vorbei, an der er ein Plakat mit Reißzwecken befestigt sieht: »Nein zum Asylheim in Salem!« Es ist ein Aufruf zu einer Demo am kommenden Samstagmittag. »Wir wollen keine Vergewaltiger, Messerstecher, Terroristen und Schmarotzer in unserem Land«, präzisiert die *AfD*.

Offensichtlich will das Landratsamt Flüchtlinge in einer leerstehenden Fabrik in Salem unterbringen. Irgendein *AfD*-Funktionär wird sprechen, der den gleichen Nachnamen trägt wie er. Irgendein Simon, den er aber nicht kennt. Dafür kennt er das Geschwätz über die Messerstecher.

Er kennt aber auch die Statistiken der Polizei, wonach tatsächlich Messerstechereien zunehmen, aber die Polizei in den vergangenen Jahren doppelt so viele deutsche wie ausländische Tatverdächtige erfasste. Dazu hatte Jakob gerade mit Professor Christian Stöcker in Hamburg ein Interview geführt, seine Statistik widerspricht der Hetze der *AfD*: Über 200 Morde gehen in den letzten Jahren auf das Konto Rechtsextremer, keine 20 waren islamistische Attentäter.

Jakob ärgert sich über die perfide Kunst der *AfD*, die es geschafft hat, dass heute bald jeder Deutsche, wenn er einem arabisch aussehenden Muslim begegnet, einen Messerstecher befürchtet. Christan Stöcker spricht von einem »Wiederholungseffekt«, nach dem jede Behauptung, ständig wiederholt, irgendwann zur Wahrheit wird.

Von einer faktenorientierten Aufklärung halten die Hetzer der *AfD* wenig, das weiß längst jeder, doch ihr permanentes Anstacheln und Aufwiegeln zum Hass fällt offensichtlich auch in seinem kleinen Heimatort Seeldorf auf fruchtbaren Boden.

Widerwillig will er weitergehen, kann aber nicht anders. Seine Hand greift zu den Reißzwecken, zieht sie aus der Baumrinde, faltet das Plakat zusammen und steckt es in den Papierkorb, der neben der Bushaltestelle steht. Er denkt an den Slogan, den er gerade in Seeldorf gelesen hat. Mit einem zufriedenen Lächeln im Gesicht sieht er sich als Erfüllungsgehilfe der Gemeinde: »Unser Dorf soll schöner werden.«

Er muss sich jetzt auf das Treffen mit diesem Alfred Simon vorbereiten. Wie soll er dem alten Mann begegnen? Freiwillig wird er ihm keine DNA geben. Soll er ihm ein Haar ausrupfen, damit er an eine DNA kommt? Am besten konfrontiert er ihn sofort mit seinen neuen Erkenntnissen. »Ich bin doch kein Simon«, wird er ihm auf den Kopf zusagen, »du bist doch nicht mein Onkel!« Mal sehen, wie er dann reagiert.

Bevor er sich einen Plan zurechtlegen kann, steht er schon vor dem alten Bauernhaus. Ohne lange zu fackeln, drückt er die verrostete Türklinke, geht in die alte Hütte und zielgerichtet links in die dunkle Stube.

Zunächst muss er seine Augen nach den hellen Sonnenstrahlen auf der Straße an das schummrige Licht in der alten Stube gewöhnen. Dem Geruch nach hat seit seinem letzten Besuch niemand auch nur einmal ein Fenster geöffnet, und schon hört er den alten Mann hinter seinem Tisch wieder husten.

Ekel steigt in ihm auf. Als wäre er hier zu Hause, öffnet er ein Fenster. Unschlüssig schaut er den alten zerzausten Mann, den er vor Kurzem noch für den Bruder seines Vaters gehalten hatte, an.

Als hätte er sich seit seinem letzten Besuch kaum bewegt, sitzt er noch immer hinter dem Wohnzimmertisch. Vor sich die alten Zeitungen und, als wären es mehr geworden, benutzte und zerknüllte Stofftaschentücher.

Fast glücklich über seine neue Erkenntnis, mit diesem Mann nicht verwandt zu sein, schleudert Jakob ihm sein neues Wissen ohne ein Grüß-Gott entgegen: »Ich weiß jetzt, dass wir nicht verwandt sind. Du bist weder mein Onkel, noch ist dein Bruder mein Vater.«

»Was traust du dich wiederzukommen«, verliert der alte Mann im Handumdrehen seine Fassung. Er nimmt alle Kraft, die ihm noch verblieben ist, zusammen und braust auf. Seine Stimme überschlägt sich fast, seine ersten Worte klingen vernuschelt, doch mit beiden Händen an der Tischplatte zieht er seinen ausgemergelten Körper hoch und lässt seinem Hass freien Lauf: »Du Judenbrut, du und die Judenhure Verena, ihr habt meinen Bruder auf dem Gewissen! Aber das durfte man alles lange Zeit nicht sagen, doch jetzt ändert sich die Welt, und die Wahrheit kommt endlich ans Licht!«

Jakob ist längst klar, dass seine Mutter diesen Otto Simon tatsächlich nur geheiratet hatte, damit sie nicht wegen Rassenschande angeklagt wurde. Aber nach Tante

Erikas Erzählungen muss dieser Otto Simon seine Mutter tatsächlich geliebt haben. Er soll eigentlich kein schlechter Kerl gewesen sein. Sein Bruder dagegen steht ihm nun voller Abneigung und Feindschaft gegenüber.

Der über 90-jährige Mann zittert am ganzen Körper. Er öffnet seinen Mund und schließt ihn wieder. Er stinkt, denkt Jakob, auch aus dem Mund. Er will nichts wie weg aus diesem Haus. Er will ihn nicht länger sehen.

Schnell schnappt er sich eines der Taschentücher des Alten vom Tisch. »'s wird Zeit, dass du abdankst«, lächelt er ihm überlegen ins Gesicht, »aber zuvor wirst du noch erfahren, ob dein Bruder ein Mörder ist.«

Alfred Simon schnappt erneut nach Luft. Streckt seine rechte Hand aus, als wollte er nach seinem Taschentuch greifen. Doch Jakob hat es schon in seiner Jackentasche verschwinden lassen, damit will er sofort zur Polizei gehen und um einen DNA-Vergleich von sich, den Spuren an Alfred Simons Taschentuch und den gefundenen Knochen bitten. Dann ist der Fall abgeschlossen, dann weiß er, ob der Tote sein Vater Levi Roth oder dieser Otto Simon war, und er kann seine Zelte abbrechen und nach Stuttgart verschwinden.

Er dreht sich abrupt um, geht in den Flur, schlägt die Wohnzimmertür hinter sich zu und geht, aber statt aus dem Haus, tiefer in den Flur. Er öffnet die nächste Tür, steht in der Küche und staunt, wie es darin aussieht.

Jakob kennt die alten Küchen der Bauernhäuser aus seiner Kindheit. Doch in dieser Küche sieht es aus, als wäre seither nicht nur nie etwas umgebaut, sondern auch nie aufgeräumt worden.

Die Küche ist groß, und mit all den Geräten, die hier stehen, hängen oder liegen, wurde sicher schon gekocht, gebraten oder geschmort, als dieser Otto Simon noch lebte. Alles in dem Raum ist alt und auch verschmutzt und ungepflegt.

In der Mitte der Küche steht ein Tisch, darauf liegen Brotreste, um ein offenes Marmeladenglas schwirren Fliegen. An der Wand steht noch immer der klassische alte Holzherd mit Schiff für das warme Wasser, aber daneben auch ein etwas neuerer Elektroherd. In einer schwarzen gusseisernen Pfanne auf dem Herd klumpt graues altes Fett. Daneben weitere ungespülte Töpfe und Pfannen.

Auch der Küchenschrank stammt aus einem anderen Jahrhundert. Der weißgelbe Lack ist auf den Flächen abgeblättert. Daneben, vor dem Fenster im Gegenlicht, türmt sich im Schüttstein weiteres gebrauchtes Geschirr. Neben dem Schüttstein führt eine Tür aus der Küche.

Jakob hat genug gesehen. Nix wie raus jetzt. Katharina hatte ihm erzählt, der Alte lebt mit seinem Enkel Alex zusammen. Na Mahlzeit, in die Küche möchte er nicht eingeladen werden. Der Enkel scheint das gleiche Schwein zu sein wie sein verrotzter Großvater.

Entschlossen geht er zu der gegenüberliegenden Tür, öffnet sie und steht hinter dem Haus in dem Garten mit den Birnbäumen. Ein ausgetrampelter Pfad führt zu einem kleinen Häuschen, das Jakob dank einem schwarz verrußten Kamin als Backhäuschen erkennt. Von der Terrasse seiner Mutter hat er diesen Garten im Blick.

Er will durch den Garten, den kürzesten Weg nach Hause nehmen, kann aber seine Neugierde nicht zügeln und geht zielgerichtet auf das alte Backhäuschen zu. Er will nur in eines der Fenster sehen, ihn interessiert, was die Simons darin heute lagern.

»Was willst du hier?«, herrscht ihn ein junger Mann an, der die Tür plötzlich aufgerissen hat und vor ihm steht.

»Wer bist du?«, blafft Jakob selbstsicher zurück.

»Verschwinde! Du hast hier nichts verloren«, schreit der Junge im Befehlston, »das ist ein Privatgrundstück!«

Vor Jakob steht ein junger Mann, knapp mal 20 Jahre alt. Den Flaum auf seiner Oberlippe hat er eng gestutzt wie Hitler einst sein Bärtchen. Auch sein akkurat gezogener Seitenscheitel rechts mit den fallenden langen Strähnen links verraten sein Vorbild. Woraus er aber auch offensichtlich keinen Hehl macht.

»Woher hast du denn diese Verkleidung«, will Jakob ihm schneidig den Wind aus den Segeln nehmen. Er hatte eine alte *SA*-Uniform an, wohl von seinem Urgroßvater Paul Simon, rät Jakob.

In grauer Reithose und einer Windjacke mit der roten Hakenkreuz-Armbinde mit rotem Band und schwarzem Hakenkreuz in einem weißen Kreis steht der junge Kerl vor ihm. »Zieh dir mal was Ordentliches an«, will sich Jakob unbeeindruckt und unerschrocken zeigen, »ich glaube, eure Zeit ist vorbei.«

Die Augen des jungen Mannes beginnen zu flackern, er scheint unentschlossen, wie er zu reagieren hat. Zunächst reagiert er nicht, doch dann, plötzlich, greift er mit seiner rechten Hand hinter seinen Rücken und zieht unvermittelt eine Pistole aus seinem Hosenbund, die er auf Jakob richtet.

»Spinnst du?«, bleibt Jakob nach außen cool. »Wo hast du die denn her?«, fragt er und zeigt auf die *Walther P38*, ein Modell der Wehrmacht, die Jakob schon öfter bei Neonazis gesehen hat. »Leg die mal lieber weg, bevor etwas passiert, was du später bereust.«

»Du hast mich überfallen, du stehst auf Privatgrundstück, ich wüsste nicht, was es da zu bereuen gäbe«, hat sich der junge Mann schnell gefangen.

Jakob erinnert sich an den Namen des jungen Simon, den ihm Katharina verraten hatte, und spricht ihn direkt an: »Hör mal, Alex, mach keinen Mist. Ich stehe unbewaffnet vor dir, das geht nicht gut aus für dich. Verrate mir lieber, warum du mit der Waffe und in der Uniform deines Urgroßvaters hier rumläufst?«

»Ich kenne dich, du Judensau«, antwortet Alex gefasst, »du hast meinen Opa genug belästigt. Hau jetzt ab, das ist unser Grundstück!«

»Und trotzdem sieht es seltsam aus, wenn du hier Drittes Reich spielst.«

Jakob versucht, Alex in ein ganz normales Gespräch zu verwickeln, damit ist er während seiner Recherchen mit den Nazijungs immer ganz gut gefahren. »Ich bin auch in Seeldorf groß geworden wie du, ich habe deinen Urgroßvater noch gekannt. Ich habe gerade heute Nacht von ihm geträumt, wie er in der *Krone* das Horst-Wessel-Lied gesungen hat.«

»Halt's Maul!«, hält Alexander Simon Jakob mit ausgestrecktem Arm und der Pistole in der Hand auf Abstand. »Du brauchst mir nicht zu erzählen, wer du bist. Am besten für dich ist, du verschwindest wieder, für immer! Wir brauchen in unserem Ort keine Juden und keine Ausländer. Seeldorf ist deutsch!«

Langsam wird der Junge, wie er mit der Pistole vor Jakobs Gesicht rumflackert, ihm doch unheimlich. Er hat in seinen Selbstverteidigungskursen gelernt, den Abstand zu dem Gegner auf seine eigene Armlänge zu beschränken. Also geht er entschlossen einen Schritt auf Alex zu: »Du willst mich doch nicht wirklich erschießen, oder hat dein Großonkel Otto mit dieser Pistole meinen Vater umgebracht?«

Alex sieht Jakob auf sich zukommen, grinst überlegen, geht furchtlos ebenfalls auf ihn zu, noch einen Schritt, jetzt steht er vor ihm und hält ihm den Lauf der Pistole direkt an den Kopf: »Und wenn, eine linke Judensau weniger«, bringt er seine nächste Drohung an.

Doch darauf hat Jakob nur gewartet. Er schlägt mit seiner rechten Hand die Waffe des jungen *SA*-Kämpfers nach oben auf die Seite, dieser drückt zwar reaktionsschnell ab, aber der Schuss geht in die Luft, und schon hat Jakob ihm einen im Karate gelernten Shuto an den Hals gesetzt. Der Handkantenschlag auf die Halsschlagader kann tödlich sein, etwas seitlich reicht zur kurzen, aber sofortigen Bewusstlosigkeit.

Alexander Simon geht in die Knie und fällt wie ein nasser Sack auf den Boden.

Jakob lässt den jungen Mann erst mal liegen, nimmt die Pistole an sich und geht in das Backhäuschen, in das er durch ein Fenster sehen wollte. Er schaut sich in dem Raum um. Solche Nazi-Buden sind für ihn nichts Neues. Hitlerbüsten, Reichsflagge und Hakenkreuzfahne stehen an den Wänden. Eine große Stereoanlage scheint relativ neu zu sein, davor stehen Platten von deutschen Rechts-Rockern und eine alte Schellack-Aufnahme mit dem Horst-Wessel-Lied.

Verdammt, wo ist er hier denn hingeraten? Er wollte doch nur kurz die DNA-Probe des alten Simon abholen. Da steht plötzlich im Birnbaumgarten vor der Terrasse seiner Mutter ein Neonazi-Verschnitt vor ihm, der ihn auch noch mit einer Pistole bedroht. Was soll er jetzt mit dem jungen Simon und all dem NS-Schrott machen?

Er zieht sein Handy aus der Tasche, macht ein paar Aufnahmen in dem Backhäuschen. Schwenkt durch den Raum und sieht plötzlich auf seinem Display schwarze leere Metallrohre, keine zehn Zentimeter Durchmesser und 20 Zentimeter lang, in einer Ecke liegen.

Er macht die Videoaufnahme des Handys aus, geht in die Ecke und sieht nun auch noch einige Kugelbomben unter Packpapier versteckt liegen. Diese Kugelbomben hat er an Silvester das erste Mal gesehen. In Deutschland sind sie verboten, aber das Packpapier verrät einen Absender in Tschechien.

Jakob schiebt das Packpapier weg, in dem die Kugelbomben offenbar eingewickelt waren, und stößt auf einen kleinen Werkzeugkasten. Es sieht aus, als hätte Alex versucht, die Kugeln damit zu öffnen. Offensichtlich will er das Pulver daraus entnehmen und in die Rohre füllen, verdammt, um Rohrbomben zu bauen?

Der spinnt doch, denkt Jakob, macht von seiner Entdeckung noch ein paar Bilder, steckt sein Handy ein und auch die Pistole und will verschwinden. Doch da sieht er auch noch einen dicken Stapel Flugblätter.

Er schnappt sich das oberste und liest schon wieder den Aufruf zur Demo nach Salem, den er gerade am Morgen an dem Lindenbaum gelesen hatte. Auf der Rückseite steht die *AfD* als Organisator und Alexander Simon als Ortsvorsitzender.

Auf dem Flugblatt wird der junge Simon deutlich und erklärt seine Begründung für den Ausländerhass seiner Partei: »Entgegen unserem Willen wird der millionenfache Bevölkerungsaustausch durch eine politische Elite rigoros durchgezogen.«

Dass es das Geschwurbel der Verschwörungstheoretiker bis in sein kleines Seeldorf geschafft hat, wundert ihn längst nicht mehr. Gerne würde er den jungen Simon fragen, welche nebulöse politische Elite er denn meint?

Doch Alexander Simon liegt noch immer niedergestreckt vor dem Backhäuschen. Jakobs Selbstverteidigungstrainer hat ihm versichert, in wenigen Minuten wird er wieder zu sich kommen.

Verstört von seinen Entdeckungen, geht er durch den frühlingshaften Birnenbaumgarten direkt in die Wohnung seiner Mutter. Wie schön könnte die Welt hier im Süden Deutschlands sein, denkt er in Erinnerung an seine Jugend in Seeldorf.

Doch dann fällt ihm ein, dass Fremdenfeindlichkeit auch schon damals in Ausländerhass mündete. Nach den »Hujus« wetterten sie am Stammtisch gegen die »Huflis«. »Hurenjuden« gab es kaum mehr, aber dafür nun die »Hurenflüchtlinge« und auch schon bald die ersten Gastarbeiter aus Italien.

Jakob erinnert sich an Antonio und bekommt ein schlechtes Gewissen. Er war noch in der Volksschule, demnach war es in den 1950er-Jahren, als die Familie Lurencho aus Italien in dem Linzgau-Örtchen Seeldorf das baufälligste Bauernhaus bezog. Die Wirtschaftswunderjahre hatten begonnen, und die deutsche Rüstungsindustrie war wieder gefragt, doch es fehlte an Arbeitern.

Nach Seeldorf verschlug es die Familie Lurencho, weil man ihnen hier in der Baracke eine billige Bleibe versprochen hatte. Die Gemeindeverwaltung wollte sie in die Flüchtlingsbaracke einquartieren, aus der die ersten zwei Familien ausgezogen waren. Doch die ehemaligen deutschen Kriegsflüchtlinge, die noch in der Baracke wohnten, reagierten abweisend: »Was wollen die Ausländer bei uns?«

Schließlich zog die Familie in ein altes, fast verfallenes Bauernhaus ein. Der Besitzer hatte die Landwirtschaft aufgegeben und sich eines der ersten neuen Einfamilienhäuser in Seeldorf gebaut.

Der Vater Lurencho fuhr jeden Tag mit dem Fahrrad 20 Kilometer bis nach Immenstaad zu seinem neuen Arbeitsplatz und abends wieder zurück. Die Kinder schickte man in die Volksschule im Ort.

»Was soll ich denn mit den Mussolini-Verrätern?«, schimpfte der Lehrer Wochele.

»Bringen Sie ihnen Deutsch bei«, beharrte der Bürgermeister, »das ist doch Ihre Muttersprache, Herr Wochele!«

Mürrisch steckte Wochele alle drei Kinder in die hinterste Reihe seines immer noch einzigen Schulzimmers. Ohne Rücksicht schubste der Lehrer die Kinder, die kein Deutsch verstanden, wie Tiere auf dem Viehmarkt in die letzte Schulbank.

Wochele war es gleichgültig, ob die neuen Kinder ihn verstanden oder nicht. Er spulte ohne Rücksicht auf sie seine Unterrichtsstunden wie im Lehrplan vorgesehen ab. Wichtig für ihn war, dass die Kinder morgens vor der Schultür auf ihn warteten. Während des Unterrichts übersah er sie geflissentlich, solange sie nicht störten, schienen sie für ihn nicht existent, und nach 12 Uhr schickte er sie mit allen anderen Kindern wieder nach Hause.

Antonio, der älteste Sohn der Familie, grüßte seine neuen Schulkameraden jeden Morgen freundlich mit einem »Bongiorno«. Doch die Seeldorfer Schüler mieden die italienischen Kinder vom ersten Tag an und ließen sie links liegen.

Jakob erinnert sich, wie die drei Buben zum ersten Mal auf dem Fußballplatz auftauchten. Die Seeldorfer Jungs standen auf ihrem neuen Rasenplatz zusammen, die drei italienischen Jungs im Abseits auf einem Acker. Man nannte sie »Itaker« und »Spaghettifresser«. Und schon stürmten alle Seeldorfer los und verdroschen die drei Brüder, bis sie sich vom Platz trollten.

Jakob war damals mit dabei, zwar hat er in seinen Erinnerungen nach keinem der drei Jungs geschlagen, aber Partei ergriffen für sie hat er auch nicht.

Dafür hat er Antonio nie vergessen. Denn der Kerl hatte sich gegen ihren alten autoritären Lehrer gewehrt: Die drei Lurencho-Buben mussten täglich in der hinteren Reihe in dem Klassenraum sitzen, da sie kein Wort von Wocheles Vorträgen verstanden, langweilten sie sich zusehends. Manchmal konnte der Kleinste von ihnen seinen Mund nicht halten und redete mit seinen größeren Brüdern. Da bekam der Lehrer Wochele mal wieder einen seiner Anfälle, zerrte den Jungen aus der Bank und schlug ihm links und rechts ins Gesicht. Der ältere der Brüder, Antonio, sprang spontan auf und schlug Wochele ebenfalls voll ins Gesicht, dass der Lehrer aus der Nase blutete.

Dann nahm Antonio seine beiden Brüder an der Hand und rief auf Deutsch zu Wochele »Du Arschloch!« und schlug die Klassenzimmertür hinter sich krachend zu. Damit war Antonio für die Schüler der Held des Tages und in die Dorfgemeinschaft aufgenommen.

Aber auch Jakob hatte die italienische Familie zunächst in seinem Ort abgelehnt, das war so! Obwohl er bis dahin doch noch gar keinen Italiener kennengelernt hatte. Woher hatte er diese Ablehnung der Fremden in seiner Kindheit, fragt er sich heute.

Er selbst wohnt heute schon lange im Stuttgarter Süden mit so vielen Ausländern zusammen, die ihm alle sein Leben lebenswert machen. Schon morgens kauft er die beste schwäbische Laugenbrezel bei einem türkischen Bäcker, mittags sitzt er gerne beim SWR um die Ecke bei einem Thailänder auf der Terrasse, und abends lässt er sich bei dem Griechen Vassili Lammhaxen mit Zaziki schmecken.

Wir brauchen keine Juden und keine Ausländer, wie oft muss er diesen Satz wieder hören. Verdammt, woher kommt dieser Ausländerhass des jungen Simon in diesem Kaff Seeldorf, hier gibt es doch nach wie vor kaum Ausländer? Nicht mal mehr Antonio, denkt Jakob mit schlechtem Gewissen an seinen ehemaligen Schulkameraden, den er längst vergessen hatte.

Er greift in seine Lederjacke und zieht das Taschentuch von Alfred Simon heraus. Er steckt es in eine Plastiktüte, die er in der Küche gefunden hat, und wäscht sich erst mal gründlich seine Hände. Die Pistole versteckt er im Keller seiner Mutter hinter vergessenen Marmeladen- und Einmachgläsern. Dabei stolpert er über sein altes Rennrad, der Schriftzug »Rudi Altig« auf dem Rahmen erinnert ihn an sein damaliges Rennradfahreridol.

Stolz war er damals auf das Zehn-Gang-Rennrad und fuhr damit jeden Tag hinunter nach Überlingen in die Schule am See. Die Unterprima und Oberprima musste er ohne Saarahs Fahrdienst besuchen, da er sitzengeblieben war.

Er schiebt das alte Rad vor das Haus. Die Luftpumpe klemmt auch noch zwischen den Rahmenrohren. Er pumpt die beiden Reifen auf, noch denkt er sich nichts weiter dabei, geht erst mal wieder hoch in die Wohnung und will nachher sehen, ob die Luft überhaupt noch hält.

In seinem Jugendzimmer findet er seine alte Radfahrerhose und ein Trikot aus seiner Jugend. Müsste noch passen, denkt er. Er ist doch nach wie vor schlank und rank. Doch die Hose will kaum über seine Schenkel und dann auch nicht über den Po. Auch das Trikot zieht er schnell wieder aus. Es spannt, und er vergleicht sich im Spiegel mit einer gepressten Leberwurst.

Trotzig zieht er seine *Levis* wieder an, er wird trotzdem mit dem Rad nach Überlingen fahren. Steckt sich, ohne lange zu überlegen, Alfred Simons DNA-Probe in seine Laufjacke, mit der Geldbörse und dem Ausweis. Holt seine Laufschuhe aus dem Kofferraum. Klickpedale gab es in seiner Jugend glücklicherweise noch nicht. Ohne sich weiter Gedanken zu machen, schwingt er sich auf sein altes Rennrad und tritt glücklich, wie in seinen besten Zeiten, in die Pedale.

Stolz, als wäre er Didi Thurau bei der Tour de France, schießt er die Serpentinen von Seeldorf an den See hinunter. Er schaltet wie ein Profi die Gänge der Campagnolo mit Nuovo Record-Schaltung. Als Jugendlicher träumte er von einer Karriere im Tross der Tour, er könnte es ihnen jetzt noch zeigen.

Es geht fast 15 Kilometer nur bergab. Es ist ein Vergnügen. Er düst und düst im Sauseschritt, nur das Glück fährt mit, erinnert er sich an einen alten Schlager und steht in kürzester Zeit vor dem Polizeigebäude in Überlingen.

Gelernt ist gelernt, denkt er, stellt das alte grüne Bianchi, natürlich ohne hinderlichen Ständer, an die Mauer des Polizeigebäudes und fragt am Schalter nach der Kripo, die den Fall des Toten aus dem Seeldorfer Feuerlöschteich bearbeitet.

»Kommissarin Gerber«, stellt sich ihm eine resolute Person, die für Jakob so alt aussieht, wie er selbst ist, vor, »wer sind Sie?«

»Ich bin vielleicht der Sohn des Ermordeten in dem Seeldorfer Tümpel, den sie ausgegraben haben, oder aber der Sohn des Mörders«, verdeutlicht Jakob die Geltung seines Besuches, »und ich habe Ihnen den Schlüssel zur Klärung des Falles mitgebracht.«

»Ganz schön vermessen«, bleibt die Kommissarin gelassen, bittet ihn aber in ihr Büro.

Jakob legt ihr die Tüte mit Alfred Simons Taschentuch auf den Tisch und erzählt von seinen neuen Erkenntnissen. »Die Frage ist nun nur noch: Ist der Tote Levi Roth, also mein Vater, oder Otto Simon, der Mann, den meine Mutter geheiratet hatte. In dem Taschentuch findet sich die DNA der Simons und meine, also die der Roths, können Sie mir gerne sofort abnehmen.«

»Ihre Geschichte klingt ein bisschen abenteuerlich«, reagiert die Kommissarin zunächst skeptisch, »wir haben uns in ganz Seeldorf umgehört, von den beiden nebenbuhlenden Männern Ihrer Mutter hat uns niemand etwas erzählt.«

»Vielleicht kann man das so auch nicht sagen«, beschwichtigt Jakob die Kommissarin, die sich offenbar in ihrem professionellen Ehrgeiz gekränkt fühlt, »in erster Linie ging es nicht um Nebenbuhler und Eifersucht, sondern zunächst um das Gesetz, wenn auch das Gesetz der Nazis. Meine Mutter hatte dagegen verstoßen, aber sie war eine Seeldorferin, eine von ihnen. Sicher haben einige sie während der Nazizeit verurteilt, aber danach?« Jakob wiegt seinen Kopf. »Schwamm drüber, nach 1945 wollte niemand mehr darüber reden und schon gar nicht heute, 60 Jahre später.«

»Und Sie?«, wundert sich die Kommissarin.

»Ich wollte auch nichts davon wissen. Aber in einem Brief meiner Mutter an mich gesteht sie mir, dass ich nicht der Sohn von Otto Simon bin, was ich bisher glaubte, sondern der Sohn eines Levi Roth, eines Juden, den sie in ihrem Bauernhaus bis fast zum Ende der Nazizeit versteckt gehalten hatte.«

»Und das haben Sie erst jetzt erfahren?«, will die Kommissarin kaum glauben.

»Ja, erst jetzt. Das sollten Sie doch kennen: Omertà, das Schweigen der Bauern«, schmunzelt Jakob. »Selbst in ihrem Brief hat mir meine Mutter nicht alles verraten. Aber mit meinem Verwandtenticket konnte ich nun doch noch ein paar Seeldorfer zum Plaudern bewegen.«

»Ihre Theorie klingt auf jeden Fall schlüssig«, gibt sich die Kommissarin geschlagen, »dann nehmen wir von Ihnen jetzt eine DNA-Probe, schicken beide in das Labor, und dann sehen wir ja, wer der Tote war, aber wer der Mörder ist, das wissen wir dann immer noch nicht.«

»Ich denke schon«, beharrt Jakob auf seiner Recherche, »meine Mutter und mein Onkel Friedrich bezeugten noch zu Lebzeiten, dass Otto Simon Levi Roth in der Hochzeitsnacht meiner Eltern über die Grenze bringen wollte. Seither sind beide spurlos verschwunden. Der Tote, den wir mit der DNA jetzt identifizieren, wird wohl kaum der Mörder sein.«

»Sie beweisen mit Ihren DNAs vielleicht, wer der Tote ist, aber einen gerichtsverwertbaren Beweis, dass damit dieser Herr Simon oder Herr Roth der Mörder ist, haben wir damit trotzdem nicht.«

»Für eine Anklage reicht es sicher nicht, außer Sie fänden noch DNA-Spuren an der Eisenkette«, gibt Jakob sich resignierend geschlagen. Doch gleichzeitig wird ihm klar, er weiß gar nicht so genau, ob er überhaupt wissen will, wer von den beiden wen umgebracht hat. Ihm ist nur wichtig zu wissen, wer der Tote in dem Tümpel ist. Sicher sind wohl beide Männer längst tot, aber der Sohn eines Mörders möchte er eben doch nicht sein.

»Gleichgültig, wir werden – sollte Ihre Theorie stimmen – auf jeden Fall damit amtlich geklärt haben, wer von den beiden Herren der Tote ist, und das ist ja auch schon was«, beschwichtigt die Kommissarin Jakob, »aber DNA-Spuren lassen sich nach so langer Zeit im Wasser kaum mehr entnehmen. Ob wir also noch einen Täter ermitteln …«, hebt die Kommissarin beide Hände ergeben in die Höhe.

»Mir würde die Gewissheit helfen, wenn die Knochen von meinem Vater sind, ihn auf einem jüdischen Friedhof zu beerdigen«, beharrt Jakob auf die DNA-Untersuchung, und er weiß auch schon, wo er die Knochen bestatten lassen will. Der jüdische Friedhof im Hegau, den Otto Dix gemalt hatte, hatte es seinem Vater wohl besonders angetan.

Die Kommissarin schiebt ihm auch schon ein Probepäckchen über den Tisch. »Sie wissen sicher, das Wattestäbchen schön durch Ihre Wangentaschen streichen.«

Jakob pult das Wattestäbchen aus seiner sterilen Verpackung, dreht und wendet es durch seine Wangentaschen, reicht ihr den Wattestab und wechselt verunsichert zu seinem nächsten Anliegen: »Ich weiß nicht, aber ich sage es Ihnen trotzdem. Ich zeige Ihnen jetzt mal ein paar Bilder auf meinem Handy, aufgenommen heute Morgen bei dem *AfD*-Ortsvorsitzenden in Seeldorf, Alexander Simon.« Er öffnet seine Bildergalerie und wischt über die Bilder, die die Kugelbombe und die leeren schwarzen Rohre zeigen.

»Ich weiß ja nicht, aber es scheint mir, als wollte der Kerl eine Rohrbombe bauen, oder was denken Sie?«

Die Kommissarin schaut sich zunächst die Bilder in Ruhe an, dann ihn und fragt: »Wie kommen Sie an die Bilder?«

»Zufall«, wimmelt er ab, »ich bin zufällig in einen Raum gekommen, den es eigentlich gar nicht geben sollte.«

»Und wo?«

»In Seeldorf, da springen ein paar Verbohrte in *SA*-Klamotten durch ihren Garten und haben ein Gartenhäuschen mit Hitlerporträts geschmückt.«

Die Kommissarin schaut Jakob ungläubig an. Das Thema scheint ihr nicht in den Kram zu passen. »Wir sind hier bei der Mordkommission«, schiebt sie die Verantwortung schnell von sich, »geben Sie mir die Bilder, und ich leite sie an den Staatsschutz weiter.«

»Schon klar, erst wenn die Bomben gezündet sind und es Tote gibt, werden Sie ermitteln«, zeigt Jakob seinen Unmut über ihre Entscheidung.

»Wie meinen Sie das?«, fragt sie spitz.

Jakob überlegt kurz, ob er ihr auch noch etwas von dem Revolver erzählen sollte, den er Alex am Morgen abgenommen hatte. Doch irgendwie findet er die Waffe bei ihm ganz gut aufgehoben. »Vergessen Sie es, ich traue diesem *AfD*-Kandidaten einfach nicht. Ich bitte Sie, Adolf Hitler an der Wand und nachts Nazilieder grölen …«

»Deshalb wird der Staatsschutz der Sache nachgehen«, verweist die Kommissarin auf den Dienstweg, »und wir werden jetzt erst mal die beiden DNA-Proben mit denen der Knochen aus dem Tümpel im Labor vergleichen.«

Der Sonnentag hält, was er am Morgen versprochen hatte. Jakob bummelt wie jeder Tourist durch die Überlinger Fußgängerzone, schiebt neben sich stolz sein altes Rudi-Altig-Rad, heute als Vintage wieder begehrt, durch das Städtle. Auch in der Stadt sieht er die Plakate der *AfD*, die zur Demo nach Salem aufrufen. Aber er sieht auch hier Plakate, die zu einer Gegendemo einladen: »Ganz Salem hasst die *AfD*« oder »Es gibt kein Recht auf Nazipropaganda!«, steht auf der Gegeneinladung geschrieben.

Jakob hatte gedacht, am See sei die Welt noch in Ordnung. Was gibt es hier denn zu jammern? Die Rüstungsbetriebe sorgen nach wie vor für Vollbeschäftigung, und der Tourismus blüht.

Doch die *AfD* wächst in jeder Ecke der Republik zu einer ernst zu nehmenden Partei heran. In jedem Ort finden sich Unzufriedene, die sich ausgegrenzt fühlen und Minderheiten als Feindbilder nutzen. Eine Demonstration in Salem, einem kleinen unbedeutenden Ort, gegen die propagierte Flüchtlingsschwemme. – Immerhin, gleichzeitig formiert sich eine Gegendemo für Menschlichkeit und Demokratie. Soll er da hin?

Es ist ihm unwohl, wenn er an Alexander Simon und seine Rohrbomben denkt.

Er schlendert über den historischen Marktplatz. Erinnert sich an seine erste Demo in Überlingen auf genau diesem Platz. Es war in den 68er-Jahren, als die Bonner Regierung eine Notstandsverordnung erließ. Es ging damals wie heute darum, die freiheitliche Demokratie zu verteidigen.

Da standen sie nun, barfuß, ohne Schuhe und ohne Socken, ohne Krawatten und mit offen aufgeknöpften Hemden. Direktor Doktor Karl Glunz schnappte erregt nach Luft, er bekam einen knallroten Kopf, er wollte etwas sagen, aber kein Wort kam aus seinem Mund. Seine Hände schossen unkoordiniert durch die Luft. Offensichtlich wollte er die Geister von der Bühne vertreiben. – Es war mucksmäuschenstill in der großen Aula geworden.

Im Foyer des Überlinger Gymnasiums saßen festlich gekleidet die stolzen Eltern ihres Nachwuchses. Ihren Kindern sprach man bis zu ihrem 21. Lebensjahr das Erwachsensein noch lange ab. Doch sie alle hatten den ersten Schritt ins erwachsene Leben geschafft: Sie hatten Abitur!

Heute sollten sie ihre Zeugnisse bekommen. Sie gehörten zu den damals mageren zehn Prozent der Schulabgänger in Westdeutschland, die sich für einen Hochschulzugang würdig erwiesen. Es war die stolze Brut der oberen zehn Prozent der feineren Bürger der Kleinstadt Überlingen. Vorwiegend Kinder von Ärzten, Apothekern und reichen Geschäftsleuten des Städtchens.

Die Abiturfeier zählte jährlich zu den kulturellen Höhepunkten der Stadt. Wer in den 1960er-Jahren das Abitur geschafft hatte, dem standen alle Türen für eine glänzende Karriere offen. Junge Nachwuchskräfte wurden in der Verwaltung wie in den immer größeren werdenden Unternehmen der jungen Bundesrepublik gesucht.

Das Abitur galt als Ausweis und Auszeichnung für einen erfolgreichen Karrierestart. Es fehlte nach den Kriegsjahren noch immer an gut ausgebildeten Kaufleuten und für grenzübergreifende Geschäfte an unbelasteten Juristen. Wer 1965 sein Abiturzeugnis bekam, hielt die Fahrkarte in eine entscheidende Führungsposition in der Hand.

Selbstverständlich spielte bei solch einem Anlass die Stadtmusik, der Oberbürgermeister und der Direktor der Oberschule hielten ihre Reden. Es war viel von Disziplin, Leistung, Verantwortung, Erfolg und Lebenszielen die Rede.

Dann wurden die Abiturienten auf die Bühne gebeten, um jedem Einzelnen sein Zeugnis zu überreichen. Von den ursprünglich 28 Sextanern hatten nur 16 das Ziel Abitur erreicht. Jakob zählte ursprünglich nicht zu den Schülern dieser Klasse, da er die Unterprima wiederholen musste und somit erst seit zwei Jahren zu diesem Jahrgang gehörte.

Die Abiturienten waren alle zu Beginn der Zeugnisverleihung, wie jeder Jahrgang vor ihnen, festlich gekleidet. Die Mädchen hatten sich zum Teil extra Kleider genäht oder nähen lassen. Die Jungs trugen dunkle Anzüge, weiße Hemden und schwarze Krawatten. Sie saßen in der ersten Reihe und hatten den Reden des Direktors und des Oberbürgermeisters gelauscht.

Auch Jakob saß still und andächtig in der ersten Reihe. Er saß aufrecht und steif auf seinem Stuhl, denn in seinem Rücken in der Hose steckte unter der Jacke ein aufgerolltes Plakat.

»Wir haben schon anderes ausgehalten«, flüsterte er seinem Sitznachbarn zu und dachte an die langweiligen Lateinstunden, das *Nibelungenlied* oder Goethes *Faust*, die Pflichtlektüre aller deutschen Primaner zu Kaiser Wilhelms, Adolf Hitlers und Heinrich Lübkes Zeiten.

»Ihr Reifezeugnis ist Ihre Eintrittskarte in die führende Schicht unserer Gesellschaft«, hatte Direktor Karl Glunz seine Rede beendet und die 16 Abiturienten auf die Bühne gebeten.

Vorneweg schritten stolz die drei Mädchen der Klasse. Alle wie uniformiert: schwarze Röcke, weiße Blusen. Die Jungs: schwarze Anzüge, weiße Hemden. Die jungen

Damen hatte ihre Frisuren frisch toupiert, die jungen Männer ihre Nacken ausrasiert. Im geordneten Gänsemarsch ging's auf die Bühne.

Der Direktor schaute dem Aufmarsch mit Wohlgefallen zu, schaute stolz in das Beifall spendende Publikum und drehte sich wieder zu seinen Abiturienten. Da blieb ihm plötzlich, von der einen Sekunde auf die andere, der Mund offen stehen und sein Kreislauf kam in Wallung.

Im Handumdrehen standen sie da wie böse Geister.

Wie der Blitz waren acht der 13 jungen Männer aus ihren Jacken geschlüpft, hatten sie achtlos zu Boden fallen lassen und hatten die Krawatten über ihren Kopf gezogen. Gleichzeitig waren sie aus ihren Schuhen geschlüpft und streiften sich die Socken ab.

Der Beifall des Publikums erlosch.

Die acht Jungs warfen ihre Krawatten und Socken hinter sich.

Die Augen des Direktors weiteten sich und schauten Hilfe suchend in die Aula, dann wieder zweifelnd zu seinen ehemaligen Schülern.

Jakob griff hinter seinen Rücken und zauberte sein vorbereitetes Plakat hervor. Er rollte es aus und ließ das Publikum lesen: »Nein zu den Notstandsgesetzen!«

Ein entsetztes Raunen ging durch die Aula.

Der Direktor kam wieder zu Luft und brüllte: »Raus!« Jetzt erst fand seine rechte Hand ihre von ihm gewünschte Befehlsform und deutete mit ausgestrecktem Zeigefinger zur Tür.

Die acht Jungs standen in der Mitte der Bühne und hielten stur ihre Plakate in die Höhe.

»Das ist der Gipfel!«, echauffierte sich der Bürgermeister und erklomm ebenfalls die Bühne. »Was habt ihr Saukerle denn in der Schule gelernt? Wir sind hier nicht in Frankfurt oder Berlin! – Rausss!«, brüllte auch er.

Jakob hatte sich auf den sofortigen Rausschmiss vorbereitet. Entschlossen ging er zum Rednerpult und griff sich das Mikrofon. Laut und provokativ las er schnell von seinem mitgebrachten Blatt Papier ab: »Notstandsgesetze sind NS-Gesetze! Wir sind gegen jede Einschränkung der Grundrechte im Rahmen der Notstandsgesetzgebung. Wir sind gegen ein Ermächtigungsgesetz, das der Tod der Weimarer Republik war und Hitler an die Macht verhalf ...«

»Weg hier!«, schrie der Direktor ihm ins Ohr. Er stand direkt neben ihm, ergriff seine Oberarme und zerrte ihn wütend vom Mikrofon fort.

»Raus!«, schrien auch zuerst nur vereinzelte, dann immer mehr Stimmen aus dem Publikum.

Jakob wollte sich wehren, hielt sich am Rednerpult fest, aber schon griffen auch die Hände des Bürgermeisters nach ihm und zerrten ihn weg.

Mehrere Väter der Abiturienten strömten jetzt ebenfalls auf die Bühne der Aula. Gerade noch hatten sie sich in feierlicher Laune gezeigt, doch jetzt war Schluss mit dem Hochlebenlassen der vermaledeiten Brut. Sie stürzten sich auf die acht jungen Männer und führten sie ab wie Schwerverbrecher.

»Du hast uns den ganzen Abend versaut. Schämst du dich denn nicht? Was soll denn jetzt nur aus dir werden? Glaubst du, nach dem Skandal von heute wirst du noch Beamter? Nicht mal der *Eisen-Werner* wird dich noch als Kaufmannslehrling einstellen.«

Verena Obergfell konnte sich kaum beruhigen. Auch sie hatte sich für die Abifeier ihres Sohnes herausgeputzt, wie auch ihr Vater Franz-Karl Obergfell. Er hatte sich extra von Oma Theres seinen alten Anzug ausbürsten lassen, trotzdem roch er noch stark nach Mottenkugeln, weshalb Verena das kleine dreieckige Ausstellfenster im Seitenfenster des Opel Kadetts so gedreht hatte, dass Frischluft in ihr Gesicht blies.

Gemeinsam saßen sie in dem ersten Auto der Familie, das ihr Bruder Friedrich gekauft hatte, der trotz seiner Kriegsverletzung eine Anstellung gefunden hatte.

Nach dem Eklat war für die drei die Feier schneller zu Ende als gedacht. Jakob wurde mit seinen sieben Schulkameraden aus dem Schulgebäude geführt, hinter ihnen verschloss der Direktor die Tür. Der Hausmeister musste zur Bewachung zurückbleiben.

Jakob hatte ihm durch die verschlossene Glastür frech zugewunken und entschieden: »Ich brauch jetzt erst mal ein Bier!« Dann war er mit seinen sieben Störenfrieden in den *Galgen* gezogen.

Der *Galgen* war gerade neu eröffnet und eingerichtet worden, genauso wie sich die Buben der Provinz eine Studentenkneipe in der Großstadt vorstellten. Tische ohne Tischdecken, Holzdielenboden ohne Teppiche, eine lange Theke mit Soleiern im Glas und braun gebratenen Fleischküchle daneben, an den Wänden verehrten Plakate die angesagten Rockgrößen der Zeit wie Elvis Presley, Shirley Bassey und Cliff Richard. Das waren die Rock'n'Roll-Idole von Jakob und seinen Gleichgesinnten, deren Stimmen von kleinen Single-Platten durch das Lokal dröhnten.

Jakob hatte sich gerade eine *Roth-Händle* angesteckt und das zweite Bier bestellt, als plötzlich seine Mutter vor ihm stand. »Wir fahren, und du kommst mit!«, blaffte sie ihren Sohn unter deutlicher Missachtung seiner Schulkameraden resolut an und verließ, wie sie den *Galgen* betreten hatte, auch schon wieder das verrauchte Lokal.

»Genossen, ich muss«, gab sich Jakob geschlagen, »ich komm sonst nicht mehr nach Seeldorf hoch.« Er wusste, wenn er nun nicht ganz das Tischtuch zwischen sich und seiner Mutter zerschneiden wollte, dann musste er sich jetzt fügen. In einem Zug schüttete er das restliche Bier in sich hinein, legte eine Mark und 50 Pfennige für seine beiden Biere auf den Tresen und trottete seiner Mutter hinterher.

Draußen saß sein Opa hinter dem Steuer des Kadetts. Er hatte den Motor laufen lassen und fuhr sofort los, als Jakob sich auf die Rückbank gequetscht hatte. Seine Mutter auf dem Beifahrersitz schlug verärgert die Tür zu. Ab da musste Jakob ihre Standpauke über sich ergehen lassen.

»Wer steckt da jetzt dahinter? Dein neuer Freund Klaus, oder Baptist, der alte Kommunist?«, zeterte Verena im Auto weiter.

Da prustete Opa Franz-Karl, trotz eisiger Atmosphäre, los: »Mei Jakoble war's nit! 's waren die anderen, Herr Lehrer.« Er lachte hämisch. »Nimm dein Bub doch nicht immer in Schutz. 's isch halt en Obergfell. Und 's isch immer noch besser, die Jugend von heute hält zu Hause Plakate in die Höhe als in fremden Ländern Hitlerfahnen.«

Jakob konnte wieder grinsen. Auf seinen Opa war Verlass. Er wusste, dass auch er gegen die von der Regierung geplanten Notstandsgesetze war.

»Jetzt musst du ihm auch noch recht geben«, echauffierte sich Verena, »was soll denn aus dem Kerl werden? Ich getrau mich nach dem Skandal ja nicht mehr nach Überlingen.«

»Der Skandal sind die Notstandgesetze, nicht wir«, versuchte Jakob, sich vor seinem Opa weiterhin kämpferisch zu zeigen.

»Oh, Bub«, stöhnte der Großvater, »die Frage ist trotzdem, was jetzt aus dir mit deinen 20 Jahren werden soll?«

»Ich werde jetzt erst mal Koch!«, ließ Jakob eine weitere Bombe an diesem Abend platzen.

Seine Mutter reagierte mit einem ungläubigen Aufschrei. Sein Großvater schaute irritiert in den kleinen Rückspiegel im Innenraum des Kadetts, um Jakobs Mimik auf der Rückbank zu sehen, doch es war stockdunkel.

»Offiziell habe ich schon diesen Monat mit der Lehre in der *Krone* angefangen.«

»Spinnst du?«, fiel ihm seine Mutter sofort ins Wort. »Dafür habe ich dich nicht bis zum Abitur durchgefüttert, damit du jetzt Koch lernst!«

»Sonst wäre ich jetzt in zwei Monaten in Immendingen bei den Panzergrenadieren«, klärte Jakob seine Mutter auf, »das willst du doch auch nicht?«

Der kleine Kadett ruckelte. Das Vorderrad war von der Fahrbahn abgekommen. Franz-Karl Obergfell hatte völlig überrascht seinen Kopf gedreht und nach hinten zu Jakob geschaut. Er bremste scharf ab, das Auto stand jetzt mitten auf der Straße hinauf nach Seeldorf. Fassungslos fragte der Opa: »Was hast du , du Dummkopf?«, war jetzt auch der Opa erstaunt. »Auch Köche müssen zum Militär!«

»Aber erst nach der Lehre! Und ich will sowieso gar nie zu dieser Trachtengruppe!«, beharrte Jakob. »Du warst doch auch gegen die Wiederaufrüstung, und ich will auch kein Soldat werden!«

»Was willst du überhaupt?«, konnte sich Verena kaum beruhigen.

Franz-Karl drehte sich wieder nach vorn, legte den ersten Gang ein und fuhr mit mächtig Gas am Berg wieder los.

»Willst du mit Abitur in der *Krone* Pommes frittieren«, regte sich seine Mutter weiter auf, »und dann deine ehemaligen Schulkameraden mit diesem klebrigen Ketchup bedienen?«

»Auf jeden Fall will ich erst mal nicht zum Bund!«, stellte Jakob klar. »Deshalb habe ich dem Kreiswehrersatzamt geschrieben, dass ich schon in der Ausbildung bin.« Als hätte er schon ein Jurastudium hinter sich, legte er mit zuversichtlicher Überlegenheit los: »Nach dem Wehrpflichtgesetz Paragraf 20 habe ich den Antrag zur Zurückstellung eingereicht, dazu eine Kopie meines Lehrvertrags gelegt, nachdem ich schon seit einem Monat in der Lehre bin, und jetzt dürfen die sich erst in drei Jahren wieder bei mir melden.«

»Und das glaubst du?«, zweifelte seine Mutter.

»Und das geht?«, wunderte sich sein Opa.

»Glaubt der«, schnaubte Verena weiter abwertend in Richtung ihres Sprosses, »statt dass du zum Staat gehst und Beamter wirst, dann hättest du für dein ganzes Leben ausgesorgt.«

»Wart's doch ab«, blieb Jakob stur, »jetzt habe ich erst mal das Abi!«

»Nicht einmal das hast du!«, konnte Verena sich nicht beruhigen. »Eure Zeugnisse hat der Herr Direktor Glunz an sich genommen. Dass ihr noch keine Reife habt, habt ihr ja allen öffentlich bewiesen.«

Die einzige Reife, die ihn damals interessierte, war seine Geschlechtsreife und Katharina. Auf seine damalige Demonstration gegen die Notstandsgesetze ist er heute noch stolz. Kurze Zeit später schaffte Willy Brandt mit seinem Slogan »Mehr Demokratie wagen« auch noch den Sprung ins Kanzleramt.

Später formierten sich überall Bürgerinitiativen und dann die Grüne Partei. Die NPD dagegen hielt sich über Jahre mit gerade mal unter fünf Prozent über Wasser. Der Faschismus schien besiegt, hatte Jakob geglaubt. Extrem rechte Parteien waren immer geächtet, nie mehrheitsfähig und nie Mainstream – und heute?

Er schaut von Überlingen aus über den See hinüber auf die andere Seite des Bodensees in die Schweiz. Dort sammelt Ernst Blocher in der *SVP* die rechtskonservativen Eidgenossen, in seiner Gefolgschaft tummeln sich die Jungnazis in der *Jungen Tat*. Im östlichsten Zipfel am See ist Jörg Haider von der rechtslastigen FPÖ schon in Amt und Würden. Und in seinem Heimatort Seeldorf zieht der junge Alex Simon die *SA*-Uniform seines Urgroßvaters aus dem Mottenschrank.

Jakob erinnert sich noch an den Zusammenschluss aller drei Staaten am See in der internationalen Bodenseekonferenz. Von Nationalismus war damals keine Rede. Warum aber wollen die Jungen heute spalten, was zusammengehört?

Woher kommt dieser Nationalismus?

Jakob findet keine Antwort und verscheucht seine trüben Gedanken. Er ist jetzt mal wieder an seinem Bodensee. Er kommt zum Landungsplatz. Hier steht das ehemalige beachtliche Warenlager der Kaufleute des Mittelalters. In seiner Jugend schien es fast dem Verfall preisgegeben. Heute steht die *Greth*, so nennen die Überlinger das ehemalige Warenlager, stattlich herausgeputzt da.

Der See glitzert vor Jakobs Augen in der Mittagssonne.

Doch von wegen blau, er schillert facettenreich von türkis bis smaragdgrün. Der Grund dafür ist eine Kieselalgenblüte, hat er gelesen. Ein Naturschauspiel, das Jakob noch nie gesehen hat. In diesem Jahr fallen die Farben besonders intensiv aus. Er schaut über den See, sieht die ersten Segelboote mit ihren weißen Segeln im leichten Südwind krängen und fühlt sich zum ersten Mal in dieser Woche hier doch irgendwie zu Hause.

Vor der *Greth* stehen Tische des Restaurants *Allegretto*, die Jakob locken, Platz zu nehmen. Er setzt sich an die Wand in die hinterste Reihe mit Blick auf den See und bestellt eine Pizza Rucola-Parma. Mit diesem Belag kann der Pizzabäcker wenig falsch machen, denkt er, und dazu ein Hefeweizen-Bier.

Alexander Simon lässt ihm keine Ruhe. Würde der Nazi-Bub überhaupt hier einkehren, bei einem Italiener? Er müsste halt eine Linzgauer Pizza, das Dinnele, mit Rauke und Schinkenspeck bestellen. Doch ohne den Italiener Pino, der die *Greth* betreibt, müsste er jetzt bei einem Bäcker oder Metzger einen Fleischkäswecken kaufen, denn die deutschen Restaurants haben Mittagspause und *McDonald's* steht für einen aufrechten Deutschen doch hoffentlich ebenfalls auf der Verbotsliste.

Was geht nur in dem Hirn des jungen Simon vor, fragt er sich erneut. Und was hat er mit den Rohrbomben vor? Bis der Staatsschutz den Weg nach Seeldorf findet, kann Alexander einen gehörigen Schaden anrichten.

Er muss wissen, was dieser Kerl vorhat. In seinem Auto liegt seine kleine Kameraausrüstung mit Mikro und Sender. Er muss das Mikro in dem ehemaligen Backhäuschen installieren. Er will wissen, warum Alexander Simon eine Rohrbombe anfertigt.

Er trinkt noch ein Glas Lugana, den hat er sich verdient, denkt er und genießt den Blick über den See. Weiter nach vorne will er lieber nicht schauen. Er denkt mit Grauen, in welche Situation er sich heute Morgen gebracht hat. Warum nur ist er nicht mit seinem Auto zur Polizei gefahren? Jetzt muss er die 15 Kilometer nach Seeldorf von 400 Höhenmeter auf 700 Höhenmeter hochstrampeln.

Längst schmerzt der Po. Wie konnte er sich nur in seinen engen *Levis* auf sein Rad schwingen, ärgert er sich. Er schwitzt, die Jeans zwicken, der Schweiß rinnt von der Stirn in seine Augen. Meist hebt er seinen Hintern aus dem Sattel und tritt im Stehen. Es geht kilometerweit nur bergauf.

In seiner Schulzeit brauchte er für die 15 Kilometer von Seeldorf hinunter nach Überlingen keine 30 Minuten. Zurück, den Berg hoch, keine Stunde. Doch jetzt strampelt er schon fast eineinhalb Stunden bergauf, und von Seeldorf ist noch nicht einmal die Kirchturmspitze zu sehen.

Die letzten Kilometer setzt er sich gar nicht mehr auf den Sattel. Er tritt nur noch im Stehen, würde am liebsten absteigen, aber das getraut er sich nicht. Wenn ihn jemand sehen würde, dieser Alex eventuell oder Ernst Obergfell in seinem dicken Range Rover, wie peinlich.

Wenn jetzt seine Mutter noch leben würde, sie würde ihm zu Hause sofort raten, sein Hinterteil mit Melkfett einzureiben. Für sie war Melkfett die beste Pflegecreme, früher hatte sie es benutzt, um die Zitzen der empfindlichen Kühe vor dem Melken einzureiben.

Endlich daheim, lehnt er sein Rennrad, auf das er eben noch so stolz war, achtlos an die Hauswand und schleicht breitbeinig die Treppen hoch in die Wohnung. Aus dem

Kühlschrank holt er ein Bier, trinkt es unter der Dusche leer und legt sich auf dem Bauch auf sein Bett. In wenigen Minuten ist er eingeschlafen.

Bis er aufwacht, ist es schon stockdunkel. Sein Hintern schmerzt noch immer, sein Magen meldet sich ebenfalls. Er hat einen Mordshunger, quält sich von seinem Bett auf und geht zum Kühlschrank. Öffnet die Tür, das Licht darin geht an und zeigt ihm eine gähnende Leere.

Früher ging er mit seinem Fußballverein oder nach dem Ringen in die *Krone*, dort gab es einen einfachen klassischen Wurstsalat mit Kalbslyoner, Schweizer Hartkäse, Zwiebeln und viel Essig. Darauf hat er nun Lust. Soll er es wagen?

Erika Obergfell hatte ihm von dieser *Scheuer* in Pfullendorf erzählt, wo ihr Sohn meist abhing. Vielleicht sollte er sich das Lokal mal ansehen. »*AfD*-Treff«, hatte die Frau seines Cousins ihm verraten. Wenn er diesen Luca dort treffen sollte, könnte er ihn ja mal über den von seiner Partei plakatierten Bevölkerungsaustausch aufklären.

Zunächst aber macht er ein paar Dehnübungen, um die Muskeln nach den Anstrengungen auf seinem Rennrad wieder einigermaßen in Form zu bringen. Ein paar Kniebeugen, auch auf einem Bein. Mit zunehmendem Alter wird es schwieriger, aber eben auch notwendiger.

Muskelkater von seiner Radtour hat er noch nicht, aber seinen Po spürt er nach wie vor. Er geht nochmals unter die Dusche. Genießt den heißen Strahl auf seinen Schenkeln und Waden. Schlüpft in seine *Levis*, weißes T-Shirt und schwarze Lederjacke, so will er jetzt diesen *AfD*-Treff besuchen.

Im Scheinwerferlicht seines Saab sehen die weißen Apfelblüten entlang der Landstraße aus, als würden die Äste der

Obstbäume mit weißem Schnee bedeckt sein. Pfullendorf liegt über dem Berg auf der anderen Seite des nördlichen Höhenzugs vom Bodensee. Die *Scheuer* hat er im Internet gefunden. »Deutsches Gasthaus mit deutscher Küche.« Ja dann, hofft er, wird's ja wohl einen Wurstsalat geben.

Sein Navi lenkt ihn an der historischen Altstadt Pfullendorfs vorbei. Am Rande der Stadt, umgeben von Obstplantagen, stehen vor einem alten Bauernhaus mehrere Autos, auch mit Kennzeichen von weiter her. Jakob liest auf den Aufklebern an den Autos »Nein zu Windkraft« und »Wir lieben Deutschland«.

Dann erkennt er ein Auto der Bundeswehr. Y – auf dem Nummernschild, das Kennzeichen für alle militärischen Fahrzeuge. Der graue Golf fällt weiter nicht auf. Die Bundeswehr führt bei Pfullendorf ein »Ausbildungszentrum für Spezielle Operationen«. Er erinnert sich, schon öfter von der harten Ausbildung in der Kaserne gelesen zu haben. Vielleicht trifft er einige der Soldaten in der Kneipe.

»Scheuer« steht auf einer länglichen Werbetafel über den erleuchteten Gasthausfenstern. Die Werbetafel ist offensichtlich von der lokalen Brauerei finanziert. Der ursprüngliche Charakter des Bauernhauses ist leicht zu erkennen. Die Gasträume wurden neben dem ehemaligen Wohnhaus des Bauernhofes in die Scheune eingebaut.

Er versucht, durch die Fenster zu spicken. Der Gastraum scheint gut besucht zu sein. Die Tische vorne an den Fenstern sind alle besetzt, weiter in die Tiefe des Raums kann er nicht sehen. Der Hunger treibt ihn hinein.

Die Gaststätte ist zwar nicht nach seinem Geschmack eingerichtet, er kommt sich vor, als stünde er in einem bäuerlichen Museum. Dunkle Dielen auf dem Boden, Holztische und Bänke, Holztäfern rundum. Dreschflügel an der Wand, hölzerne Heugabeln und ein paar Plakate, die Bauern auszeichnen, deutsche!, versteht sich: »Deutsches Land in deutsche Bauernhand« und »Ohne Bauern kein Bier!«

Gegenüber dem Eingang steht eine lange Theke mit Barhockern davor. Auf einen Stuhl will er sich mit seinem wunden Po lieber nicht setzen. Er stellt sich an die Theke, schaut sich noch mal um. Es sitzen fast nur Familien an den Tischen, von den Jungen um diesen Luca Obergfell keine Spur.

»Was darf's sein?«, fragt ihn der Wirt und legt ihm die Speisekarte auf den Tresen.

»Ein Pils und einen Wurstsalat, haben Sie doch, oder?«

»Natürlich, Lumpen oder Schweizer?«, fragt der Wirt.

»Lumpen? Was heißt das?«

»Mit Schwarzwurst und Schwartenmagen und einem kräftigen Münsterkäse«, klärt der Mann ihn auf.

»Und Zwiebeln und viel Essig«, vervollständigt Jakob seinen Wunsch.

»Klar«, lacht der Wirt und zeigt sein makelloses Gebiss unter einem dicken Schnauzer wie einst *Magnum* in seinen gleichnamigen Detektivkrimis. Der Wirt macht für ihn den Eindruck eines bürgerlichen Zeitgenossen, mit einfachen Jeans, brauner Lederweste über seinem blauen Hemd und einem akkurat frisierten Lockenkopf, wie eben dieser *Magnum* einst.

»Kannsch auch Bratkartoffeln?«, fragt Jakob.

»Klar«, antwortet er.

»Gut in Butter gebraten, knackig und rösch«, gibt Jakob vor.

»Oho, ein Gourmet«, macht sich der Wirt lustig über ihn und zieht ab.

Jakob nimmt die Speisekarte an sich, setzt sich nur mit einer Pobacke auf einen der Barhocker und überfliegt die Karte. Außer den beiden Wurstsalatvariationen steht unter den Bauerngerichten auch Ochsenmaulsalat, Schweinssülze und Schweinsbratwürste.

Vielleicht kommt er wieder. Wo gibt es denn sonst noch diese bäuerlichen Klassiker. Doch dann, er will gerade die Karte schließen, sieht er auf der ersten Seite einen Flyer: »Windkraft? Nein danke!«

Jakob liest die immer wiederkehrenden Vorbehalte gegen die Windkraftanlagen: gegen Infraschall, stopp den Massenmord an unseren Vögeln, grüner Killerstrom, nieder mit diesen Windmühlen!

Dabei erfährt er, dass auf den Höhen, über die er gerade gefahren war, offensichtlich Windkraftanlagen installiert werden. Die *AfD* plant eine Demonstration. Eine Frau Doktor ruft zur Sachbeschädigung auf: »Windmühlen der Schande!«, schreibt sie und ganz unverhohlen den Aufruf: »Reißt alle Windkraftwerke nieder!«

Das Bier kommt. Jakob schlägt die Speisekarte zu und ext die Halbe. Bevor der Wirt ihm den Wurstsalat bringt, bestellt er schon ein zweites Pils.

»Hasch Durscht?«, fragt der Wirt.

»Ich muss den Scheiß, den ich gerade in deiner Speisekarte gelesen habe, runterspülen«, geht Jakob gleich auf Konfrontation.

»Warum?«, fragt der Magnumverschnitt. »Was passt dir nicht?«

»'s liegt weniger an den Gerichten als an deinem Flyer, den du da vorne reingesteckt hast«, geht Jakob keiner Diskussion aus dem Weg. »Millionen von Vögeln haben deine Bauern hier auf dem Gewissen. Zuerst haben sie die

Hecken auf ihren Äckern gerodet und dann kräftig giftige Pestizide darauf verteilt. Millionen Vögel sind auf euren Feldern gestorben und sterben heute noch durch den Verkehr und an euren *Sidolin*-blank geputzten Fensterscheiben, dazu eure Katzen, die dir doch gerne öfter mal einen toten Vogel vor die Füße legen, und da redet ihr von Killerstrom?«

Der Wirt hatte ihm lächelnd zugehört, winkt gelangweilt ab, kann es aber auch nicht lassen, und bringt ein weiteres Argument seiner Seite gegen die Windkraftanlagen vor: »Wenn die Mühlen, keine fünf Kilometer von hier, anfangen, sich zu drehen, haben wir hier einen ständigen Infraschall, und der ist gesundheitsschädigend.«

»Interessant«, schmunzelt Jakob, »woher weißt du denn das? Infraschall ist natürlich und ist immer und überall. Selbst wenn deine Katze schnurrt oder du Auto fährst. In keinem Land gibt es nennenswerte Infraschallbeschwerden bei Menschen, nur bei den Deutschen. Vor allem aber nur Verschwörungstheoretiker und Querdenker scheinen daran zu erkranken.«

»Holla«, wird der Gastwirt bissig, »ein kleiner Klugscheißer. Willst du mit mir diskutieren oder deinen Wurstsalat?«

»Mein Wurstsalat ist mir jetzt lieber«, streicht Jakob die Segel, »gegen Irrglauben ist kein Kraut gewachsen.«

Der Wirt bleibt freundlich, lächelt weiter, winkt aber nun endgültig ab und geht in die Küche, von wo er mit dem Wurstsalat und den Bratkartoffeln zurückkehrt. »Mit extra Essig«, sagt er, »deinen Senf kannst du dann hier dazugeben.«

Nimm deinen Flyer aus der Karte, und ich hätte die Klappe gehalten, denkt Jakob, sagt aber lieber nichts mehr, er hat jetzt Hunger. Die Bratkartoffeln sind rösch und knackig, richtig kräftig und dunkel gebraten. Genau nach Jakobs Geschmack. Leider haben dieses einfache Bauernvesper die meisten Köche von heute verlernt.

Doch die Küche dieses doofen *AfD*-Wirts kann's, stellt er zufrieden fest. Auch der Lumpensalat ist nach seinem Geschmack, aber auf ein drittes Bier hat er nach dem kurzen Disput trotzdem keine Lust mehr.

Er muss aber noch wissen, was sich da im hinteren Teil des Lokals abspielt, deshalb geht er, kaum hat er den Teller leer geputzt, auf die Toilette.

Auf dem Weg kommt er an einem Nebenzimmer vorbei. Darin geht es hoch her. Er sieht einen großen TV-Bildschirm, auf dem ein Wrestling-Kampf übertragen wird. Jakob will eintreten, sieht aber schon, wie er unter der Tür steht, Alexander Simon. Er erkennt ihn sofort an seiner Hitlerfrisur, wobei er ansonsten, wie seine Kollegen um ihn herum, legere Freizeitkleidung trägt, wie sie heute Mode ist: eine olivgrüne Kapuzenjacke und eine Pocket-Hose.

Jakob zieht sich schnell zurück. Pinkelt und drückt sich auf dem Rückweg vorsichtig an dem Nebenzimmer vorbei. Er will von dem kleinen Simon nicht gesehen werden, er will jetzt schnell die Zeit nutzen, in der er den Jungen in der Kneipe weiß und er in Ruhe die Funkmikrofone in dem Backhäuschen installieren kann.

Er geht an die Theke und verlangt die Rechnung. Der Preis ist auffallend günstig. Zwei Bier und ein Wurstsalat für 16 Euro.

»20«, gibt er großzügig ein sattes Trinkgeld.

Der Wirt nimmt den Zwanzigeuroschein und stutzt: »Vertragen wir uns wieder«, fragt oder sagt er, so ganz hört das Jakob nicht heraus.

Deshalb nimmt er den Ball freundlich auf und fragt unbedarft: »Du scheinst doch eigentlich ein ganz patenter Kerl zu sein. Was suchst du denn bei der *AfD*?«

»Das sind die Einzigen, die sagen, was Sache ist, und gegen diese Landschaftsverspargelung ankämpfen«, bleibt der Wirt gelassen, »wie sieht das denn aus, wenn über allen unseren Wäldern diese Windflügel kreisen?«

»Ich mochte schon als Kind Windmühlen, die es auf jeder Messe gab«, lacht Jakob, um die Schärfe aus ihrer Diskussion zu nehmen, muss dann aber doch noch nachschieben: »Und besser, als Atommüll in deiner ehemaligen Jauchegrube zu lagern, sind die Mühlen doch allemal, oder?«

»Lassen wir das«, winkt der Magnumschnauzer endgültig ab, »ich muss wieder.«

»Nur eins noch«, fragt Jakob kurz, »was ist das für eine Versammlung in deinem Nebenzimmer da hinten?«

»Och, die Dorfjugend, die haben ja sonst kein Lokal oder Treff.«

»Ein bisschen rechtslastig der Klub, *Junge Alternative*, oder?«, stichelt Jakob.

»Was willst du denn eigentlich hier?«, wird der Wirt nun doch unwillig.

»Ich dachte, vielleicht treffe ich bei dir ein paar der Jungs der Bundeswehr?«, stichelt Jakob weiter.

Der Wirt schaut sich in seinem Lokal um. »Siehst du jemanden? Ich nicht.«

»Vielleicht in Zivil?«, setzt Jakob nach.

»Ich denke, du steigst jetzt in deinen Tesla und fährst nach Hause.«

»Auch da liegst du falsch«, steht Jakob von seinem Barhocker auf, »Verbrenner, 4-Zylinder, 160 PS.« Mit einem

Augenzwinkern dreht er sich um und lässt den Magnumverschnitt hinter seinem Tresen stehen.

Einen Vorteil für Autofahrer hat Seeldorf auf jeden Fall. Jakob kann kommen, wann er will, sein Parkplatz direkt vor dem Haus seiner Mutter ist immer frei. In Stuttgart dagegen sammelt er meist Strafzettel, vor allem, wenn er nachts keinen Stellplatz mehr findet.

Es ist kurz vor Mitternacht. Sein Rennrad steht noch immer an der Hauswand, aber jetzt schiebt er es doch lieber in den Keller, denn klauen lassen will er es sich doch auch nicht, und wer weiß?

Dann holt er seinen Kamerakoffer aus dem Kofferraum seines Saab, entnimmt ihm zwei Funkmikrofone, legt in sie neue, gefüllte Akkus und klebt mit einem schwarzen Klebeband die roten On-Leuchten ab. Er steckt sie in seine Jackentasche und schaut sich noch mal um.

Kein Mensch ist auf der Straße, absolute Stille. In der Ferne schlägt irgendwo ein Hund an. Es ist fast noch Vollmond, wolkenfrei der Himmel. Er sieht gut ausgeleuchtet, wo er hintritt, geht über die Birnbaumwiese zu dem Anwesen der Simons, den gleichen Weg, den er schon am Morgen nach dem Treffen mit dem jungen Alex Simon nach Hause genommen hat. Ihn weiß er in der *Scheuer*. Deshalb kann er, ohne hinter jedem Baum sich verbergen zu müssen, aufrecht und geradeaus auf das alte Backhaus zusteuern.

Er drückt die Klinke. Das hat er sich gedacht. Auch seine Mutter hatte ihre Haustür nie abgeschlossen. »Das braucht's bei uns nit!«, war ihre Entscheidung. In Seeldorf sind, seit er denken kann, die Haustüren der Bauernhäuser nie abgeschlossen gewesen, und wer sollte auch in das alte Backhäuschen einbrechen?

Zwar knarrt die Tür, doch dies schreckt Jakob nicht. Er tastet innen am Türrahmen entlang und findet einen Lichtschalter. Ohne lange zu überlegen, dreht er den alten Keramikknopf in der Porzellanscheibe, und ein Licht flackert auf. Inmitten des Raums hängt eine alte Deckenlampe aus emailliertem Stahlblech, in die Rosette ist eine alte Glühbirne geschraubt.

Er schaut sich um. Hitler und Röhm schrecken ihn nicht mehr, die beiden großen Porträts hat er schon am Morgen gesehen. Schon im Voraus hatte er überlegt, wo er die beiden Mikrofone anbringen will.

Jetzt sieht er, dass das Dachgebälk unverkleidet ist. Die Mikros sind so klein, dass er eines genau über dem Tisch an einem der Deckenbalken installieren kann. Das andere will er in dem hintersten Winkel, in der Nähe der Rohrbomben, die er am Morgen gesehen hatte, anbringen.

Schnell hat er die beiden Mikros befestigt. In Ruhe schaut er sich nochmals um. Neu, neben dem Stapel der Flugblätter zur Demo in Salem, liegen jetzt auch Flugblätter zu der geplanten Windkraftanlage in der Pfullendorfer Höhe. Und ebenfalls neu liegt noch ein weiteres Flugblatt, das sich nur mit der angeblichen Überfremdung Deutschlands beschäftigt. Beide neuen Blätter steckt er ein, löscht das Licht und verzieht sich.

Zu Hause stellt er sein Aufnahmegerät in Sichtweite zu dem Backhäuschen in der Küche seiner Mutter auf und checkt kurz die Verbindung. Dann nimmt er sich die beiden neuen Flugblätter vor, die er eben in dem Backhäuschen mitgenommen hatte, und liest in dem einen über die Bundesregierung der Bundeskanzlerin Merkel: »Diese Schweine sind nichts anderes als Marionetten der Siegermächte des Zweiten Weltkrieges und haben die Aufgabe, das deutsche Volk kleinzuhalten, indem molekulare Bürgerkriege in den Ballungszentren durch Überfremdung induziert werden sollen.«

Was für ein gestampfter Unsinn!

Er erinnert sich genau, diese verquirlten Zeilen in einer Mail der Frau Doktor der *AfD* schon mal gelesen zu haben. Laut *Spiegel*-Redaktion stammten diese Zeilen definitiv von ihr, wobei sie auf Anfrage nie zugegeben hatte, dass sie die Verfasserin ist, aber auch nach mehreren Anfragen nie dementierte.

Dann liest er darin noch etwas von der »systematischen Zerstörung der bürgerlichen Gesellschaft« und von »kulturfremden Völkern«, die Deutschland »überschwemmen«. – Der Untergang Deutschlands, eingefädelt von den Siegermächten des Zweiten Weltkriegs.

7. MAI 1945

In der Stube der Obergfells beteten die beiden Frauen, Verena und ihre Mutter Theres, jeden Abend, die Alliierten mögen endlich als Siegermächte diesen unsäglichen Krieg in Europa beenden. Für Verena hieß es aushalten. Sie glaubte, ohne die Zärtlichkeiten ihres Levi bald verrückt zu werden. In ihrem Bauch spürte sie schon längst ihr gemeinsames Kind. Ob Levi bis zur Geburt zurück sein wird?, fragte sie sich hoffnungsvoll.

Täglich ging sie morgens, nachdem sie die Milch weggebracht hatte, in die Kirche. Dort kniete sie vor dem Marienaltar und betete. Oft weinte sie, mehr um Levi, den Vater ihres Kindes, aber auch um Otto, der sie immerhin vor dem KZ bewahrt hatte. Trotzdem wünschte sie sich, Otto möge lieber nicht mehr zurückkommen und bald zu den fünf Millionen toten deutschen Soldaten zählen. Dann schämte sie sich für ihre Gedanken.

Der Pfarrer übersah sie, wenn sie in der Kirche kniete. Im Ort wurde sie kaum noch gegrüßt. In der Familie wurde sie übersehen, wenn nicht sogar geächtet. Sie fühlte sich in ihrem Elternhaus wie eine fremde Magd. An eine Zukunft ohne Levi wollte sie nicht denken. Wenn sie Friedrich fragte, wie die Flucht Levis verlaufen sei, gab er ihr nie eine Antwort. Wenn sie weinte, sprach er von der Strafe, die sie verdient hätte.

14 Tage vor dem offiziellen Kriegsende, am 8. Mai 1945, rollten zwei Panzer der französischen Armee in Seeldorf ein. Der Lärm der Panzer war im Ort schon zu hören, als ihre schweren Eisenketten noch lautstark die Serpentinen in den Ort hinaufrollten.

»Endlich«, entfuhr es Franz-Karl Obergfell, er warf die Gabel, mit der er gerade die Kuhfladen mit Stroh auf einen Wagen zum Abtransport stapelte, weg und rannte, so schnell er konnte, in den Ort.

Dort sah er schon, wie Hubert Rieger, der Wirt der *Krone*, auf einer Leiter am Haus des NS-Bürgermeisters Haas die Hakenkreuzfahne herunterriss. »Schnell, auf, Franz-Karl, komm, nimm die Fahne da unten weg, die Franzosen kommen!«

Hubert Rieger warf Franz-Karl Obergfell die Hakenkreuzfahne zu. »Der Franzsepp isch weg, schnell, wir müssen die Franzosen beschwichtigen und uns ihnen ergeben zeigen, bevor die hier ihre Panzer in Stellung bringen.« Während er sprach, versuchte er, eine weiße Fahne an der Fahnenstange, an der die Hitlerfahne zuvor hing, zu befestigen.

Er selbst war kurz zuvor von seinem Gasthaus über die Straße gehetzt, um seinen Nachbarn zu informieren. In dem stattlichen Bauernhaus gegenüber der *Krone* hatte Franz-Josef Haas als Bürgermeister sich die Ratsstube einbauen lassen. Seither wehte am Giebel Tag und Nacht die Hitlerfahne mit Hakenkreuz.

Hubert Rieger hatte an die Tür gepocht, doch niemand hatte geöffnet. Das war sehr ungewöhnlich. Meist stand die Tür offen, abgeschlossen jedenfalls war sie nie. Auch seine Frau und der Junior Adolf waren wohl ausgeflogen.

Hubert Rieger hatte schnell reagiert. Ein befreundeter Wirt aus einem Nachbarort am See hatte ihn angerufen und gewarnt. Eine französische Abordnung mit Panzern hatte sich auf den Weg hinauf nach Seeldorf gemacht.

Der Wirt hatte den Telefonhörer auf die Gabel geworfen und war losgesprintet. Schnell hatte er die Hakenkreuzfahne am eigenen Haus eingeholt und ein weißes Tischtuch von seinem Festbankett aus dem Fenster gehangen.

Dann war er hinüber zum Haus des Bürgermeisters gerannt. Er musste nicht erst hochsehen, er wusste, er stand unter dieser gottverdammten Hakenkreuzfahne. Er konnte sie nur knapp mit den Fingerkuppen erreichen, sprang hoch und zog an ihr. Doch sie war in der Verankerung am Giebel kräftig festgezurrt und der Stoff für das tausendjährige Reich so fest gewebt, als müsste sie dort tatsächlich die nächsten 1.000 Jahre Flagge zeigen.

Also spurtete er wieder los, hinter seine Gaststätte, in einen Schopf, dort holte er eine lange Leiter hervor, schulterte sie und rannte wieder zurück über die Straße an das Haus seines Nachbarn. Er stellte die Leiter an den Giebel des Gehöfts, rannte wieder zurück in sein Gasthaus, schnappte sich ein zweites weißes Tischtuch, kraxelte erneut die Leiter hoch und wollte gerade, als er die Hitlerfahne entfernt hatte, das weiße Tischtuch um die Fahnenstangenhalterung binden.

Da kam gerade Franz-Karl Obergfell um die Ecke, der Lärm der Panzer nahm bedrohlich zu. »Mach jetzt die Scheißfahne weg«, rief Hubert Rieger Franz-Karl zu, »die Franzosen sind schon da.«

»Bienvenue!, Bienvenue!«, rief er fast gleichzeitig, als der erste Panzer mitten im Ort vor den beiden hielt. Hubert Rieger rannte ihm entgegen und musste sich beherrschen, nicht gewohnheitsmäßig seinen rechten Arm mit ausgestreckter Hand mit dem »Bienvenue« in den Himmel zu heben.

Franz-Karl sah, wie der Wirt mutig vor dem Panzer stand, und ließ die verdammte Fahne einfach fallen, um sie schnell mit den Füßen im Misthaufen neben sich verschwinden zu lassen.

Dem ersten Panzer folgte ein zweiter. Der stellte sich neben dem ersten auf, und hinter ihm folgten zwei Jeeps mit aufgebauten Maschinengewehren.

Hubert Rieger salutierte erneut vor dem ersten Jeep: »Bienvenue chez nous«, hieß er die Soldaten willkommen und versprach, dass sie im Ort auf keinen Widerstand stoßen würden. »Nous sommes des citoyens pacifiques.« Glücklicherweise sprach Hubert Rieger perfekt Französisch.

Den jungen Hubert hatte es schon vor dem Ersten Weltkrieg in die Welt gezogen. Als die Familie Zeppelin Anfang des Jahrhunderts das ehemalige Dominikanerkloster in Konstanz zum *Inselhotel* umgebaut hatte, wurden Küchenjungen gesucht. Hubert Riegers Vater hatte den Küchenchef gekannt und Hubert mit seinen damals 14 Jahren zu ihm in die Lehre geschickt.

Nach den ersten kindlichen Tränen fand Hubert schnell an der Arbeit am Herd in der großen Küche Gefallen, und nach der Lehre vermittelte ihn der Küchenchef in das damals ebenfalls neu eröffnete *Hotel Adlon* nach Berlin. Von dort ging der Jungkoch nach Paris und Nizza.

Französisch war die Sprache der Köche. Was man nicht in der Küche lernte, lernte man bei den hübschen Französinnen, gab Hubert Rieger später gerne zum Besten, wenn Bekannte seine Sprachkenntnisse bewunderten. Jetzt halfen ihm seine Französischkenntnisse, Seeldorf ohne unnötige Gewehrsalven an die französische Armee zu übergeben.

Knappe 30 Jahre zuvor hatte dem damals 22-jährigen Hubert Rieger seine Kochlehre vor der Front des Ersten Weltkriegs geschützt. Dank seiner alten Beziehungen zur *Adlon*-Brigade wurde Hubert Rieger mit dem Ausbruch des Ersten Weltkriegs zwar zurück nach Deutschland beordert, aber glücklicherweise in ein Offizierskasino bei Potsdam abkommandiert. Mehr als sieben Millionen junge deutsche Männer waren im Ersten Weltkrieg gefallen.

24 Jahre später, mit dem Beginn des Zweiten Weltkriegs, war er Gott sei Dank mit seinen fast 50 Jahren einer erneuten Einberufung entgangen. Dafür steckte nun sein Sohn Roman seit Jahren in einer Wehrmachtsuniform. Auf seine Rückkehr wartete Hubert Rieger ungeduldig.

Kaum waren die drei Fahrzeuge der Vorhut der französischen Armee in den nächsten Ort weitergefahren, ging Hubert Rieger zurück zu Franz-Karl Obergfell, der noch immer fassungslos neben dem Misthaufen stand, in den er die Hakenkreuzfahne geschoben hatte. »Die kann der Franzsepp selbst wieder ausbuddeln, wenn er sich noch getraut«, lachte der Obergfellenbauer erleichtert, »wo ist eigentlich unser Naziheld?«

»Weg, der wusste wohl schon vor uns, dass die Franzosen kommen, und ist abgehauen«, hob Hubert Rieger ahnungslos seine Schultern und ließ sie wieder fallen. »Du kennt ihn ja. Der wartet jetzt erst mal ab. Es gibt noch zu viele *SS*-Gruppen in der Gegend, die mit Verrätern kurzen Prozess machen.«

»Hasch gut g'macht«, klopfte Franz-Karl Obergfell dem Dorfwirt auf die Schultern, »gut, dass du französisch kannst. Aber wo ist denn deine Hitlerfahne hingekommen?«

»Sei nur ruhig, du kanntest meine Einstellung immer«, winkte Hubert Rieger ab. »Aber als Wirt musst du mehrere Fahnen auf dem Speicher haben«, lachte er zuversichtlich und sagte: »Ich habe jetzt noch mehr wegzuräumen.«

Dann ging er in sein Gasthaus, nahm sich auf den Schreck erst mal einen Schluck seines selbst gebrannten Obstwassers und begann, die Wimpel und Urkunden des Schützenvereins, des Fußballklubs oder des Gesangvereins, die meisten zierten ein Hakenkreuz, wie auch den NS-Gaupokal der Ringer in einen großen Sack zu werfen. Mit dem Riesenpacken auf dem Rücken eilte er hinter das Gasthaus, holte Holzscheite aus seinem Schopf und legte ein großes Feuer.

Mit einem erleichterten Schmunzeln im Gesicht salutierte er naserümpfend und verächtlich vor den letzten Symbolen des Hitlerreichs, den in den Flammen lodernden NS-Ehrenzeichen.

Zum Schluss warf er noch alle seine Speisekarten in das Feuer. Diesen angeordneten verdammten Sonntagseintopf wollte er nie, nie mehr auf eine Karte schreiben müssen. Wobei längst kein Gast mehr irgendein Essen bei ihm bestellt hatte, erst recht nicht die von der NS-Gauleitung propagierten Graupenbratlinge oder Kohlrabischnitzel nach des Führers vegetarischem Geschmack.

Der Appetit war ohnehin längst allen vergangen, und die Vorratsschränke in den Küchen, selbst in den Gaststätten, seit Monaten leer gefegt. Lebensmittel gab es nur noch rationiert.

Kanonen statt Butter!, war eine politische Parole Hermann Görings. Damit waren für einen frankophilen Koch wie Hubert Rieger die Nazis sowieso unten durch.

Nach wie vor trafen sich zwar die Bauern des Ortes

bei ihm am Stammtisch, doch die Küche war geschlossen, und selbst für ein kleines Bier hatte bald keiner der Mannen mehr Geld in der Tasche.

Hubert Rieger hätte nicht einmal mehr ein Brot servieren können. Das Mehl für Hitlers propagiertes Reichs-Vollkornbrot konnte ihm auch der Müller im Ort, Ewald Hoch, als strammes *NSDAP*-Mitglied nicht mehr liefern. Weder für seine Gäste noch für seine eigenen Schweine konnte der Gastronom noch sorgen. Die Schweine quiekten, wenn er sie im Stall besuchte, nicht aus Freude, sondern vor Hunger.

Die Nachrichten, die die Dorfbewohner untereinander austauschten, waren immer eindeutiger geworden. Wer zum Ende des Winters 1945 noch vom Endsieg sprach, erntete schließlich nur noch ein müdes Lächeln.

Das Dritte Reich war untergegangen, nur die Temperaturen kletterten endlich, im Mai 1945, wieder nach oben.

In der Familie Obergfell war die Stimmung, wie im ganzen Land, getrübt. Wie in den meisten deutschen Familien war mit dem Einmarsch der Alliierten von jubelnder Befreiung keine Rede. In jeder Familie gab es Tote zu beklagen, und jede Familie sah sich als Opfer des Krieges beziehungsweise der Alliierten.

Die neuen Machthaber waren Besatzer! In ihren Gefangenenlagern büßten deutsche junge Männer.

Den Dorfschullehrer Fischer hatten französische Soldaten nach einem öffentlichen Disput vor dem Schulhaus erschossen.

Franz-Josef Haas stand als NS-Bürgermeister auf der Liste der gesuchten NS-Verbrecher. Doch er blieb, mitsamt seiner Frau und ihrem Sohn Adolf, erst mal verschollen.

Im Ort wurde der Kronenwirt zunächst kritisch beäugt. Für Franz-Karl Obergfell war er der Held, der jeden Schusswechsel in Seeldorf verhindert hatte.

Für die Nazis im Ort war er der Verräter, statt die Franzosen mit den letzten aufrechten Deutschen im Volkssturm mit der letzten »Blutreserve« im Ort aufzuhalten, hatte er sich dem Erzfeind ergeben. Welch Verrat und Schande!

Die Franzosen waren für die Nazis eine »verkommene und vernegerte Rasse«. Der Krieg gegen sie war unvermeidlich. Die nordische deutsche Rasse war allen anderen überlegen. Gott hatte Hitler auserkoren, die Marxisten und Juden auszurotten. Und jetzt nisteten sich diese Froschschenkelfresser in ihrem Ort ein, und Hubert Rieger bekochte sie auch noch und hatte schon bald französische Weine in seinem Keller.

Es war nichts mehr wie zuvor. Am 8. Mai 1945 hatte Nazideutschland kapituliert. Hitler war tot. Befreit aber fühlten sich die wenigsten Deutschen. Auch in Seeldorf hielten sich viele für die wahren Opfer. Bürgermeister Franz-Josef Haas hat sich im Wald bei Pfullendorf versteckt, hieß es hinter vorgehaltener Hand.

Gleichzeitig wurde der Kronenwirt, Hubert Rieger, mit dem Einmarsch der Franzosen zum Dorfsprecher. In der Familie Obergfell war die Stimmung zwiespältig. Auf der einen Seite die Erleichterung über das Ende der Naziherrschaft, auf der anderen Seite war die Familie nicht mehr eins. Der jüngste Sohn, Ernst, war tot, der älteste Sohn, Friedrich, mit einer Hand kaum fähig, die Landwirtschaft zu übernehmen, und die Tochter, Verena, im neunten Monat schwanger ohne einen Mann.

Doch gerade in Verena keimte neue Hoffnung auf. Jetzt

erst konnte sie sich getrauen, ihr Versprechen, das sie Levi gegeben hatte, einzulösen. »Es ist nicht die Zeit, Kinder zu bekommen, hatte Mama gesagt, aber jetzt wirst du doch schon bald die Welt sehen«, streichelte Verena über ihren dicken Bauch, »wenn du ein Junge bist, werde ich dich Jakob taufen, wenn du ein Mädchen bist, Sarah.«

»Du kannst es nicht lassen«, warnte ihr Vater, »warum provozierst du mit solch jüdischen Namen?«

»Du weißt es«, antwortete Verena schroff und fügte mit einem Lächeln hinzu: »Unser Pfarrer hat mir den Segen schon gegeben, er nannte die Namen schön alttestamentarisch.«

Wenige Tage nach der Kapitulation gebar Verena ihren Sohn mithilfe ihrer Mutter und Wilhelmine Wolf zu Hause im Obergfellenhof. Bis die Wehen einsetzten, arbeitete sie in Haushalt und Stall. Unvermittelt rief sie: »'s geht los!« Und schon schrie sie aus Leibeskräften nach ihrer Mutter. Die kam, sah ihre Tochter und schickte Franz-Karl zu den Doktors. Wilhelmine Wolf war von der Sprechstundenhilfe ihres Mannes zur Frau Doktor und auch Hebamme befördert worden. Schon kurze Zeit später vernahm man im Haus Obergfell den ersten Schrei des kleinen Jakob.

Von Mutterschutz war noch lange keine Rede. Verena hätte es auch gar nicht lange in ihrem Bett ausgehalten. Die alte Wiege der Familie war noch immer auf dem Speicher gestanden. Ihr Bruder Ernst lag als Letzter darin, jetzt legte sie Jakob hinein und richtete sich für ihr Tagwerk.

Nach wie vor stand sie jeden Morgen um 5 Uhr in der Frühe auf, schlüpfte in die immer gleiche dunkle Schürze, knotete ihr Haar unter ein dunkles Kopftuch, nahm sich Zeit für ihr Morgengebet und ging dann in den Stall, um ihre vier Kühe zu melken. Danach kümmerte sie sich um ihren Jakob, stillte ihn und wickelte ihn neu. Bevor sie erst dann mit den gefüllten Milchkannen ins Dorf ging.

Zurück, aß sie in der Küche ihren Brotkrumenteller. Mehr denn je war sie sich in dieser Zeit ihres Vorteils, als Bauerntochter jeden Tag satt zu werden, bewusst. Deshalb nahm sie die Arbeit leicht hin, wie sie gemacht werden musste. Aber ihr einst fröhliches Wesen von einst blieb verschollen.

Für die Taufe Jakobs war kein großes Fest geplant, aber es ordnete überraschend schnell die Fronten im Ort deutlich. Verena war drei Tage nach der Geburt, noch körperlich geschwächt, zu den Simons gegangen. Unterwürfig, wie es sich für diese Zeit geziemte, traf sie ihren Schwiegervater, Paul Simon, auf dem Hof vor den Stallungen an. Er legte gerade das Zaumzeug seines Schimmels an.

»Lieber Schwiegervater«, begann sie unsicher die Begrüßung, »Sie wissen es sicher schon, Otto und ich haben einen Sohn! Sie sind jetzt Großvater, und am Sonntag ist die Taufe.«

Paul Simon blickte nur kurz zu ihr, seine Augen schlossen sich zu schmalen Schlitzen, dann schaute er zu seinem jüngeren Sohn Alfred.

Alfred stand vor dem Stall, vor sich eine Schubkarre mit Pferdemist. Verena sah ihn zum ersten Mal nicht in seiner Pimpf-Uniform des *Deutschen Jungvolks*.

Gerade wollte sie erneut ansetzen, da stieg ihr Schwiegervater aber schon in den Sattel seines Pferdes und schnaubte von oben herab: »Du glaubst doch nicht, dass wir dein Theater weiter mitspielen. Dich hätte man wegen Rassenschande hängen sollen!« Gleichzeitig gab er seinem

Pferd die Sporen, dass es sich vor Verena aufbäumte, und sprengte davon.

Fassungslos schaute Verena zu Alfred und sah, wie dieser in der Schubkarre vor sich nach einem Pferdeapfel griff und zum Wurf ansetzte.

»Untersteh dich!«, zischte sie bestürzt und drehte ab. Kaum war sie ein paar Meter gegangen, flog der Pferdeapfel nur knapp an ihrem Kopf vorbei.

Damit war für sie das Kapitel »Familie Simon« beendet.

Der Dorfklatsch zu ihrem Sechs-Monats-Kind und das Gerücht um den Viehjuden Roth und seinen Sohn Levi hielt sich, aber es traute sich niemand mehr, deshalb Verena öffentlich zu denunzieren.

Mit der Kapitulation der Nazis hatte die Judenverfolgung offiziell ihr Ende gefunden. Der alte Herr Pfarrer bat jetzt sonntags in seinen Messen um Vergebung und Menschlichkeit.

NOCH ZWEI TAGE

»Hier ist die Sprengkapsel, sie dient als Zünder für Sprengladungen, die ich aus den Kugelbomben in die beiden Rohre gefüllt habe. Jan hat mir das so erklärt, hier ist die Kupferkapsel, die mit der Zündkapsel verbunden ist, wie du sie jetzt mit deinem Handy zündest, musst du wissen«, wendet sich Alexander Simon an Luca Obergfell. »Du bist jetzt unser Sprengmeister.«

»So schwer ist das nicht«, winkt Luca lässig ab, »wenn das die Bundeswehrdeppen hinbekommen, werden wir es erst recht schaffen«, hat er die Lacher der kleinen konspirativen Runde auf seiner Seite.

Sie haben sich gemeinsam in Pfullendorf mit zwei Offizieren der KSK in der *Scheuer* getroffen. Die beiden haben ihnen zwei digitale Zeitzünder zugesteckt. Bei fachgerechter Montage können damit die beiden Rohrbomben gezündet werden, von wo und wann immer Luca möchte.

Die Kapsel zündet er elektronisch durch einen Anruf des digitalen Zeitzünders von seinem Handy. Ein Funke schafft eine kleine Flamme, über eine kurze Zündschnur wird die Bombe detonieren.

»Okay«, spricht Alexander Simon nochmals ihren Plan für Samstag durch, »Lorenzo legt morgen nach Feierabend den Betonbohrer auf die Pritsche des Bullis, der wird draußen im Hof stehen, der Chef muss davon nichts mitbekommen.«

Dann wendet er sich an die zwei Kameraden, die das Bohren übernommen haben: »Ihr macht euch am Samstagmorgen in der Frühe ans Werk, ab 8 Uhr könnt ihr auf der Baustelle bohren, da wird der Lärm niemanden stören. Ihr bohrt nur ein gerades Loch, nicht dicker als zehn Zentimeter, aus der Wand heraus, in das Luca dann die Rohre schieben kann. Genauso bohrt ihr ein Loch in das Fundament der geplanten Windmühle beim Höchsten.« Er hebt eine der gefüllten Rohrbomben in die Höhe, damit sie die Kameraden sehen können. »Luca wird hier die Zeitzünder morgen aufschrauben und so einstellen, dass er sie, von wo aus auch immer, detonieren lassen kann.«

Alexander hat die kleine *Kampfgruppe*, wie er seine Auswahl nennt, aus der *Scheuer* aus Pfullendorf mit nach Seeldorf in sein »Führerhauptquartier« genommen. Hier fühlen sie sich sicher und können ihre Planungen für Samstag ungestört durchgehen. Zum Ende der mitternächtlichen Versammlung fasst Alexander das Vorgehen für den kommenden Samstag nochmals zusammen.

Er glaubt, mit seinen Kameraden in seinem »Führerhauptquartier« hemmungslos Naziparolen grölen und ihre geheimen Pläne ausbreiten zu können.

8. MAI 2015, FREITAG

Das hat Jakob erwartet. Er hat Muskelkater in seinen Beinen. Er will aufstehen, aber die Waden und Schenkel schmerzen. Kaum steht er, versucht er, die Beine zu dehnen. Er stützt seinen Oberkörper an der Zimmerwand ab und streckt zuerst das linke, dann das rechte Bein lang nach hinten aus. Kniebeugen müssen sein und Liegestütze auch. Frühsportprogramm wie gehabt, verordnet er sich, nur auf das Rennrad will er sich so schnell nicht mehr setzen, denn der Po schmerzt noch immer.

Er geht in das Bad, putzt die Zähne. Den Blick in den Spiegel meidet er längst, stattdessen spaziert er zähneputzend durch die Wohnung, kommt in die Küche und sieht sein Aufnahmegerät blinken. Überrascht stellt er fest, dass gestern Nacht wohl doch noch ein Treffen in dem Backhäuschen stattgefunden haben muss. Er hatte die Funkmikros mit einem akustischen Melder installiert, der bei jedem Geräusch die Aufnahme startet.

Aufgeregt geht er schnell in das Bad, spült den Mund aus und ist auch schon wieder zurück in der Küche, um die digitale Aufnahme abzuhören. Der Treff dauerte keine Stunde, getrunken hatte die Gruppe wohl schon in der *Scheuer* genügend, keine halbe Stunde lief die Aufnahme.

Das Ende ist alarmierend. Alexander Simon hatte zusammengefasst: »Luca installiert die Zeitzünder auf unsere zwei Rohrbomben, die wir von den Kameraden der KSK bekommen haben. Die Dinger sind echt geil, die können wir elektronisch timen. Du, Paul, holst morgen beim Glatz auf dem Pritschenwagen nach Feierabend den Akku-Bohrer, Lorenzo wird ihn dort deponiert haben. Du weißt, wo du welche zwei Löcher bohren musst. Jeder macht seinen Job, wir treffen uns dann in Salem um 14 Uhr zur Demo in bürgerlichem Zivil, keine Provokationen, keine Reichsflaggen, ganz friedlich. Unsere Bomben zündet Luca nach dem Ende meiner Rede auf unserer Kundgebung!«

Jakob glaubt, er hört nicht recht. Wollen die Burschen tatsächlich während der Kundgebung eine Bombe zünden? Wie weit weg von den Demonstrationsteilnehmern planen die Spinner die Explosion? Er fragt sich, ob die Detonation des Sprengstoffs, je nach Entfernung zu der Demo, Menschen verletzen, wenn nicht gar töten kann?

Verdammt, was soll er jetzt machen?

Von einer Demo am Samstag bei der Windkraftanlage hat er noch nichts gehört, aber wenn dieser Luca die Rohrbombe in dem Rohbau des Flüchtlingsheims in Salem tatsächlich zur Demo zündet, sind dort auf jeden Fall Menschen in Gefahr.

Was soll er tun? Soll er sofort die Gerber bei der Polizei anrufen?

Er schaut auf die Uhr. Katharina wird gleich kommen. Sie will die Wohnung und das Haus taxieren, um ihm einen Preis zu nennen. Eigentlich ist es ihm gleichgültig. Bei den Grundstückspreisen derzeit in Seeldorf, die er schon mitbekommen hat, wird jede ernst zu nehmende Summe für ihn ausreichend sein. Ein kräftiger finanzieller Zuschlag dürfte seine gesetzliche Rente ordentlich auffetten.

Er muss, bevor Katharina kommt, seine Unordnung, die er in den wenigen Tagen, seit er hier ist, geschaffen hat, etwas beseitigen. In der Küche gibt er sein gebrauchtes Geschirr schnell in die Spülmaschine. In seinem Zimmer schmeißt er alle seine Klamotten einfach in seinen Koffer. Anschließend will er seine alten Bücher auf einem Stapel auf die Seite legen. Da sieht er den alten Dierke-Atlas mit einem Aufkleber aus seiner Schulzeit.

»Nie wieder Faschismus!« Da waren sie sich in den 1960er-Jahren alle einig und auch sicher. Es schien nur eine Frage der Zeit, dann waren die letzten alten Nazis ausgestorben. Paul Simon war zuletzt noch Mitglied der NPD, nach seinem Tod bekam die Faschistenpartei in Seeldorf keine Stimme mehr.

Er geht in die Küche, macht die Espressomaschine, die er mitgebracht hatte, an, damit er Katharina einen ordentlichen Espresso servieren kann. Nebenbei klickt er sich auf seinem Tablet kurz durch die Morgennachrichten und kommt dabei auch auf die lokalen *Südkurier*-Seiten.

Da sieht er schon wieder diesen Alexander Simon. Jetzt in Anzug und Krawatte, seinen Hitlerscheitel hat er mit viel Gel nach hinten gelegt. Als *AfD*-Ortsvorsitzender spricht er sich in dem Interview fast schon staatstragend gegen Antisemitismus und Ausländerfeindlichkeit aus. Die Demo am Samstag soll friedlich verlaufen, garantiert er. Es gilt, den Staat zu retten und vor allem die Verwaltung zu entlasten: »Wir haben nichts gegen Ausländer, aber wir müssen unsere Kommunen, die überlastet sind, vor zu vielen Auf- und Ausgaben schützen«, erklärt er ernst.

Da schrillt die Wohnungsklingel, Katharina kommt. Er weiß noch immer nicht, wie er mit seiner Ton-Aufzeichnung und den neuen Erkenntnissen umgehen soll.

Katharina steht vor der Wohnungstür. Sie kommt ihm in ihrem langen Trenchcoat noch größer vor als bei dem letzten Treffen. Er ist unschlüssig und unsicher. Sie hat ein freundliches Strahlen in ihren Augen, lacht ihn an und nimmt ihn einfach in den Arm.

Was soll er tun? Links und rechts Küsschen mag er eigentlich gar nicht, also drückt er sie kurz an sich. Spürt ihre straffe Figur und ihren festen Körper. Lässt sie schnell wieder los, wendet sich unsicher ab, geht vor in die Küche und fragt sie, ob sie einen Espresso wolle.

»Hast du auch einen Tee?«, fragt sie.

»Tee?«, gibt er laut betont ungläubig zurück. »Tee nur, wenn ich krank bin. Aber ich müsste sicherlich irgendwo noch einen Beutel von meiner Mutter finden.«

»Dann lass lieber mal stecken«, lacht sie und wirft ihren Trenchcoat über die Couch im Wohnzimmer. »Fünf Jahre alten Rotwein nehme ich gerne, aber Tee, nein danke!«

»Wasser?«, sucht Jakob nach einem alternativen Getränk.

»Lass gut sein«, winkt Katharina ab und kommt zu ihm in die Küche, »erzähl mir lieber mal, wie es dir geht.«

Was soll er jetzt sagen? Soll er gleich erzählen, wie er gestern auf Alexander Simon in der *SA*-Uniform getroffen ist und wie der Mann sich heute im *Südkurier* staatsmännisch gibt?

Oder dass er gar kein Simon ist, sondern der Sohn eines Juden, den seine Mutter vor den Nazischergen geschützt hat?

Oder einfach, dass er möglichst schnell das Haus seiner Mutter verkaufen möchte und dann am besten schon am Wochenende wieder in Stuttgart sein will?

Oder dass er sie immer noch begehrenswert findet?

»Was ist?«, spürt sie seine Unsicherheit. »Du möchtest, dass ich das Haus deiner Mutter verkaufe, oder? Deshalb bin ich doch hier?«

»Ja«, ist Jakob froh, dass Katharina den Einstieg zu seinem Verkaufswunsch klar benennt, »ja klar, ich will die Hütte verkaufen, und zwar möglichst schnell und unkompliziert.«

Sie lacht laut. »Kein Problem. Du übergibst mir sämtliche Vollmachten. Ich reiße das Haus ab und baue vier neue Eigentumswohnungen hierher, und wir teilen uns den Erlös.«

»Ja«, antwortet Jakob zögerlich, »vielleicht sollten wir es so machen.«

»Nein!«, grätscht sie ihm in ihren eigenen Vorschlag und verwirft ihn. »Sei nicht dumm! Deine Mutter dreht sich im Grab um. Weißt du überhaupt, wie deine Mutter es geschafft hatte, an dieses Haus zu gelangen?«

Jakob erinnert sich, wie stolz seine Mutter war, als das gesamte Anwesen inmitten des Ortes auf sie überschrieben wurde. Dabei hatte sie raffiniert den Ortsklüngel ausgespielt. Sie musste die Wertsteigerung der alten Milchzentrale mit der Halle der bäuerlichen Zentralgenossenschaft, auf der die Wohnung nach dem Krieg gebaut worden war, schon früh gerochen haben. Deshalb hatte sie zu der Wohnung, in der sie als Ratsschreiberin wohnte, auch gleich noch die alte Halle mit erworben. »Sonst g'hört uns ja wieder kein Haus«, hatte sie damals Jakob klargemacht. »Um sein eigenes Haus muss man drum rumgehen können, sonst gehört einem gar nichts, nur die Hälfte und nicht mal die ganz«, war ihre Erkenntnis.

Es war für sie ein kleines Meisterwerk der intriganten Dorfpolitik, die sie geschickt zu ihrem eigenen Vorteil genutzt hatte. Der Bürgermeister selbst hatte es ihr vorgemacht. Grundstücksgeschäfte wurden im Rathaus intern geregelt, dafür brauchte der Bürgermeister keine Öffentlichkeit, und Verena Simon war schon bald nach dem Krieg als Ratsschreiberin die rechte Hand des intriganten Gemeindeoberhaupts und hatte schnell von ihm gelernt.

Ihr großer Bruder Friedrich wollte bald nach dem Krieg heiraten, das heißt, er wollte für sich und seine Frau und sicher auch bald für ihre Kinder mehr Platz in dem Obergfellenhof. Traditionell wäre ihr weiterhin eine Kammer in dem elterlichen Bauernhaus zugestanden. Unverheiratete Bauerntöchter aber fanden sich zur damaligen Zeit schnell in der Rolle als Hofmagd wieder.

Doch Magd auf dem Bauernhof ihres Bruders? Dafür war sie schon viel zu emanzipiert, wenn sie sich auch nie so ausgedrückt hätte.

Als Anfang der 1950er-Jahre der Maschinenring der Bauern immer größer wurde, brauchte es eine Halle und auch eine größere Milchzentrale. Verena hatte ihre Zuversicht und ihren Mut längst wiedergefunden und ließ sich von dem prophezeiten Wirtschaftsaufschwung mitnehmen.

Ohne genau zu wissen, was sie tat, erstellte sie einen Businessplan, in dem sie den Bauern die Finanzierung einer Maschinenhalle mit großer neuer Milchzentrale vorstellte. Das Grundstück mitten im Ort, auf dem die alte Milchzentrale stand, gehörte der Gemeinde, kostete die Bauern also nichts. Ihren bis dahin geheimen Wunsch sattelte sie im wahrsten Sinne des Wortes obenauf und ließ sich von dem Architekten aus Überlingen auf die neue Maschinenhalle mit Milchzentrale eine kleine Wohnung auf das Flachdach stellen.

Von einem Penthouse sprach zu der Zeit noch niemand im Ort. Doch Verena zog als Geschäftsführerin der Bäuerlichen Genossenschaft mit ihrem Sohn schon bald in das Etagenhaus auf dem Flachdach der ZG-Halle ein und bewies damit in einer Zeit, als verheiratete Frauen gesetzlich noch längst nicht als geschäftstüchtig galten, ihre Selbstständigkeit.

Nachdem Verena auch die Ratsschreiberin im Ort geworden war, erfuhr sie, wie der Herr Bürgermeister am Gemeinderat vorbei seine Grundstücksgeschäfte abwickelte, und tat es ihm gleich: 1955 wurden das Lagerhaus und die Wohnung von der Genossenschaft gebaut, die Gemeinde hatte das Grundstück ohne bürokratischen Aufwand der Bäuerlichen Zentralgenossenschaft mit einem Gemeinderatsbeschluss kurzerhand überlassen, schließlich waren alle Gemeinderäte selbst Bauern und Mitglieder der Genossenschaft. Sie bauten ihre Halle und die Vierzimmerwohnung für ihre Kauffrau Verena obenauf, für die sie auch immer ordentlich Miete überwies.

Doch 1970 gab es von den einst 23 Landwirten nur noch acht im Ort, die Genossenschaft löste sich auf, und Verena bot dem Bürgermeister an, den Grundstückskauf endlich im Grundbuchamt ordentlich nachzuholen, bevor bei der bevorstehenden Eingemeindung nicht fachgemäße Grundstücküberlassungen auffällig würden.

»Rechtlich bekommen wir da bei einer Revision nur Ärger«, warnte sie den Bürgermeister. »Wir müssen den Verkauf des Grundstücks im Grundbuchamt ordentlich dokumentieren.«

Der Bürgermeister schaute seine Ratsschreiberin zunächst skeptisch an. Doch sie erinnerte ihn frech an seinen Deal: Er hatte 1945 sein Grundstück zum Bau der Baracke für die Flüchtlinge ohne Änderung im Grundbuchamt der Gemeinde überlassen. 1972, vor der Gemeindereform, den amtlichen Verkauf nachgeholt. Für die Wiese, weit außerhalb des Ortskerns am Ende der Schokoladengasse, hätte er 1945 pro Quadratmeter gerade mal zehn Pfennige bekommen, 1972 verkaufte er das Grundstück am Ende des Panoramawegs für 20 Mark für den Quadratmeter und kassierte fröhlich statt der 50 Mark, die er wohl 1945 bekommen hätte, nun 10.000 Mark für die 500 Quadratmeter Wiese.

»Wir können es in meinem Fall transparenter dokumentieren, habe ich zu ihm gesagt«, hatte Verena nach dem Deal Jakob lachend von ihren erfolgreichen Verhandlungen mit dem Bürgermeister erzählt, »ich habe ihm den ehrlichen Quadratmeterpreis zu den Zeiten der tatsächlichen Grundstücksüberlassung der Gemeinde 1955 vorgeschlagen und hatte auch schon im Grundbuchamt meinen Kauf auf das Jahr 1955 rückdatiert.«

»Du bist nicht besser als er«, hatte Jakob seiner Mutter vorgeworfen, »der Bürgermeister hätte den Quadratmeterpreis von 1945 bekommen sollen, und du hättest den Preis von 1975 bezahlen müssen, das wäre sauber gewesen!«

»Mach dich nicht lächerlich«, hatte seine Mutter bedenkenlos abgewunken, »ich habe der Gemeinde schon mehr Gutes getan, als sie mir jemals bezahlen kann – und du wirst das ganze Areal schließlich einmal erben.«

Jetzt ist es tatsächlich so weit, und Jakob ist, wie von ihr vorausgesagt, der Kriegsgewinnler des intriganten Kaufs.

Seine Mutter hatte damals für den Quadratmeter 70 Pfennig der Gemeinde bezahlt, heute liegt er bei über 100 Euro zuzüglich des Werts der Gebäude der großen Halle und vor allem des Penthauses mit Seeblick.

Den Zugewinn, ohne Gebäude, kann er kaum berechnen. Mit 70 Pfennig für die 500 Quadratmeter hatte sie damals 350 Mark bezahlt, bei 100 Euro pro Quadratmeter liegt heute der Wert ohne die Gebäude bei 50.000 Euro. Vielleicht musss man die Halle abreißen oder kann das Penthaus alleine für 250.000 Euro verkaufen.

Aber spekulieren will Jakob jetzt nicht, er hat einen Nettogewinn von 20.000 Prozent errechnet. Gewinn, als Alleinerbe seiner Mutter steuerfrei!

»Weißt du, wie intrigant meine Mutter sein konnte?«, schaut er Katharina kritisch an. »Sicherlich hast du auch ein paar krumme Geschäfte abgewickelt wie sie. Wie sonst bist du zu deinem Erfolg gekommen? Aber von meiner Mutter hättest du sicherlich noch einiges mehr lernen können.«

»Habe ich«, lacht Katharina.

»Was?«, echauffiert sich Jakob. »Was hast du?«

»Ach, Jakob«, sagt sie in einem fast liebevollen Ton, »deine Mutter hat mir erzählt, dass du ein kleiner Moralist bist. Aber warum willst du nun alles zerstören, was sie dir mit ihrer Liebe für dich geschaffen hat? Ich kann dir nur sagen: Grund und Boden verkauft man nicht! Nie! Das habe ich von den Schwaben gelernt.«

»Was soll ich denn mit der alten Halle und der Hütte hier oben machen?«

»Willst du wirklich den Rest deines Lebens in der Stadt leben?«, schaut Katharina Jakob ernst an.

Er weiß nicht, wie er reagieren soll. Das hatte er eigentlich bisher gedacht. Aber warum fragt sie ihn jetzt dies? »Und du?«, fragt er unsicher.

»Ich?«, lacht sie. »Ich bin hier zu Hause. Du weißt sicher, dass ich nicht weit weg von eurem Bauernhaus, in dem wir als Flüchtlingsfamilie gelandet sind, heute ein eigenes Haus habe. Was will ich mehr? Ich bin frei und ungebunden und längst auch eine echte Seeldorferin geworden!«

»Ein Seeldorfer war ich vielleicht mal, zumindest habe ich das bis vor Kurzem gedacht.« Während er spricht, überlegt er, wie viel er Katharina von seinen Recherchen zum Familienerbe ausplaudern soll. »Jedenfalls bin ich weder ein Obergfell noch ein Simon, sondern väterlicherseits wohl ein Roth, auf jeden Fall der Sohn eines Juden.«

»Das weißt du nun also auch endlich«, zeigt sich Katharina unbeeindruckt von seiner vermeintlichen Neuigkeit. »Das weiß das ganze Dorf, dass deine Mutter zur Nazizeit einen Juden versteckt hat und du sechs Monate nach ihrer Hochzeit auf die Welt kamst.«

»Das weißt du?«, staunt Jakob und setzt gleich hinzu: »Und weißt du auch, dass die Knochen, die in dem Feuerlöschteich meiner Großeltern gefunden wurden, entweder von diesem Otto Simon oder eben von meinem Vater, Levi Roth, sind?«

»Ach je, Jakob«, sagt sie in einem bemitleidenden Tonfall, »du solltest dich nicht so einigeln, sondern mit den Leuten reden, aber du fühlst dich ja wohl als etwas Besseres vom Fernsehen. Aber rede doch einfach mal mit den Alten hier im Ort, dann wirst du noch viel erfahren können.«

»Zum Beispiel, dass der alte Alfred Simon ein Nazi geblieben ist und sein Enkel heute als Neonazi in *SA*-Uniform den neuen Führer im Ort spielt?«, echauffiert er sich.

»Der Alex ist in der Pubertät stehen geblieben und macht sich jetzt in der *AfD* wichtig, aber ob du ihn deshalb gleich als Neonazi bezeichnen musst, weiß ich nicht«, versucht sie, ihn zu verteidigen.

»Okay«, gibt sich Jakob geschlagen, »ich muss dir mal was vorspielen, was ich gerade abgehört habe.«

Dann erzählt er ihr von seinem Besuch im Backhäuschen, von seiner Entdeckung der Vorbereitung zu den zwei Rohrbomben, dem Besuch in der vergangenen Nacht in der *Scheuer* und seinen installierten Funkmikrofonen und spielt das Ende der Aufnahme erneut ab.

»Das glaub ich jetzt nicht«, schaut Katharina Jakob entsetzt an, »der Alex ist ein netter Kerl, glaub mir. Er arbeitet beim Glatz, ich kenne ihn doch.« Ihre Stimme wird etwas verhaltener, sie schaut Jakob fast konspirativ an, legt ihre rechte Hand auf seinen rechten Unterarm und verrät ihm in einem fast verschwörerischen Ton: »Für seinen Vater kann er nichts, der ist nach dem Tod seiner Frau abgehauen, und sein Großvater ist ein unverbesserlicher Nazi, das stimmt schon. Aber der Alex hat sich berappelt, hat seine Lehre als Maurer fertig gemacht, ist schon Polier und hat auch noch ein Verhältnis mit unserer Jamila.«

»Wer ist Jamila?«, fragt Jakob.

»Na eben!«, lacht Katharina. »Eine Schwarze, geflüchtet aus dem südlichsten Afrika. Sie wohnt in der alten Baracke, und Alex hat ihr geholfen, die Bude etwas wohnlicher umzubauen«, schaut sie Jakob triumphierend an, »und der soll ein Neonazi sein?«

»Auf jeden Fall mag er keine Flüchtlinge«, zeigt er ihr den Artikel im *Südkurier*, in dem er sich als Initiator der Demo gegen das Asylheim in Salem zu erkennen gibt.

»Dumme Sprüche«, legt sie das iPad weg, »er will halt in den Gemeinderat und vielleicht sogar in den Landtag. Kann man doch verstehen. 10.000 Euro monatlich und Anzug und Krawatte. Als Maurer in der Baugrube hat er einen blauen Anton an und keine 3.000 im Monat.«

»Katharina!«, ruft Jakob entsetzt. »Was redest du? Er plant, eine Bombe zu legen und hochgehen zu lassen. Ist dir klar, was das heißt?«

Katharina lässt hörbar Luft ab und entscheidet: »Ich rufe Lorenzo an, er ist übrigens der, der die Knochen aus eurem Teich herausgefischt hat. Ich frage ihn, ob Alex bei ihm einen Betonbohrer ausleihen will, dann sehen wir weiter.«

»Und ich ruf die Polizei an und stecke der Frau Gerber den Plan von Alexander Simon, morgen zwei Rohrbomben zu platzieren. Mal sehen, ob sie sich dann immer noch mit dem Staatsschutz herausredet.«

»Alex ist Kollega und Amigo«, erklärt Lorenzo Katharina, nachdem sie ihn auf seinem Handy erreicht hat.

»Was heißt da Amigo? Ich glaube, Alex mag Ausländer nicht besonders«, widerspricht ihm Katharina.

»Mi scho«, antwortet Lorenzo völlig unbedarft in seinem angelernten alemannischen Dialekt. »Alex ist ein bisschen plemplem. Mich nennt er immer Franco, aber egal.«

»Nichts ist egal«, wird Katharina energisch. »Für was braucht er am Wochenende diesen schweren Betonbohrer? Hör zu, das ist kein Spaß. Du kümmerst dich jetzt sofort um diesen Betonbohrer, holst das Gerät bei ihm ab und sagst, die Bendzko will den Bohrer. Sofort, capito!«

»Ich weiß nicht, wo er ist«, versucht Lorenzo sich verunsichert herauszureden.

»Dann suchst du ihn«, wird Katharina bestimmend, »sonst hängt ihr auch immer an euren Handys. Also los, mach. Oder muss ich deinen Chef anrufen?«

»Was soll ich machen, wenn ich ihn finde?«, fragt Lorenzo schließlich ergeben.

»Mir den Bohrer bringen, sofort! Und ihm sagen, dass der die Finger von den Bomben lassen soll und sie ebenfalls mir bringen muss, oder am besten den Luca gleich dazu!«

»Ich kenne keinen Luca«, stottert Lorenzo, er merkt, die Immobilienmaklerin ist mal wieder auf 180.

»Sag dem, der den Bohrer bei dir holt, er soll dies Luca sagen und alles andere sein lassen«, energisch schiebt sie nach, »das ist kein Spaß, mach jetzt rapido!«

Es ist wie verhext. Zunächst nimmt niemand im Polizeirevier das Telefon ab, dann ist die Frau Gerber nicht im Büro, und der Postenführer wimmelt Jakob ab. Eine wenig engagierte Stimme der Telefonzentrale verspricht ihm schließlich, einen verantwortlichen Beamten aufzutun, er wird zurückrufen. Nein, die Kommissarin Gerber hat schon Dienstschluss.

»Und nu?«, schaut Katharina Jakob ratlos an.

»Du taxierst jetzt die Hütte meiner Mutter und sagst mir, was sie wert ist, wenn ich sie verkaufe«, erinnert Jakob Katharina, warum sie eigentlich hier ist, »du kannst mir auch gleich ein Kaufangebot machen, dann kannst du die Halle umbauen oder weiterverkaufen, wie es dir am meisten Gewinn verspricht. Ich will damit dann nichts mehr zu tun haben.«

»Und du?«, fragt sie fast ungläubig. »Du wartest, bis die Bomben hochgehen?«

»Nein«, zeigt sich Jakob als der Retter des geplanten Asylheims und der Windkrafträder. »Ich werde mich jetzt noch mal um das ›Führerhauptquartier‹ kümmern«, schmunzelt er, »und werde in dem Backhäuschen nach den Zeitzündern suchen und sie so manipulieren, dass sie morgen jedenfalls keinen Schaden anrichten.«

»Wie willst du das machen?«, fragt sie ungläubig.

»Ich mache einen kleinen Spaziergang durch Nachbars Birnbaumgarten«, lacht er sie an, »dann klopfe ich an dem Backhäuschen an, und wenn niemand da ist, öffne ich und schaue mich um.«

Sie schaut ihn ungläubig an. »Bist du verrückt? Nach dem, was du mir da gerade erzählt hast, scheint Alex tatsächlich keinen Spaß zu verstehen.«

»Du kannst dich ja auf den Balkon vor der Küche stellen und mir nachsehen. Wenn ich mich in 15 Minuten nicht zurückmelde, dann kannst du ja mal beginnen, dir Sorgen zu machen.«

»Was soll ich dann machen?«, fragt sie mit ängstlicher Stimme.

Jakob lacht: »Deinen Bauarbeitertrupp zusammenrufen und mich aus den Händen der Faschisten befreien.«

»Das werde ich tun«, antwortet sie, und Jakob spürt ein tiefes Vertrauen in seine alte Freundin. Zum ersten Mal nimmt er sie als die toughe Frau Bendzko wahr, die ihren Mann zu stehen weiß, was sie ja wohl schon längst tat.

Sein Herz war bisher noch an der jungen Katharina aus ihrer Jugendzeit gehangen. Vor ihm aber steht nun eine erwachsene Frau, die sich als selbstständige Unternehmerin in einem umkämpften Markt bewiesen hat und ihm nun verspricht, auf ihn zu achten, wenn er in 15 Minuten sich nicht zurückgemeldet hat.

Jakob stellt seine Espressotasse in die Spüle und ihr Glas Wasser. Er überlegt, ob er sich noch mit der Pistole, die er gestern Alexander Simon abgenommen hat, bewaffnen soll. Er schaut Katharina zu, wie sie ihren Trenchcoat holt und hineinschlüpft. Dabei bewundert er wieder ihre Figur und lässige Art, als wäre sie noch immer das junge Mädchen von damals, als er Hals über Kopf nur in die verliebt war.

Er hatte sie leidenschaftlich geküsst, wie er es sich immer erträumt hatte. Er hielt ihren schlanken und kräftigen Körper in seinen Armen, er musste sie weiter, immer weiter küssen. Nebenbei streichelte er ihre Brüste. Küsste ihren Hals, öffnete mutig die Knöpfe ihrer Bluse, wühlte den Busen unter ihrem Büstenhalter frei und küsste ihre dunklen, festen Brustwarzen.

Doch kaum schob er eine Hand über ihren Bauch in ihren Rockbund oder näherte sich mit seiner rechten Hand unter dem engen Rock über ihre Knie und straffen Schenkel ihrer Möse, schon schob sie mit ihrer Hand seine Hand bestimmend weg.

Sie hatte noch mit keinem Jungen geschlafen. »Du spinnst wohl«, hatte Katharina geantwortet, als er sie gefragt hatte. Er dagegen ließ ihre Nachfrage geheimnisvoll offen. Sollte sie doch glauben, dass er in Überlingen in der Oberschule der begehrte Traum aller Mädchen war. Doch jetzt, jetzt war er endlich an seinem nie aufgegebenen Ziel und endlich mit seiner Katharina vereint.

Jeden Samstag und Sonntag stahlen sich die beiden in eines der freien Gästezimmer der *Krone*, schmissen sich auf die Betten des Gasthauses und gaben sich ihren Liebesspielen hin. Wobei es sich genaugenommen nur um Petting handelte beziehungsweise Liebkosungen, wie Jakob in einer der *Bravo*-Magazine gelesen hatte, die sie sich unter der Schulbank herumgereicht hatten. Trotzdem fühlte er sich nun wie James Dean als James Stark mit seiner Judy, alias Natalie Wood, in dem verwegenen Hollywood-Film … *Denn sie wissen nicht, was sie tun*«.

»Ich habe dir doch gesagt, wir heiraten«, schwor er Katharina erneut seine ewige Liebe und verlor sich wieder in unendlich langen und heißen Küssen.

Katharina hatte ihre Lehre als Verkäuferin im *Kaufhaus May* abgeschlossen, doch als Verkäuferin verdiente sie wenig und musste dabei auch noch mehr als die Hälfte ihres Lohns zu Hause abgeben. In der wöchentlichen Lohntüte hatte sie 135 Mark, 100 bekam ihre Mutter für die Haushaltskasse, und auch Slado, ihr großer Bruder, ließ sich für seine Taxidienste von ihr bezahlen. Mit ihm fuhr sie morgens immer in die Stadt, und abends holte er sie pünktlich zum Ladenschluss ab.

»Wenn ich dich jeden Abend nach der Arbeit abhole, bezahlst du auch den Sprit«, hatte er bestimmt, obwohl sie gar nicht von ihm abgeholt werden wollte. Doch die Hierarchie in der Familie Bendzko stand fest, wie in jeder ordentlichen deutschen Familie: Das Oberhaupt ist der Vater, der älteste Sohn sein Stellvertreter, und die Töchter haben zu gehorchen.

Ihre Brüder, Slado und Igor, saßen fast jeden Abend zum Feierabendbier in der *Krone* am Stammtisch, außer sie hatten Training, dann kamen sie erst mit ihren Fußballkameraden danach. An einem Wochenende beschwerten sie sich über die schleppende Bedienung. Der Wirt, Artur Rieger, hatte ihnen geantwortet: »Dann bedient doch selbst«, und gelacht, »ich kann einen Kellner von eurer Sorte gebrauchen.«

Schon am nächsten Samstag standen Slado und Igor auf der Matte und boten ihm ihre Schwester als Bedienung an den Wochenenden an. Katharina hatten sie zuvor nicht gefragt, doch es lag auch nicht in ihrer Entscheidung. Gesetzlich musste der Vater zustimmen, aber die Entscheidungsgewalt in der Familie hatten längst die beiden Brüder übernommen.

Für Artur Rieger war das Angebot perfekt. Katharina war ein hübsches und sicher unkompliziertes Mädchen, eine wie sie gefiel seinen Gästen in der alten Dorfgaststube.

Am Stammtisch ging es auch mal etwas derber zu. Doch Katharina war die raue Sprache von ihren Brüdern gewöhnt. Im angrenzenden Restaurant dagegen bediente eine professionell ausgebildete Kellnerin die feineren Gäste aus der Stadt. Hier war Etikette gefragt, die Tische mit weißen Leinentüchern und Stoffservietten eingedeckt.

Katharina kam seit der Abmachung mit ihren Brüdern jeden Samstag und Sonntag in die *Krone*. Die Riegers hatten ihr einen schwarzen Servierrock und eine weiße Schürze spendiert, die sie sich in ihrem *Kaufhaus May* selbst aussuchen durfte.

Sie hatte sich für einen der modischen, figurbetonten engen Röcke entschieden. Eng anliegend über den Hüften, aber züchtig in der Länge bis über die Knie. Darunter trug sie die modisch neuen Nylonstrümpfe hautfarben.

Artur Rieger gefiel ihr frivoler Auftritt, den Jungs am Stammtisch erst recht.

Jakob konnte sein Glück zunächst gar nicht fassen. Er wusste noch nicht, wie lange er die Lehre zum Koch tatsächlich durchziehen wollte. Wichtig war, er war zunächst vom Wehrdienst zurückgestellt, was er genau studieren wollte, wusste er auch noch nicht und, das Kochen, wie es ihm Hubert Rieger senior zeigte, gefiel ihm.

Sein Sohn, Artur Rieger, war als Koch im Zweiten Weltkrieg auf einem Forschungsschiff der Kriegsmarine, das auf einer Mission in die Inselgruppe des norwegischen Spitzbergen-Archipels unterwegs war, abkommandiert.

Die Besatzung sollte dem deutschen Militär Wetterberichte nach Berlin schicken, die für deutsche Kriegsschiffe, Flugzeuge und auch die Bodentruppen von äußerster Wichtigkeit waren, um das Wettergeschehen an den Fronten genau einzuschätzen.

Nach der Kapitulation waren alle Funkverbindungen gekappt und das Forschungsschiff vergessen worden, bis es ein englisches Kriegsschiff aufrieb.

Artur Rieger hatte den Krieg ohne einen Schusswechsel überlebt, doch die Engländer schätzten seine Kochkunst und nahmen ihn als Kriegsgefangenen mit in ihre Offiziersmesse. Erst mit den letzten Kriegsgefangenen der Engländer wurde er von ihnen 1948 entlassen.

Bei den beiden Köchen fühlte sich Jakob gut aufgehoben. Beide wollten vom Militär nichts wissen und schützten ihn erst mal vor dem Zugriff des Kreiswehrersatzamtes.

Es war eine der ersten Bestellungen an jenem Samstag, als sein vermeintliches Glück plötzlich vor ihm stand. »Russische Eier« war ein Gericht, das meist am Stammtisch, wie auch das Lachsersatzbrot oder der Restaurationsteller, gegessen wurde. Jakob war im ersten Lehrjahr, die kalte Küche beherrschte er schon. Die »Russischen Eier« hatte er auf dem Posten des Gardemanger alleine anzurichten.

Sein Juniorchef, Artur Rieger, meinte, man könne für den Stammtisch eine Fertigmayonnaise aus dem Glas verwenden. Doch Hubert, der Senior, war da anderer Ansicht, und Jakob zauberte, wie der Seniorchef es ihm beigebracht hatte, auf die Schnelle mit Eigelb, Senf, Öl und Zitronensaft eine eigene Mayonnaise. Die gekochten Eihälften auf dem natürlich ebenfalls frisch angemachten Kartoffelsalat bestrich er mit seiner gewürzten, cremigen Mayo und gab obenauf Kaviar – natürlich für den Stammtisch nur Kaviarersatz. Dazu krönte er das Werk mit salzigen Sardellen.

Zufrieden mit dem angerichteten Teller, ging er an den Pass, schob das schmale Holztürchen der Durchreiche in den Gastraum zur Seite und schlug gleichzeitig auf die Service-Klingel. Das Zeichen für die Bedienung, das bestellte Gericht kann serviert werden.

Jakob stand dabei aufrecht in der Küche und sah durch die nur auf Tischhöhe niedrig geöffnete Durchreiche immer nur den Unterleib der Bedienung. Doch plötzlich stockte ihm der Atem. Kamen da weibliche nackte Beine auf ihn zu? Das konnte doch nicht wahr sein? Sofort schaute er genauer hin. Das waren jedenfalls nicht die dicken Beine von Hilde, der Stammbedienung, die da auf ihn zukamen.

Aus einem engen schwarzen Rock stolzierten zwei schlanke Waden, für Jakob nackt, in schwarzen Pumps auf die Durchreiche zu. Plötzlich umwehte ihn ein Hauch von entzückendem Sexappeal in der bürgerlichen *Krone*. Spontan gab er, wie es sich für Jungs gehörte, wenn sie ein hübsches Mädchen sahen, einen anerkennenden Pfiff von sich und beugte reflexartig seinen langen Oberkörper in die Höhe der Durchreiche über dem Pass und sah jetzt in den Gastraum hinein. Weit musste er nicht schauen, da stand sie schon direkt vor ihm.

Katharina!

Jakob war baff, ihm rutschte fast das Herz in die Hose. Das Blut schoss ihm in den Kopf.

»Pfeifst du jedem Rock nach?«, lachte Katharina ihn an.

Jakob stand da wie gelähmt. Er bekam kein Wort über die Lippen. Er konnte sein Glück kaum fassen. So nah war er seiner großen Liebe schon lange nicht mehr.

»Du hier?«, stammelte er.

»Ab heute jedes Wochenende«, klärte sie ihn knapp auf, schnappte den Teller mit den »Russischen Eiern«, drehte sich um und ließ ihn mit offenem Mund ihre Rückansicht bewundern.

Katharina kannte ihre Wirkung auf Männer, kokett ging sie in ihrem figurbetonten Rock, die Hüften schwingend, Richtung Stammtisch, wo ihre Brüder mit den üblichen Stammtischgästen saßen.

Jakob schlug die Durchreiche etwas zu heftig zu, die beiden konnten ihm gestohlen bleiben. Katharina war ihm nun so nahe wie schon lange nicht mehr, und das ab sofort jeden Samstag und Sonntag. Mit ihren Brüdern würde er schon fertig werden.

Jakob hatte geahnt, auf was er sich in der Küche bei Hubert und Artur Rieger einließ. Statt dem einen Lehrer pro Stunde hatte er nun den ganzen Tag über zwei Chefs. Hubert Rieger war der Patron in der Küche, sein Sohn, Artur Rieger, managte die Warenlieferungen, Vorratshaltung und rechnete jeden Abend mit den Bedienungen ab. Jakob hatte in dem einen Jahr die unterschiedlichen Ansprüche der beiden Küchenchefs kennengelernt. Aber gerade die verschiedenen Ambitionen der beiden hatten ihn auch fasziniert.

Anders als in der Schule ging es hier tatsächlich um etwas Handfestes. Wenn er sah, wie die beiden Köche ihre Steaks oder Fischfilets in ihren Pfannen auf der großen Herdplatte brieten, mit Butter, Rosmarin und Knoblauch dem rohen Fleisch Aromen gaben, das hatte ihn von Anfang an fasziniert.

Bevor nach seiner Musterung die zu erwartende Einberufung kam, hatte er den Lehrvertrag schon an das Kreiswehrersatzamt abgeschickt und um Rückstellung gebeten.

Hubert Rieger hatte den Lehrvertrag augenzwinkernd rückdatiert unterschrieben und ihn gebeten, die Lehre ernst zu nehmen. Jetzt stand er da in seiner Kochmontur, ließ sich von der Hektik während der Servicezeiten faszinieren, schluckte den strengen Ton der beiden Hierarchen und wusste auch gleichzeitig, dass er nicht sein ganzes Leben in Seeldorf und schon gar nicht in der *Krone*-Küche verbringen will. Doch vorerst faszinierte ihn das Handwerk der Köche und nun die Nähe zu Katharina!

»Auf jeden Fall lerne ich in einer Woche in der Küche in der *Krone* mehr für ein gutes Leben als in einer Woche in der Schule in Latein oder mit Hölderlins Texten in Deutsch«, versuchte er, zu Hause mit seiner Mutter wieder ein friedlicheres Auskommen zu schaffen. »Hubert und Artur haben die Kriege gut überlebt«, argumentierte er, »sie starben nicht wie Onkel Ernst im Schützengraben oder verloren ihre Glieder wie Onkel Friedrich auf dem Schlachtfeld, sondern standen als Köche immer nur in warmen Küchen, wo es genügend zu essen gab.«

»Dafür hätte dir die Volksschule auch gereicht!«, blieb Verena Obergfell uneinsichtig. »Franz-Josef könnte dir helfen, im Landratsamt eine Stelle zu bekommen, dann wärst du bald Amtmann und Beamter auf Lebenszeit.«

Aber dann würde ich Katharina wieder aus den Augen verlieren – blieb er stur, nannte seinen wahren Grund natürlich nicht. Doch in Wirklichkeit hatte auch dieser Gedanke in seinem Hinterkopf gespukt, als er überlegte, was er nach dem Abitur machen wollte. Dabei war ihm immer klar, dass er spätestens nach der Lehre aus Seeldorf verschwinden musste.

Er las jeden Tag von den Studentenunruhen in den Uni-Städten. Er hatte die Bilder nach dem Besuch von Schah Mohammad Reza Pahlavi in Berlin im Fernsehen gesehen. Benno Ohnesorg wurde von einem Polizisten erschossen. Ein Student, Pazifist und Mitglied einer evangelischen Studentengemeinde. Und er, Jakob Simon, ging täglich Schnitzel braten, das konnte es nicht gewesen sein.

Sein alter Schulkamerad hatte ihn schon immer gefrotzelt. Er studierte jetzt in Berlin an der HdK Musik. Hochschule der Künste, wie sich das schon in Jakobs Ohren bewundernswert anhörte, und er? Er geht mit dummen Volksschülern, die keinen Dreisatz können, in die Kochlehre.

Doch an Tagen wie heute war ihm das alles gleichgültig. Heute ist er sogar schon um 6.30 Uhr aufgestanden. Um 7 Uhr war er mit Artur verabredet. Es war Mai, der Maibock war offen. Während die Ricke, also das weibliche Tier, noch Schonfrist hatte, durfte der Rehbock geschossen werden. »Maibock« stand dann in der *Krone* auf der Speisekarte und an den Tagen der Jagd »Frischer Aufbruch«. Da wollte er dabei sein, wenn Simon den Bock schoss und ihm dann direkt, nach dem Schuss im Wald, die Innereien – Herz, Leber und Nieren – entnahm.

Das war die andere Seite in ihm. An solchen Tagen dachte er gar nicht an die große Politik, von der er sonst nicht lassen konnte. Doch morgens im Frühtau im Wald. Die ersten Sonnenstrahlen brachen sich durch das Grün. Außer dem Gesang einiger Vögel herrschte absolute Stille. Mit zunehmenden Sonnenstrahlen wurde es wärmer.

Er saß mit Artur auf dem Hochsitz und beobachtete einen Rehbock, wie er majestätisch auf die Lichtung trat. Artur nahm sein Gewehr, legte mit ruhiger Hand an, drückte den Schaft an die Wange, zielte über Kimme und Korn auf den Kopf des Tieres. Er nahm sich Zeit, bis er sicher war, dass die Kugel exakt in das Gehirn traf.

Dann hallte der Schuss durch die Ruhe.

Ein Eichelhäher krächzte erschrocken auf. Danach trillerte kein Vogel mehr.

Erst eine Zeit später versagten dem Rehbock die Läufe. Er fiel auf der Stelle einfach zur Seite.

Jetzt war es mucksmäuschenstill im Wald. Sonnenstrahlen beschienen das rotbraune Fell des großen Tieres auf der Lichtung, als würde Hollywood Regie führen.

Jakob genoss das Schauspiel.

»So muss es sein«, quittierte Artur seinen Schuss, »ein schönes Leben in unserem Wald, ein Schuss und schmerzfrei im Paradies.«

Jakob stieg mit ihm vom Hochsitz und ging zu dem toten Rehbock. Artur hob die Hinterläufe an, band einen Strick darum und zog ihn kopfüber am nächsten Baumast in die Höhe. Mit einem Schnitt war die Kehle durchgeschnitten, und der Rehbock blutete einfach auf das grüne Gras unter ihm aus.

Artur hielt sich damit nicht lange auf, er öffnete den Bauchraum des Tieres, die Gedärme quollen heraus. Er schob sie aus dem hohlen Körper des Rehbocks und entnahm mit einem scharfen Messer vorsichtig alle Innereien.

»Nach dem kleinen Jägerrecht stehen dem Jäger Zunge, Herz, Leber, Lunge, Milz und Nieren zu«, klärte ihn Artur auf, »das Geweih schenke ich dir.«

»Und was machst du mit den Innereien?«, fragte Jakob.

»Die servieren wir ein paar besonderen Stammgästen als »Beuschel«. Es ist für Gourmets eine seltene Spezialität. Hubert wird es sich nicht nehmen lassen und einigen seiner Spezeln die Innereien servieren«, dann zwinkerte er Jakob zu, »Hubert macht immer einen saftigen Preis, aber du solltest ihm beim Zubereiten helfen, dann kannst du ja von jedem ein Stück probieren, die Rehleber wie auch die Nieren sind ein absoluter Genuss!«

Artur war für Jakob wie sein großer Bruder geworden, den er nie hatte. Das Verhältnis zu Hubert Rieger war schon immer väterlich, auch weil seine Mutter von Hubert schon immer nur Bestes zu erzählen wusste, und auch Opa, der sonst zu jedem Bürger im Ort eine unvorteilhafte Geschichte wusste, hielt sich bei dem Kronenwirt mit Kritik zurück. Ein Nazi war er auf jeden Fall nie gewesen, war sich Jakob sicher, sonst hätte er ihm auch nicht den Lehrvertrag rückdatiert unterschrieben, und er hatte Hubert auch seinen ersten Job als Küchenhilfe während seiner Schulzeit zu verdanken, und somit seine rote Kreidler RS.

Dass er nun tatsächlich die Kochlehre durchziehen musste, störte ihn eigentlich nicht mehr, schon gar nicht, seit Katharina mit ihm in der *Krone* arbeitete. Jakob war bald klar, dass Artur wie auch Hubert von seinen Stelldicheins mit Katharina vor ihrem Dienst in ihren Gästezimmern wussten. Doch wie eingeschworen, sprachen sie ihn einfach nie darauf an.

Jakob fühlte sich in der *Krone* wie zu Hause. Überstunden nahm er einfach hin. Es interessierte ihn gar nicht, was hätte er auch sonst tun sollen? Was zählte, waren die Stunden mit Katharina in einem der Fremdenzimmer.

»Zimmerstund« nannten die Köche die freie Zeit zwischen dem Mittag- und Abendservice. Je nach den angesetzten Fußballspielen, samstags oder sonntags, nahmen Jakob und Katharina die Zeit wörtlich und trafen sich immer vor ihren Diensten auf eine Stunde in einem der Zimmer.

»Ich muss euch nicht sagen, wie man verhütet?«, hatte Hubert ihn auf einer Fahrt nach Ulm einmal plötzlich aus heiterem Himmel gefragt.

Jakob war überrascht über die direkte Frage, wusste aber seither, dass er vor seinem Chef kein Geheimnis mehr aus ihren Liebesstunden in seinen Fremdenzimmern machen musste. »Wenn's so weit ist, habe ich Pariser dabei«, gab er offen zu.

»Nimm dir die Zeit, wenn's so weit ist«, hatte Hubert nur wie nebenbei geantwortet, »was weißt du, was du noch vorhast und wohin es dich noch treiben wird.«

Jakob hätte am liebsten ehrlich geantwortet, dass er sowieso Katharina heiraten werde, doch er nutzte die Chance zur Ausflucht und fragte Hubert: »Wohin soll ich denn nach der Lehre gehen?«

»Das zeige ich dir dann, wir werden in nächster Zeit zusammen einen Ausflug ins Elsass unternehmen, vielleicht zu Paul Haeberlin in Illhaeusern, da könntest du viel lernen.«

Offiziell war Hubert eigentlich längst in Rente. Für Jakob war er, wie sein Opa, ein alter Mann. Aber Hubert war trotzdem als Koch sein großes Vorbild. Manchmal verschwand er zwei Tage, länger nie, und erzählte dann von Besuchen in Restaurants, die seine geliebte Haute Cuisine forcierten. Von Paul Haeberlin hatte er ihm schon erzählt, als wäre er ein Gott in Frankreich wie dieser Bocuse, von dem Hubert ebenfalls immer wieder sprach.

Haeberlins Restaurant hieß *L'Auberge de l'Ill* und war mit drei *Michelin*-Sternen ausgezeichnet. Jeder ausgebildete deutsche Koch mit Ambitionen wollte zumindest eine Saison in seiner Küche stehen. Wenn Hubert ihm dazu verhelfen könnte, dann würde er das natürlich auf jeden Fall annehmen, das wäre die höchste Auszeichnung! So hatte Jakob plötzlich wieder ein ganz anderes Ziel vor Augen.

Gemeinsam fuhren die beiden weiter Richtung Ulm. Auf einer Autobahnraststätte trafen sie einmal in der Woche einen Lieferwagen des exklusiven *Rungis-Express*. Der Lieferwagen fuhr täglich direkt vom Pariser Großmarkt in die neuen Gourmet-Restaurants der Nouvelle Cuisine nach München. Aber jeden Freitagmorgen legte er einen kurzen Stopp auf dem verabredeten Parkplatz ein, und Hubert Rieger konnte sich aus dem prall gefüllten Gourmetwagen bedienen.

»Siehst du, so haben wir in Seeldorf in der *Krone* immer die erste Wahl und nicht die arroganten Münchner«, freute sich Hubert Rieger jeden Freitagmorgen, wenn er aus den mit Eiswürfeln gefüllten Kisten seinen Loupe de mer oder Seeteufel angelte.

Die französischen Offiziere waren zum Bedauern des alten Kochs leider längst aus Südbaden abgezogen. Zu ihrer Zeit war sein Dorfgasthaus zu einem angesehenen Restaurant gewachsen. Seit einigen Jahren zeichneten die französischen Gourmettester des *Michelin* die Köche auch in Deutschland mit ihrem neuen Stern aus. »Da können wir leider nicht mithalten«, winkte Hubert Rieger ab, »unsere Gäste im Linzgau wollen tellergroße Schnitzel und dicke Mehlsoßen, aber von den Gästen zu Hause leben wir halt, und nicht von Ruhm und Ehren.«

Jakob sah den roten Sportwagen das erste Mal direkt vor dem Eingang zur *Krone* parken. Angeberkarre, stempelte er das Auto und den Besitzer gleich mit ab.

»Der fährt über 140!«, hörte er einen Jungen respektvoll zu seinem Kumpel sagen. Die beiden stierten mit zum schattenspendenden Tunnel geformten Händen durch das seitliche Fahrerfenster auf die Armaturen des Wagens.

Jakob konnte sich ein abwertendes »Pff« nicht verkneifen. »Dem Doktor sein Mercedes fährt 200!«, musste er klarstellen. Und als er den Fahrer, Boris, mit Katharinas Brüdern Slado und Igor am Stammtisch laut reden hörte, wusste er auch schon auf den ersten Blick, dass er mit diesem Lackaffen kein Bier trinken wollte.

Boris hatte seine hellblonden Haare mit einer Fettcreme zu einer Elvis-Tolle geformt. Sein blasses Gesicht war mit Pickeln übersät. Großspurig zog er an einer Zigarette, ließ den Rauch aus dem Mund steigen und zog ihn durch die Nase wieder ein, bevor er ihn schließlich weit aus der Lunge blies.

Slado und Igor nahmen Jakob kaum zur Kenntnis. Sie klopften miteinander Sprüche und tranken eine Halbe nach der anderen. Jakob sah die drei und bog sofort in die Küche ab.

»Was machst du denn schon hier?«, begrüßte ihn Hubert, der eigentlich immer irgendetwas in der Küche zu tun hatte.

»Ich verschwinde auch gleich wieder«, antwortete Jakob und sah, wie sein Chef versuchte, mit gehacktem und fettigem Brät an den Händen einen Faden durch ein Nadelöhr zu ziehen. Vor ihm lag eine parierte und großflächig aufgeschnittene Kalbsbrust mit dem Brät der Innereien des Kalbes und Kräutern gemischt und belegt.

»Mmh, gefüllte Kalbsbrust«, hatte Jakob erkannt, seinem Chef den Faden und die Nadel aus den Händen genommen und selbst kurz eingefädelt.

»Damit sie bis heute Abend schön durch ist, muss sie in die Röhre«, fiel Hubert in seinen Lehrmeisterton.

»Dann nähe mal schön, Herr Schneidermeister, ich bin in einer Stunde zum Dienst rechtzeitig wieder zurück«, zwinkerte Jakob seinem Chef konspirativ zu und wollte verschwinden.

Hubert legte ihm die Hand auf die Schulter und hielt ihn zurück. »Katharina kommt heute nicht«, sagte er mit unterdrückter Stimme und schaute Jakob in die Augen.

Er lachte unbedarft und zwinkerte besserwisserisch seinem Lehrmeister zu. »Meinst du.«

Hubert visierte Jakob genau an und tastete sich erst mal vorsichtig vor: »Du weißt von nichts?«

»Was soll ich denn wissen?«

»Dass Katharina nicht mehr kommen wird?«

»Nein, wieso?«

»Ich dachte, du …?«, zögerte Hubert.

»Was *du*?«, ließ Jakob seine Ungeduld lauter werden.

»Du bist nicht der Vater?«, ließ er schließlich die Katze aus dem Sack.

Jakobs Augen weiteten sich. Das Blut schoss ihm in den Kopf. »Sie ist schwanger?«

Hubert nickte nur stumm.

»Woher?«, stotterte Jakob. »Woher weißt du das?«

»Der Slado hat es mir gestern Abend gesagt, als sie schon weg war.«

Nachdem Jakob einfach stumm blieb, rückte Hubert mit der ganzen Wahrheit heraus: »Sie wird heiraten, diesen Boris, den Blondschopf draußen am Stammtisch.«

Jakob verlor augenblicklich jede Farbe in seinem Gesicht. Er wollte nicht verstehen. Er wollte es nicht glauben. Es wurde ihm schwindlig. Hatte sie ihm nicht tausend Mal versichert, dass sie nur ihn liebe?

Verloren schaute er auf die Kalbsbrust, nahm die Nadeln

aus Huberts Hand und begann, die beiden Enden zusammenzunähen. »Drei Stunden bei 100 Grad à basse température,« sagte er tonlos zu Hubert und ließ ein paar Tränen auf das Fleisch vor sich heruntertropfen.

In den nächsten Tagen hatte sich Jakob gefühlt wie ein halber Mensch. Er hatte seine Arbeiten in der Küche wie ein Vollautomat erledigt, seine Gerichte an den Pass gestellt, auf die Serviceglocke geschlagen und sich wieder in die Küche zurückgezogen. Von Katharina sah und hörte er nichts mehr, sie war wie vom Erdboden verschluckt, nicht mehr zu sehen, weder in der *Krone* noch im Ort.

Tagelang lebte Jakob in seiner Sehnsucht, den Erinnerungen und der Trauer, bis er sich entschieden hatte. Er wartete, bis seine Mutter wie jeden Morgen aus dem Haus zur Arbeit gegangen war. Sie wollte er auf keinen Fall treffen.

Er hörte sie die Wohnungstür schließen, stand auf, ging in die Küche und schaltete das Radio ein. Drehte den Sendersuchlauf vom Landfunk des Südwestrundfunks schnell über mehrere andere tonsprudelnde Senderstationen, die alle nur kurz auf ihren verschiedenen Frequenzen aufheulten, auf AFN. In dem amerikanischen Soldatensender sang gerade Louis Armstrong von seiner neu veröffentlichten Single »What a Wonderful World«.

Wenn Katharina da wäre, dann vielleicht, dachte Jakob, ließ sich aber dennoch von den verträumten Akkorden des schwarzen Jazz-Trompeters kurz in eine schönere Welt verführen.

Kaum hatte Louis Armstrong geendet, blieb Jakob der Text präsent: »Ich sehe grüne Bäume, rote Rosen – sie blühen für dich und mich. Und ich denke so bei mir: was für eine wunderbare Welt! – Ich sehe Freunde, die sich mit

›Na, wie geht's?‹ begrüßen – was sie eigentlich meinen, ist: ›Ich liebe dich!‹«

Nein! Das war heute Morgen definitiv zu viel für ihn. Ohne Katharina war die Welt nicht schön! Ohne Katharina blühten für ihn keine Rosen. Doch sein Entschluss stand längst fest. Er packte zusammen, was er dringend benötigte: sein Sparbuch, sein Abi-Zeugnis, seine Platten und seinen Dual-Plattenspieler. Auf die Schnelle hatte er die Unterwäsche, zwei *Levis*-Hosen, ein paar Hemden, zwei Pullover und seine Lederjacke zusammengerafft und war in seinem alten Opel Kadett, den er von seinem Opa geerbt hatte, losgeprescht nach Berlin.

In West-Berlin gab es kein Kreiswehrersatzamt. Berlin unterstand dem Vier-Mächte-Abkommen, in West-Berlin gab es keine Bundeswehr, aber die Freie Universität, an der Rudi Dutschke Soziologie studierte.

Heute muss er sich auf Katharina verlassen. Kann er das? Was bleibt ihm nun anderes übrig? Vor über 40 Jahren hatte sie ihn versetzt. Aber damals war sie ein Mädchen, heute ist sie eine Frau. Er hatte lange unter der Trennung von ihr gelitten und wollte nie verstehen, wie sie sich ohne eine Erklärung einfach von ihm trennen konnte und dann noch mit diesem Arsch von Igors Bekannten gepennt hatte. Aber daran durfte er jetzt nicht denken. Hat er auch schon lange nicht mehr. Aber dieser Besuch in diesem Kaff voller Erinnerungen reißt bei ihm alte Verletzungen, die er längst verheilt glaubte, wieder auf.

Sie sieht einfach immer noch viel zu gut aus. Ja, auch mit ihren über 60 Jahren immer noch verführerisch.

Ein Ast knackt unter seinem Fuß. Verdammt, er darf sich nicht ablenken lassen, er muss schauen, wo er hintritt.

Es ist dunkel geworden. Wolken verdecken den Mond. Er muss sich konzentrieren, auf jeden Schritt achten. Er geht von Birnbaum zu Birnbaum, immer Richtung des Backhäuschens, das er im Dunkeln vor sich nur schemenhaft sieht.

Die Dunkelheit schützt auch ihn, denkt er, und wird langsam mutiger. Er hat diese *Walther*, die er gestern Alex abgenommen hatte, trotzdem in seine Hose gesteckt, obwohl er eigentlich keine Waffen mag und am liebsten auf sie verzichtet. Aber diesem Alex ist er schon einmal relativ ungeschützt gegenübergestanden. Diesmal würde gerne er ihm eine Pistole vor das Gesicht halten.

Das große Bauernhaus steht etwas abseits vom Backhäuschen im Dunkeln. In beiden Gebäuden brennt kein Licht. Vermutlich sitzt der Alte, Alfred Simon, wieder vorne in der Stube. Vor ihm hat er keine Angst. Verdammt, wieder ist er auf einen Ast getreten, der laut durch die Stille knackt.

Jakob bleibt stehen, lauscht angestrengt. Nichts tut sich. Früher hörte man um diese Zeit die Melkmaschinen in den Stallungen im Ort und hin und wieder eine Kuh muhen. Heute gibt nicht einmal mehr ein Hund einen Laut. Friedlicher Wohnort Seeldorf, schmunzelt Jakob und greift zu seiner Pistole.

Dann steht er vor dem Backhäuschen, drückt wie schon gestern Abend die Klinke, tritt ein und schaltet die Taschenlampe seines Handys an. Er lässt den Lichtstrahl durch den Raum schweifen. Geht in die Ecke, in der gestern die Rohrbomben lagen, sie sind weg.

Er lässt das aufgezeichnete Gespräch noch mal in seinem Kopf Revue passieren. »Luca wird hier die Zeitzünder morgen aufschrauben«, erinnert er sich, aber wann?

Was heißt morgen? War er schon hier? Oder wird er noch kommen?

Jakob sucht weiter, stellt sein Handy auf den Tisch und lässt den Lichtstrahl hinter eine Sitzbank leuchten, von wo er mit beiden Händen eine nach vorne schieben kann. Bingo, hier liegen sie drin. Na also.

In aller Ruhe nimmt er die beiden Rohrbomben vorsichtig aus der Kiste, die mit Zeitungen und Holzwolle ausgelegt ist. Tatsächlich hat Luca wohl die Zeituhren schon installiert. Aber wie soll er die jetzt so manipulieren, dass es nicht auffällt, wenn Luca sie morgen aus der Kiste nimmt?

Jakob hat sich einen kleinen Schraubenzieher eingesteckt. Zwischen dem Rohreingang und dem Zünder sieht er die Zündschnur. Sie zu trennen wäre einfach, aber zu auffällig. Die Klinge seines Taschenmessers ist dünner. Mit ihr fährt er in einen kleinen Zwischenraum in das digitale Empfangsgerät. Er spürt einen kleinen Widerstand und fährt mit der Klinge einfach weiter. Irgendetwas hat er damit durchtrennt, irgendetwas hat er hoffentlich damit zerstört und somit diese Bombe entschärft. Erst bei diesem Gedanken wird ihm bewusst, in welcher Gefahr er hier arbeitet.

Trotzdem greift er nun zu der nächsten Rohrbombe. Es ging nun einmal gut, also wird es auch ein zweites Mal klappen. Mutig schiebt er wieder die flache Klinge seines Messers in den Aufsatz des digitalen Empfangsgeräts. Spürt wieder den Widerstand und fährt mit der Klinge erneut weiter.

Mehr traut er sich nicht zu tun, oder soll er sie einfach mitnehmen und der Polizei übergeben? Weiter kommt er mit seinen Gedanken nicht, da blitzt es schon vor seinen Augen, er sieht tatsächlich Sternchen, dann wird es schwarz vor seinen Augen und er hat noch einen Gedanken: Mein Kopf ist gespalten.

Dann ist er weg.

»Spinnst du?«, ist Luca entsetzt. »Wenn der jetzt nicht mehr aufsteht, wenn der tot ist?«

»Den hätte ich gestern schon erschießen sollen«, antwortet Alexander Simon ungerührt, »ach schau, da ist ja meine *Walther*.« Er bückt sich und zieht aus dem Hosenbund Jakobs seine Pistole heraus. »In Amerika könnte ich ihn einfach abknallen, ein Einbrecher weniger.«

»Wie kommt der zu deiner Pistole?«, staunt Luca.

»Der hat gestern hier schon rumgeschnüffelt. Weißt du nicht, wer das ist?«, fragt er ihn ungläubig. »Das ist der Sohn von der Verena Obergfell, ein Verwandter von dir, oder?«

Luca beugt sich zu Jakob, dreht ihn auf den Rücken, schaut ihn an, verneint mit einem kurzen Kopfschütteln die Frage. »Nee, kenne ich nicht, aber scheiße, wenn du ihn jetzt umgebracht hast.«

»Bleib ganz ruhig, Brauner«, winkt Alexander cool ab, »ein leichter Schlag auf den Hinterkopf fördert das Denkvermögen, und der Sack sollte sich mal Gedanken machen, was es heißt, bei unbescholtenen Bürgern einzusteigen, das geht doch nicht, oder?«

»Du hättest nicht so stark zuschlagen sollen«, bleibt Luca verunsichert, »was willst du mit ihm machen, wenn er nicht mehr aufsteht?«

»Langsam, Junge«, greift Alexander Luca beruhigend am Arm, »die Frage ist nicht, was ich mit ihm mache, sondern was *wir* mit ihm machen. Wir sollten ihn jetzt erst mal fesseln, sodass, wenn er zu sich kommt, er uns nicht gefährlich werden kann, dann sehen wir weiter, und du schaust mal, was unsere zwei kleinen Rohrbomben machen oder was der Arsch mit ihnen angestellt hat.«

»Nee«, widerspricht Luca, »wenn der nicht mehr zu sich kommt, was machen wir dann? Irgendwohin muss er schließlich, und mit Fesseln an den Gelenken hast du die Polizei im Genick. Komm, pack an, wir legen ihn auf die Bank an der Bushaltestelle, soll ihn doch überfallen haben, wer will.«

»Doch, du musst schlagen«, hört Jakob irgendjemanden in der Ferne und spürt, wie sie ihn tatsächlich links und rechts auf die Wangen schlagen.

»Jetzt hör doch auf«, die Stimme ist ihm vertraut, vielleicht sollte er nun doch die Augen öffnen.

»Siehst du, er lebt«, hört er wieder den Mann reden, der ihn offensichtlich immer weiter schlägt, »guck, er öffnet die Augen.«

Jakob sieht schemenhaft zwei Köpfe über sich. Er will, wie an seiner alten Kamera am Okular, die Schärfe justieren, doch die beiden Köpfe bleiben weit weg.

»Lorenzo, lass das jetzt, oder du kriegst Schläge von mir«, erkennt Jakob Katharinas Stimme nun deutlich, »lass ihm Zeit, er kommt doch schon wieder zu sich.«

»Aber ich weiß, du musst immer weiter schlagen, dass er nicht wieder zurück in sein Komma fällt.«

»Das heißt Koma, und du hilfst ihm jetzt auf, dass er nicht von der Bank fällt«, befiehlt Katharina resolut, und die Schläge lassen tatsächlich nach, zwei Hände greifen unter seine Arme und setzen ihn aufrecht hin. Langsam sieht er klarer.

»Jakob, was war los?«, hört er Katharina ihn besorgt fragen.

Er schüttelt nur langsam seinen Kopf, stellt jede Bewegung aber sofort wieder ein. Er weiß nicht, wo er ist, noch, was war.

»Wie kommst du denn hier auf die Bank?«, fragt Katharina unverdrossen weiter.

Ach, würde sie ihn doch nur in Ruhe lassen.

»Komm, es wird kühl, wir bringen dich nach Hause«, beendet sie schließlich ihre Fragerei.

Er nickt vorsichtig und denkt: gute Idee. Nichts wie nach Hause und ins Bett.

MAI 1945

In ganz Deutschland herrschte nach dem verlorenen Krieg eine fürchterliche Hungersnot. Aus dem zerbombten Friedrichshafen und dem nahen Überlingen kamen die Städter nach Seeldorf und boten ihre letzten Ersparnisse, ihr Tafelsilber oder tauschten ihren Schmuck gegen schrumpelige Kartoffeln, alte Zuckerrüben oder einen Schluck Milch.

Aber auch die Milchkannen der Bauern waren nach dem Melken nur noch halb so voll wie in den früheren Jahren. In guten Zeiten gaben die vier Kühe der Obergfells über 30 Liter Milch am Tag. Aber in diesen Tagen, von der Mangelwirtschaft gezeichnet, darbten auch die Kühe, bevor wieder frisches Gras auf den Weiden des Linzgaus wuchs.

Wenn Verena in der Milchzentrale unter 20 Liter Milch abgab, musste sie sich rechtfertigen. Die abgegebene Literzahl der Bauern wurde genau registriert und mit dem Bestand der Kühe verglichen. Manchmal bekam Verena keine 15 Liter Milch mehr aus den Eutern.

»Lass dir bloß nichts anmerken«, warnte ihr Vater, »unsere Kühe haben noch nie mehr Milch gegeben!« Jeden halben Liter, den er abzwackte, konnte er den Städtern, die auf ihrem Hof vorbeikamen, schwarz verkaufen.

In der Milchzentrale aber wurde genau Buch geführt, und auch der Fettanteil der Milch wurde gemessen. »Gerade deshalb kannst du nicht plötzlich mehr Milch abgeben«, bläute ihr Vater ihr ein, »wir sind arme Bauern und unsere Kühe keine Goldesel!«

Die meisten Bauern im Ort bewirtschafteten gerade mal fünf Hektar oder noch weniger und hatten gerade mal zwei oder drei Kühe im Stall stehen. Die Bauernhäuser schienen von außen groß, doch die Stallungen waren klein, wie auch die Wohnräume eng gebaut.

Direkt hinter der Haustür führte vom Flur meist die erste Tür auf der einen Seite direkt in den Stall, auf der anderen Seite in das Wohnzimmer. Dahinter im Flur war meist die Küche und darüber zwei oder drei Schlafkammern. In die oberen Stockwerke wurde bis unter das Dach das Heu gestopft.

Den meisten Bauern reichten ihre Ernte und Einnahmen kaum, um überleben zu können. Viele hatten zusätzlich in den Rüstungsbetrieben, unten am See, Arbeit gefunden. Doch damit war mit Kriegsende Schluss!

Die Betriebe waren alle vollkommen zerstört. Die Zwangsarbeiter, die noch die Kraft hatten, hatten sich auf den Weg in ihre befreiten Länder aufgemacht. Viele mussten mit dem Roten Kreuz transportiert werden, noch mehr waren in den Betrieben bei unmenschlichen Arbeiten gestorben.

Zu allem hin wurden immer mehr Gräueltaten und Massenmorde aus deutschen Konzentrationslagern bekannt. Doch für viele Deutsche war dies nur Propaganda der Alliierten, die auch die Zeitungsredaktionen und den Rundfunk besetzt hatten.

Wer von ihren Söhnen soll denn solche Gräueltaten begangen haben?, winkten die meisten Deutschen ab.

Persilscheine wurden bald die Unbedenklichkeitsbescheinigungen genannt, die ehemalige *NS*-Größen und *SS*-Verbrecher zu Widerstandskämpfern mit weißer Weste auswiesen.

Auch der Seeldorfer *NS*-Bürgermeister zeigte sich bald mit einer reinen Weste wieder in der Öffentlichkeit. Franz-Josef Haas hatte nach seinen Worten das *NS*-Regime längst abgelehnt und nur seiner Familie zuliebe stillgehalten.

Er hatte sich schon wenige Tage nach dem Einmarsch der Franzosen bei der französischen Kommandantur devot gemeldet. Er stand überraschend mit seiner Schwester, Wilhelmine Wolf, vor dem Haus der Kommandantur und bat, die zuständigen Offiziere sprechen zu dürfen. Schnell hatte er ihnen seine Schwester vorgestellt. Sie war die Frau des Dorfarztes Doktor Elias Wolf. Dieser war der Sohn eines jüdischen Tierhändlers aus Radolfzell, wie er den Franzosen erklärte, und hatte in den 1920er-Jahren Wilhelmine Haas geheiratet.

Zunächst war Elias Wolf im Ort als Arzt willkommen. Endlich hatte der kleine Ort Seeldorf einen eigenen Arzt! Und er, Franz-Josef Haas, hatte ihn nach Seeldorf gelockt. Ob Jude oder nicht, das sei ihm doch schon immer einerlei gewesen.

Doch 1938, als die Familie Wolf aus Radolfzell deportiert werden sollte, floh der Arzt auf sein Anraten hin bei Nacht und Nebel in die Schweiz. Zurück blieb seine Frau Wilhelmine mit ihren zwei kleinen Kindern.

Für die Nationalsozialisten waren die Kinder Halbjuden. Als »Jüdische Mischlinge ersten Grades« sollten sie zunächst registriert und dann wohl ebenfalls deportiert werden. Doch er, Franz-Josef Haas, soll die vorgeschriebene Meldung unterlassen haben.

Wilhelmine Wolf bescheinigte dem französischen Kommandanten, dass ihr Bruder, Franz-Josef, ihr geholfen habe, viele antisemitische Bestimmungen zu umgehen. Sie bescheinigte, dass er nur auf ihre Bitte hin, um ihre Kinder zu schützen, *NS*-Bürgermeister geblieben sei.

Hätte Verena diesen Auftritt miterlebt, hätte sie sicher nicht schweigen können und die Verfolgung ihres Levi vorgebracht. Umso mehr war sie überrascht, als sie auf ihrer zweimal täglichen Tour in die Milchzentrale plötzlich unvermittelt vor Franz-Josef Haas stand.

»Vrenle, ich muss mit dir reden«, sprach er sie an.

Ihr stockte der Atem. Der Mann war doch flüchtig, dachte sie. Doch jetzt stand er einfach mitten im Ort, direkt vor der Milchzentrale, vor ihr. In den letzten Jahren hatte sie ihn meist nur in *NS*-Uniform gesehen, jetzt hatte er einen zivilen Anzug an.

»Gell, de gucksch«, lachte er breit, »aber ich habe mit dem Chef-Adjutanten der Franzosen gesprochen. Er möchte in jeder öffentlichen Funktion unbelastete Personen einsetzen, auch in unserer ZG.« Gönnerhaft legte er ihr seine rechte Hand auf die linke Schulter.

Sie fror plötzlich.

Doch er redete wie selbstverständlich weiter: »Du hast doch beim *Eisen-Werner* in Überlingen im Büro gearbeitet, du kannsch doch des Kaufmännische.«

Sie nickte zögernd.

»Mir brauchen dich in der Genossenschaft. Das Kaufmännische muss eine unbelastete Person übernehmen. Das will der Chef-Adjutant so!«

Alle Bauern im Ort waren in der Badischen landwirtschaftlichen Zentralgenossenschaft vereint. Nach 1933 hatte sich der Reichsernährungsminister der Bauern direkt angenommen. Franz-Josef Haas hatte als Ortsbauernführer für die nahtlose Übernahme der ZG zu sorgen. Doch in Struktur und Aufgaben blieb die Genossenschaft sich treu. Und jetzt sollte gerade der ehemalige *NS*-Bürgermeister die ZG wieder säubern?

Verena schaute ihn nur ungläubig an, sie wirkte fassungslos.

Er aber lachte breit und winkte gönnerhaft ab. »Ich muss das wohl mit deinem Vater klären«, lächelte er wie ein alter Onkel von oben herab sie vertraut an und verschwand Richtung seines Gehöfts. Davor sah Verena zwei Jeeps der Franzosen parken.

Verstört berichtete sie zu Hause von dem Treffen mit dem ehemaligen *NS*-Bürgermeister und seinem Angebot, die kaufmännische Leitung der bäuerlichen Genossenschaft zu übernehmen.

Ihr Vater hatte von der Reinwaschung des Obernazis Haas durch seine Schwester schon gehört und bemerkte nur trocken: »Jeder hat die wenigen Geretteten gerettet, keiner hat die vielen Toten getötet.«

In der Zeit, als Franz-Josef Haas verschwunden war, versorgten sein Knecht Baptist und die beiden Zwangsarbeiter, die ihm zugewiesen waren, täglich auch ohne die Anweisungen des Patrons die Viecher im Stall. Zu dem Hof zählten über 50 Hektar Feld, über 30 Milchkühe, Schweine, Gänse und Hühner.

Der Haas-Hof war der Großbauer im Ort. Zur Straße stand sein großes Wohnhaus, das fast einem kleinen Schlösschen der Renaissancezeit glich. Der Stall stand hinter dem herrschaftlichen Wohnhaus etwas weiter weg.

Neben den Stallungen stand ein mickriges, kleines und schäbiges Häuschen, das sogenannte Gesindehaus, in dem früher die Mägde und Knechte schliefen und seit ein paar Jahren die beiden Zwangsarbeiter, die der *NS*-Bauernführer zugewiesen bekommen hatte, und nach seiner Entlassung aus der Schutzhaft Baptist Zimmermann.

Das ehemalige KPD-Mitglied Baptist Zimmermann kam als gebrochener politisch Verfolgter in seinen Heimatort zurück. Mit der Machtergreifung der *NSDAP* 1933 wurde er dank der »Notverordnung zum Schutz von Volk und Staat« als »Politischer« zuerst in dem KZ Oberer Kuhberg in Ulm inhaftiert, danach in Dachau.

Baptist Zimmermann gehörte vor dem Krieg ebenfalls dem Seeldorfer Gemeinderat an. Er war der Sohn eines Seeldorfer Bauern, dessen Hof aber traditionell sein älterer Bruder vererbt bekommen hatte.

Er dagegen ging vor dem Krieg in Friedrichshafen bei den *Dornierwerken* in die Lehre und wurde Feinmechaniker. In den Lehrjahren kam er zum ersten Mal mit der Jugendarbeit der Gewerkschaften in Berührung. Schnell war er von der Ideologie des Zusammenhalts angetan. »Ein Finger alleine ist schwach, fünf Finger zur Faust dagegen sind stark!«, hatte er auf einer Kundgebung von Ernst Thälmann gehört, das leuchtete ihm ein und er trat in die KPD ein. Später wurde er von der Partei zur Wahl der Betriebsräte aufgestellt. Das hatte für die Inhaftierung gereicht.

Verena war schon bald nach der Geburt ihres Sohnes wieder auf den Beinen. Sie brachte wieder, wie zuvor, die Milch morgens und abends in die Milchzentrale. Doch jetzt musste ihr kleiner Sohn getauft werden. Traditionell sollte die Taufe nur wenige Tage nach der Geburt stattfinden, um dem Kind den christlichen Segen zu geben und in der Gemeinde mit Gott aufzunehmen.

Verena hatte versucht, mit vielen Ausreden, die Taufe immer wieder hinauszuschieben. Sie hatte gehofft und gebangt, dass ihr Levi endlich wieder zurückkommen würde. Wäre er mit einer christlichen Taufe überhaupt einverstanden gewesen? Doch nach ein paar Wochen fing das Gerede im Dorf erneut an. »Warum will Verena ihren Sohn nicht taufen lassen?«, war plötzlich die Frage.

»Nächsten Sonntag, nach der morgendlichen Messe, tauft der Herr Pfarrer gleich deinen Balg«, hatte da ihre Mutter, Theres Obergfell, aus heiterem Himmel plötzlich bestimmt, »ich habe mit dem Herrn Pfarrer schon alles geklärt, der Friedrich wird de Getti, und eine Gotti wirst du auch noch finden.«

Verena hatte nicht die Kraft, sich dagegen aufzulehnen, es wäre in dem Ort auch unmöglich gewesen, die Taufe weiter hinauszuzögern. Seeldorf war ein rein katholisches Dorf. Was zählte, waren Traditionen, Brauchtum und das Wort des Pfarrers.

»Verena, nach der Taufe kommt ihr zu mir«, wusste auch schon Hubert Rieger, der Dorfwirt, dass nun am Sonntag die Taufe geplant war, und fing Verena ab, als sie wie jeden Morgen zur Milchzentrale ging. »Keine Widerrede! Es kommen jetzt wieder andere Zeiten, und ich kann von den Franzosen immer was abzwacken.«

Verena zögerte verunsichert. Sie wusste gar nicht, was sie sagen sollte. Ein Gasthausbesuch war für sie unvorstellbar. Sie konnte ihn sich nicht leisten, sie selbst hatte sowieso kein Geld, und auf Ottos Konto hatte sie keinen Zugriff.

»Ich klär das mit dem Franz-Karl, ich schulde ihm sowieso noch etwas, und wir sollten endlich zusammen auf das Ende des Krieges anstoßen und es feiern«, strich er ihre Bedenken beiseite.

Die Taufe des kleinen Jakob Simon wurde Ende Mai 1945 zu einem ganz besonderen Ereignis. Zwischen der

Suppe und Spätzle mit Fleischresten des französischen Menüs vom Vortag ging die Tür auf, und der geflüchtete Arzt, Doktor Wolf, stand vor der kleinen Festgesellschaft. Seine Frau Wilhelmine, die ebenfalls eingeladen war, sprang auf, um ihm um den Hals zu fallen.

Hubert Rieger konnte seine Gäste verwöhnen, wie es in diesen Tagen in anderen Gaststätten kaum möglich war. Die neuen Machthaber hatten seine Kochkunst schnell erkannt und die *Krone* zu ihrem Foyer erkoren. So konnte er den Obergfells und Doktor Wolf einen kräftigen Rotwein servieren. Er schüttete jeden Abend alle Reste der verschiedensten Rotweine der Franzosen zusammen und kreierte so eine Cuvée nach dem anderen.

Jeden Morgen fuhr ein Jeep der französischen Armee vor das Gasthaus und belieferte die *Krone*-Küche mit Lebensmitteln, die es in dieser Zeit nicht mal auf dem Schwarzmarkt gab.

Die Franzosen hatten sich in der *Krone* und gegenüber im Wohnhaus des ehemaligen NS-Bürgermeisters einquartiert. Hubert Rieger war ihr »ami allemand« geworden. Er sprach ihre Sprache, diente hin und wieder als Dolmetscher und servierte ihnen eine Bouillabaisse, die die französischen Offiziere von daheim träumen ließ. Die Offiziere wussten auch seine marinierten Felchen zu schätzen, die die sturen Dorfbewohner zuvor als rohen Fisch nur verschmäht hatten, oder ließen sich von ihm Hühnergerichte nach französischem Rezept als Coq au Vin servieren.

Wer den Krieg überlebt hatte, versuchte sich wieder einzurichten. Wie Franz-Josef Haas. Wie er verschwunden war, so war er unvermittelt auch wieder aufgetaucht. Er grüßte wie selbstverständlich die Bürger im Ort. Dass sein stattliches Wohnhaus von den Franzosen eingenommen worden war, musste er hinnehmen. Es bot eine elegante, repräsentativ eingerichtete Ratsstube, die der französische Adjutant schnell als Kommandantur requiriert hatte.

Haas hatte als NS-Bürgermeister die Stube auf Kosten der Gemeinde vom örtlichen Schreiner Längle möblieren lassen. Inmitten des Raumes stand ein großer schwerer Schreibtisch mit Telefonanschluss.

Alle Gegenstände mit Nazi-Symbolen hatten die Franzosen aus dem Haus geschleppt und verbrannt. Die Führungsoffiziere zeigten, wer der neue Herr im Haus war.

Ein unsichtbarer Bruch hatte Seeldorf über Nacht geteilt. Die Gegner der Nazis gingen wieder aufrecht durch den Ort, die bis dahin machthabende NS-Clique verkroch sich verunsichert. Mit tiefer Verachtung nahmen sie das Antichambrieren vor den französischen Soldaten in der *Krone* zur Kenntnis.

Für Paul Simon ein Grund mehr, nicht zur Taufe seines vermeintlichen Enkels zu kommen, wobei er dabei blieb, dass der Bub nicht der Sohn seines Otto war. Er hetzte weiterhin ungeniert gegen die Obergfells und blieb dabei, dass der Junge ein Jude ist, der gar nicht überleben hätte dürfen!

Franz-Karl Obergfell kam über den Tod seines jüngsten Sohnes Ernst kaum hinweg. Er musste sich mit der Welt arrangieren. Doch so leicht, wie es sich dieser Adenauer machte, konnte er nicht über die NS-Verbrecher hinwegsehen. »Man schüttet keinen kalten Kaffee weg, wenn man keinen neuen hat«, soll dieser Kölner Karnevalist, der nun der neue Bundeskanzler werden sollte, gesagt haben. Doch Franz-Karl fand zu den Naziverbrechen keinen Humor.

Außer seinem eigenen Bürgermeister, mit dem er in einer Art Zwangsfrieden lebte, warf er auch anderen im Ort ihre

NS-Aktivitäten vor. Kein Wort einer Entschuldigung hatte er auch nur von einem am Stammtisch bisher vernommen. Sie redeten vom Zusammenbruch und wollten nicht das Ende ihres Tausendjährigen Reichs verstehen.

Für Franz-Karl aber war es die totale Kapitulation jeder Menschlichkeit, dass er seine Kinder in diesen sinnlosen Krieg hatte schicken müssen. Das wird er diesen Nationalisten nie verzeihen, und tatsächlich konnte er auch seinen Schmerz nie überwinden.

Nur dieser kleine Balg von seiner Tochter Verena ließ ihn hin und wieder an eine neue Zukunft glauben. Wenn sie den Kleinen auch gegen seinen Willen Jakob getauft hatte, irgendwie war es doch sein Ernstle geworden.

Verena hatte auf Raten ihres Vaters die Leitung der örtlichen ZG übernommen. Damit musste sie auch über die gelieferten Milchmengen der Bauern in der Milchzentrale Buch führen. Mit zwei Helfern wurde die Milch abgefüllt und auch nebenbei an die Seeldorfer verkauft, die keine Kühe hatten.

Verena rechnete am Wochenende die Milchmenge jedes Bauern einzeln zusammen, zählte die Einnahmen ab und zahlte jedem Bauern in einem Kuvert auf Mark und Pfennig seinen Gewinn aus. »Des kasch du und des machsch du!«, hatte ihr Vater entschieden. Schließlich wurde sie dafür bezahlt und sorgte so für eine regelmäßige Einnahme in der Familienkasse.

Ihr Vater, Franz-Karl Obergfell, hatte mit dem ehemaligen *NS*-Bürgermeister, Franz-Josef Haas, schon kurz nach dem Krieg ohne große Worte ein Stillhalteabkommen geschlossen. Dazu hatte den Sturkopf Obergfell auch der Wirt, Hubert Rieger, überredet. »Wir müssen uns jetzt gegen die Franzosen behaupten«, hatte er ihn gebeten, wieder seinen Platz im Gemeinderat einzunehmen. Zunächst hatte er den sturen Bauernschädel erinnert, dass Franz-Josef Haas ihn nach einem Streit in der *Krone* zur *NS*-Zeit vor dem KZ bewahrt hatte.

Damals hatten vier Mann der *SA* in der *Krone* für ihre Uniformen Geld gesammelt, darunter auch dieser Paul Simon, Franz-Karl Obergfells Erbfeind. Ihm hatte er provokativ einen Pfennig hingeschoben, worauf Paul Simon von ihm etwas mehr Spendenbereitschaft einforderte.

»Wer hat dir denn die Uniform bezahlt, die du da anhast?«, blieb Franz-Karl Obergfell stur und steckte den Pfennig wieder ein. Dann griff er noch nach der Hose des *SA*-Mannes und schob nach: »Solch einen feinen Stoff hast du dir doch früher gar nie leisten können«, provozierte er den *SA*-Reiter weiter und fasste an seine Hosenfalte, »die Hose haben wir doch auch schon bezahlt, so viel Geld hattest du doch früher gar nie.«

Paul Simon wollte sein Bein zurückziehen, doch Franz-Karl Obergfell hielt die Stofffalte der Hose fest in seiner Hand. Simon zerrte wütend, der Stoff gab nach. Ein kurzes, aber heftiges Gerangel entstand, bis die Hose des *SA*-Sammlers einen Triangel trug.

»Jetzt bist du zu weit gegangen!«, schrie Paul Simon außer sich. »Wir sind die Sturmabteilung unseres Führers! Das ist ein Angriff auf Adolf Hitler selbst!«

Die Stammtischkollegen versuchten schnell, die beiden Streithähne auseinanderzuhalten. Sie drängten Franz-Karl Obergfell ab, während der Wirt, Hubert Rieger, auf die vier *SA*-Männer einredete.

Schließlich hatten Obergfells Stammtischfreunde ihren Franz-Karl zur Hintertür hinausbugsiert, und Hubert Rieger schenkte den vier *SA*-lern jeweils ein Bier ein. Trotzdem, kaum hatten die vier die *Krone* verlassen, klopften sie gegenüber bei ihrem NS-Bürgermeister Franz-Josef Haas an die Tür und erstatteten Meldung.

Kurze Zeit später klopfte Hubert Rieger bei den Obergfells an die Tür. »Franz-Karl, mach jetzt keinen Scheiß«, warnte er ihn, »geh zu Franz-Josef und sag ihm, du hattest ein Bier zu viel getrunken, bitte ihn, die Sache unter den Tisch zu kehren, sonst kann es für dich ziemlich unangenehm werden, das weißt du. Du musst jetzt zu ihm gehen!«

»Einen Scheiß muss ich!«, knurrte Franz-Karl Obergfell. »Wenn du meinst, du musst den braunen Herren in den Arsch kriechen, dann ist das deine Sache. Ich nicht!«

»Franz-Karl, wir haben den Ersten Weltkrieg überlebt und werden auch den jetzigen überleben. Aber pass auf, dass du dich nicht plötzlich an der Front wiederfindest«, warnte Hubert Rieger.

»Sag deinem Herrn Hitler, wenn er mich sucht, er findet mich im Stall«, fegte Obergfell alle Mahnungen uneinsichtig beiseite, stand auf und ließ den Wirt mit seiner Frau Theres alleine in der Küche zurück.

Der Wirt schaute ihm ratlos nach, dann zu dessen Frau Theres Obergfell. Sie aber ging zum Küchenbuffet und holte hinter den Suppentellern ihr Portemonnaie heraus. Entnahm dem Geldbeutel fünf Reichsmark, steckte sie in ihren Schurz und sagte zu Hubert Rieger gewandt: »Lass uns gehen.«

»Wohin?«, fragte er erstaunt.

»Zum Franzsepp«, antwortete sie knapp, »mir sind doch alle Seeldorfer!«

Gemeinsam machten sie sich auf den Weg zu dem Bürgermeister, doch vor seinem Wohnhaus schickte Theres

Obergfell Hubert Rieger in seine *Krone*. »Lass mich das mal mit dem Bürgermeister alleine regeln«, bat sie ihn mit weiblicher Demut, »ich denke, ich schaffe das alleine.«

Hubert Rieger schaute die kleine, zierliche Bauersfrau an. Hager und ausgemergelt stand sie vor ihm, und doch, er spürte in ihr eine besondere weibliche Kraft. Theres Obergfell musste für ihren Mann und ihren Bauernhof und letztendlich für sich selbst kämpfen, und sie wollte dies offensichtlich alleine tun, also drehte er ab.

Theres Obergfell klopfte an die Tür des Bürgermeisters. Johanna, die Magd, öffnete und schaute die Bauersfrau überrascht an.

»Ich muss zum Franzsepp, mach schon«, sagte Theres Obergfell unwirsch und drückte sich in den Flur des stattlichen Herrenhauses.

Die Magd trat zur Seite und wies ihr den Weg in das Ratszimmer direkt neben der Haustür.

Theres Obergfell legte die Hand auf den Türgriff und schaute zu der Magd.

Die Magd nickte verunsichert.

Theres drückte einfach die Türklinke herunter und trat unaufgefordert ein.

Der Raum war dunkel, nur inmitten des Zimmers brannte auf dem Schreibtisch ein Licht. Dahinter saß der Bürgermeister und schaute überrascht auf. »Ah, du«, sagte er nur.

»Ja, ich!«, ging Theres Obergfell schnurstracks auf den Bürgermeister zu, der hinter seinem Schreibtisch wie verschanzt sitzen blieb.

»Schon lange her«, zischte sie mit bedrohlichem Unterton in der Stimme und stützte sich mit ihren beiden Händen rücksichtslos auf irgendwelche Papiere auf der Schreibtischplatte, wobei sie ihren schmalen Oberkörper zu ihm über den Tisch schob und ihm direkt in die Augen sah. »Ich muss dich ja nicht an unsere Nacht im Schafstall erinnern. Ich habe die ganze Zeit geschwiegen, Franzsepp, aber schau dir mal unseren Friedrich genauer an.«

Ihre Augen verengten sich zu zwei Schlitzen, dann huschte ein überlegenes Lächeln über ihr blasses Gesicht. Mit sanfterer Stimme setzte sie nach: »Vergessen wir das alles.« Dabei griff sie in ihre Schürze, holte die fünf Mark heraus und legte sie auf den Tisch: »Hier hast du eine Spende für eure *SA*-Uniformen, damit kannst du dem Paul eine neue Hose spendieren. Aber sollte mein Mann abgeholt werden, werde ich nicht nur deiner Frau unsere Geschichte erzählen, sondern im ganzen Ort.«

»Beruhige dich, ich tu, was ich kann«, versprach der Bürgermeister schnell mit gedämpfter Stimme, um Theres Obergfell zu beruhigen. »Aber jetzt hat sich dein Franz-Karl einfach wirklich zu viel herausgenommen. Ich kenne niemanden in meiner Gemeinde, der sich so asozial verhält wie er. Er hat keinerlei Achtung vor unserer Partei und unseren Ordnungskräften!«, versuchte Haas zunächst, sich hinter seinem Amt zu verschanzen. »Vielleicht braucht er mal eine Sonderbehandlung in einem KZ.«

Theres Obergfell standen plötzlich Tränen in den Augen. »Ohne Franz-Karl schaffen wir die Zeit nicht, und ich sage dir, ohne Franz-Karl habe ich nichts mehr zu verlieren, aber du dein Ansehen im Ort«, damit hatte sie wieder ihre Drohposition eingenommen und ihrer Stimme erneut Kraft verliehen.

Der Bürgermeister saß wie versteinert auf seinem Stuhl.

Sie warnte ihn nochmals eindringlich: »Es werden alle erfahren, was du mir angetan hast, und Friedrich ist der

Zeuge, schau ihn dir einfach genau an, er ist dein Erstgeborner, ich denke, er hat auch einen Anspruch auf das schöne Haus hier.«

»Theres!«, konnte sich Franz-Josef nun kaum mehr zurückhalten, erschrak wohl selbst über seine plötzliche Lautstärke und begann erneut, leise zu appellieren: »Theres, lass gut sein, das ist alles doch viel zu lange her.«

»Aber nicht vergessen«, zischte die hagere Theres Obergfell nochmals drohend in die Richtung des Bürgermeisters, der noch immer auf seinem Stuhl ausharrte, während sie sich umdrehte und das Haus ohne weitere Verabschiedung verließ.

Ein paar Tage noch hielt sich eine gewisse Spannung im Ort. Hubert Rieger erkannte als Erster den Punktsieg von Theres Obergfell. Er hakte vorsichtig nach, als er den Bürgermeister zufällig vor seinem Haus sah: »Haben deine *SA*-Männer ihre neuen Uniformen?«, fragte er wie beiläufig.

»Wie sagt man so schön?«, winkte Franz-Josef Haas souverän ab. »Alles in trockenen Tüchern.« Kein Wort war von ihm zu der Rangelei zwischen Franz-Karl Obergfell und Paul Simon zu hören.

»Man sollte die Frauen nie unterschätzen«, schmunzelte der Wirt vor sich hin und wusste nun, dass tatsächlich, trotz der Anzeige der *SA*-Männer, der Bürgermeister kein Verfahren gegen Franz-Karl Obergfell einleiten würde. Nach dem Krieg wurde auch diese Anekdote dem alten und neuen Bürgermeister gutgeschrieben. Und bei Kriegsende hatte jeder Bürger in Seeldorf sowieso ganz andere Sorgen.

Vor allem die zwölf Millionen deutsche Flüchtlinge aus den verlorenen Ostgebieten mussten in den neuen Westzonen untergebracht werden. Fast jedem Bauernhaus in

Seeldorf war eine Familie zugewiesen worden. Auch im sogenannten Gesindehaus des Bürgermeisters Haas, in dem er nun selbst wohnte, musste auch seine Familie einer weiteren Flüchtlingsfamilie Platz machen, und natürlich waren auch die Gästezimmer der *Krone* bei Hubert Rieger beschlagnahmt für Familien aus den bis dahin deutschen Ostgebieten.

Am Stammtisch in der *Krone* ging es deshalb manchmal hoch her. »Zuerst die Hu-Jus, jetzt die Hu-Flüs«, hatte der Feuerwehrkommandant gegrummelt. »Wenn du Ranzenpfeifen hast, wirst du froh sein, wenn dich der Huren-Jude Wolf behandelt«, widersprach Hubert Rieger energisch, »und die Huren-Flüchtlinge helfen uns jetzt, eine Baracke für sie zu bauen.« Damit hatte er die Pläne des Bürgermeisters verraten, gegen den Flüchtlingshass anzugehen.

Bürgermeister Franz-Josef Haas leitete längst wieder, wie er dies in den zwölf NS-Jahren zuvor auch getan hatte, die Gemeinderatssitzungen. Allerdings hatten die Franzosen schon im Oktober 1945 ihm einen neuen Gemeinderat vor die Nase gesetzt. Dabei hatten sie die NS-Gemeinderäte liquidiert, Paul Simon wieder aus dem Rat verwiesen und dafür Franz-Karl Obergfell als ehemaligen Zentrumsgemeinderat an den Ratstisch geholt.

»Wir müssen das Flüchtlingsproblem in unserer Gemeinde selbst klären«, gab Franz-Josef Haas vor, »wir müssen die Flüchtlinge aus unseren Häusern bekommen«, begann er seine Erklärung im Kreis seiner zehn Gemeinderäte und wusste, dass ihm am Ende alle zustimmen würden.

Franz-Josef Haas war als Kommunalpolitiker ein alter Fuchs. Schon im Vorfeld der Sitzung hatte er sich eine

Mehrheit am Ratstisch gesichert. Er wusste, wer für seinen Plan und wer dagegen war. Geschickt spielte er die Gegner und Befürworter in der Abstimmung gegeneinander aus.

Zuerst ließ er den Feuerwehrkommandanten, einen ewigen Grantler, zu Wort kommen: »Wir müssen das Flüchtlingsproblem nicht in unserer Gemeinde lösen, wir müssen sie vielmehr aus unserer Gemeinde herausschaffen!«, polterte er los. Gerade er, der davon profitierte, dass in seinem Haus eine Großfamilie eingezogen war, mit Mutter und Großmutter, die ihm nach dem Tod seiner Frau seinen Haushalt mit seinen fünf Kindern führten. »Das G'schmeiß haben uns die Franzosen beschert, sollen sie sie doch auch bei sich aufnehmen.«

»Kannsch dich ja in Paris beschweren«, widersprach Franz-Karl Obergfell mit gespielt gelangweiltem Ton, schlug dann aber schnell in die Bresche des Bürgermeisters, »derweil sollten wir hier bei uns erst mal eine Lösung finden, wie wir unsere Häuser für uns alleine wieder zurückbekommen. Also müssen wir die Leute irgendwo hinschaffen.«

Franz-Josef Haas erläuterte seinen Plan, für die Flüchtlinge eine Sammelbaracke zu bauen. Holz war teuer, aber die Gemeinde besaß Wald. Sein Vorschlag: »Wir geben unserem Schreiner Längle so viel Holz, dass er für eine Baracke genügend Bauholz hat, und für seine Arbeit bekommt er den Lohn ebenfalls in Holzster geliefert. Es sind 15 Flüchtlingsfamilien im Ort, also muss er 15 Zimmer in der Sammelbaracke unterbekommen und eine Küche für alle, mehr braucht es nicht!«

Der Bürgermeister schaute in die Runde und zu Franz-Karl Obergfell. Von ihm wusste er, dass er seinen Vorschlag unterstützte. Auf Franz-Karl Obergfell hörten alle ehemaligen Zentrumsleute, die jetzt wieder, nun als CDU-Mitglieder, am Ratstisch saßen. Franz-Karl Obergfell aber schaute ebenfalls in die Runde und sah, dass der Feuerwehrkommandant weiter Dampf ablassen wollte.

»Die können doch auch in ihren Zimmern kochen, eine Küche braucht's doch nicht extra«, grummelte dieser, »und wo soll die Baracke überhaupt hin? Am besten möglichst weit weg von unserem Ort.«

»Dann hätten deine beiden Frauen aber einen weiten Weg«, fiel ihm Franz-Karl Obergfell provozierend ins Wort, »bis die morgens bei dir in der Küche sind, müsstest du lange auf deinen Kaffee warten.« Damit hatte er die Lacher auf seiner Seite und so gut wie gewonnen.

»Was willst du damit sagen?«, fauchte der Feuerwehrmann. »Ich trinke keinen Kaffee, das kann ich mir gar nicht leisten, und meinen Hof habe ich auch schon, bevor die Flüchtlinge kamen, alleine umgetrieben.«

»Meine Herren, bitte!«, zügelte Haas die Ratsmitglieder, von denen einige erneut in ein höhnisches Lachen eingestimmt hatten. »Das Grundstück befindet sich ganz am östlichen Ende unseres Ortes, am letzten Zipfel des Weges weit hinter den Obergfells. Ich habe da am Hang ein paar Ar, auf die wir die Baracke stellen können.«

»Na also, wenn's nichts kostet und wir haben sie aus dem Haus, wer will denn dann dagegen sein?«, stellte Franz-Karl Obergfell auf die Schnelle eine Stimmenmehrheit für den Vorschlag des Bürgermeisters her.

Schon eine Woche später war aus dem Gemeindewald das Holz zur Schreinerei Längle geschleppt. Währenddessen hatten die Bauern mit den Flüchtlingen gemeinsam den Hang am Ende des Seitensträßchens, circa 100 Meter hinter den Obergfells, etwas ausgeglichen und planiert, sodass schon zwei Wochen später der Rohbau der Holzbaracke ohne langen Verwaltungsakt stand.

Zunächst wurden in 20 Zimmer mit einer Küche die 15 Familien aus dem Ort Seeldorf umgesiedelt. Großfamilien wie die Bendzkos bekamen zwei Zimmer.

»Gott sei Dank, das Ungeziefer ist draußen«, hatte Jakobs Oma die Gemeinderatsentscheidung quittiert. Jakobs Tränen interessierten sie nicht.

DER TAG 0

Alexander Simon ist gerüstet. Im gestrigen *Südkurier*, der Lokalzeitung, war seine angemeldete Demonstration in Salem für heute groß angekündigt. Er wird die Demonstranten vor das Privathaus des Unternehmers leiten, der seine alte Fabrik für das Asylheim umbauen lässt und damit für diesen Verrat am deutschen Volk auch noch Staatsknete kassieren will. Sie werden ihm seine Rechnung in die Luft gehen lassen, freut er sich auf die von ihm geplante Detonation am Samstagmittag.

Luca hatte gestern die beiden Rohrbomben mitgenommen, auf den Jungen ist Verlass, obwohl er ein Obergfell ist. Seit einem halben Jahr kommt er regelmäßig zu ihren Treffen in das Backhäuschen. Der Junge hat ihn schon eine ganze Stange Geld gekostet. Bei jedem Treffen trinkt er locker alleine einen halben Kasten Bier. Aber das tut ihm selbst nicht weh. Die Spenden fließen schließlich reichlich, seit sich ihre Demonstrationen hauptsächlich gegen Migranten richten.

Kopftuchfrauen, arabische Messermänner und Taugenichtse hat seine Partei zum Feindbild aller aufrechten Deutschen erkoren. Vor allem Dunkelhäutige haben in Deutschland bald nichts mehr verloren!

Nach der Aktion in Salem mit einem garantiert großen Medienecho ist er sicher, weitere Spenden für seine Parteiarbeit zu erhalten. Manchmal wundert er sich selbst über die Höhe der Summen, die bei ihm eingehen, aber er gibt für ihre Bewegung schließlich noch viel mehr: seine ganze Freizeit.

Diesem Typen aus Stuttgart hätte er gestern sein Hirn völlig demolieren sollen. Aber vor Luca hatte er sich nicht getraut, also haben sie ihn im Ort abgelegt, heute Morgen war er verschwunden, demnach hat er den Schlag wohl überlebt.

Er muss jetzt sein »Führerhauptquartier« ein bisschen neutralisieren, Hitler und Röhm hängt er ab und auch die Hakenkreuzfahne. Wenn der Typ bei der Polizei war, muss er mit allem rechnen. Bei ihm dürfen die Bullen auf keinen Fall Hinweise auf seine Neonazi-Nähe finden und schon gar nicht Spuren des Sprengstoffs, denn dann könnte er seine Parteikarriere gleich an den Nagel hängen.

Er steht vor einem großen Spiegel in seinem Zimmer im Bauernhaus seines Opas. Opa Alfred ist noch in der NPD, macht aber nichts, schmunzelt Alexander Simon, da war er früher auch Mitglied, als sich die Rechte Deutschlands noch als »Nationaldemokratische Partei Deutschlands« sammelte. Heute aber ist die *AfD* klug und kampfbereit breiter aufgestellt. In der *Jungen Alternative* sammeln sich die Neonazis, in der Mutterpartei die Altnazis und in der Parteiführung die unverdächtigen Funktionäre.

Er zieht seine Krawatte über sein weißes Hemd. Wie Höcke am Montag in Chemnitz will er sich heute auch bürgerlich-korrekt gekleidet zeigen. Wenn die Rohrbombe während seiner Rede in dem geplanten Asylheim hochgeht, wird er überrascht und schockiert sein. Er wird die Tat natürlich sofort lautstark verurteilen, aber auch gleichzeitig darauf hinweisen, dass die Angst den öffentlichen Frieden zerstört. Die Angst vor Migranten, deshalb müssen sie weg!

9. MAI 2015, SAMSTAG

Jakob will gar nicht wach werden. Sein Kopf brummt, als hätte er sich gestern schwindlig gesoffen. Wo bin ich überhaupt, fragt er sich. Wo war ich gestern und warum soll ich die Augen öffnen bei diesem Brummschädel?

Er lässt die Augen zu und fasst mit der rechten Hand an seinen Hinterkopf, wo er die Schmerzen lokalisiert. Verdammt, was hat er da an seinem Kopf? Mühsam öffnet er nun doch ein Auge und blinzelt in den hellen Raum. Da die Sonne ihm direkt ins Gesicht scheint, erinnert er sich, er muss in seinem Jugendzimmer gelandet sein. Schon gestern weckten ihn hier die ersten Sonnenstrahlen. Aber was ist an seinem Kopf?

Er tastet jetzt auch mit der linken Hand an seine Stirn, ohne Zweifel, er trägt einen Verband um seinen Schädel. Woher der kommt, erinnert er sich nicht.

Er versucht, sich aus dem Bett zu erheben, das geht ganz gut, na also, denkt er, ich lebe ja noch, aber wie er in sein Bett kam, bleibt ihm unklar.

»Bist du wach geworden? Mach mal schön langsam«, hört er eine Frauenstimme, die er Katharina Bendzko zuordnen kann, aus dem Flur.

Was macht die denn hier in meiner Bude?, ist das nächste Rätsel an diesem Morgen, das sich ihm stellt. Doch er sagt kein Wort. Fragt nicht nach. Ist einfach nur verwirrt. Sie kommt aus dem Flur zu seinem Zimmer gelaufen, bleibt aber draußen vor der geöffneten Tür stehen und schaut zu ihm.

Als fiele es ihm leicht, steht er auf. Er steht und schaut kurz an sich hinunter. Irgendjemand muss ihn ausgezogen haben, jedenfalls ist er fast nackt, trägt nur noch seine Unterhose.

Er will sich strecken, spürt seinen Muskelkater und erinnert sich an seine Radtour von vor zwei Tagen. Aber gestürzt ist er nicht. Der Schädel tut trotzdem weh. »Was habe ich an meinem Kopf?«, fragt er schließlich.

»Ich weiß es nicht, ich hoffe, keine weiteren Schäden«, antwortet Katharina mit besorgter Stimme, »jedenfalls hast du geblutet und lagst bewusstlos in der Bushaltestelle im Ort, da haben wir dich gefunden.«

»Wir?«, erinnert sich Jakob düster an eine Männerstimme, die er nicht kannte.

Katharina geht auf ihn zu, bisher stand sie unter dem Türrahmen zu seinem Zimmer, jetzt ist sie neben ihm. Er steht vor dem Fenster und hält sich an der Fensterbank fest. Sie will ihn festhalten, stützt ihn ein bisschen und fragt noch immer besorgt: »Lorenzo, erinnerst du dich? Ich sollte ihn wegen des Betonbohrers auftreiben«, schaut sie ihn fragend an, »den hatte er gestern noch nicht gefunden, aber dich.«

Das ist ihm jetzt alles zu viel. »Ich muss dringend auf die Toilette«, löst er sich aus ihrem fürsorglichen Haltegriff. »Danach komme ich in die Küche, und du erzählst mir alles der Reihe nach«, mimt Jakob wieder den starken Mann, wenn er gerade auch gar nichts checkt.

Filmriss.

Im Bad sieht er den Verband um seinen Kopf. Wie sieht das denn aus, der muss weg! Er will ihn lösen, weiß aber nicht, wo er ihn aufbekommt. Er vergewissert sich, ob er so zu Katharina gehen kann. Seine Unterhose deckt ab, was sie abzudecken hat, also kann er zu ihr gehen.

Sie steht im Wohnzimmer, wirkt unschlüssig.

»Kannst du mir die Binde bitte abnehmen?«, spielt Jakob weiter den Starken.

Sie hat noch immer ihren sorgenvollen Blick, den er aber gar nicht leiden kann. »Willst du nicht zum Arzt gehen, wer weiß, was in deinem Schädel passiert ist. Du warst sicher eine längere Zeit bewusstlos, bis wir dich gefunden haben.«

»Da nützt nun der Verband auch nichts«, bleibt er stur, »mach ihn bitte ab. Irgendwie dämmert mir, dass wir heute noch etwas zu erledigen haben.«

Sie fühlt sich mit ihrer Sorge nicht ernst genommen, gibt sich aber geschlagen. »Geh ins Bad, ich komme mit und mache dir den Verband ab.« Spitz fügt sie hinzu: »Wenn's noch blutet, bekommst du ein kleines Pflaster und kannst dich heute Mittag wieder als Held in der Öffentlichkeit zeigen.«

Jakob merkt, er hat sie gekränkt, statt sich für ihre Hilfe zu bedanken. »Sorry, Katharina«, entschuldigt er sich schnell, »aber wenn es nicht mehr blutet, bringt der Verband doch wirklich nichts. Aber danke, dass du ihn mir angelegt hast.«

Ohne zu antworten, wickelt sie vorsichtig die weiße Binde von seinem Kopf. Er spürt die Verletzung, doch der letzte Rest der Binde geht auch dort gut ab, wo es geblutet haben muss.

»Ein Vorteil, wenn man keine langen Haare mehr hat, da kann auch nichts mehr kleben«, lächelt er gequält, »ich komme gleich in die Küche, dann erzählst du mir, wie ihr mich gefunden habt, und ich versuche zusammenzubringen, was mit mir gestern passiert ist.«

Unter der Dusche befühlt er vorsichtig seine Verletzung am Hinterkopf. Offensichtlich war es nur eine Platzwunde, die geblutet hat. Gleichzeitig fährt seine Hand über eine dicke Beule. Der warme Schauer der Dusche über seinen Schädel tut ihm gut. Ohne seine Morgendusche beginnt für Jakob kein Tag. Seine sportliche halbe Stunde fällt heute Morgen aber aus. So fit fühlt er sich dann doch noch nicht, aber die Kopfschmerzen nehmen ab, redet er sich jedenfalls ein.

Er geht in die Küche, will die Espressomaschine einschalten und sieht das Aufnahmegerät blinken. Schnell lässt er seine Espressomaschine stehen, wo sie steht, und bedient die digitale Aufzeichnung.

Katharina kommt zur Tür herein, sieht ihn in einer frischen Unterhose in der Küche an seinem Aufzeichnungsgerät hantieren. »Bist du noch ganz bei Trost, mach mal langsam. Zieh dich erst mal an, und dann können wir in Ruhe die Aufzeichnung abhören.«

»Psst«, macht er, und man hört schon ein leichtes Poltern und Rascheln aus dem Lautsprecher. »Das muss ich sein, wie ich die Rohrbomben in dem Backhäuschen gesucht habe«, erkennt er.

Jetzt lauscht auch sie gespannt, aber irgendwann wird sie ungeduldig. »Kannst du nicht ein bisschen weiter vorfahren, man hört dich ja nur rascheln.«

»Psst«, macht er wieder und stiert neugierig auf das abspielende Gerät. Das Rascheln wird lauter, man hört Jakob sogar lauter atmen, doch schon ist ein hartes Geräusch zu hören und dann kurze Stille.

»Spinnst du?«, hören sie eine jugendliche männliche Stimme entsetzt sagen. »Wenn der jetzt nicht mehr aufsteht, wenn der tot ist?«

»Den hätte ich gestern schon erschießen sollen«, erkennen sie beide Alexander Simon an seiner Stimme, »ach schau, da ist ja meine *Walther*.«

Katharina schaut gespannt zu Jakob, wie er reagiert. »Erkennst du die erste Stimme von dem Jungen?«, will er gerade fragen, da hören sie auch schon einen Hinweis: »Der hat gestern hier schon rumgeschnüffelt. Weißt du nicht, wer das ist? Das ist der Sohn von der Verena Obergfell. Ein Verwandter von dir, oder?«

Jakob stoppt die Aufnahme und fragt Katharina überrascht: »Ein Verwandter von mir? Weißt du, wer das ist?«

Katharina schüttelt ihren Kopf, dass ihr ihre langen Haare, die sie heute Morgen offen trägt, um ihre Schultern flattern. »Das glaube ich nicht«, antwortet sie zögernd und fügt ungläubig hinzu: »Das sind doch alles nur Kinder.«

»Was heißt da Kinder? Warum? Wer ist das?«

»Wenn mich nicht alles täuscht, ist das der kleine Luca von Luis Obergfell. Der wollte eigentlich Landschaftsgärtner werden und pflegt noch immer die Gärten unserer Immobilien«, zeigt sie sich nun doch verblüfft, »das kann doch nicht wahr sein!«

Jakob fasst sich an die Beule seines Kopfes. »Meine Beule ist wahr! Du kannst ja mal hinfassen, groß wie ein Ei.«

»Ich verstehe das nicht, der ist mit Lena zusammen, das kann doch gar nicht sein«, wirkt sie plötzlich niedergeschmettert.

»Wer ist Lena?«, fragt Jakob verwundert.

»Ach, Jakob, die Welt dreht sich nicht nur um dich«, antwortet Katharina harsch. »Lena ist eines meiner Enkelkinder, aber das interessiert dich ja wohl alles nicht. Du hast mich ja noch nicht mal gefragt, wie es mir ging, nachdem du weg warst.«

Katharina war das jüngste der drei Kinder in der Bendzko-Familie. Insgesamt mussten in den drei Westzonen nach dem Zweiten Weltkrieg fast 15 Millionen Deutsche nach Flucht und Vertreibung untergebracht werden.

Nach dem Zerfall des Russischen Reichs 1917 war Bessarabien als Moldauische Demokratische Republik kurzzeitig selbstständig. Mit dem Hitler-Stalin-Pakt fiel Bessarabien 1940 an die Sowjetunion, und die Bessarabiendeutschen wurden umgesiedelt.

Die Bendzkos waren in einem Flüchtlingstreck, hin und her geschoben, schließlich am Bodensee gelandet. Nach Seeldorf kamen sie via Güterbahnhof über Stuttgart-Zuffenhausen, Friedrichshafen und mit einem Fuhrwerk in das kleine abgelegene Seeldorf. Katharina war gerade als drittes Kind der Bendzkos auf die Welt gekommen.

»Ich war noch viel zu klein, um zu verstehen, dass wir Flüchtlinge waren«, erzählt sie heute, 60 Jahre danach, rückblickend, »aber dass wir nicht zu euch Seeldorfern gehörten, habe ich schon früh erfahren, schon bevor wir in die Baracke umziehen mussten. Wir waren nicht willkommen, das weißt du.«

»Bei mir schon«, wirft Jakob ein, gesteht aber gleichzeitig, »Seeldorf war eine eingeschworene kleine Dorfgemeinschaft. Würdest du heute wollen, dass man dir einfach ein paar von den fremden Flüchtlingen in dein Haus setzt?« Kurz schaut er sie eindringlich an und fügt hinzu: »Und du warst bei mir willkommen!« Und fast schmollend fügt er noch an: »Für mich hast du immer zu mir und uns gehört.«

»Ja, für dich«, schnaubt sie unwillig, »das stimmt, aber denk mal 50 Jahre zurück. Auch du hast nicht gecheckt, dass wir immer ausgegrenzt waren und ich in einer anderen Kultur steckte. Unsere Familie kam aus einer anderen Welt. Aber auch ihr Deutschen habt noch in einer anderen Welt gelebt. Frauenrechte gab es in beiden Welten nicht, selbst Menschenrechte waren ein Fremdwort.«

»Was hat das jetzt mit mir zu tun?«, blafft Jakob zwischen ihre Erzählung.

»Ach, Jakob«, antwortet sie in einem fast mitleidigen Tonfall, »das ist alles schon so lange her, und ich will dir heut auch nichts mehr vorwerfen. Ich weiß, du glaubst, ich hätte dich wegen Boris verlassen, aber ich habe mich genauso von dir verlassen gefühlt. Ich hätte mich, als du einfach verschwunden warst, am liebsten umgebracht, aber nicht einmal dazu hatte ich die Kraft«, gesteht sie ihm heute, »also habe ich einfach ausgehalten.«

Dann erzählt sie ihm, wie sie von ihren beiden Brüdern mit Boris verkuppelt wurde. »Heute kann ich es klar sagen: Ich wurde von Boris vergewaltigt! Meine beiden Brüder hatten ihn dazu ermuntert, sie wollten auf keinen Fall, das wir beide noch länger zusammen sind, natürlich wussten sie von unseren Treffen in den Gästezimmern der *Krone*. Sie haben dich gehasst, du mit deinem Abitur und den langen Haaren und echten *Levis*-Jeans. Dir als Seeldorfer war doch alles in die Wiege gelegt. Auch meine Eltern wollten nicht, dass ich mich mit dir treffe.«

Jakob hört schweigend zu, rührt in seinem kalt gewordenen Espresso, schüttet ihn mit einem Schluck in sich hinein und schaut sie jetzt einfach nur an.

»Ich wurde schnell schwanger und war dann gefangen in meiner Rolle als Frau von Boris. Ich gebar ihm noch weitere zwei Kinder und war nur noch Hausfrau. Ich war seine Magd und immer fürs Bett bereit.«

Langsam wird es Jakob ungemütlich. Er kommt sich

hilflos vor. Was soll er dazu jetzt sagen? Soll er ihr vorwerfen, dass sie sich nie bei ihm gemeldet hat? Aber dann entscheidet er sich, doch lieber weiter betreten zu schweigen, und Katharina fährt fort, als hätte sie nur darauf gewartet, ihm endlich zu sagen, wie sie sich in Seeldorf ohne ihn durchgeschlagen hat.

»Es schien, mein Leben war nur eine endlose Hilflosigkeit, ohne Zukunft, Hoffnung oder Liebe. Ich hatte nur meine drei Kinder, sie waren meine Liebe, aber ich hielt es kaum aus, wie Boris mit ihnen umging, ich konnte es fast nicht mit ansehen.«

Katharina hält inne. Schaut Jakob mit prüfendem Blick in die Augen. »Ich erzähle dir jetzt, warum ich dir gesagt habe, ich habe deiner Mutter viel zu verdanken.« Sie steht auf, geht zu ihrer Handtasche im Flur, holt sich eine Packung Zigaretten heraus, setzt sich wieder an den Küchentisch und zündet sich eine an.

Sie bläst den Rauch weit von sich und nimmt den Faden wieder auf: »Deine Mutter war es, die mir den Weg zu meinem heutigen Leben gezeigt hat. Ich war bei ihr auf dem Rathaus und wollte einen eigenen Reisepass beantragen. Sie fragte, wie ich dazu käme und was ich vorhätte. Ich weiß nicht mehr, warum, aber ich verriet ihr, dass ich aus Seeldorf flüchten wollte. Sie hörte sich mein Leben in der Baracke mit meinem täglich betrunkenen Mann an und sprach plötzlich von einem neuen Gleichberechtigungsgesetz, von dem ich noch nie etwas gehört hatte, und einem neuen Scheidungsrecht. Ich werde diese Formulierungen nie vergessen. Es klingt so amtlich: Gleichberechtigungsgesetz. Aber dieses Gesetz und das neue Scheidungsrecht von 1977, auch das Jahr weiß ich noch genau, und deine Mutter. Sie hat mir das alles in Ruhe erklärt, meinen Kampfgeist entfesselt und mich aus meiner Hilflosigkeit befreit.«

Jakob erinnert sich an die sozialliberale Koalition, die diese Gesetze 1977 auf die Reihe gebracht hat. Bis dahin hatte jede Ehefrau ihrem Mann zu Diensten zu sein. Vergewaltigung in der Ehe, da lachten die Juristen. Aber ab 1977 war die sogenannte »Hausfrauenehe« Geschichte, ab diesem Jahr durften auch ohne Erlaubnis des Ehemannes Ehefrauen arbeiten und waren nicht mehr verpflichtet, den Haushalt zu führen, und vor allem, sie konnten die Scheidung einreichen ohne Einwilligung ihres Ehemannes.

Verena Obergfell hatte nach einigen konspirativen Treffen mit Katharina ihr einen Termin im Rathaus mit einem Scheidungsanwalt organisiert. Der hatte ihr Mut zugesprochen und versichert, dass sie ab sofort auch ohne Erlaubnis ihres Ehemannes eigenes Geld verdienen durfte und nach der Scheidung nicht mit ihren drei Kindern auf der Straße stand.

»Ich habe mich nicht getraut, Boris zu sagen, dass ich mich scheiden lassen möchte. Aber deine Mutter hatte ihn wegen eines dringenden Termins ins Rathaus bestellt, dort erwartete ihn der Rechtsanwalt, und der hat Boris die damals neue Rechtslage klargemacht und unser Angebot: Scheidung ohne Widerspruch und sofortiger Auszug aus unserer Wohnung, dafür werde ich auf sämtliche Unterhaltskosten verzichten und wir werden öffentlich auch kein Wort über seine Gewalttaten auch gegenüber den Kindern verlieren.«

Jakob ist ergriffen von ihrer Erzählung. Er hat schon vor 20 Jahren mit Rauchen aufgehört, aber jetzt nimmt er sich eine Zigarette aus ihrer Packung. Seine Kopfschmerzen hat er vergessen. Seine Mutter hatte ihm erzählt, wie schwer es Katharina gefallen war, ihre Scheidung einzureichen. Aber dass ihr Mann ein gewalttätiger Alkoholiker war, der sie auch nach Belieben vergewaltigte, hatte sie ihm nicht erzählt.

Hilflos zündet er sich die Zigarette an, er ist betroffen und aufgewühlt. Am liebsten würde er Katharina jetzt in den Arm nehmen, aber dafür kommt er wohl Jahre zu spät.

Katharina sieht, dass ihre Erzählung Jakob mitnimmt. Sie spürt, dass er sie noch immer liebt, aber nicht aus seiner Rolle kann. »Machen wir es kurz, lieber Jakob. Boris ist nach diesem Gespräch im Rathaus mit deiner Mutter und dem Anwalt in die *Krone* gegenüber gegangen. Dort muss er Unmengen von Bier und Schnaps getrunken haben. Danach hatte er sich in sein Auto gesetzt und wollte wohl nach Überlingen fahren. In der letzten engen Kurve die Serpentine hinunter ist er aus der Kurve geschossen, sein Auto hat es überschlagen, er muss sofort tot gewesen sein.«

Jakob schaut Katharina an. Er sieht, wie sie von ihrer eigenen Geschichte, wie sie sie ihm eben erzählt hat, selbst mitgenommen ist.

»Sicher war es gut so«, bricht sie das Schweigen, »das hat mir eine offizielle Scheidung erspart. Aber der Schritt, die Scheidung auszusprechen und sie Boris auf den Kopf zuzusagen, das hat mich stark gemacht, und das hatte ich deiner Mutter zu verdanken, sie half mir, den Mut zu finden.«

In Erinnerung an seine Mutter huscht ein leichtes Lächeln über Jakobs Gesicht. Katharina sieht es und lächelt auch ihn an: »Du kannst stolz sein auf deine Mutter. Ich habe dir gesagt, ich habe deiner Mutter viel zu verdanken. Sie hat mir nach dem Tod von Boris den Weg zur Maklerin gezeigt. Die Frage war nämlich, wohin soll ich mit meinen drei Kindern? Wo soll ich wohnen? Aber deine Mutter hatte immer eine Lösung: Sie hatte mich überrascht, indem sie mir steckte, dass die Gemeinde die alte Baracke verkaufen möchte. Es lebten nur noch meine Eltern, ich mit meinen drei Kindern und eine weitere Familie im Hinterhaus darin.

Die Baracke war über 20 Jahre alt. Die Gemeinde hatte seit dem Bau nie einen Pfennig hineingesteckt. Es war eine alte Holzhütte, kurz vor dem Verfall. 50.000 Mark wollte die Gemeinde. Deine Mutter hat es irgendwie geschafft, dass ich die alte Holzbaracke für 30.000 Mark bekam. Meine beiden Brüder mussten bürgen. Vielleicht weißt du, Slado ist Heizungsmonteur und Igor Maurer. Jeden Abend nach ihrer Arbeit kamen sie zu mir, und wir bauten die Baracke langsam zu einem Vierfamilienwohnhaus um.«

Jakob überschlägt kurz. Alle Achtung!, wird ihm bewusst. Katharina hat die 30.000-Mark-Abriss-Baracke in ein Vierfamilienmiethaus verwandelt, und gleichzeitig ein Modell für ihren heutigen Wohlstand und spekulativen Immobilienmarkt gefunden.

Er schätzt die Wohnungen am Ende des Panoramawegs auf einen jeweiligen Wert von 300.000 Euro. Verwirft dann schnell seine geschäftstüchtigen Gedanken und sucht nach Worten, die sein jahrzehntelanges Schweigen entschuldigen sollen: »Es tut mir leid, was du mir von deiner Ehe mit diesem Boris erzählst, aber das alles wusste ich ja nicht«, gibt er den Ahnungslosen.

Sie lächelt ihn ungläubig an.

Ja, zugegeben, seine Mutter hatte ihm hin und wieder von ihr erzählt, aber er wollte es nicht hören. Für ihn war sie gestorben, aber das kann er doch so jetzt nicht sagen.

»Wir hatten eine Jugendliebe, aber als ich hörte, dass du Boris heiratest, ist bei mir eine Welt zusammengebrochen«, lächelt er entschuldigend und setzt erneut an: »Wir haben gerade mal geknutscht, und mit dem hast du gevögelt, was sollte ich da machen? Ich habe die Welt nicht mehr verstanden, also bin ich abgehauen und wollte auch nichts mehr von dir wissen.«

Dann besinnt er sich kurz, schaut sie an, denkt, vielleicht hat tatsächlich auch er sie enttäuscht. »Meine Mutter hat mir schon hin und wieder von dir erzählt. Aber ja, ich wollte nichts hören. Vielleicht weil ich immer noch verletzt war. Ich wusste doch nicht, dass deine Brüder …« Was sollte er jetzt sagen? Sie ihrem Saufkumpel zugeführt hatten? »… hinter allem steckten«, findet er beschönigendere Worte, zeigt aber weiterhin seine Entrüstung und Wut: »Wenn ich sie treffe, hau ich ihnen heute noch eine in die Fresse.«

»Lass gut sein, vergiss es.« Katharina hat offensichtlich mit den Demütigungen und Verletzungen ihrer Zeit als verheiratete Frau längst abgeschlossen. »Wir haben heute anderes zu tun. Wenn ich das gerade eben richtig verstanden habe, will der junge Luca die beiden Rohrbomben heute zünden.« Sie schaut auf ihre Armbanduhr, eine *Rolex*, wie Jakob nebenbei erkennt. »Es ist 10 Uhr, in vier Stunden, um 14 Uhr, startet die Demo in Salem. Gestern hatte Alex erklärt, zur Kundgebung sollen die Bomben explodieren. Wir haben nicht mehr viel Zeit.«

»Ich denke, die werden nicht hochgehen, ich habe die Zünder gestern hoffentlich unterbrochen, aber wie gut kennst du denn diesen Luca? Wenn er es checkt, vielleicht repariert er den Schaden wieder?«

»Ich ruf jetzt erst mal Lorenzo an, ob er den Betonbohrer sichergestellt hat, und dann gehe ich zu Luis, dem Vater von Luca, der wohnt ja noch bei ihm. Den werde ich dann zur Rede stellen, wenn er noch da ist.«

»Und ich werde nochmals bei der Polizei in Überlingen anrufen. Ich weiß nicht, ob die die Demo nicht abblasen müssen, wenn wir die Rohrbomben bis dahin nicht gefunden haben.«

»Wenn du deiner Frau Gerber deine Aufnahmen vorspielst, wird sie sicher die Demo verbieten«, ist sich Katharina sicher.

»Das glaube ich nicht. Die Aufnahmen darf sie gar nicht hören«, weiß Jakob, »Paragraf 201, da kenne ich mich leider aus. Heimliche Aufnahmen nichtöffentlich gesprochener Worte ziehen ein Strafverfahren nach sich. Ich kriege Ärger, muss mich erklären, und der Luca zündet die Bombe«, gibt sich Jakob geschlagen, »danach wird das Strafverfahren zwar sicher ausgesetzt, aber eben zu spät.«

Jakob steht auf, räumt den Aschenbecher weg, reißt die Terrassentür des Küchenfensters auf und geht auf die Terrasse mit dem Blick in den Birnbaumgarten, wo das Backhäuschen der Simons steht.

»Ich muss los«, verabschiedet Katharina sich plötzlich eilig. »Ich ruf dich an, wenn ich was Neues erfahre«, sagt sie und drückt Jakob einen Kuss auf die Wange. »Pass auf dich auf«, und weg ist sie.

Jetzt, wo Katharina weg ist, sucht Jakob erst mal nach Kopfschmerztabletten. Ein paar Aspirin hat er immer dabei, nach alkoholintensiven Abenden helfen sie schneller zu einem klaren Kopf, glaubt er. Er hofft, keine Gehirnerschütterung zu haben, aber wenn er den Kerl erwischt, wird er ihm auch eines auf sein Haupt geben. Wo könnte dieser Luca jetzt stecken?, fragt er sich. Ob er die Rohrbomben schon installiert hat?

Am besten, er fährt einfach los und schaut nach. Er zieht sich endlich ordentlich an, für ein richtiges Frühstück hat er leider keine Zeit mehr, steckt sich ein *Hanuta* in den Mund, die er immer im Zehnerpack kauft, und geht aus der Wohnung.

Es ist ein schöner Maitag, die Luft ist noch frisch, es riecht nach Apfelblüten, von Kuhmistgestank seiner Jugend keine Spur mehr.

Traurig stimmt ihn jeden Tag der Anblick des geschlossenen Dorfgasthauses. Sein alter Lehrmeister Hubert Rieger ist schon lange tot, aber sein Sohn Artur Rieger lebt noch. Doch dessen Sohn, Michael Rieger, hat offensichtlich weder das Kochgen seines Großvaters noch das Kaufmannsgen seines Vater vererbt bekommen.

Das Dorfgasthaus war der kulturelle Mittelpunkt des Ortes. Artur Rieger hatte es schon vor Jahren seinem Sohn Michael vermacht, aber der hatte keine Lust mehr, den Dorfwirt zu spielen. »Als Gabelstaplerfahrer in der Schweiz verdiene ich mehr und habe jedes Wochenende frei«, gibt er gerne zum Besten.

Er fährt los, an dem ehemaligen Anwesen der Familie Wolf vorbei. Wo früher der jüdische Dorfarzt praktizierte und die neue Villa bisher täglich verwaist war, steht nun am Wochenende auf den ausgelegten Pflastersteinen ein Hummer von General Motors, Geländewagen mit Achtlochfelgen, NATO-olivgrün, Militärlook, Stuttgarter Kennzeichen.

Er denkt an Saarah. Vor ein paar Jahren hat er sie während eines Drehs in Jerusalem getroffen. Er hatte von ihren gemeinsamen Zeiten im Gymnasium in Überlingen geschwärmt. Sie hatte nach wie vor Deutschland verurteilt, von wegen Geschichtsaufarbeitung, wetterte sie.

Sie warf den Deutschen vor, mit der Alleinschuld Hitlers ihre Hände in Unschuld waschen zu wollen. Kaum hatten sie sich in einer Gaststätte getroffen, in der es bei 35 Grad Hitze nicht mal ein Bier gab, steckten sie schon wieder in ihrer alten, wie zu Schulzeiten, politischen Auseinandersetzung.

Saarah war eine zierliche Frau geblieben. Ihre dünnen, feinen blonden Haare aus der Schulzeit konnte er leider nicht mehr sehen, sie trug tatsächlich einen Scheitel beziehungsweise eine Perücke. Ihr Gesicht war blass wie damals. Ihre hohen Wangenknochen und hellen Augen erinnerten ihn an die kleine Saarah aus Seeldorf. Aber heute in Jerusalem saß ihm eine deutlich sichtbare ältere Frau gegenüber. Ausgemergelt war sie schon damals, auch heute hatte sie noch kein Gramm Fett angesetzt.

Nein, zu den orthodoxen Familien zähle sie nicht, hatte sie ihm versichert, aber natürlich hatte sie einen jüdischen Mann geheiratet, und sie beide erziehen ihre vier Kinder konsequent nach der Tora. »Auch mein Mann kommt aus Deutschland«, verriet sie, »wir sind hier, um unseren Staat zu stärken, das ist unser logischer Weg nach jahrhundertelanger Verfolgung in Europa.«

Saarah bewies, auf dem Laufenden zur deutschen Politik zu sein. Sie kannte die Geschichtsklitterung der *AfD*, zitierte den Mückenschiss des ehemaligen *AfD*-Vorsitzenden Gauland und Björn Höckes Herabwürdigung des Holocaust-Denkmals in Berlin als »Mahnmal der Schande«. Sie zählte ihm auch die zunehmende Anzahl von Angriffen auf Juden in Deutschland und auf Synagogen auf.

Ein leichtes Lächeln überfliegt seine Mimik. Was Saarah wohl sagen wird, wenn er ihr das nächste Mal erzählt, dass sein Vater ebenfalls ein Jude ist. Er selbst ist deshalb noch längst keiner, das weiß er auch, dafür müsste nach dem jüdischen Religionsgesetz seine Mutter eine Jüdin sein. Damit kann er nicht dienen, wenn dieser Alexander Simon ihn auch schon längst als »Judenbrut« entlarvt hatte. Woher nur hat der junge Kerl denn diesen Judenhass?

Vermutlich kennt Alexander Simon nicht mal einen Juden persönlich. In Seeldorf wohnen nach dem Tod von Doktor Wolf keine mehr, und der hatte dem kleinen Alex sicher nie etwas Böses angetan. Im Gegenteil, er soll sogar – wie ihm seine Mutter erzählt hatte – den Geschichts- und Heimatverein Linzgau gegründet und alte Keltengedenkstätten freigelegt haben. Das muss doch dem germanischen Arier Alexander Simon gefallen?

Jakob fährt gedankenverloren durch den nördlichen Teil des Linzgaus. Seine Kopfschmerzen vergisst er bei den Erinnerungen an Saarah und die Familie Wolf, zu der er jetzt wohl auch gehört. Er fährt aus den Niederungen der Weinreben in die Höhen der Streuobstbäume. Vermutlich haben die Kelten die ersten Rebstöcke aus Griechenland an den See gebracht. Nicht weit von Pfullendorf ist die frühgeschichtliche keltische Höhensiedlung Heuneburg freigelegt worden. Die Hügellandschaft des Linzgaus erinnert ihn an die Radtouren seiner Jugend.

Er fährt an der *Scheuer* vorbei, denkt an die Fakenews in dem Flyer in der Speisekarte zu den Windkraftanlagen, zu denen er gleich links abbiegen muss, und erinnert sich gleichzeitig an das Flugblatt, das zur heutigen Demonstration in Salem aufruft.

Dabei bleiben seine Gedanken nochmals an den immer wieder unterstellten Verschwörungstheorien des »millionenfachen Bevölkerungsaustausches, der gegen den Willen der deutschen Bevölkerung rigoros durchgezogen wird«, und dem angeblichen Plan einer »geheimen Elite«, die den Austausch der Bevölkerung verantwortet, hängen. Saarah würde darin sicher sofort Rassismus und Antisemitismus erkennen.

Leider muss er ihr recht geben. Auch er hat sich schon immer gewundert, wie der Judenhass in Deutschland trotz der angeblichen Aufarbeitung des Holocausts überleben konnte. Dass der Hass und die Ablehnung vom Urgroßvater Paul Simon auf den Opa, Alfred Simon, und nun auf den Enkel, Alexander Simon, überging, versteht er einfach nicht.

Für die Simons war er, und das stimmte ja nun wohl, schon immer ein Jude. Aber müsste er dafür nicht zumindest dem jüdischen Glauben angehören? Was er heute so wenig tut wie gestern, als er noch gar nicht wusste, dass er tatsächlich der Sohn eines Juden ist.

Theoretisch mögen rechtsextreme Verschwörungstheoretiker Juden als so etwas wie die Antithese zum Deutschen sehen. Aber verdammt, er war Seeldorfer wie auch die Simons. Und doch hat er sich von ihnen als »Judenbrut« beschimpfen lassen müssen und einen abgrundtiefen Hass in Alfreds Augen und denen seines Enkels Alexander gesehen.

Vielleicht hatte Saarah doch recht. Sie behauptet, die Mär vom reichen Juden *Jud Süß* gehöre zum deutschen Erbgut wie *Hänsel und Gretel* aus Grimms Märchen.

Verdammt, noch zwei Stunden bis zur Demo. Es ist 12 Uhr. Jakob ist aus seinem Auto ausgestiegen. Zu der Baustelle der Windkraftanlage waren die Feldwege breit ausgebaut worden. Er hört aus der Ferne von der Pfullendorfer Stadtkirche den 12-Uhr-Glockenschlag, gleichzeitig klingelt sein Handy.

»Unbekannt« steht auf dem Display. Also lässt er es klingeln und geht zu dem Betonblock, auf den die Windkraftanlage gebaut werden soll.

Über 1.000 Kubikmeter Beton sollen in das Fundament gegossen worden sein. Es ist kreisförmig einbetoniert. Jakob geht drum herum. Sieht zunächst kein Bohrloch. Geht noch einmal den gleichen Weg, jetzt langsamer und fast gebückt. Trotzdem erkennt er kein eingebohrtes Loch und findet schon gar keine Rohrbombe. Fast schon enttäuscht geht er wieder zu seinem Auto. Schon wieder klingelt sein Handy, und wieder ist es »Unbekannt«. Jetzt nimmt er ab.

»Wo steckst du denn«, pflaumt ihn Katharina sofort streng an.

Jakob überlegt kurz, soll er ebenso zurückschießen? Atmet durch. »Auf jeden Fall in keinem Bohrloch«, entscheidet er sich, seine männliche Empfindlichkeit zurückzustecken. »Ich bin gerade an dem Fundament der Windkraftanlage, das dein Luca heute in die Luft sprengen will. Aber ich sehe hier nirgends ein Bohrloch für sein Vorhaben.«

»Du wirst auch keines finden«, weiß Katharina, »ich habe Lorenzo gesprochen. Er hat gestern Abend noch den Bohrer wieder zurückgeholt, nachdem wir dich verarztet hatten. Er hat auch mit den zwei Jungs, von denen einer bei ihm in seinem Baugeschäft arbeitet, gesprochen, jetzt sind sie beide auf der Suche nach Luca.«

»Warum? Wo ist er?«, fragt Jakob aufhorchend. »Luca kann die Rohrbomben auch ohne ein Bohrloch an das Fundament und in dem geplanten Asylheim anbringen.«

»Ich war gerade bei Luis, seinem Vater. Luca ist nicht zu Hause, aber er sucht ihn jetzt auch.« Katharina klingt weniger aufgeregt als noch am Morgen, als sie seine Wohnung verlassen hatte. Cool sagt sie: »Mehr können wir jetzt nicht tun. Luis wird seinen Spross finden, dann ist die Sache erst mal geklärt.«

»Du hast ja Nerven«, versteht Jakob Katharina nicht, »solche Rohrbomben können nicht nur einen großen Schaden anrichten, sie können auch Menschen töten, vergiss das nicht! Ich rufe jetzt noch mal bei der Polizei an. Ich bin mir nicht sicher, ob die die Demo heute Mittag nicht absagen müssen.«

»Und wie geht's dir«, wird Katharinas Stimme wieder sanft, »was macht dein Kopf?«

»Wenn ich Kopfschmerzen habe, dann wegen deiner Geschichten, die du mir heute Morgen aus deinem Leben erzählt hast«, schwenkt Jakob ebenfalls schnell in seine persönliche Betroffenheit. Schluckt kurz trocken und hört sich, worüber er selbst erschrickt, fragen: »Hast du heute nach der Demo Zeit?«

»Wenn du die Demo überlebst«, lacht sie frech.

Warum hat er diese Frage gestellt, fragt er sich, wie er das Handy weglegt. Was will er von ihr nach der Demo? Das war seine Jugendliebe. War!

Gut, heute Morgen hat er erfahren, sie hat ihn damals nicht wegen diesem Boris verlassen, sondern unter Zwang. Schrecklich, was sie in ihren demütigenden Ehejahren wohl erlebt hatte. Aber es war!

Heute ist Katharina über 60 und er fast 70. Trotzdem empfindet er, wenn sie zusammen sind, eine besondere Nähe zu ihr. Heute Morgen im Bad hätte er sie gerne in den Arm genommen.

Aber morgen ist Sonntag, da will er wieder nach Stuttgart zurück. Das DNA-Ergebnis kann ihm die Kommissarin auch nach Stuttgart senden. Wobei er unbedingt bald erfahren will, ob die Knochen seinem Vater, Levi Roth, oder diesem Otto Simon gehören. Dann weiß er endlich, wer wen umgebracht hat.

Auf dem Rückweg aus den Höhen des Linzgaus in das Salemer Tal sieht Jakob in der Ferne, über dem Bodensee, die schneebedeckten Alpenspitzen in der Frühlingssonne glitzern. Er fährt durch das frische Grün der Frühlingswiesen, gespickt mit dem hellen Gelb der Löwenzahnblüten und gekrönt mit dem Weiß und Rot der Obstbaumblüten.

»Zum Kotzen schön« nannte Otto Dix diese Ecke Deutschlands, und Jakob fällt wieder sein bei seiner Mutter im Schlafzimmer gefundenes Dix-Gemälde ein und gleichzeitig sein bescheidener Rentenbescheid.

Jakob hatte sich sein Leben lang als Dokumentarfilmer von Auftrag zu Auftrag gehangelt. »Ein Film von Jakob Simon« flimmerte im Ersten und Zweiten Fernsehprogramm oft genug über die Mattscheiben, aber auf seinem Konto tat sich dabei nicht viel. Von den knappen zehn Prozent des Honorars – und glücklicherweise nochmals dem gleichen Betrag dank der Künstlersozialkasse – in der Rentenversicherung hätte er sich ein Haus, wie er es jetzt von seiner Mutter erbt, nie leisten können, und einen echten Otto Dix schon gar nicht.

Das Geld beim Fernsehen kassieren die Intendanten und »Äpfelstrecker«, so nennen sie die Moderatoren, die ihre Köpfe zu jedem Aufsager vor die Kamera halten. Manche von ihnen haben es zum Talkmaster geschafft und kassieren heute an einem Abend für ihre privaten Produktionsfirmen aus dem Etat des öffentlichen-rechtlichen Rundfunks mehr, als er für einen ganzen Dokumentarfilm, an dem er mehrere Wochen gearbeitet hat, je bekommt.

Wieder reißt sein Handyklingeln ihn aus seiner Gedankenwelt.

»Wo bist du jetzt?«, fragt ihn Katharina.

»Kurz vor Salem«, schaut Jakob auf die Uhr, »in einer Stunde beginnt die Demo. Kommst du auch?«

Mit einem kurzen »Ja« legt sie auf.

Er versucht noch einmal, in Überlingen die Polizei zu erreichen. Doch der diensthabende Beamte will ihn beruhigen und hält ihn hin: »Machen Sie sich mal keine Sorgen, wir sind vor Ort.«

Jakob fühlt sich nicht ernst genommen. »Na schön, vielleicht gehen Sie mit in die Luft«, antwortet er unwirsch und legt auf.

Er selbst wird darauf achten, gleich auf der Demo, möglichst weit weg von dem Neubau des Flüchtlingsheims zu stehen. Er hat keine Lust, von einer möglichen Explosion der Bombe getroffen zu werden. Solange Katharina diesen Luca nicht gefunden hat, ist ihm einfach nicht wohl in seiner Haut.

Dabei kam ihm schon wieder Katharina in den Sinn. Er sieht sie wieder vor sich, wie sie heute Morgen ihm ihre Geschichte erzählt hat. Er ist noch immer gefangen von ihrem Kampf gegen diesen Boris und ihrem Weg zu einer emanzipierten Frau.

Welcher Teufel auch immer ihn gerade geritten hatte, er hatte sie frech gefragt, ob sie heute Abend Zeit hätte, und sie hat zugesagt!

Jetzt könnte er kurz auf der Internetseite dieser renommierten »Linzgau Köche« schauen, in welches der ausgezeichneten Restaurants er sie heute Abend ausführt. Doch nachdem er nun schon den Mut gehabt hatte, sie zu fragen, ob sie mit ihm ausgeht, will er nun auch die Chance nutzen und ihr einen romantischen Abend zu zweit bieten, mit ihm allein.

Mit seinen Kochkünsten hatte er schon immer bei Frauen gepunktet. Wäre sie damals nicht plötzlich schwanger geworden, vielleicht wäre er heute der Koch in der *Krone*. Aber so gesehen war er im Nachhinein doch diesem Boris dankbar, denn sein ganzes Leben hätte er wohl kaum in diesem Seeldorf verbringen wollen.

Was braucht er heute Abend noch? Einen Champagner auf der Terrasse seiner Mutter, mit Sonnenuntergang über den Alpengipfeln, und danach vielleicht ein schnelles Pasta-Gericht, unkompliziert aus dem Handgelenk zubereitet.

In Frickingen, einem Ort vor Salem, sieht er einen Supermarkt. Kurz hat er noch Zeit, er muss nehmen, was es gibt. Das Gemüse liegt gleich am Eingang. Gemüse ist immer gut, wenn man eine Frau zu Gast hat. Also schmeißt er in seinen Einkaufskorb, was es gerade frisch in den Regalen gibt: Staudensellerie, Möhren, Zwiebeln, Lauch, Knoblauch, Tomaten. Er denkt kurz nach, erinnert sich an ein Rezept der italienischen Küche mit einem Tomaten-Sugo und nimmt noch mehr Tomaten und Kirschtomaten sowie ein Bund Petersilie. Damit lässt sich immer ein schmackhaftes Sugo machen.

Mit Fisch oder Fleisch? Fisch kann er in dem Supermarkt vergessen, isst sie Fleisch? Hoffentlich ist sie keine Veganerin, aber dann hat sie selbst schuld. Er nimmt Rinderhack, das kann er notfalls auch morgen tiefgefroren mit nach Stuttgart nehmen.

Danach geht er zu dem Weinregal, einen guten Franzosen sieht er nicht, aber die Klassiker der Italiener und nimmt zu dem französischen Champagner vier Flaschen Barolo.

Auf dem Navi orientiert er sich, in welcher Straße das geplante Asylheim in Salem eröffnet werden soll. Rund um den beschaulichen Ort herrscht eine ländliche Idylle mit grünen Wiesen und Obstbäumen. Das Flüsschen Aach schlängelt sich durch das Tal. Ein Kanal davon führt durch das ehemalige Klosterareal, in dem heute das Eliteinternat Salem untergebracht ist. Der Ortskern daneben ist dörflich und überschaubar.

Das Navi leitet Jakob in die Straße, in der die ehemalige Fabrik zu der umstrittenen Asylunterkunft umgebaut werden soll. Bürgerliche Ein- und Zweifamilienhäuser stehen zwischen ehemaligen und zum Teil umgebauten Bauernhäusern.

Er sieht ein paar Jungs in Kapuzenshirts und weit geschnittenen Jeans mitten auf der Straße gehen. Glatzen und Kurzhaarschnitte verraten ihre politische Gesinnung. Einer trägt ein Shirt mit dem Schriftzug »N.A.Z.I.«. Damit muss er sich nicht als Nazi outen, sondern nur deutlich machen: »Nicht an Zuwanderung interessiert«, erläutert der Verkäufer der Shirts im Internet doppelbödig.

Jakob stellt seine Karre am Straßenrand ab und geht ihnen nach. Sie führen ihn auf einen Platz am Ende der Straße, auf dem schon, deutlich voneinander getrennt, zwei verschiedene Gruppen stehen.

Die Neonazi-Jungs gruppieren sich um einen jungen Mann im offenen Trenchcoat, darunter Anzug und Krawatte. Jakob erkennt seinen Nachbarn, Alexander Simon, dem er vor zwei Tagen noch in der *SA*-Uniform seines Urgroßvaters gegenüberstand. Heute hat er sich für ein

Outfit entschieden, dass man ihn mit dem smarten Bankkaufmann der örtlichen Sparkasse verwechseln könnte. Seine Hitlerfrisur hat er mit viel Gel gebändigt und nach hinten gekämmt.

Alexander Simon schaut missmutig zu den jungen Burschen, mit denen Jakob gerade auf dem Platz erschienen war. Dann dreht er sich ab und reicht ein paar Frauen Flugblätter, die er in seiner Hand hält. Er lächelt sie an und scherzt. Er gibt sich smart und scheint sich seiner Sache sicher zu sein.

Ebenfalls bei den Kameraden um Alexander Simon erkennt Jakob auch wieder den Gastwirt aus der *Scheuer* bei Pfullendorf. Er scherzt mit den Jungs und fühlt sich deutlich dazugehörig.

Dagegen die andere Gruppe, die wohl die Gegendemonstration organisiert hat, besteht aus bedeutend mehr Menschen. Sie stehen um eine ältere Frau mit roten Locken und rotem Gesicht. »Salem braucht keine *AfD*!« steht auf einem Pappkarton von Hand geschrieben, den sie in die Höhe hält.

Rund um sie haben sich die Bürger Salems versammelt, ein überzeugendes Abbild der Bewohner des Ortes. Jeans, junge Frauen mit langen Haaren, junge Männer mit meist dunklen Bärten. Gestandene Männer in Arbeitsklamotten und Hausfrauen mit großen Handtaschen. »*AfD* bedeutet Ausbeutung, Armut & Krieg« weiß ein großes Banner, das andere stellt klar »Menschenrechte sind unteilbar«.

Jakob sieht ein paar Polizisten in Uniform, neben ihnen stehen die Kommissarin Gerber und ein paar Journalisten. Gegenüber hat sich das *SWR*-Team positioniert, die Kamerafrau wuchtet ihre schwere Kamera auf ihr Stativ, der Tonmann hält seinen Schnorchel unmotiviert in die Luft.

Jakob schaut sich, als würde er nicht dazugehören, relativ teilnahmslos die Szenerie an. Er blickt immer wieder hinüber in die ehemalige Fabrik, in der am Wochenende die Umbauarbeiten ruhen. Ob darin jetzt eine der beiden Rohrbomben liegt?, fragt er sich und schaut wieder zu der Kommissarin. Soll er zu ihr gehen oder in das Gebäude? Sie deutet ihm ein achselzuckendes »Was soll ich hier« an.

Die hat Nerven, was ist, wenn tatsächlich gleich eine Bombe in der Halle hochgeht? Zwischen ihm und der Halle steht die kleine Bühne, auf die Alexander Simon gerade gestiegen ist. Jakob schaut ihm zu, wie er an dem Mikrofon darauf herumfummelt. Ihn wird es, wenn Teile der Halle auf die Straße geschleudert werden, auf jeden Fall zuerst treffen.

In dem Moment ertönt ein helles Pfeifen aus den Lautsprechern. Alexander Simon lächelt hilflos und beginnt zu reden. »Wir wollen keine Messerstecher, Vergewaltiger, Terroristen und Schmarotzer in unserem Land«, spult er die immer gleichen Phrasen ab. »Unsere Straßen werden unsicher, Vergewaltigung und Messerstechereien nehmen zu.«

Nach jedem Satz ertönen mehr Pfiffe und Buhrufe als Beifall. Alexander Simon will sich davon nicht irritieren lassen und redet einfach weiter. Doch da steht plötzlich ein anderer Mann neben ihm auf dem Podium, nimmt ihm das Mikro aus der Hand und stellt sich als der Bauherr vor.

»Ich bin der Kriegsgewinnler in Ihren Augen«, ergreift er das Wort, »mein Name ist Bernd Wegner. Wenn Sie mich jetzt schon vor meinem Wohnhaus und meiner Fabrik besuchen, darf ich doch sicher auch ein paar Worte an Sie und Ihre Gefolgschaft richten«, beginnt er couragiert zu erklären, warum das Flüchtlingsheim der Gemeinde Nutzen bringen wird. »Mit der Eröffnung unserer neuen Unterkunft kann die vom Landratsamt belegte Turnhalle Salems wieder von unseren Schülern und Vereinen der Gemeinde benutzt werden.«

Dem Bürgermeister der Gemeinde tritt er auch noch kurz an das Schienbein. »Wenn unsere Verwaltungen sagen, sie seien mit der Anzahl der Flüchtlinge überlastet, gebe ich ihnen den Tipp: Nicht jammern, sondern etwas tun, das ist ihr Job, das ist unser aller Aufgabe in diesen Zeiten!« Der Beifall wird lauter, doch er will weiterreden und stellt sein Beispiel einer Hilfe vor.

»Es ist nicht so, wie Sie in Ihrem Flugblatt behaupten. Nein, ich bereichere mich nicht an den Menschen, die in ihrer Not bei uns Hilfe suchen. Ich werde mit den Mieteinnahmen die Umbaumaßnahmen in meiner alten Fabrik finanzieren, das stimmt. Aber jeder Cent darüber hinaus fließt in ein Entwicklungshilfeprojekt in Nigeria, in dem junge Männer eine Berufsausbildung erhalten. Denn wer ein Handwerk zu Hause beherrscht, verdient dort sein Geld und muss nicht den beschwerlichen und zum Teil auch lebensgefährlichen Weg zu uns riskieren.«

Bernd Wegner wendet sich nun direkt der *AfD*-Gruppierung zu und fordert sie auf: »Man muss das Übel an der Wurzel packen und dort lösen, wo es entsteht!«

Alexander Simon entgleist sein Gesicht, er sieht seine Mitstreiter schweigend vor dem Podium stehen, während in der Gruppe der Gegendemonstranten der Beifall zunimmt.

Bernd Wegner erkennt seinen Punktsieg und schiebt mit einem Lächeln nach. »Sie sehen also, ich will mich da nicht bereichern, biete Ihnen aber an«, und nun schaut er Alexander Simon auffordernd ins Gesicht, »das Projekt in Nigeria ebenfalls zu unterstützen.« Mit einem süffisanten Lächeln fügt er noch hinzu: »Zum Schutz Ihrer Heimat.«

»Wow, der ist ja cool!«, hört Jakob Katharina ihm ins Ohr flüstern, die während der Rede sich neben ihn gestellt haben muss.

Auch Jakob ist von der überzeugenden Rede dieses forschen Unternehmers angetan, doch er schaut immer wieder unsicher zu dem noch nicht fertiggestellten Umbau des Flüchtlingsheims. Er traut dem Frieden nicht. Ihm ist nach wie vor nicht wohl. Hat dieser Luca nun eine dieser verdammten Rohrbomben darin angebracht oder nicht?

Soll er einfach reingehen und schauen? Wenn sie aber hochgeht, bevor er sie gefunden hat, davor fürchtet er sich noch mehr. Dann beruhigt er sich wieder und setzt darauf, dass er die Zündung doch gekappt hat.

Die Kommissarin und ihre Polizisten stehen gelangweilt am Rande der Veranstaltung. Alexander Simon sucht nach einer Antwort, nuschelt ein paar unverständliche Worte in das Mikrofon. Deutlich ist schließlich seine Frage an den Bauherrn zu hören: »Was sagen Sie einer Mutter hier in Salem, wenn morgen eines ihrer Kinder von einem Asylbewerber ermordet wurde?«

»Sie schüren nur Ängste, statt dass Sie helfen würden, den Flüchtlingen eine menschenwürdige Unterkunft zu gewähren und für eine zukunftsfähige, gewaltfreie Integration zu sorgen«, antwortet der ernst und sachlich, dann aber gewinnt sein freundliches Lächeln wieder die Oberhand in seinem Gesicht. »Aber bitte, helfen Sie jetzt unserem Projekt. Kommen Sie, spenden Sie! Und es werden ein paar Nigerianer weniger zu uns kommen.«

Wieder brandet der Beifall in der Gruppe der Gegendemonstranten auf, einige lachen. Alexander Simon nickt verunsichert. Der *Südkurier*-Redakteur springt mit seiner Kamera auf das Podium und fordert Simon und Wegner zum Handschlag auf. »Damit ist es besiegelt, Sie werden doch spenden?«, fragt der Reporter Alexander Simon direkt. Der lächelt tapfer in die Kamera des Reporters und nickt hilflos.

Zuvor standen sich die beiden Gruppierungen demonstrativ feindlich gegenüber. Keiner der *AfD*-Parteimitglieder oder deren Gegner sprach mit jemandem der anderen Gruppe. Sprachlosigkeit und Hilflosigkeit hielten sich die Waage. Jetzt aber, mit dem Handschlag der beiden Kontrahenten auf dem Podium, beginnt das Eis zu schmelzen.

Zuerst sind es nur Zurufe von der einen in die andere Gruppe. Schließlich kennen sie sich alle hier auf dem Dorf. Einzelne aus einer Gruppe gehen auf andere in der anderen Gruppierung zu. Du hier?, wundern sie sich. Und schon entwickeln sich erste Gespräche.

»Bleib locker«, schiebt Katharina ihre linke Hand in Jakobs offene rechte Handfläche. Sie spürt seine Anspannung. »Alles wird gut«, will sie ihn beruhigen.

Diese trendige, verallgemeinernde Aussage kann er gleich gar nicht mehr hören. »Du hast Kutteln«, zieht er seine Hand zurück, »wenn da drüben gleich eine Bombe hochgeht, dann sehen wir, was gut wird.«

In diesem Augenblick steht plötzlich Erika Obergfell vor den beiden. »Hallo, Jakob, so schnell sieht man sich wieder«, lächelt sie ihn an. »Das ist mein Enkel Luca«, stellt sie ihm einen jungen Mann vor, den Jakob noch nie gesehen hat, aber dafür vermutlich seine Stimme schon gehört hat.

Unsicher schaut Luca Jakob an und beginnt zunächst stotternd: »Ich habe Scheiß gebaut, ich weiß.«

Eigentlich sieht Jakob in ein junges, freundliches Gesicht, was er aber jetzt erst mal nicht wahrhaben will. Der Kerl hatte ihm, mit diesem Alex, erst gestern einen Baseballschläger über den Kopf gezogen und wollte auch noch zwei Rohrbomben legen. Mit nur einem »Ich habe Scheiß gebaut« will Jakob sich nicht zufriedengeben.

»Ich weiß auch nicht«, stottert Luca weiter.

Jakob sieht den Flaum im Gesicht des Jungen, den er offensichtlich gerne zu einem »Anchor-Bart« gestylt hätte wie der Schauspieler Robert Downey junior in seiner Rolle als *Iron Man*. Doch ein Bart wächst ihm noch lange nicht. Dafür sind seine schwarzen Haare auffallend dicht und lockig, sie lässt er ziemlich struppig stehen. Seine Augen funkeln, gerne würden sie wohl lachen, aber das ist gerade nicht angesagt. Er muss sich noch deutlicher entschuldigen.

Jakob sieht in dem jungen Mann sich selbst in dessen Alter, doch noch ist er zu aufgebracht und herrscht ihn an: »Wo sind die Rohrbomben?«

»Entsorgt«, winkt er unsicher ab und schiebt nach: »Sie haben sie doch schon unschädlich gemacht, und ich habe sie vergraben.«

Ein Lächeln huscht über Jakobs Gesicht. So war sein Einsatz doch nicht vergebens.

»Wir haben das geklärt«, mischt sich jetzt Erika Obergfell ein, »gell, Luca.« Sie legt ihren rechten Arm fürsorglich um die Schulter ihres Enkels. Und ganz Mutter beziehungsweise Oma: »Wir sollten das jetzt erst mal vergessen, das war mehr als nur dumm von ihm, aber er weiß es ja und hat auch alles zugegeben, und es gibt auch keine Spuren mehr.«

Jakob fasst an seinen Hinterkopf, spürt noch immer seine Beule, will gerade etwas erwidern, von wegen keine Spuren mehr, da kommt ihm Katharina schon zuvor: »Als Landschaftsgärtner wirst du wissen, wie tief man solche Bomben vergraben muss. Ende gut, alles gut!«

»Nicht ganz«, will Jakob Luca nicht so einfach vom Haken lassen. »Mich interessiert schon noch, wie du dich auf solch einen Scheiß einlassen konntest?«

Luca druckst herum.

Jakob bohrt nach: »Hör mal, Nazi spielen im Backhäuschen, das ist doch krank, oder?«

»Oder was?«, sucht Luca nach einer Ausrede. »'s isch doch sonst nichts los im Dorf, und bei Alex gibt's immer genügend Bier.«

»Und dann trinkt ihr auf Heil Hitler? Und singt Nazilieder?«

»Der spinnt halt ein bisschen, aber uns juckt das alle nicht, solange Alex immer für genügend Bier sorgt, und das auch noch umsonst.«

Lucas Augen flackern unsicher, seine Oma dagegen schaut Jakob fast schon flehentlich an, als wollte sie ihn um Verzeihung bitten.

»Na, Herr Simon, was sollten wir hier jetzt mit unserer Hundertschaft der Bereitschaftspolizei«, stößt die Kommissarin zu ihnen, »es ist halt nicht immer alles so spektakulär, wie Sie vom Fernsehen es immer gerne hätten.«

Das alles wird Jakob jetzt langsam zu viel. Dieser Bombenleger vor ihm wollte nur Freibier und diese Kommissarin ein freies Wochenende.

Er greift zu Katharinas Hand, zieht sie einfach mit sich weg. »Komm, wir gehen.«

Der *Südkurier* zieht am Abend online Bilanz zu der Demo in Salem: Laut Polizei bis zu 200, laut Veranstalter fast 400 Gegendemonstranten. Gegen die 35 *AfD*-Hansel zeigt diese Bilanz ein für Jakob erfreuliches Verhältnis, das ihn plötzlich stolz auf seine alte Heimat macht.

Er steht mit Katharina auf dem Balkon seiner Mutter und stößt mit ihr an. Immerhin hatte der Dorfladen einen einigermaßen guten Champagner.

Katharina war nach der Demo noch kurz zu sich nach Hause gefahren. Sie hatte sich neben der ehemaligen Baracke in dem Panoramaweg ihre eigene Villa mit mehreren Zimmern mit Seeblick gebaut. Doch ihre drei Kinder sind längst ausgezogen, und zwei haben sie schon zur Oma gemacht. Jetzt wohnt sie alleine in dem großen Haus.

»Willst du deine Villa nicht verkaufen?«, wundert sich Jakob. »Was willst du denn mit der großen Hütte?«

»Spinnst du«, entfährt es ihr, »ich habe dir doch schon gesagt, Grund und Boden verkauft man nicht.«

»Das sagst du und tust es doch, das ist doch dein Job. Wie viele der Grundstücke hier im Ort hast du denn den Bauern abgekauft und dann auch wieder verkauft.«

»Oh, Jakob, du hast zwar Abitur und studiert, aber wenn deine Mutter nicht die alte Milchzentrale gekauft hätte, hättest du heute nicht viel. Jetzt bist du fast Millionär, nur weil deine Mutter auf Grund und Boden gesetzt hat.«

Jakob weiß, dass dies stimmt, lächelt und führt ihren Gedanken weiter: »Millionär bin ich nur, wenn du mir den Flecken Boden teuer abkaufst oder verkaufst, so wie du doch auch immer alles wieder verkauft hast.«

»Nein! Grundstücke, die mir, mir persönlich gehört haben, habe ich nie verkauft. Weder das Grundstück, auf dem die Baracke stand, noch das Grundstück, auf das ich mein Haus gebaut habe. Alle anderen Grundstücke musste ich immer zwischenfinanzieren, die haben mir nie gehört, ich habe sie nur vermarktet und habe sie, zugegeben, immer mit gutem Gewinn weiterverkauft. Das Glück, am Bodensee gestrandet und hier von deiner Mutter auf den Immobilienmarkt gedrängt worden zu sein, diesen beiden Zufällen alleine habe ich meinen Erfolg zu verdanken.«

Jakob kennt die Gewinnspannen der Immobilienmakler und nun auch die der Immobilienerben am See. Zählt er doch jetzt selbst dazu.

»Du weißt, ich habe nur eine Verkäuferlehre im *Kaufhaus May* gemacht, aber das Geschäft der Makler ist nicht schwer. Unsere alte Baracke war meine Lehrstelle. Dank deiner Mutter habe ich sie gekauft, mit meinen Brüdern haben wir vier neue Wohnungen eingebaut, zwei behalten und zwei verkauft, das war einfach. So kam ich auch zu dem nächsten alten Bauernhaus. Deine Mutter wusste immer, welcher Bauer im Ort aufgeben und seinen Hof verkaufen will. Ich hatte auch schon bald von außerhalb genügend Anfragen von Interessenten, die an den Bodensee ziehen wollten. Wenn sie für Vorfinanzierungen bereit waren, bin ich zum Lothar Glatz, und wir haben aus einem Bauernhaus ein Mehrfamilienhaus gemacht und jede Wohnung einzeln«, jetzt lacht sie laut, »und immer teurer verkauft.«

»Und deine Brüder?«, wundert sich Jakob. »Bist du denen nicht gram, dass sie dich Boris überlassen haben?«

»Wir sind eine Familie, soll ich meinem Vater oder meiner Mutter böse sein, dass sie meine Brüder erzogen haben, wie sie sind?« Sie schüttelt nachdenklich ihren Kopf, schaut auf zu Jakob und lächelt. »Heute geht es uns allen gut, auch meine Brüder haben sich verändert, manchmal wird man nicht nur älter, sondern auch gescheiter.«

»Trinken wir auf dich, Katharina«, hebt Jakob sein Glas, »vom Flüchtlingskind, geprügelter Hausfrau zur erfolgreichen Geschäftsfrau und kluger Weltversteherin.« Er tritt einen Schritt näher zu ihr, seine Stimme hebt zu einem feierlichen Ton an: »Wirklich, Katharina, ich bewundere dich!«

Schnell dreht er ab, er will ihr nicht zu nahe kommen, geht in die Küche und legt seine Einkäufe auf den Tisch. »Kannst du auch Gemüse schnippeln?«, findet er wieder seinen unverfänglichen Ton und legt ihr das Gemüse, das er am Nachmittag gekauft hatte, mit einem Brettle und Messer auf den Tisch.

»Gibt es etwas, was du nicht isst?«, fragt er noch, bevor er sich entscheidet, ob er in das Tomaten-Sugo gewürzte Hackfleischbällchen geben kann.

»Der Mensch ist ein Allesfresser«, lacht sie ihn an und erinnert ihn an seine abgebrochene Kochlehre, »ich denke, du hast bei Hubert doch ordentlich kochen gelernt.«

Damit gibt sie ihm einen Freischein, und er kann sich gleich an die schmackhaften Rindfleischbällchen machen. Er schaut ihr zu, wie geschickt und schnell sie mit dem Gemüsemesser die Zwiebeln und den Knoblauch klein hackt. »Wir können ja zusammen die *Krone* wieder eröffnen«, fühlt er sich mit ihr in der Küche völlig unbeschwert.

»Du denkst doch nur an die Zimmerstund«, lacht sie unbekümmert, während Jakob sie unsicher aus den Augenwinkeln betrachtet und sich schnell angestrengt daran macht, das Rindergehackte mit Zwiebelwürfeln und Knoblauch, Salz, Pfeffer und Chili zu kleinen Fleischbällchen zu formen.

Zwei Barolo-Flaschen hatte er schon zuvor geöffnet, aus einer schenkt er nun zwei Gläser ein. »Zum Kochen braucht es Wein, ein Schluck muss in den Koch hinein«, zitiert er in Erinnerung an seinen alten Lehrmeister Hubert Riegers Weisheiten.

»Auguste Escoffier«, ergänzt Katharina lachend den Autor der Zitatensammlung ihres ehemaligen gemeinsamen Chefs.

Bevor Jakob sein Tomaten-Sugo mit dem kleingehackten Gemüse und den Fleischbällchen in die Röhre schiebt, hatten sie auch schon die erste Flasche Barolo leer. Parallel kocht er ein paar Makkaroni weich, die er nachher unterheben und mit Semmelbrösel und Rosmarin die Polpetti verfeinern wird.

Zum ersten Mal, seit er vor einer Woche nach Seeldorf gekommen ist, fühlt er sich in der alten Wohnung seiner Mutter zu Hause und mit Katharina sauwohl.

Plötzlich ging es ganz schnell. Er hatte es weder vor noch erwartet. Doch nun liegt er mit Katharina im Bett in seinem Jugendzimmer. Vor 50 Jahren hatte er davon geträumt, wie er mit ihr in seinem Bett schlafen würde. 50 Jahre später hat sie ihn einfach in sein Schlafzimmer geführt und ihn genommen. Anders kann man es nicht sagen. Erschöpft liegt er neben ihr und gesteht ihr seine Jugendträume. Sie küsst ihn und sagt mit einem Lächeln: »Ich mag es, wenn Männer sich Zeit lassen.«

Er weiß noch immer nicht so recht, wie er sich verhalten soll, wie es überhaupt zu ihrem intimen Bettgeflüster kam. Eigentlich hatte er mit sexuellen Abenteuern abgeschlossen. Er ist jetzt 70 Jahre alt, in den Spiegel schaut er auch deshalb nicht mehr gerne, weil er darin seit längerem keinen Adonis mehr sieht.

Frauengeschichten gab es in seinem Leben genügend, aber nun war auch gut, dachte er noch bis vor zwei Stunden. Doch sie hatte ihm gar keine andere Chance gelassen, sie zeigte sich verführerisch und fordernd, und er ließ es willenlos geschehen.

In einer Zigarettenpause gestand sie ihm, dass sie nach dem Tod von Boris keine längere Beziehung mehr gehabt hätte. Sie hatte sich auf ihre Kinder konzentriert und ihr Immobilienunternehmen aufgebaut. »Aber leider kannst du deine Mutter nicht mehr fragen, doch ich habe mich immer nach dir erkundigt«, behauptet sie, »aber du bist ein sturer Bock, hat sie gesagt.«

Jakob genießt es, Katharina nackt vor sich zu sehen und zu beobachten, wie sie so leicht einfach dahinplaudert und über Gott und die Welt mit ihm redet. Er schaut sie an und fragt sich, ob er jemals eine solche Frau in seinem Bett hatte, mit der er sich, gleichgültig über was sie sprachen, immer eins war.

Sie geht in die Küche und kommt mit zwei Gläsern der dritten Flasche Barolo zurück. Er schaut ihr wortlos zu, staunt, wie schön diese Frau in ihrem Alter noch ist, athletisch, verführerisch und stark. Er hofft, die Nacht möge nie vorübergehen.

Er hatte gedacht, die Vögelei wäre für ihn vorbei, aber nun erinnert er sich an den Spruch eines alten Freundes: Je älter der Bock, umso härter sein Horn. Ein verträumtes Lächeln huscht über sein Gesicht. Er sieht sie immer nur an, er kann kaum genug von ihrem Anblick bekommen. Es ist zu schön. Was ihn wundert: von Kopfschmerzen keine Spur mehr.

Sie hatte nicht lange rumgemacht. Sie hatte ihn einfach ausgezogen und ihn in sich aufgenommen. Sie saß oben und kniete mit ihren langen herabhängenden Haaren über ihm. Vor dem Höhepunkt hielt sie kurz inne, schaute ihm tief in die Augen, bewegte sich noch zwei-, dreimal kräftig und kam dann mit einem leisen Stöhnen, schloss ihre Augen und blieb auf seinem Körper liegen.

MAI 1949

Der hat ihm gerade noch gefehlt. Paul Simon steht im Gastraum der *Krone* und möchte zu einer neuen Parteigründung den Nebenraum reservieren. »Du wirst die meisten von ihnen kennen, alles alte Kameraden, die auch in Zeiten der Fremdbestimmung noch wissen, dass sie Deutsche sind!«, redet der ehemalige *SA*-Reiter großspurig daher, als hätte sich sein Führer nicht selbst umgebracht und Deutschland nicht kapituliert.

Bis 1946 hatten die Franzosen die *Krone* okkupiert. Zum Teil hatten sie eigene Köche mitgebracht. Hubert Rieger war bald nur noch der Lieferant für frisches Gemüse und andere Zutaten von den Bauern aus dem Salemer Tal, die einen Teil ihrer Ernte den Alliierten abgeben mussten.

»Die Sauköpf sind jetzt wieder weg aus unserem Ort«, damit meinte der ehemalige *SA*-Gruppenführer die französische Kommandantur, »und du kannst jetzt auch in deiner Wirtschaft wieder deutsches Essen auf die Karte schreiben und deutsche Gäste bedienen.«

Hubert Rieger schaute Paul Simon perplex an. Er wusste spontan nicht, was er auf dieses alte, unverbesserliche Geschwätz erwidern sollte.

»Jetzt guck nicht so dumm aus der Wäsche«, blaffte Paul Simon den Wirt an, »deine Franzosen hast du hier bedient wie früher nicht uns, wenn ich mit dem Gauleiter bei dir war. Wir Deutschen dagegen hatten kaum etwas zu essen. Aber jetzt sind wir wieder dran, die Zeiten ändern sich!«

Der Mann war ihm schon immer unsympathisch. Lange Zeit war er von der Bildfläche verschwunden, aber jetzt steht er schon wieder in seinen polierten Reitstiefeln breitbeinig in seinem Gasthaus und schwadroniert seine dummen Phrasen wie vor der Kapitulation.

Doch warum sollte er ihm das Nebenzimmer nicht reservieren? Ein guter Getränkeumsatz war bei seinen Kameraden immer garantiert, und offenbar war er ja auch wieder auf freiem Fuß.

»Was willst du denn für eine Partei gründen?«, fragte er sicherheitshalber. »Deine *NSDAP* ist verboten, auch wenn die Kommandantur jetzt nicht mehr bei uns im Ort ist.«

»Die Sauköpf können verbieten, was sie wollen, Deutschland wird nie untergehen, Deutschland lebt! Und auch unsere Partei, nenn sie, wie du willst«, stellte sich der alte *SA*-Kämpfer in strammer Positur vor den Wirt, »wir haben schon gegen die Versailler Diktatbeschlüsse gekämpft, und wir werden immer gegen jede Besatzungsmacht, ob von 1918 oder heute, kämpfen.«

»Oha, Brauner«, gebrauchte der Wirt das Kommando zum Stillstand von durchgehenden Pferden, »pass auf, was du da redest. Ich brauche jedenfalls einen Namen, auf den du reservierst. Deine neue Partei wird doch wohl einen Namen haben, oder?«

»Wir sind Demokraten«, mit Kraft und Stolz in seiner Stimme verrät der ehemalige *NSDAP*-Vorkämpfer den Namen seiner neuen Partei: »Deutsch Nationale Volkspartei«.

»Gibt es die wieder«, staunte Hubert Rieger, »die sind doch alle bei der *NSDAP* gelandet?«

»Aber die darf's ja nicht mehr geben«, lachte Paul Simon süffisant, »also gibt es jetzt wieder uns! Schreib einfach DNVP.«

»Habt ihr denn in den letzten zwölf Jahren nichts dazugelernt?«, konnte Hubert Rieger seine Skepsis nicht zurückhalten.

»Alles mit Maß und Ziel«, gab Paul Simon gehässig zur Antwort, »nur Auschwitz war ein bisschen zu viel.«

Hubert Rieger schüttelte ungläubig seinen Kopf und fragte sich, meinte der Mann diese ungeheuerliche Anzüglichkeit angesichts der schrecklichen Bilder, die es in der Wochenschau aus den KZs zu sehen gab, ernst?

Es gab viele versprengte Parteimitglieder der *NSDAP*, die überzeugte Nazis blieben, nun aber nicht wussten, wo und in welcher Partei sie sich wieder sammeln könnten. Die DNVP kam ihnen da gerade recht. Allerdings mussten sie zunächst, um zugelassen zu werden, ihren Judenhass zügeln. Die von den Alliierten gezeigten Bilder aus den KZs waren für sie gestellte Aufnahmen. Die Unterstellung legte die Wurzel zur Leugnung des Holocausts.

»Du kennst mich und weißt, was ich denke«, merkte Paul Simon, dass Hubert Rieger seinen Spruch zu Auschwitz nicht witzig fand, »die Partei ist jetzt was ganz anderes, demokratisch und soll bald ›Deutsche Rechtspartei – Konservative Vereinigung‹ heißen. Darüber wollen wir diskutieren. Keine Angst, wir wollen unseren Nationalismus auf einer parlamentarischen Monarchie aufbauen, auf christlich-ethischen Grundlagen.«

»Christlich und ethisch, als ob du wüsstest, was das ist«, zweifelte der Wirt an der Ernsthaftigkeit der Worte des ehemaligen *SA*-Mitgliedes. »Ich versteh ja nicht, Paul, dass du jetzt nicht einfach deine Politik an den Nagel hängst. Kannst du nicht erkennen, dass gerade euer überhöhter Nationalismus und das Arier-Gerede unser Deutschland zum Feind aller anderen Nationen gemacht hat?«

»Feinde muss man besiegen!«, bewies er schroff seine uneinsichtige, sture Haltung. »Reservierst du der Deutschen Rechtspartei jetzt dein Nebenzimmer oder nicht?«

»Oh, Paul, wirst du's denn nie lernen?«, gab sich der Wirt geschlagen. »Jetzt kennen wir uns schon so lange, wir beide sind Seeldorfer und müssen miteinander auskommen, aber verstehen kann ich dich nicht!«

»Hast du gedacht, dass wir Deutschland aufgeben, nur weil das jüdische Kapital in Amerika sich mit den Kommunisten in Moskau gegen unser Deutschland zusammengetan hat?«, strickte Paul Simon schon wieder an einer neuen Dolchstoßlegende.

Der Vorwurf, das jüdische Kapital als eine diffuse Elite hat das Ziel, Deutschland zu vernichten, vererbte sich in den Köpfen der rechtsradikalen Parteimitglieder in der neugegründeten Bundesrepublik wie ihre weitere Holocaustverleugnung.

In den ersten Bundestag, zwei Jahre später, entsandte Paul Simons Partei fünf Abgeordnete aus Niedersachsen. Damals reichte es aus, in Niedersachsen mit 8,1 Prozent der Stimmen die Fünf-Prozent-Hürde zu überspringen.

In Seeldorf schlossen sich die Altnazis zunächst der 1949 gegründeten FDP an. Alfred Simon, Pauls Sohn, wurde später Mitglied der NPD.

Franz-Karl Obergfell kündigte Hubert Rieger mal wieder die Freundschaft. »Du bist schlimmer als jede Hure, hast du denn gar keinen Anstand?«, pflaumte er den Kronenwirt an, als er gehört hatte, dass dieser der Parteiversammlung einer neuen Nazi-Partei sein Nebenzimmer überlassen hatte.

»Ich bin doch kein Zensor, ich bin Wirt«, versuchte sich Hubert Rieger zu rechtfertigen, »und wenn die sich in

München im *Hofbräuhaus* treffen, dann erfährst du hier gar nichts.« Damit spielte er auf die Gründung der *NSDAP* 1920 im *Hofbräuhaus* in München an. »Da haben wir sie doch lieber hier unter Kontrolle.«

»Auf den Gründungsmythos kann Seeldorf verzichten und deine *Krone* auch«, hatte er mit dem Vergleich Franz-Karl Obergfell erst recht auf die Palme gebracht. »Willst du, dass der Sitz einer neuen Nazipartei Seeldorf wird?«

Resigniert winkte er ab und war wochenlang nicht mehr am Stammtisch in dem Dorfgasthaus gesehen. Ein enttäuschter Blick warf er dem Kronenwirt noch zu: »Und ich dachte, du wärst einer von uns«, und weg war er.

Zu Hause traf er auf Verena. Mit ihr konnte er über seine Enttäuschung auch nicht reden. Seit sie in der genossenschaftlichen Verwaltung arbeitete, fragte er sich immer öfter, welchen Einfluss dieser Franz-Josef Haas auf seine Tochter hatte.

Verena blühte auf. Ihre Arbeit als Kauffrau der ZG erfüllte sie. Dass ihr Chef, Franz-Josef Haas, der NS-Bürgermeister war, wollte sie vergessen. Das durfte jetzt keine Rolle mehr spielen. Mit den Nürnberger Prozessen waren die Hauptkriegsverbrecher verurteilt. Verena Obergfell war da großzügig. Wer nicht »Heil Hitler« geschrien hatte, soll den ersten Stein werfen, so sagte es auch immer der Herr Pfarrer und sprach damit alle seine Schäflein frei.

Ihr kleiner Bruder Ernst war tot, den brachten auch keine weiteren NS-Urteile mehr zurück. Ihr Bruder Friedrich war längst zu Hause, wenn auch kriegsversehrt. Er hatte gerade einen Traktor bestellt, einen *Kramer*, der in Überlingen gebaut wurde. Und sie hat ihren Sohn Jakob.

Verena hatte längst ihrer Mutter verziehen, dass sie sie zur Abtreibung ihres Kindes drängen wollte. Vielleicht konnte sie, wenn sie nun etwas mehr eigenes Geld verdiente, bald vom Schreiner Längle für sich und Jakob noch ein zweites Zimmer im Haus ihrer Eltern herrichten lassen. Wenn er dann in die Oberschule ging, hätte er einen ruhigen Platz, um seine Hausaufgaben zu machen.

Wenn nur ihr Levi seinen Sohn sehen könnte.

Verenas Hoffnungen, dass sie Levi noch einmal wiedersehen würde, waren in Wahrheit längst erloschen. Es blieb ein Geheimnis, wie er und Otto Simon gleichzeitig in ihrer Hochzeitsnacht verschwunden waren.

Verena war eine alleinerziehende Mutter, die bei ihrer Familie lebte. Sie verdiente, dank ihrer Ausbildung als Kauffrau, bei der ZG und in der Milchzentrale einige Mark für ihre Familie hinzu. Dass sie täglich auf dem Hof mitarbeitete, war selbstverständlich. In allen Bauernhäusern in Seeldorf arbeiteten alle Bewohner von morgens bis abends mit, schließlich gab es genügend zu tun.

Verena wohnte im elterlichen Haus wie auch ihr Sohn Jakob. Es war nach wie vor ihre Arbeit, täglich die Kühe zu melken. In der Zwischenzeit hatten sie schon sechs Kühe im Stall stehen. Der Platz für die Tiere wurde immer enger. Die Kühe standen oder lagen den ganzen Tag auf nur einem Fleck. Miteinander kämpfen konnten sie nicht, da sie alle an Ketten festgebunden waren.

Ihr Bruder Friedrich musste sein Tageswerk mit einer Hand schaffen. Am linken Arm trug er eine Prothese, auf die er vorne, statt der Hand, verschiedene Halterungen schrauben konnte. Mit der rechten Hand hielt er die Gabel oder Schaufel vorne am Stiel, um sie hochzustemmen. Mit der Prothese des linken Arms gab er dem Stiel am Ende Halt.

Jeden Morgen und Abend war er der Erste im Stall. Er musste zunächst den Mist der Kühe im Gang hinter ihnen auf eine Schubkarre schaufeln und dann mehrere Karren auf den Misthaufen vor dem Stall fahren. Auch dazu half ihm wieder die Halterung der Prothese seines linken Arms, um dem Schubkarren ein Gleichgewicht zu geben und ihn nach vorne zu schieben.

Wenn der Mist beseitigt war, kletterte er über zwei Stockwerke die Leiter in den Heustock darüber hoch, um von dort das Heu in den Futtergang hinunterzuwerfen, aus dem er danach mit einer Heugabel das Futter in die etwas erhöhte Holzkrippe der Kühe schaufelte.

Dabei fuhr er mit der Gabel über den Boden der Tenne und schmiss das Heu in die Futterkrippe. Spätestens mit diesem ihnen bekannten Geräusch standen alle Kühe parat, um ihre mächtigen Köpfe mit den großen Hörnern durch das Futtergitter zu stecken. Wenn sie alle fraßen, konnte Friedrich das Gitter von der Seite schließen, und die Kühe konnten sich nicht mehr zurückbewegen und hinlegen. Ihre Bewegungsfreiheit war so eingeschränkt, dass seine Schwester in Ruhe die Euter reinigen und melken konnte.

Verena schaffte sich zweimal täglich zwischen den Kühen ihren Platz, stellte den Melkschemel zwischen die ersten beiden Tiere, nannte sie bei ihren Namen und redete leise auf sie ein. Sie setzte sich auf den Schemel und drückte ihre Stirn in die Flanke von Herta, der ersten Kuh in der Reihe. Gleichmäßig und fast schon zärtlich drückte sie im ruhigen, gleichen Rhythmus die Milch aus ihren Euterzitzen.

Jakob schaute seiner Mutter zu und nahm dann, wenn der Melkeimer voll war, ihn mit in den Flur des Bauernhauses, dort schüttete er die Milch in einen Stahltrichter durch ein Sieb in die große Milchkanne, die seine Mutter später auf dem Leiterwagen in die Milchzentrale zog.

Plötzlich stand Friedrich vor Verena. Er grinste sie verlegen an. »Du brauchst jetzt bald nicht mehr zu melken«, sagte er unvermittelt.

»Warum? Warum sagst du das?«, wunderte sich Verena.

»Weil das bald meine Frau macht«, antwortete er gelassen.

»Was? Wer? Deine Frau?«, stotterte Verena.

Jakob spitzte seine Ohren. Jetzt nur keinen Mucks von sich geben, ganz ruhig bleiben, bevor sie dich aus dem Stall schicken, war ihm klar. Gleich musste eine Bombe platzen – und tatsächlich.

»Ich werde Marianne heiraten«, verriet Friedrich. Dabei stand er aufrecht und stolz vor seiner Schwester. Friedrich war groß gewachsen, sein Körper schien nicht erst seit dem Krieg wie ausgemergelt. Wenn er auf dem Feld während der Arbeit sein Hemd auszog, konnte Verena jede Rippe einzeln erkennen. »Ein zäher Hund«, hatte ihr Vater mal geurteilt.

Friedrich schien ihr manchmal fast gefühllos, vor allem, seit er sie im Unklaren ließ, was in jener Nacht vorgefallen war, als Levi und Otto gleichzeitig verschwanden. Doch jetzt freute sie sich für ihn, wie er mit seinen schwarzen unfrisierten Locken stolz und aufrecht vor ihr stand.

»Marianne Simon?«, fragte sie dennoch zweifelnd nach. »Ob da der Vater zustimmt? Die ist doch noch keine 20 und dann noch eine Simon?«

»Er wird müssen«, grinste Friedrich zuversichtlich.

»Warum?«, wollte Verena wissen.

»Warum?«, echote Friedrich spöttisch. »Frag doch nicht so dumm. Grad du! Du müsstest doch wissen, wie schnell so was geht.« Dabei schaute er zu Jakob.

Auch Verena schaute zu ihrem Jungen und wusste in diesem Augenblick, dass sie beide bald ihr Elternhaus verlassen mussten. Denn wenn Marianne die Bäuerin im Haus ist, wird sie, die unverheiratete Tochter, zur Magd degradiert. So war das auf jedem Hof.

»Aber nicht mit mir!«, entschloss sich Verena.

»Ich habe gegen das neunte Gebot – lass dich nicht gelüsten deines nächsten Weibes – verstoßen«, stammelte Jakob unbeholfen und wollte schnell noch das zehnte Gebot abhaken. Doch da regte sich plötzlich der Herr Pfarrer auf der anderen Seite des Holzgitters in dem dunklen Beichtstuhl und fragte interessiert nach: »Mit wem?«

Jakob schluckte und gestand: »Mit Katharina Bendzko.«

»Was habt ihr getrieben?«, insistierte der Pfarrer aus dem Dunkel seiner Kabine.

»Uns geküsst«, gab Jakob zu.

»Und dann?«, fragte der Pfarrer weiter.

»Nichts mehr«, log Jakob und spürte einen Kloß in seinem Hals, der ihn am Weitersprechen hinderte, und fragte sich gleichzeitig, ob er jetzt gerade die schlimmste Sünde überhaupt, die Todsünde, begangen hatte, die ihn bis in den Tod nicht mehr loslassen würde und ihn direkt in die Hölle führte.

Doch der Pfarrer fragte schon unerbittlich weiter: »Wo waren deine Hände?«

»Ich weiß nicht«, stotterte Jakob und wusste, dass er unmöglich alles gestehen konnte und nun stattdessen einfach weiterlügen musste. Er schob verunsichert nach: »Bei mir.«

»Dem lieben Gott kannst du vertrauen und alles gestehen, nur so kann er dir deine Sünden vergeben. Aber wenn du jetzt nicht alles ehrlich beichtest, schleppst du deine Sünden mit dir bis in dein Grab. Und ob dir dann Petrus an der Himmelspforte deine Sünden vergeben wird? Du weißt, in der Hölle wartet der Teufel auf seine Opfer«, erinnerte der Pfarrer Jakob an alles, was er im Kommunionsunterricht gelernt hatte und was seine Mutter ihm täglich einbläute.

Jakob kniete in seiner kurzen Lederhose auf seinen nackten Knien, langsam taten sie ihm weh. Um ihn herum war es schummerig dunkel. Seine Nase berührte fast das Holzgitter, das ihn von dem Pfarrer auf der anderen Seite des Beichtstuhls trennte. Er konnte ihn riechen. Wobei er ihn gar nicht riechen wollte. Er hatte einen säuerlichen Altmännergeruch. Während des Kommunionsunterrichts hatte der Pfarrer ihn manchmal, als sie den Einzug in die Kirche geübt hatten, richtiggehend an seinen dicken Körper gepresst.

Einfach raus aus dem Beichtstuhl, einfach zu verschwinden, traute er sich aber nicht. Natürlich würde dies dann der Pfarrer seiner Mutter erzählen, und wenn er am Sonntag während der heiligen Messe nicht zur Kommunion an den Altar ging, sah es der ganze Ort, und es gab zu Hause noch mehr Ärger.

»Ich habe sie nur kurz auf die Wange geküsst«, log er hilflos, dass er ihre Lippen berührt hatte, getraute er sich auf keinen Fall zu beichten, und dass seine Hände unter ihrem Pullover waren, konnte er gleich gar nicht verraten. Schnell las er einfach weiter, was noch auf seinem Beichtzettel stand, das musste doch reichen: »Ich habe aus dem Vorratsschrank Zucker gestohlen und ich habe meinem Opa aus seinem Tabakbeutel Tabak geklaut und dann in einer Pfeife geraucht.«

Auch dies schien den Herrn Pfarrer zu interessieren, denn auch jetzt fragte er nach, woher er überhaupt eine Pfeife gehabt habe.

Endlich kam er zu dem zehnten Gebot. Doch was sollte er da beichten: Du sollst nicht begehren deines nächsten Weibes. Da war Jakob nun wirklich gar nichts eingefallen, also setzte er, wie in dem Kommunionsunterricht gelernt, einen Schlusspunkt: »Herr, vergib mir meine Sünden.«

Und wie immer vergab der Herr Pfarrer die Sünden mit einem Stapel Gebete, die er in der Kirche zur Buße andächtig zu beten hatte. Jakob verzog sich dafür in die letzte Bank der Dorfkirche und schielte von dort zu dem Beichtstuhl. Nach dem zweiten »Gegrüßet seist du, Maria« hatte er seiner Meinung nach genug gebetet und schlüpfte zur Tür hinaus.

Er setzte sich vor der Kirche, gegenüber dem Gasthaus *Krone,* auf den steinernen Rand des Brunnenbeckens. Es war der erste Samstag im Monat, die Beichte galt als Pflichttermin für alle Kinder im Ort, auch für fast alle Frauen und selbst auch für die meisten Männer.

Nur wer am Samstag gebeichtet hatte, durfte in dem kommenden Monat an den Sonntagmorgen in der Kirche die heilige Kommunion empfangen. Alle echten Seeldorfer waren gläubige Katholiken. Selbst die meisten Flüchtlinge. Es war nur eine Frage der Zeit, dann musste auch Katharina kommen. Jakob musste ihr sagen, was er gebeichtet hatte, dass auch sie nur das Gleiche gestand wie er.

Versonnen spielte er mit einem Holzstück im Brunnen im Strudel des Wassers. Wann immer das Holz zu nahe in die Mitte des Strudels kam, drückte der Wasserstrahl das Holz in die Tiefe. Am Rand des Strudels gelangte es wieder an die Wasseroberfläche, um erneut dem plätschernden Strudel des Wasserstrahls entgegenzutreiben. Immer wieder.

Jakob ahnte einen Vergleich zwischen Mann und Frau. Auch ihn trieb es, trotz Verbots, immer wieder zu Katharina. »Das verstehst du noch nicht«, hatte Opa abgewunken, als er ihn gefragt hatte, was denn genau die Männer und Frauen aneinander fesselte und was sie dann miteinander machten.

Wenn der Opa wüsste, wie sie täglich auf dem Schulhof mit den Großen übers Ficken redeten. Und er wusste auch längst, dass es in der Unterhose der Mädchen anders aussah als bei ihm. Das hatte Katharina ihm gezeigt. Sie hatte es von ihren großen Brüdern erfahren.

Katharina hatte ihn in ihre Unterhose blicken lassen, aber wenn er ehrlich war, musste er zugeben, dass er nichts, aber auch gleich gar nichts gesehen hatte. Besonders interessant schien es also doch nicht zu sein, was die Mädchen da hüteten. Aber die Erwachsenen fanden Ficken irgendwie sogar wichtiger als den gerade beendeten Krieg.

»Ein richtiger Junge spielt mit Jungs«, hatte Opa Franz-Karl seinem Enkel Jakob immer wieder einzubläuen versucht, wenn ihm wieder berichtet worden war, dass man ihn mit Katharina gesehen hatte.

Onkel Friedrich dagegen kümmerte sich darum gar nicht. Er ging meist nur schweigsam seinem Tagwerk nach. Am liebsten arbeitete er mit den Kühen auf dem Feld. Manchmal nahm er Jakob mit und ließ ihn dann die Kühe im Gespann führen, während er selbst hinten den einscharigen Pflug fest in der Erde führte. Dabei kam sich Jakob schon ziemlich erwachsen vor. Vor allem, wenn er die Kühe am Abend alleine durch den Ort nach Hause in den Stall führen durfte.

Wenn es bergab ging, musste er die Reibbeläge der Bremsen auf die großen, mit Eisen beschlagenen Holzräder drehen, damit der Wagen den Kühen nicht in die Hinterbeine fuhr. »Zieh die Ficke«, hatte Onkel Friedrich befohlen, wie auch seine Mutter vor Kurzem die ihm noch zu großen Schuhe seines älteren Cousins mit der Bemerkung: »die ficken«, wegstellte. Er hatte seine Mutter überrascht und fragend angesehen, doch sie tat, als hätte sie dieses doch sonst unsagbare Wort gar nicht gesagt.

Das Geheimnis musste er bald mal lüften. Meist stand er auf dem Schulhof stumm neben den Großen, wenn sie über Mädchen redeten. Katharina getraute er sich gleich gar nicht zu fragen, was soll sie denn dann von ihm halten? Sie schien durch ihre Brüder mehr über das Ficken zu wissen als er, der angehende Mann!

Jakob hatte sich die gemeinsame Zukunft mit Katharina längst ausgemalt. Bis zur Kommunion musste er noch immer mit seiner Mutter in einem Bett schlafen. Manchmal stellte er sich schlafend und schielte nach seiner Mutter, wenn sie sich auszog und sich das Nachthemd überstreifte. Die großen Brüste fand er faszinierend, aber auch bei seiner Mutter sah er nun nichts Aufregendes zwischen ihren Beinen. Trotzdem schlief er dann mit dem Gedanken an Katharina ein, wie es wäre, wenn sie neben ihm liegen würde. Dann sah er sich als der Bauer des Hofs, und Katharina wohnte wieder mit ihm im Obergfellenhof.

Die Obergfells waren mit dem halben Dorf in Seeldorf verwandt. Dass unter den 300 Einwohnern jeder jeden kannte, war für Jakob vollkommen normal. Wenn er von jemandem im Ort gefragt wurde: »Wem g'hörsch du?«, und er antwortete »dem Franz-Karl Obergfell«, dann war alles klar. Wenn er dann abends zu Hause seinem Opa von der Begegnung erzählte, entzerrte dieser meist ein Geflecht verwandtschaftlicher Beziehungen, die sich durch den ganzen Ort zogen. Geschichten von einem Großschwager, Großcousin, Schwester von Oma oder Opa von der Tante von …

Längst glaubte er, den ganzen Ort zu kennen, außer die Simons und noch einen so schrägen Vogel im Ort, die sein Opa beide aber nur als »unverbesserliche Nazis« abhakte.

Jakob bildete sich ein, der Einzige im Ort zu sein, der auch alle in der Baracke kannte, von denen sonst kein Seeldorfer Notiz nahm. Irgendwie hatte er auch bei den meisten Frauen im Ort einen Stein im Brett. Er wusste ganz genau, wann es in welchen Häusern, bevor die Bauern in den Stall gingen, ein Vesper gab. Einen Riebel Brot und eine Kante Speck bekam er immer in die Hand gedrückt. So musste er, wenn er durch den Ort struhlte und plötzlich Hunger verspürte, noch lange nicht nach Hause.

»Isch dir's langweilig«, schreckte ihn Hubert Rieger aus seiner Gedankenwelt, »kommsch zu mir in die Küche, da kannst du für die Pommes Kartoffeln schälen.«

Jakob schaute den Wirt in seiner weißen Montur verunsichert an. Grinste aber dann mutig und antwortete: »Ich bin noch zu jung.«

»Zu jung bist du nicht mehr, Kartoffeln schälen kann man, wenn man ein Messer in der Hand halten kann, und das kannst du doch, oder?«

Dass er jetzt alt genug wäre für eine Arbeit in der Küche der *Krone*, fand Jakob ja ganz schmeichelhaft, aber er hatte zu Hause, wenn es nach seiner Mutter ging, genügend zu tun, und eigentlich wartete er jetzt auf Katharina.

Hilflos zuckte er mit den Schultern und schaute die Straße hinunter, in der Hoffnung, Katharina zu sehen. Sie musste jetzt bald kommen, sonst musste er nach Hause, ohne sie vorgewarnt zu haben. Er musste abends immer daheim sein, wenn seine Mutter die Kühe melkte. Dann hatte er seine Arbeit im Stall zu machen, erst danach konnte er meist noch mal in den Ort.

Statt Katharina sah er den Knecht des Bürgermeisters, Baptist, mit zwei Eimern auf ihn und den Wirt zusteuern. Damit hoffte er jetzt wenigstens, zu dem Angebot des Kartoffelschälens kein weiteres Wort verlieren zu müssen.

Der Knecht hob den ersten Eimer hoch, Jakob rutschte auf der Brunnenkante zur Seite, und Baptist ließ den ersten Eimer volllaufen und stellte nebenbei die obligatorische Frage an Jakob: »Wem g'hörscht du?«

»Den Obergfells«, erhoffte sich Jakob einen Pluspunkt.

»Soso, dann bist du der Kleine von der Verena, oder?«, bewies der Knecht, dass er ebenfalls zur Dorfgemeinde zählte. »Und Franz-Karl ist dein Opa, gell?«

Stolz nickte Jakob.

»Dein Opa ist ein aufrechter Kerl, auf den kannst du stolz sein«, zog Baptist den ersten Eimer gefüllt aus dem Brunnen und drückte den zweiten Eimer auf den Grund.

»Willst du den Buben jetzt indoktrinieren?«, stichelte Hubert Rieger, »der weiß noch nicht mal, wer Hitler war und Adenauer ist, da kommst du ihm mit deinem Karl Marx.«

»Ich weiß, wer Hitler war«, protestierte Jakob sofort, »wegen ihm ist Onkel Ernst tot.« Selbstsicher schaute er von dem Kronenwirt zu dem Knecht und wieder zurück und fügte noch weitere Kenntnisse hinzu: »Und Adenauer wird unser Bundeskanzler.«

»Ja, sieh'sch, Baptist, der Bub weiß scho Bescheid, und bald brauchst du eh keine neuen Parteimitglieder mehr zu werben«, stichelte Hubert Rieger, »deine Partei wird sicherlich bald verboten!«

Jakob schaute fasziniert in Baptists Gesicht. Der Mann musste so alt sein wie sein Opa, wirkte aber irgendwie viel älter. Seine langen fettigen Haare waren streng nach hinten gekämmt. Durch die hohe Stirn zogen sich tiefe Furchen. Seine blauen Augen schienen wässrig, die Wangen des länglichen Schädels eingefallen. Wie Jakob ihn ansah, fiel ihm das Urteil seiner Mutter ein: »Dem sieht man seine Jahre in Dachau an«, hatte sie ihm mal leise zugeflüstert, als sie ihn zusammen gesehen hatten.

»Ihr habt halt nichts, aber auch gar nichts gelernt«, gab Baptist langsam sprechend dem Kronenwirt Antwort und schob überlegt nach: »Nur weil eure kapitalistischen Siegernationen uns an einer gerechten Bestrafung der Nazis hindern und jetzt sogar auch noch mit diesen Verbrechern zusammenarbeiten, dürfen jetzt die alten Nazijuristen weiter ihrem verbrecherischen Handwerk nachgehen. Pfui Teufel! Aber du machst ja deine Geschäfte auch mit ihnen und hast schon nur noch Franc- und Dollarzeichen in deinen Augen.«

»Hoho, jetzt aber mach mal halblang«, setzte sich Hubert Rieger zur Wehr, »guck mal, wie es in der Ostzone ist, der Rubel und dein Stalin machen die Menschen dort auch nicht glücklich, sonst würden sie sie nicht hinter einer Grenze einsperren.«

Jakob hörte fasziniert den beiden zu. Er hatte gelernt, dass Adenauer und die Franzosen, wie auch die Amerikaner, die Guten waren, aber Stalin der Böse. Warum dieser Baptist den Russen verteidigte, verstand er nicht, aber irgendwie mochte er den Mann trotzdem.

»Man hat die KZs geöffnet und uns befreit«, resümierte Baptist verbittert, »aber man wollte uns nicht hören, man hat uns nicht mal reden lassen. Die Kommunistenhatz geht grad so weiter wie bei den Nazis, dabei haben wir doch schon alles vorausgesehen und alle gewarnt. Weil wir die Wahrheit sagten, hat man uns weggesperrt und viele unserer Genossen getötet.«

Baptist redete sich in Fahrt, ungewöhnlich schnell und deutlich zeigte er seine Enttäuschung und Wut. »Das wird sich wohl nie ändern in diesem Land, lieber wieder Nationalisten und Faschisten als Kommunisten, als wären wir die Verbrecher und nicht das Kapital und die Faschisten.«

Seiner Meinung nach wäre im Mai 1945 die Stimmung in Deutschland bereit für einen Neuanfang gewesen. Er hatte die Soldaten, die geschlagen und verbittert aus dem Krieg zurückkehrten, gesehen. Dazu hatte er mit der Kampfbereitschaft seiner Genossen gerechnet, die aus den Konzentrationslagern befreit worden waren. »Wir wollten uns alle an unseren Peinigern, den vielen Handlangern und Gestapoverbrechern rächen. Doch die Amis wollten das nie! Sie wollen ihren Kapitalismus bei uns aufbauen, egal mit wem, warum nicht mit den Nazis, die kennen sie schon«, zog er verbittert Bilanz über die juristische Aufarbeitung in den NS-Prozessen in Nürnberg, »für die Amis war nicht Hitler der wirkliche Verbrecher, sondern Stalin.«

»Baptist, jeder weiß, dass du zu Unrecht eingesperrt warst, aber du musst vergessen. Was geschehen ist, lässt sich nicht mehr ändern«, versuchte Hubert Rieger, Baptist zu beruhigen und ihm etwas Trost zuzusprechen.

»Das ist ja das Traurige, dass die Menschen einfach alles vergessen, was sie verbrochen haben«, winkte Baptist ab. »Ich kann nicht vergessen«, resignierte er und griff zu seinen beiden Wassereimern. »Ich muss jetzt dem Chef seine Rosen gießen«, schleppte er sich zu dem Anwesen der Familie Haas.

»Der lernt's nimmer«, resümierte der Wirt ergeben und ging mit seiner Gießkanne ebenfalls seine Geranien vor den Gasthausfenstern gießen.

1949 ist die Republik neu gegründet, Adenauer ist der erste Bundeskanzler der Bundesrepublik, und ein Mann mit dicker Zigarre wird bald als erfolgreicher Wirtschaftsminister gefeiert. Er selbst war im Dritten Reich alles andere, nur kein Widerstandskämpfer, als den er sich gerne ausgab. Er hatte im Reichswirtschaftsministerium gearbeitet und die Arisierung einiger Ostbetriebe in Polen begleitet.

Franz-Karl Obergfell hatte gelernt: »Nur weil Hitler tot ist, wird das Volk nicht g'scheiter.« Und in der *Krone* am Stammtisch, an dem auch Franz-Karl Obergfell bald wieder zu sehen war, hörte man, nicht nur, wenn Paul Simon mit am Tisch saß, von den Unbelehrbaren: Ein kleiner Hitler würde nicht schaden.

DER TAG DANACH

»Wir sind wieder im Kommen!«, freut sich Alexander Simon, die Zeit der Linken ist vorbei, glaubt er. Kurzfristig muss er sich neu orientieren beziehungsweise ein bisschen mehr tarnen, leiser treten. Er hat die *SA*-Uniform seines Großvaters erst mal im hintersten Winkel auf dem Speicher versteckt. Seit gestern ist er in der Öffentlichkeit das Gesicht der *AfD* im Linzgau. Er nimmt sich ein Beispiel an seinen Parteikameraden im Parlament in Stuttgart, da will er auch hin.

Im Landtag, oder gar Bundestag, bezieht er monatlich stolze 10.000 Euro. Zusätzlich kann er dann in Seeldorf einen Mitarbeiter auf Staatskosten beschäftigen und sogar sein »Führerhauptquartier« zunächst erst mal als Abgeordnetenbüro neu gestalten. Für seine neue »Büroausstattung und Sachleistungen« wird er jährlich bis zu 12.000 Euro kassieren.

Zunächst muss die *AfD* mit einer immer größeren Fraktion die Parlamente besetzen, um dann wie einst die *NSDAP* die Regierung zu übernehmen. Aber jetzt will er erst mal in der Öffentlichkeit sich immer schön demokratisch zeigen und demokratisch argumentieren, um dann letztendlich die Ministerien zu besetzen.

»Wir werden diese bürgerlichen Parteien jagen«, zitiert er seine Frau Doktor und denkt an die Rede Höckes in Chemnitz: »Neben dem Schutz unserer Außengrenze wird ein groß angelegtes Remigrationsprojekt notwendig sein.

Und bei dem wird man, so fürchte ich, nicht um eine der wohltemperierten Grausamkeiten herumkommen.«

Dabei denkt er kurz an Jamila. Aber wenn er erst mal in einem Parlament sitzt, wird er sicher an ganz andere Weiber rankommen, an deutsche!

»Ich bin sicher«, hat er noch Björn Höcke im Ohr, »dass am Ende noch genügend Angehörige unseres Volkes vorhanden sein werden, mit denen wir ein neues Kapitel unserer Geschichte aufschlagen können.«

Wenn er diesen Höcke hört, weiß er, dass sie als Neonazis in der *AfD* zu Hause sind. Sein Großvater kann stolz auf ihn sein, und erst recht sein Urgroßvater, Paul Simon, der Hitler in München noch persönlich kennengelernt hatte und einer der ersten *NSDAP*-Mitglieder war, wie er heute einer der ersten *AfD*-Mitglieder ist.

Entschlossen blickt er in den Spiegel, wo er sich schon als ein Regierungsmitglied sieht, und sagt zu sich: »Wenn die Wendezeit gekommen ist, machen wir Deutschen keine halben Sachen!«

10. MAI 2015, SONNTAG

Sein Jugendbett ist doch verdammt eng für zwei ausgewachsene Personen. Jakob getraut sich kaum, sich umzudrehen, um Katharina nicht zu wecken. Ihn haben die Sonnenstrahlen auf seinem Gesicht wieder geweckt, und jetzt muss er dringend auf die Toilette.

Er schielt zu Katharina hinüber. Sie hat die Augen geschlossen und schläft noch. Trotzdem muss er sich jetzt aus dem Bett schälen. Sie schnurrt kurz, kuschelt sich in ihr Kopfkissen und zieht Jakobs Kissen über ihren Kopf.

Er schleicht leise aus dem Zimmer in die Wohnung und geht auf die Toilette. Danach trottet er, noch verschlafen, in die Küche. Sieht auf dem Tisch drei leere Flaschen Wein und eine leere Flasche Champagner, die sie gestern getrunken haben.

Er schaut aus dem Fenster in den Birnbaumgarten der Simons. Dann öffnet er die Terrassentür und tritt hinaus. Er genießt die frische Landluft und sieht in der Ferne im Dunst über dem schillernden Bodensee die weiße Alpenkette.

Noch will er den Gedanken nicht zulassen. Aber er weiß natürlich: In Stuttgart schaut er auf eine gegenüberliegende graue Hausfassade. Tritt er auf den schmalen Balkon, der zu Recht nur »Austritt« heißt, riecht er täglich die Abgaswolken der Autos, die in die Stadt düsen.

Aber er weiß auch: Rundum ist Leben, buntes Stadtleben!

Doch was geht ihm da eigentlich gerade durch den Kopf? Er will die Gedanken abschütteln. Er will sie verbannen. Doch er weiß auch, alles Ausreden. Der Grund für seine neuen Gedanken liegt in seinem Bett. Katharina!

Verdammt, was war geschehen? Was will sie von ihm? Und was will er von ihr?

Jakob macht die Espressomaschine an, stellt zwei Tässchen bereit, da klingelt auch schon sein Handy. Es ist gerade mal 10 Uhr.

»Guten Morgen, Herr Simon«, hört er die Kommissarin, »Sie sind gestern abrupt, ohne Verabschiedung, verschwunden, dabei habe ich seit gestern Morgen die DNA-Ergebnisse vorliegen.«

Jakob fällt fast sein Handy aus der Hand. Er denkt, die dumme Kuh, was sagt die mir das jetzt erst, doch er antwortet brav: »Super, schön, dass Sie mich heute, am Sonntag, extra anrufen.«

»Die Polizei ist immer für Sie im Einsatz«, versucht sie ihm eine kleine Retourkutsche für sein gestriges ruppiges Verhalten zu verpassen. Doch Jakob ist jetzt für ein unnötiges Geplänkel viel zu gespannt: »Jetzt sagen Sie schon.«

»Die DNA der Knochen des Toten im Feuerlöschteich Ihrer Großeltern ist eindeutig identisch mit den Ihren, nicht mit denen des Herrn Simon. Also nach den Aufzeichnungen Ihrer Mutter in deren Tagebuch weisen wir die Knochen nun eindeutig diesem Levi Roth zu.«

»Das hatte ich schon erwartet«, gibt sich Jakob mit dem Ergebnis matt zufrieden, »es ist mein Vater! Das war nach den Briefen meiner Mutter eigentlich klar. Aber wer ihn umgebracht hat, können wir nun nur noch spekulieren.«

»Nicht ganz, Herr Simon«, trumpft die Kommissarin auf, »unser Labor hat an der Kette aus dem Löschteich außer den Spuren des Toten weitere DNA-Spuren gefunden, die sich auch noch auswerten ließen.«

»Nämlich?«, ist Jakob elektrisiert.

»Es sind Spuren von einem zweiten Mann, er muss sich an der Kette verletzt haben, es muss offensichtlich eine kleine Fleischverletzung gewesen sein, von der das Labor eine weitere Probe entnehmen konnte«, will die Kommissarin ausführlich erklären, wie aufwendig solche Untersuchungen sind.

Doch Jakob unterbricht sie und drängt: »Jetzt sagen Sie schon.«

»Dank des Taschentuchs von Herrn Alfred Simon wissen wir, dass diese DNA mit der des Herrn Simon identisch ist.«

»Dann war es Otto Simon, der Ehemann meiner Mutter. Er hat Levi Roth, ihren Geliebten, umgebracht«, stellt Jakob nüchtern fest.

»Das sagen jetzt Sie. Wir werden uns mit den neuen Erkenntnissen in dem Fall nochmals beschäftigen, um ihn dann abschließen zu können.«

»Ich denke, das war's«, bedankt sich Jakob für den Anruf der Kommissarin und verabschiedet sich betont höflich, wobei er zur Tür sieht, wo Katharina steht.

Sie hatte ihn sprechen hören und hat sich angeschlichen. »Mit wem telefonierst du schon so früh am Sonntagmorgen?«

Jakob ist aufgeregt, springt auf, nimmt sie in den Arm und erzählt ihr, was er gerade von der Kommissarin erfahren hat.

»Und nun?«, fragt sie.

»Das musst du wissen«, antwortet er unsicher.

»Warum ich?«, wundert sie sich.

»Weil nur du entscheiden kannst, ob nun bald wieder der Sohn eines Juden, Jakob Roth, in Seeldorf wohnt.«

Weitere Titel finden Sie auf den folgenden Seiten und im Internet:

WWW.GMEINER-VERLAG.DE

Erich Schütz im Gmeiner-Verlag:

Journalist Leon Dold ermittelt:
1. Fall: Judengold
ISBN 978-3-8392-0035-3

2. Fall: Doktormacher-Mafia
ISBN 978-3-8392-1220-2

3. Fall: Bombenbrut
ISBN 978-3-8392-1176-2

Das kulinarische Erbe des Bodensees
ISBN 978-3-8392-2694-0

Bodensee-Bordeaux
ISBN 978-3-8392-0109-1

Erblast
ISBN 978-3-8392-0872-4

weitere:

Schwarzkonto (mit Dirk Platt)
ISBN 978-3-8392-1613-2

Das Geheimnis der Fischerin vom Bodensee
ISBN 978-3-8392-2801-2

Konzil-Köche
ISBN 978-3-8392-1640-8

Bodensee
ISBN 978-3-8392-2005-4